W0272164

À Sarah J. Maas.
Merci pour ton amitié, ton soutien
et tes encouragements si généreux.
Mais surtout, merci d'avoir cru en moi,
même – et surtout – quand je n'y croyais pas
moi-même.

ROYAUMES DE
WENDERALL
VERS SIVANA
NORD INHABITÉ
SOMBRAVEN
RUSKA
ODON
YIRIN
TERITH
ZADRIA
HALDON
JIIRVA
MIRRAVEN
TERRES DÉSOLÉES
LAMONT
ERSA
CARAMOR
INNISARD
FORÊT DU BOIS NOIR
ZALINDOV
VASKIN
HADRIS
PALAIS D'HIVER
MONTAGNES DE TANESTRA
ROTHEN
DÉSERT DU BELHARE
ALBREE
BOIS DES LAMENTATIONS
VERS MAHARI
VERS ADASTRIA
MARAIS GROUILLANT
VALORN
EVALON
VALLENIA
PRAIRIE SAUVAGE
MONTS ARMINE
LYRAS
RUISSELINE
VALBOISE
AVILA
RIVIÈRE ALDON
FELLARION
NERINE
ARDEN
N
ÎLES SERPENT
O
E
VERS EBLIS
S

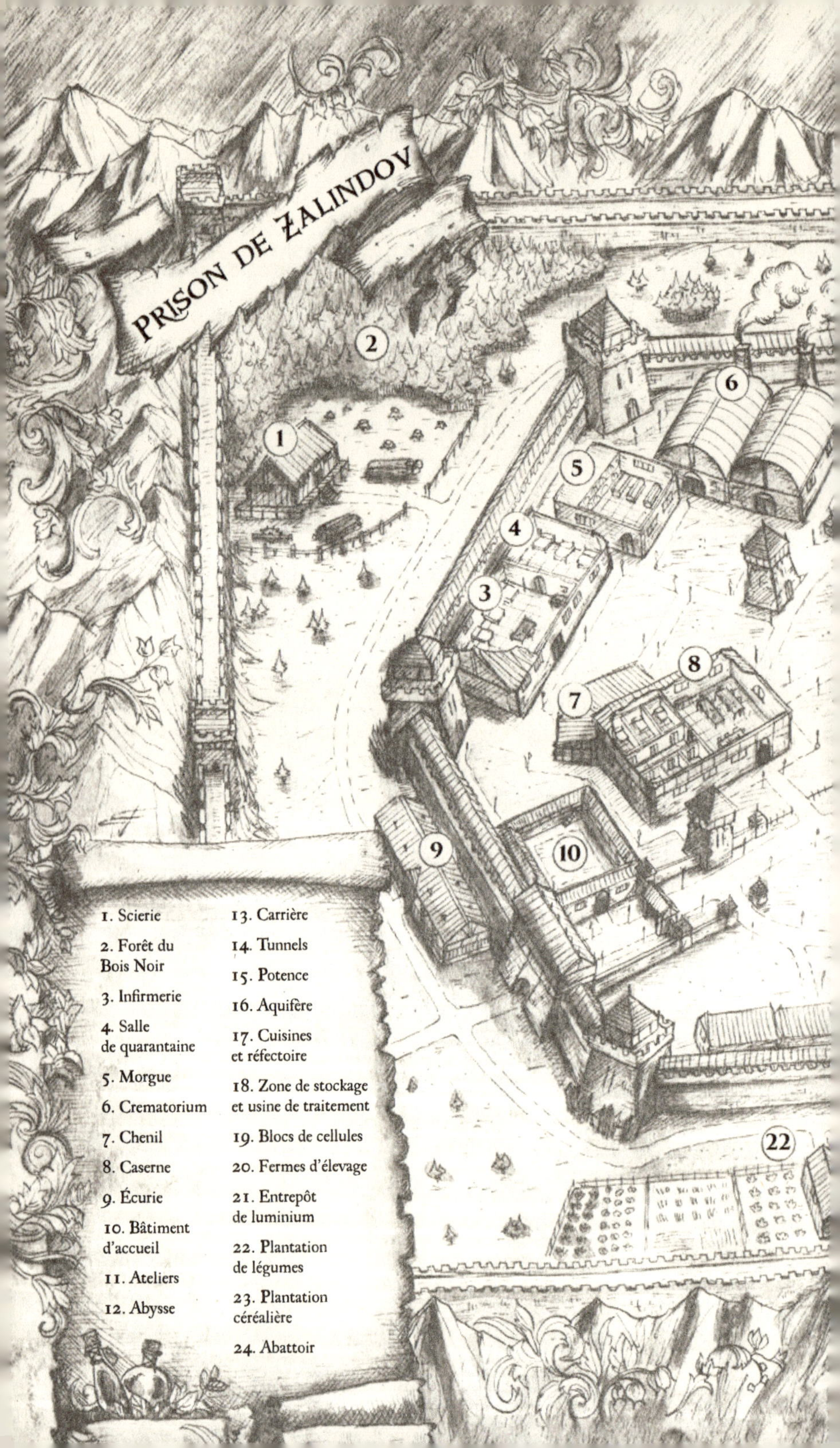
Prison de Zalindov
1
2
3
4
5
6
7
8
9
10
22
1. Scierie
2. Forêt du Bois Noir
3. Infirmerie
4. Salle de quarantaine
5. Morgue
6. Crematorium
7. Chenil
8. Caserne
9. Écurie
10. Bâtiment d'accueil
11. Ateliers
12. Abysse
13. Carrière
14. Tunnels
15. Potence
16. Aquifère
17. Cuisines et réfectoire
18. Zone de stockage et usine de traitement
19. Blocs de cellules
20. Fermes d'élevage
21. Entrepôt de luminium
22. Plantation de légumes
23. Plantation céréalière
24. Abattoir

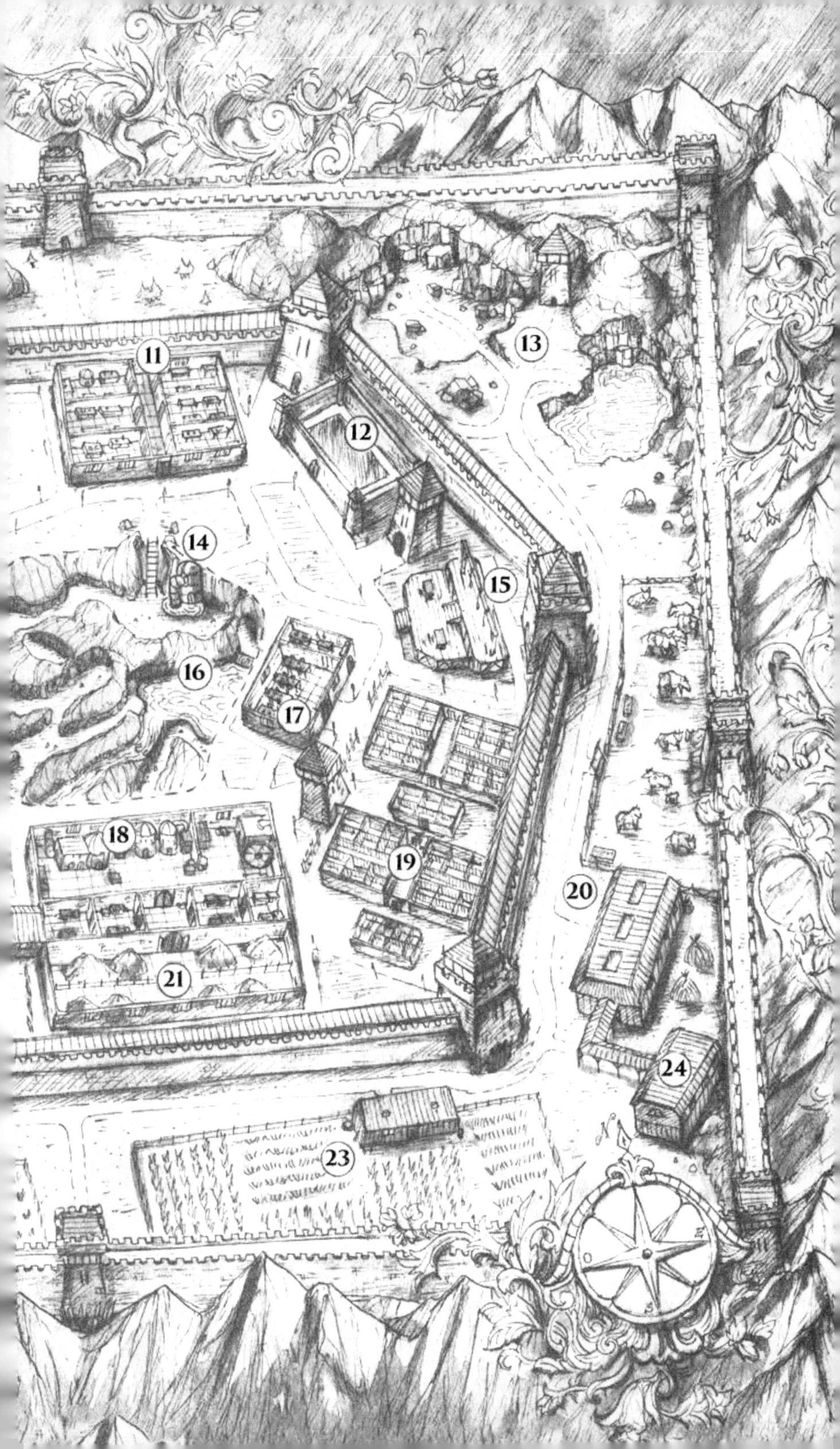
11
12
13
14
15
16
17
18
19
20
21
23
24
N
O
E
S

PROLOGUE

La mort arriva à la nuit tombée.

La fillette cueillait des murmûres sur la berge avec son petit frère, tandis que leur père était accroupi au bord de l'eau glacée pour se réapprovisionner en algues d'aloès. Leur gel apaisant serait bien utile, vu le nombre d'épines qui s'étaient déjà enfoncées dans sa peau, mais la petite fille sentait à peine la douleur, trop occupée à penser au dîner qui les attendait. Sa mère faisait la meilleure confiture de murmûres de tout Wenderall, et les baies argentées étaient toujours plus sucrées lorsqu'on les ramassait au premier croissant de lune. Ce serait un vrai délice ! Si seulement elle arrivait à empêcher son frère de tout gober, elle pourrait en rapporter suffisamment à sa mère pour récolter les fruits de son dur labeur.

Le panier était encore à moitié vide lorsque le premier cri fendit l'air nocturne.

La fillette et son frère se figèrent, lui bouche bée et barbouillé de jus argenté, elle le front plissé d'inquiétude. Elle tourna ses yeux vert émeraude vers leur père, qui se tenait au bord de la rivière, une poignée d'algues à la main. Blême, il ne regardait pas les plantes mais leur petite chaumière en haut de la colline.

— Papa, qu'est-ce que…

— Chut, Kerrin, répondit l'homme à son fils avant de lâcher les algues et de se précipiter vers les enfants. C'est sans doute Zuleeka et Torell qui jouent, mais on devrait…

Ce qu'il s'apprêtait à ajouter au sujet de leurs frère et sœur aînés fut interrompu par un autre hurlement et un fracas qui résonna jusqu'à eux.

— Papa…

Cette fois, c'était la petite fille qui avait parlé. Elle sursauta lorsque son père lui arracha le panier, envoyant valser les baies, puis lui agrippa la main. Elle n'eut pas le temps d'ajouter quoi que ce soit avant que la voix stridente de sa mère s'élève :

— FUYEZ, FARAN ! FUYEZ !

Son père lui écrasa douloureusement les doigts, mais il était déjà trop tard pour qu'il obéisse à sa femme. Des soldats déferlaient de la chaumière, brandissant leurs épées, leurs armures argentées brillant au clair de lune.

Ils étaient au moins une douzaine.

Si nombreux.

Trop nombreux.

La petite fille brava les ronces pour attraper la main tremblante de son frère, sa paume poisseuse de jus de murmûres. Ils n'avaient nulle part où s'enfuir, acculés par la rivière glacée, trop profonde et agitée pour qu'ils la traversent.

— Ne vous inquiétez pas, dit leur père d'une voix vacillante alors que les soldats approchaient. Tout va bien se passer.

Puis ils se retrouvèrent encerclés.

DIX ANS PLUS TARD

CHAPITRE 1

Baissant les yeux vers le garçon attaché à la table en métal devant elle, Kiva Meridan se pencha et murmura :

— Inspire profondément.

Sans lui laisser le temps de réagir, elle lui attrapa le poignet et lui enfonça l'extrémité de sa lame chauffée à blanc sur le dos de la main. Il hurla et se débattit – comme toujours – mais elle tint bon et continua à graver dans sa chair trois entailles profondes en forme de Z.

Une simple lettre qui marquait son statut de prisonnier à Zalindov.

La blessure guérirait, mais la cicatrice ne disparaîtrait jamais.

Kiva travailla aussi vite que possible et ne le lâcha qu'une fois qu'elle eut terminé. Elle aurait aimé lui dire que le pire était passé, mais, bien qu'il soit à peine entré dans l'adolescence, le garçon était assez grand pour discerner la vérité du mensonge. Il appartenait à Zalindov désormais, le bracelet en métal autour de son poignet l'identifiait comme le détenu H67L129. Son avenir ne lui réservait rien de bon, et mentir ne l'aiderait pas.

Après avoir étalé de la sève de ballico sur la plaie ensanglantée pour prévenir toute infection, puis l'avoir saupoudrée de cendre de poivrine pour atténuer la douleur, Kiva enveloppa la main du garçon dans un morceau de lin fraîchement lavé. À voix basse, elle lui ordonna de garder le linge sec et propre pendant trois jours, bien consciente que ce serait impossible s'il se retrouvait affecté aux tunnels, à l'une des fermes ou à la carrière de luminium.

— Ne bouge pas, j'ai presque fini, ajouta Kiva en échangeant son couteau contre des cisailles.

Celles-ci étaient tachetées de rouille mais assez affûtées pour couper du métal.

Le garçon tremblait de peur, les yeux écarquillés et le teint blême.

Kiva ne chercha pas à le rassurer, pas avec la femme armée qui l'observait depuis la porte de l'infirmerie. D'ordinaire, on la laissait travailler sans la pression supplémentaire du regard froid d'un garde, mais, après la révolte de la semaine passée, tout le monde était sous haute surveillance – même Kiva, pourtant considérée comme loyale envers le Gardien de Zalindov, et perçue en cela comme une traîtresse par les autres prisonniers. Une informatrice. Une espionne.

Personne ne haïssait autant Kiva qu'elle se haïssait elle-même, mais elle ne parvenait pas à regretter ses choix en dépit du prix à payer.

Ignorant les gémissements du garçon, elle s'approcha de son crâne et se mit à lui tailler les cheveux d'un geste saccadé. Elle se souvenait de sa propre arrivée à la prison dix ans plus tôt, l'humiliation d'être déshabillée, nettoyée et tondue. Elle était ressortie de l'infirmerie chauve et la peau à vif, vêtue d'une tunique grise qui la démangeait et d'un pantalon assorti. Malgré toutes les horreurs qu'elle avait subies à Zalindov, ces premières heures faisaient partie de ses pires souvenirs. En y repensant, une douleur fantôme réveilla sa cicatrice, et elle baissa les yeux vers le bracelet qu'elle portait juste en dessous. Son matricule – N18K442 – était gravé dans le métal, un rappel constant qu'elle n'était rien ni personne et que le moindre faux pas – ne serait-ce que regarder la mauvaise personne au mauvais moment – pouvait signer son arrêt de mort.

Il n'y avait aucune pitié à Zalindov, pas même pour les innocents.

Surtout pas pour les innocents.

Kiva avait à peine sept ans à son arrivée, mais son âge ne l'avait pas protégée contre la brutalité de la vie carcérale. Elle savait mieux que quiconque que ses jours étaient comptés. Personne ne survivait à Zalindov. Ce n'était qu'une question de temps avant qu'elle rejoigne la multitude de prisonniers qui avaient disparu à jamais.

Elle avait conscience d'avoir eu de la chance, comparée à d'autres. Ceux qui étaient assignés aux travaux forcés tenaient rarement six mois. Un an tout au plus. Mais, durant ses premières semaines, Kiva avait été affectée au tri des vêtements et possessions confisqués aux nouveaux détenus. Plus tard, lorsqu'une autre position s'était retrouvée vacante – à la suite d'une épidémie qui avait fait des centaines de victimes –, elle avait été envoyée à l'atelier pour laver et réparer les uniformes des gardes. Les interminables lessives et travaux d'aiguille lui avaient laissé les doigts ensanglantés et couverts d'ampoules, mais elle savait qu'elle était loin d'être la plus à plaindre.

Kiva avait redouté qu'on l'envoie rejoindre les autres forçats, mais cela n'était jamais arrivé. À la place, après avoir sauvé la vie d'un garde atteint de septicémie en lui conseillant d'appliquer un cataplasme qu'elle avait vu son père préparer d'innombrables fois, elle avait été placée à l'infirmerie comme guérisseuse. Près de deux ans plus tard, son unique collègue avait été exécuté pour avoir fait passer en douce de la poudre d'ange aux prisonniers désespérés, laissant Kiva, âgée de douze ans, seule aux commandes. La responsabilité de graver le symbole de Zalindov dans la chair des nouveaux arrivants lui était alors revenue, tâche que Kiva détestait par-dessus toutes. Elle savait toutefois qu'en cas de refus les gardes le leur feraient payer, à elle et au prisonnier. Elle l'avait appris à ses dépens, comme en témoignaient les cicatrices dans son dos. Elle aurait été fouettée jusqu'à ce que mort s'ensuive s'il y avait eu à l'époque quelqu'un d'assez qualifié pour la remplacer. Ce qui était le cas, désormais.

À Zalindov, personne n'était jamais indispensable.

Le garçon n'avait plus que quelques touffes hirsutes sur le crâne lorsque Kiva reposa enfin ses cisailles pour attraper le rasoir. Parfois, couper les mèches emmêlées suffisait, mais certains nouveaux étaient couverts de lentes et il valait mieux tout raser plutôt que de risquer une infestation parmi les détenus.

— Ne t'inquiète pas, ça repoussera, dit-elle gentiment en pensant à ses propres cheveux, noir d'encre, qui lui tombaient à présent jusqu'au bas du dos.

Malgré cette tentative de réconfort, le garçon ne cessait de trembler, rendant la tâche de Kiva encore plus ardue.

Kiva aurait voulu lui expliquer ce qui l'attendait après l'infirmerie, mais, même si la garde ne l'avait pas tenue à l'œil d'aussi près, elle se serait abstenue. Elle savait que ce n'était pas son rôle. Durant les premiers jours, les nouveaux détenus étaient confiés à un ancien chargé de leur faire visiter Zalindov, de leur chuchoter des mises en garde et de leur révéler des combines pour rester en vie. Si, bien sûr, les nouveaux le désiraient. Certains se laissaient simplement mourir, ayant abandonné tout espoir avant même d'avoir franchi le portail et pénétré entre ces murs sans âme.

Kiva espérait que ce garçon avait encore un peu de feu intérieur. Il en aurait besoin pour affronter la suite.

— Voilà.

Elle baissa le rasoir et contourna le garçon pour lui faire face. Il semblait plus jeune sans ses cheveux, avec ses grands yeux, ses joues creuses et ses oreilles décollées.

— Ce n'était pas si terrible, pas vrai ?

Il la regarda sans répondre, comme s'il craignait qu'elle ne lui tranche la gorge. Elle avait l'habitude, surtout venant des nouveaux. Ils ne savaient pas qu'elle était l'une des leurs, une esclave soumise aux quatre volontés de Zalindov. Si ce garçon vivait assez longtemps, il reviendrait la voir et découvrirait la vérité : qu'elle était de son côté et ferait son possible pour l'aider. Comme elle aidait tous les autres, du mieux qu'elle pouvait.

— Terminé ? lança la garde à la porte.

La main de Kiva se crispa sur le rasoir, mais elle força aussitôt ses doigts à se détendre. Il ne manquerait plus que la garde détecte une étincelle de rébellion en elle.

Impassibilité et soumission : les clés de sa survie.

De nombreux prisonniers se moquaient d'elle, surtout ceux qui n'avaient jamais eu besoin de ses soins. La Chienne de Zalindov, l'appelaient certains. L'Écorcheuse sans cœur, sifflaient d'autres sur son passage. Mais le surnom qu'elle détestait entre tous était la Princesse de la Mort. Elle ne pouvait pas leur en vouloir de penser ainsi, et c'était bien ce qui lui faisait le plus mal. De fait, beaucoup de prisonniers qui entraient à l'infirmerie n'en ressortaient jamais, et elle en était seule responsable.

— Guérisseuse ! lança de nouveau la garde d'un ton insistant. Tu as terminé ?

Kiva hocha la tête, et la femme armée s'aventura dans la pièce.

À Zalindov, peu de gardes étaient des femmes – une sur vingt, peut-être. Et elles restaient rarement longtemps avant de chercher un poste ailleurs. Celle-ci était nouvelle, Kiva l'avait remarquée pour la première fois quelques jours plus tôt, avec son regard couleur ambre, vigilant et détaché, et son visage juvénile. Sa peau était deux teintes plus claires que le noir le plus profond, indiquant qu'elle venait de Jiirva ou peut-être d'Hadris, deux royaumes connus pour leurs guerriers de talent. Ses cheveux étaient coupés court et une dent en jade pendait à l'une de ses oreilles. Ce n'était pas malin, n'importe qui pouvait facilement la lui arracher. Mais sa posture dénotait une assurance tranquille, et son uniforme noir – une tunique en cuir à manches longues, un pantalon, des gants et des bottes – ne parvenait pas à dissimuler son corps délicatement musclé. Peu de détenus se risqueraient à lui chercher des noises, à moins de vouloir un aller direct pour la morgue.

Déglutissant à cette idée, Kiva recula d'un pas lorsque la garde approcha et serra l'épaule du garçon en signe d'encouragement. Il tressaillit si violemment qu'elle regretta aussitôt son geste.

— Je vais juste emporter ça au tri, déclara Kiva en désignant la pile de vêtements que le garçon avait ôtés pour enfiler sa tenue grise de prisonnier.

La femme hocha la tête, puis baissa les yeux vers le garçon et ordonna :

— Viens.

L'odeur de sa peur imprégnait l'air lorsqu'il se leva en tremblant, serrant sa main blessée contre lui, avant de suivre la garde hors de la pièce.

Il ne se retourna pas.

Personne ne se retournait jamais.

Kiva resta immobile jusqu'à ce qu'elle fût certaine d'être seule. Elle se précipita alors vers la pile de vêtements, le nez plissé face à l'odeur désagréable de sueur et de crasse. Elle ignora la sensation d'humidité sur sa main, la moisissure, la boue et d'autres choses qu'elle préférait ne pas identifier. Elle cherchait quelque chose. Frénétiquement.

Ses gestes étaient rapides et assurés, mais son regard ne cessait de se tourner vers la porte car elle était consciente que, si on la surprenait, elle n'en réchapperait pas. Le Gardien avait d'autres informateurs au sein de la prison ; il avait beau apprécier Kiva, elle n'en serait pas moins punie – voire exécutée.

Elle glissa les doigts dans le pantalon du garçon, sans succès, et passa à sa chemise en lin. Le tissu était élimé, déchiré par endroits et raccommodé à d'autres. Kiva inspecta toutes les coutures, mais il n'y avait toujours rien, et elle commença à se décourager. Enfin, elle attrapa ses bottines usées et dénicha ce qu'elle cherchait. Glissé le long de la doublure déchirée de la bottine gauche se trouvait un petit bout de parchemin plié.

Kiva l'ouvrit d'une main tremblante et lut le message codé qu'il contenait.

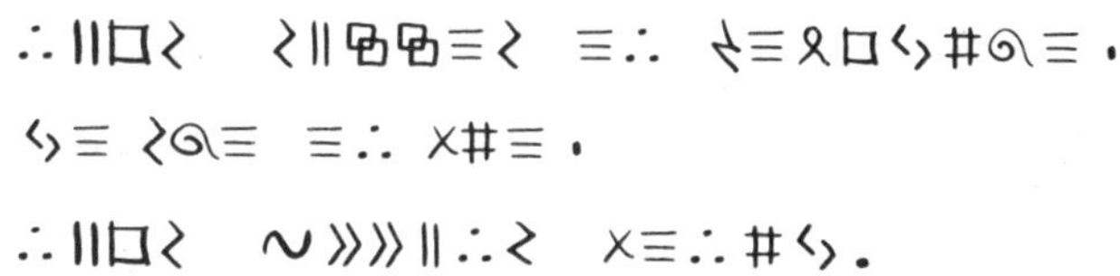

Kiva lâcha un soupir de soulagement en le traduisant dans sa tête : *Nous sommes en sécurité. Reste en vie. Nous allons venir.*

Cela faisait trois mois qu'elle n'avait pas eu de nouvelles de sa famille. Trois mois à inspecter les vêtements des nouveaux prisonniers qui ne se doutaient de rien, en priant pour découvrir une bribe d'information venue du monde extérieur. Sans la générosité du maître d'écurie, Raz, elle n'aurait eu aucun moyen de contacter ceux qu'elle aimait. Au péril de sa vie, celui-ci lui faisait parvenir des notes qui, bien que rares et laconiques, comptaient plus que tout pour Kiva.

Nous sommes en sécurité. Reste en vie. Nous allons venir.

Ces mêmes dix mots et d'autres messages similaires étaient arrivés sporadiquement durant les dix dernières années, chaque fois que Kiva en avait le plus besoin.

Reste en vie.

Voilà qui était plus facile à dire qu'à faire, mais Kiva obéirait, certaine que sa famille tiendrait un jour sa promesse de venir la chercher. Quel que soit le nombre de messages reçus ou d'années écoulées, elle se raccrochait à ces mots et se les répétait en boucle dans sa tête. *Nous allons venir. Nous allons venir. Nous allons venir.*

Un jour, elle reverrait sa famille. Un jour, elle serait libre et quitterait Zalindov pour de bon.

Cela faisait déjà dix ans qu'elle attendait ce jour.

Mais chaque semaine qui passait lui faisait perdre un peu plus espoir.

CHAPITRE 2

Il arriva dans le même état que presque tous les autres : couvert de sang et l'air d'avoir déjà un pied dans la tombe.

Un mois s'était écoulé depuis que le dernier prisonnier avait franchi les portes de Zalindov ; un mois depuis que Kiva avait été forcée de graver un Z dans la chair d'un autre être humain. Elle n'avait eu à traiter que des blessures de routine et une épidémie de fièvre des tunnels dont les victimes avaient été mises en quarantaine – certaines étaient mortes, d'autres avaient ardemment prié pour l'être mais s'en remettraient.

Ce matin-là, en revanche…

Trois nouveaux arrivants.

Trois hommes.

Qui, à en croire la rumeur, venaient tous de Vallenia, la capitale d'Evalon, le plus grand royaume de Wenderall.

Il était rare que des chariots arrivent durant l'hiver, surtout depuis les territoires méridionaux tels qu'Evalon. D'ordinaire, les prisonniers qui venaient de si loin étaient enfermés dans des cachots ou des prisons de village jusqu'au printemps, afin de réduire le risque qu'ils périssent durant les longues semaines de trajet. Parfois, les gardes eux-mêmes ne survivaient pas au voyage à travers le désert du Belhare et les montagnes de Tanestra, surtout quand la météo se détériorait et que le blizzard se mettait à souffler au niveau du col. Quant à ceux qui arrivaient directement de Vallenia, ils devaient aussi traverser la Prairie sauvage et le Marais grouillant, puis s'enfoncer dans le bois des Lamentations – un périple ardu, même dans des circonstances idéales, et rendu encore plus éprouvant par le comportement brutal des gardes de transfert.

Hiver, été, printemps ou automne, peu importait quand arrivaient les prisonniers ou d'où ils venaient : la route de Zalindov était toujours périlleuse. Située au nord d'Evalon, proche des frontières de Mirraven et de Caramor, la prison n'était facile d'accès pour aucun des huit royaumes de Wenderall. Et pourtant, tous y envoyaient leurs citoyens à problèmes depuis les quatre coins du continent, sans se soucier qu'ils survivent ou non au voyage.

De fait, sur les trois hommes qui avaient été envoyés à l'infirmerie à peine le portail franchi, un seul avait besoin des soins de Kiva. Les deux autres étaient déjà passés dans l'éthermonde, le corps raide et livide. Ils ne dégageaient pas encore d'odeur de décomposition, ce qui signifiait que leur décès était récent, mais cela ne faisait aucune différence. Personne ne revenait d'entre les morts.

Le troisième en revanche… Les battements de son pouls, si faibles soient-ils, furent une surprise.

Kiva baissa les yeux vers lui et se demanda s'il allait tenir ne serait-ce qu'une heure.

Faisant de son mieux pour ignorer les deux corps allongés sur la table en métal à sa droite, Kiva examina le survivant. Par où commencer ? Il avait besoin d'être lavé : sous cette couche de crasse, elle ne parvenait pas à déterminer si le sang qui le maculait était le sien et s'il avait des plaies qu'il fallait panser.

Kiva retroussa les manches usées de sa chemise, grimaçant lorsque le tissu rêche frotta la peau à vif de son avant-bras droit. Elle refusait de repenser à ce que les gardes lui avaient fait trois nuits plus tôt, ou à ce qui se serait passé si la dernière recrue – la jeune femme aux yeux ambrés – n'était pas arrivée à point nommé.

Kiva ne savait toujours pas pourquoi la femme était intervenue et avait mis ses collègues en garde contre la colère du Gardien. Les gardes n'étaient pas idiots. Ils savaient que même si Zalindov était dirigée d'une main de fer, le Gardien ne cautionnait pas les abus de pouvoir. Ce qui ne les empêchait pas d'agresser les prisonniers. Ils faisaient simplement attention à ne pas se faire prendre.

La nouvelle recrue avait encore cette étincelle d'honneur, de vie, dans son regard d'ambre – étincelle qui s'évanouissait généralement au bout de quelques semaines passées à la prison pour laisser place à une rancœur amère. Kiva avait beau lui être reconnaissante de son intervention, elle avait désormais l'impression de lui être redevable. Et il ne faisait jamais bon avoir des dettes à Zalindov.

Réprimant ses pensées inquiètes, Kiva récupéra un seau d'eau fraîche et retourna auprès de son patient. Soigneusement, méthodiquement, elle commença à le nettoyer, retirant au fur et à mesure ses habits en lambeaux.

N'oublie jamais, petite souris : il n'existe pas deux personnes identiques, mais nous sommes tous beaux à notre manière. Le corps humain est un chef-d'œuvre qui mérite notre respect. Toujours.

Kiva sentit sa gorge se nouer en entendant la voix douce de son père dans son esprit. Cela faisait bien longtemps qu'elle n'avait pas été submergée par un souvenir d'enfance, qu'elle n'avait pas entendu ce sobriquet de « petite souris » – donné parce qu'elle couinait chaque fois qu'elle sursautait lorsqu'elle était enfant –, qu'elle n'avait pas senti des larmes lui picoter les yeux.

Arrête, s'ordonna-t-elle. *N'y pense pas.*

Elle inspira profondément, s'accorda trois secondes pour se maîtriser, puis reprit son travail le cœur lourd. Elle ne pouvait s'empêcher de se remémorer les instructions de son père et les journées entières qu'elle avait passées auprès de lui à soigner les villageois. Aussi loin que remontaient ses souvenirs, elle l'avait toujours aidé – allant chercher de l'eau, déchirant des draps, stérilisant des lames lorsqu'elle avait été assez grande pour le faire sans se blesser. Elle était la seule de ses frères et sœur à avoir hérité de la passion de leur père pour la médecine, la seule à vouloir apaiser les souffrances d'autrui.

Et à présent, la voilà qui s'apprêtait de nouveau à entailler la chair d'un homme.

Sa cuisse la démangeait. Elle l'ignora.

Kiva serra les dents pour refouler ses souvenirs et termina de déshabiller le patient, le laissant vêtu uniquement de ses sous-vêtements. Elle ne ressentait aucune gêne à le voir presque nu. C'était une seconde nature chez elle que de l'examiner d'un œil professionnel, d'évaluer simplement l'étendue de ses blessures. Dans un coin de sa tête, elle remarqua sa silhouette robuste et la peau dorée que l'on devinait sous le sang qu'elle continuait de nettoyer, mais, plutôt que de se demander quelle vie il avait vécue pour développer un tel physique – et ce qui avait bien pu le conduire à Zalindov –, elle ne put s'empêcher de redouter ce qui l'attendrait à son réveil. Il était suffisamment musclé pour s'attirer des ennuis et se voir attribuer les pires tâches qui soient.

Peut-être vaudrait-il mieux qu'il ne se réveille pas, après tout.

S'en voulant d'avoir eu une telle pensée, Kiva redoubla d'efforts pour le nettoyer, sans jamais oublier que l'on épiait le moindre de ses mouvements. Aujourd'hui, c'était le Boucher qui se tenait dans l'encadrement de la porte. Il venait de prendre la relève du Squelette. Il ne s'agissait pas de leurs véritables noms, mais Kiva et ses codétenus ne les avaient pas baptisés ainsi sans raison. Le Boucher quittait rarement l'Abysse, le bâtiment disciplinaire pressé contre le mur nord-est. Son nom était à la fois un avertissement et une promesse pour ceux qui y étaient envoyés – et rares étaient ceux qui en revenaient. Le Squelette, à l'inverse, patrouillait souvent le long du chemin de ronde, en haut des murs d'enceinte, son arbalète sur l'épaule, ou bien dans l'une des tours de guet. Bien qu'il ne fût pas aussi terrifiant que le Boucher, il aimait briser sans prévenir les os des prisonniers, si bien que Kiva prenait garde à ne pas trop l'approcher.

Il était inhabituel que ces deux hommes soient postés à l'infirmerie, mais les détenus étaient agités ces derniers temps, avec l'arrivée de l'hiver. À cause des gelées récurrentes, les rations de nourriture étaient plus maigres que jamais. Lorsque les travailleurs ne parvenaient pas à récolter le quota quotidien dans les fermes – ce qui était le cas depuis plusieurs semaines –, ils en ressentaient les effets plus que quiconque, aussi bien dans leur estomac qu'aux mains des gardes qui les supervisaient.

Toutes les saisons à Zalindov étaient difficiles, mais l'hiver était particulièrement rude. Au bout de dix ans, Kiva le savait bien. Elle n'avait que trop conscience que les deux corps à côté d'elle ne seraient pas les seuls qu'elle emporterait à la morgue cette semaine. Un grand nombre finirait dans le crématorium avant la fin de l'hiver.

Kiva essuya la dernière trace de sang sur le torse de l'homme, puis inspecta les impressionnantes contusions sur son abdomen. Un camaïeu de couleurs décorait sa peau, signe qu'il avait subi plus d'une correction durant le voyage depuis Vallenia. Kiva le palpa méticuleusement et ne détecta aucun signe de dommages internes. Quelques lacérations profondes nécessitaient son attention, mais elles n'expliquaient pas la quantité de sang dont il avait été recouvert. Il devait s'agir du sang de ses compagnons. Peut-être avait-il essayé de leur sauver la vie en endiguant les saignements.

Ou… peut-être les avait-il tués.

Il n'y avait pas que des innocents à Zalindov.

Ils étaient même en minorité.

Avec un infime tremblement des doigts, Kiva tourna son attention vers le visage du blessé. Préoccupée par ses organes vitaux, elle n'avait pas encore pris le temps de nettoyer la couche de sang et de crasse sur son visage, si bien qu'il était difficile de discerner ses traits.

Par le passé, elle se serait souciée en premier de sa blessure à la tête, mais elle avait appris des années plus tôt qu'elle ne pouvait rien contre les lésions cérébrales. Mieux valait se concentrer sur le reste et espérer que le patient se réveille avec l'esprit intact.

Kiva observa l'eau souillée dans son seau en se mordant la lèvre et contempla les choix qui s'offraient à elle. Elle n'avait aucune envie de demander quoi que ce soit au Boucher, mais elle avait besoin d'eau fraîche – pour laver non seulement le visage et les cheveux de l'homme, mais également ses plaies avant de les recoudre.

Le patient doit toujours passer en premier, petite souris. Ses besoins avant les tiens.

Kiva poussa un soupir silencieux en entendant de nouveau la voix de son père résonner à son oreille. Mais, cette fois, la peine que cet écho lui inspirait avait quelque chose de réconfortant, comme s'il se trouvait dans la pièce avec elle. Sachant ce qu'il aurait fait à sa place, Kiva souleva le seau et se tourna vers la porte. Les yeux pâles du Boucher se fixèrent sur elle, une expression d'anticipation avide sur son visage rougeaud.

— On te demande au quartier de l'isolement, annonça alors la garde aux yeux ambrés, qui venait d'apparaître derrière le Boucher. Je prends la relève ici.

Sans un mot – mais en jetant à Kiva un regard libidineux qui lui donna la chair de poule –, le Boucher tourna les talons et s'éloigna, ses bottes crissant sur le gravier.

Kiva regrettait que l'eau dans son seau ne soit pas assez propre pour qu'elle puisse s'en servir – elle se sentait sale après le regard que l'homme avait posé sur elle. Elle glissa une mèche de cheveux derrière son oreille pour cacher son malaise et leva les yeux vers la garde.

— J'ai besoin d'eau fraîche.

Elle craignait moins cette femme que le Boucher, mais s'exprima néanmoins à voix basse pour paraître suffisamment docile.

— Où est le garçon ? demanda la garde.

Voyant le regard indécis de Kiva, elle précisa :

— Le rouquin qui bégaie. Celui qui t'aide avec… (Elle balaya la pièce d'une main gantée.)… tout ça.

— Tipp ? Il a été envoyé aux cuisines pour l'hiver. Il y a plus de travail là-bas.

En vérité, avec l'épidémie récente de fièvre des tunnels, Kiva aurait apprécié l'aide de Tipp. Les deux autres prisonniers qui avaient été assignés à l'infirmerie pour s'occuper des patients en quarantaine craignaient tellement d'être contaminés qu'ils s'approchaient à peine des malades. Par leur faute, Kiva avait tant de travail que, hormis les quelques heures qui lui étaient accordées pour dormir chaque nuit, elle passait le reste de son temps à soigner seule les innombrables détenus de Zalindov – une tâche astreignante même en plein hiver, lorsque les arrivées se faisaient rares. Au printemps, elle devrait en plus entailler main après main, mais Tipp pourrait alors la soulager en se chargeant des tâches simples, telles que défaire les lits et nettoyer du mieux possible leur environnement si peu stérile.

Pour l'heure, en revanche, Kiva ne pouvait compter que sur elle-même.

La garde balaya la pièce d'un air pensif et observa le survivant au visage crasseux, les deux morts et le seau d'eau putride.

— Attends là, ordonna-t-elle enfin.

Puis elle quitta la pièce.

CHAPITRE 3

Kiva n'osa pas bouger d'un pouce jusqu'au retour de la garde quelques minutes plus tard. Cette fois, un jeune garçon l'accompagnait. Dès qu'il posa les yeux sur Kiva, son visage couvert de taches de rousseur s'illumina et un grand sourire étira ses lèvres, dévoilant ses dents écartées.

Avec ses cheveux roux vif et ses grands yeux bleus, Tipp ressemblait à une bougie brûlant d'énergie et de passion. À onze ans, rien ne semblait jamais le décontenancer. Malgré les railleries et les désagréments qu'il subissait chaque jour, il avait toujours un mot gentil ou une caresse pour les prisonniers qui avaient le plus besoin de lui. Il était même aimable avec les gardes, si brusques et impatients qu'ils soient à son égard.

Kiva n'avait jamais rencontré personne comme Tipp, et encore moins dans un endroit tel que Zalindov.

— K-K-Kiva ! s'exclama le garçon en se précipitant vers elle.

Il semblait prêt à la serrer dans ses bras – comme si cela faisait des années et non quelques jours qu'il ne l'avait pas vue – mais il se retint au dernier moment en voyant la posture crispée de Kiva.

— J-je ne savais pas p-pourquoi Naari m'amenait ici ! J'avais p-p-p-p… (Il grimaça et changea de mot.) J'étais inquiet.

Kiva n'était pas étonnée que Tipp, toujours si affable, connaisse le prénom de la garde. Naari. Au moins, elle n'aurait plus besoin de l'appeler intérieurement « la femme aux yeux ambrés » désormais.

— La guérisseuse a besoin d'aide, gamin, annonça Naari d'un ton indifférent. Va lui chercher de l'eau.

— Entendu ! répondit Tipp avec enthousiasme en s'élançant, tout en bras et en jambes, vers le seau.

L'espace d'une seconde, Kiva craignit que l'eau ensanglantée ne se répande sur le sol de l'infirmerie, mais Tipp s'échappa par la porte avant qu'elle ne puisse lui dire de faire plus attention.

Un silence gêné s'abattit sur la pièce, jusqu'à ce que Kiva se racle la gorge et murmure :

— Merci. D'être allée chercher Tipp, je veux dire.

La garde – Naari – hocha simplement la tête.

— Et… pour l'autre soir aussi, ajouta Kiva à voix basse.

Elle ne regarda pas les brûlures sur son bras, n'attira pas l'attention sur le fait que certains gardes avaient décidé qu'elle leur servirait de divertissement ce soir-là.

Ce n'était pas la première fois.

Ce n'était même pas la pire.

Malgré tout, elle était reconnaissante à la femme d'être intervenue.

Naari hocha de nouveau la tête, un geste brusque qui convainquit Kiva de ne pas s'étendre sur le sujet. Mais c'était étrange. Maintenant qu'elle connaissait le prénom de la garde, elle se sentait moins nerveuse, moins… intimidée.

Attention, petite souris.

Kiva n'avait pas besoin de l'écho de l'avertissement de son père. Naari tenait la vie des prisonniers – la vie de Kiva – entre ses mains. En tant que garde de Zalindov, elle était la mort incarnée.

Kiva retourna vers son patient et vérifia son pouls pour se donner une contenance. Il était encore faible, mais moins qu'avant.

Tipp revint du puits en un temps record, le seau rempli à ras bord d'eau limpide.

— Qu-qu'est-ce qui leur est a-arrivé ? demanda-t-il en désignant les deux hommes morts, tandis que Kiva commençait à nettoyer le visage du survivant.

— Je ne sais pas exactement, répondit-elle en jetant un regard inquiet à Naari.

Celle-ci ne semblait pas se soucier de les voir discuter, si bien que Kiva continua :

— Mais celui-ci était recouvert de leur sang.

Tipp examina l'homme d'un air pensif.

— Tu crois qu'il les a t-tués ?

Kiva rinça son chiffon sale, puis reprit sa tâche.

— Quelle importance ? Quelqu'un pense qu'il a fait quelque chose, sinon il ne serait pas là.

— Ça ferait une ch-chouette histoire, dit Tipp en se dirigeant vers l'établi en bois pour rassembler ce dont Kiva allait avoir besoin.

Elle sentit son visage s'adoucir face à la prévenance du garçon, mais elle veilla à prendre l'air indifférent lorsqu'il se retourna vers elle. L'affection était un sentiment dangereux à Zalindov. Rien de bon n'en découlait jamais.

— Je suis sûre que tu en feras une bonne histoire quoi qu'il en soit, déclara Kiva en passant enfin à la chevelure de l'homme.

— Maman d-disait toujours que je s-serais barde plus tard, répondit Tipp avec un sourire espiègle.

Les doigts de Kiva se crispèrent sur son chiffon et son cœur se serra douloureusement alors qu'elle repensait, pour la première fois en trois ans, à la mère de Tipp, Ineke. Accusée d'avoir volé les bijoux d'une noble, Ineke avait été envoyée à Zalindov. Tipp, alors âgé de huit ans, s'était agrippé à ses jupes et avait refusé de les lâcher, si bien qu'il avait été jeté dans le chariot avec sa mère. Six mois plus tard, Ineke s'était coupée en travaillant à l'abattoir, mais les gardes ne l'avaient pas laissée se rendre à l'infirmerie avant qu'il ne soit trop tard. L'infection avait déjà atteint son cœur, et quelques jours plus tard elle était morte.

Kiva avait serré Tipp dans ses bras pendant des heures cette nuit-là, laissant les larmes silencieuses du garçon imbiber ses vêtements.

Le lendemain, les yeux rougis et le visage gonflé, le garçon n'avait prononcé que cinq mots : *Elle voulait que je vive.*

Et c'était ce qu'il avait fait. Avec l'énergie du désespoir, Tipp s'était efforcé de *vivre.*

Kiva était bien décidée à ce qu'il continue – hors des murs de Zalindov. Un jour.

Seuls les idiots s'autorisaient à rêver. Et Kiva était la plus idiote de tous.

Elle retourna son attention vers l'homme allongé devant elle et commença à démêler lentement ses cheveux maculés de sang et de crasse. Ils n'étaient pas trop longs, ce qui aidait. Kiva les inspecta de plus près, hésitant à les tondre, mais elle ne vit aucun signe d'infestation et, lorsqu'ils commencèrent à sécher, ils se révélèrent d'un chatoyant brun doré.

De beaux cheveux et un corps musclé, deux choses rares chez les nouveaux arrivants.

Kiva se demanda de nouveau quel genre de vie cet homme avait menée jusqu'à présent et ce qui avait bien pu le faire tomber si bas.

— T-tu ne vas pas t-tomber en pâmoison, pas vrai ? lança Tipp en lui apportant une aiguille d'os et une bobine de fil en boyau d'animal.

— Quoi ?

— Tomber en p-pâmoison. À cause de son physique.

Kiva fronça les sourcils.

— Son phy… (Elle leva les yeux vers le visage de son patient, le regardant véritablement pour la première fois.) Oh. Bien sûr que non.

Un petit sourire jouait sur les lèvres de Tipp.

— Ne t-t'inquiète pas, je te r-r-rattraperai.

Kiva lui lança un regard noir puis ouvrit la bouche pour répondre, mais, avant qu'elle ne puisse dire quoi que ce soit, Naari surgit à côté d'eux, parfaitement silencieuse.

Un couinement involontaire s'échappa de la bouche de Kiva, mais la garde ne quitta pas des yeux l'homme allongé sur la table métallique.

Non, pas un homme. Maintenant que son visage n'était plus recouvert de sang, Kiva vit que son patient n'était pas tout à fait entré dans l'âge adulte, même s'il n'était plus un enfant. Il devait avoir dix-huit ou dix-neuf ans, un ou deux ans de plus qu'elle.

Naari continua de le fixer, et Kiva fit de même. Des sourcils hauts, un nez bien droit, de longs cils… des traits qui feraient le bonheur d'un peintre. Il avait une plaie en forme de croissant au-dessus de l'œil gauche qui allait devoir être suturée et laisserait une cicatrice sur sa peau couleur miel. En dehors de cette blessure, la peau de son visage était parfaitement lisse – contrairement au reste de son corps, comme Kiva l'avait remarqué en le nettoyant. Son dos était couvert d'un enchevêtrement de cicatrices, similaires à celles de Kiva et des autres prisonniers qui avaient été flagellés. Elles ne semblaient toutefois pas avoir été faites par un martinet ; Kiva ne savait pas quel genre de fouet avait pu laisser de telles marques, mais les dégâts se limitaient à son dos – si l'on exceptait les blessures qu'il avait reçues au cours de son voyage jusqu'à Zalindov.

— Et t-t-toi, Naari, tu vas te pâmer ?

La voix de Tipp tira Kiva de ses pensées et elle retint son souffle. Poser des questions aux gardes n'était *jamais* une bonne idée ! Pire encore, il la *taquinait*.

Kiva avait fait de son mieux pour protéger Tipp depuis la mort de sa mère, mais elle n'était pas toute-puissante. Et maintenant…

Naari se détourna enfin du visage du jeune homme et plissa les yeux face au sourire espiègle de Tipp et à la peur que Kiva ne parvenait pas à cacher.

Elle se contenta toutefois de répondre :

— Il va falloir le tenir au cas où il se réveillerait.

Kiva relâcha l'air emprisonné dans ses poumons, étourdie de soulagement, même lorsqu'elle suivit le regard de Naari et vit ce que Tipp tenait dans son autre main. Le bistouri, déjà chauffé à blanc.

Bien sûr. En plus de recoudre le jeune homme, Kiva devait également lui apposer la marque de Zalindov. La question était, par quoi commencer ? Mais, apparemment, la garde avait déjà choisi et sa présence poussa Kiva à attraper la lame plutôt que l'aiguille. Le reste attendrait que Naari reprenne sa place sur le pas de la porte.

— J-je peux le tenir, déclara Tipp en contournant Kiva pour s'approcher du patient.

Il ne semblait pas conscient du danger auquel il venait par miracle d'échapper, et il ne vit même pas le regard d'avertissement désespéré que lui lança Kiva.

— Prends ses jambes, alors, ordonna Naari. Il a l'air costaud.

Costaud. Le mot forma un nœud dans l'estomac de Kiva. Ce prisonnier ne serait pas envoyé aux cuisines ou à l'atelier. Il serait affecté aux travaux forcés, aucun doute là-dessus.

Il tiendrait six mois. Un an s'il avait de la chance.

Kiva ne pouvait se permettre de s'en soucier. Elle avait vu trop de morts ces dix dernières années, trop de souffrance. Le destin d'un énième homme ne changerait rien. Il n'était qu'un matricule – D24L103 à en croire le bracelet en métal que les gardes de transfert avaient déjà attaché autour de son poignet.

Ignorant la démangeaison au niveau de sa cuisse, Kiva appuya le bistouri sur le dos de la main gauche du patient et se remémora ses raisons d'agir ainsi, de trahir sa vocation de guérisseuse en infligeant délibérément une blessure à autrui.

Nous sommes en sécurité. Reste en vie. Nous allons venir.

Elle n'avait eu aucune nouvelle de sa famille depuis ce dernier message et elle ne s'attendait pas à en recevoir avant le printemps, avec l'afflux de nouveaux prisonniers. Mais elle se raccrochait à ces mots, à cet ordre, à cette promesse.

Kiva n'avait pas le choix – elle guérissait les gens, mais les blessait également. Elle était prête à tout pour survivre. Pour tenir jusqu'à ce que sa famille vienne la chercher et qu'elle puisse s'échapper.

Ce jeune homme… il avait déjà perdu connaissance, si bien qu'elle n'aurait pas à le regarder dans les yeux lorsqu'elle entaillerait sa peau ni à le sentir trembler sous ses doigts. Il ne la regarderait pas comme si elle était un monstre.

Tipp avait vu Kiva marquer au fer d'innombrables prisonniers, mais il ne l'avait jamais jugée pour cela et avait toujours fait preuve de compassion à son égard.

Les gardes, eux, s'en moquaient, tant que Kiva s'acquittait rapidement de sa tâche. Naari ne faisait pas exception. Elle était néanmoins la seule à laisser transparaître son dégoût. Ainsi, elle serra les dents lorsque Kiva enfonça la lame dans la chair du patient, agrippant les épaules du jeune homme de ses mains gantées au cas où il se réveillerait.

Kiva travailla le plus vite possible et, dès qu'elle eut terminé, Tipp lui tendit le pot de sève de ballico et un morceau de linge propre. Semblant satisfaite, la garde retourna sans un mot à son poste sur le seuil de l'infirmerie.

— D-dommage pour la coupure sur son front, déclara Tipp.

Kiva termina de bander la main du patient et commença à suturer le reste de ses blessures, appliquant par-dessus le cataplasme antibactérien.

— Pourquoi ? demanda-t-elle, distraite.

— Ça va gâcher son joli minois.

Les doigts de Kiva se figèrent au-dessus de la plaie qu'elle refermait sur le pectoral droit du jeune homme.

— Joli minois ou non, il reste un homme, Tipp.

— Et alors ?

— Et alors, la plupart des hommes sont des porcs.

Il y eut un silence pesant, brisé uniquement par un léger reniflement de la part de Naari – comme si elle était amusée. Puis Tipp répondit :

— Je suis un homme. Et je ne suis pas un porc.

— Tu es encore jeune, répliqua Kiva. Ça viendra.

Croyant à une plaisanterie, Tipp lâcha un petit rire. Kiva ne le détrompa pas. Même si elle espérait que Tipp resterait toujours aussi gentil et attentionné, la chance n'était pas de son côté. Le seul homme pour lequel Kiva avait éprouvé du respect était son père adoré. Mais il était unique en son genre.

Refusant de se laisser submerger de nouveau par la nostalgie, Kiva termina rapidement de recoudre les plaies sur le dos et l'abdomen de son patient. Elle vérifia de nouveau qu'il n'avait rien sur les jambes avant de se tourner vers son visage.

Alors qu'elle approchait l'aiguille en os de son front, il ouvrit les yeux.

CHAPITRE 4

Le jeune homme se redressa brusquement, et Kiva recula d'un pas vacillant. Elle ne savait pas qui parmi eux était le plus surpris – elle, le patient, Tipp ou la garde.

— Qu'est-ce…

Il regarda frénétiquement autour de lui.

— Qui… Où…

— Du calme, dit Kiva en levant les mains.

Les yeux du jeune homme se posèrent sur l'aiguille avant de remarquer le sang qui maculait les avant-bras de Kiva – son sang à lui. Il descendit à la hâte de la table et battit en retraite, tel un animal acculé.

Consciente que Naari était sur le point d'intervenir, Kiva reprit la parole pour tenter de le calmer avant que la situation ne dégénère.

— Tu es à Zalindov. Tu as été blessé en chemin. Je t'ai soigné, ajouta-t-elle en agitant, impuissante, ses mains tachées de sang.

Le patient tourna alors son regard vers la garde, et Kiva vit que ses yeux étaient d'un bleu perçant cerclé de doré autour des pupilles. Des yeux captivants, tels qu'elle n'en avait jamais vu.

Des yeux captivants dans un visage captivant. C'était indéniable maintenant qu'il était réveillé. Et pourtant, ce qu'elle avait affirmé à Tipp restait vrai : il n'y avait aucun risque qu'elle tombe en pâmoison.

En voyant la garde armée, le jeune homme sembla se vider de ses forces, comme s'il réalisait enfin où il se trouvait et, peut-être, comment il était arrivé là. Il cessa de reculer – il était de toute façon pressé contre l'établi – et examina Tipp, qui était figé au milieu de la pièce, bouche bée. Puis il baissa les yeux et remarqua qu'il était presque nu et que ses blessures, y compris celle de sa main, étaient bandées. Semblant être parvenu à une décision, il se tourna enfin vers Kiva.

— Pardonne-moi, dit-il d'une voix calme. Je ne voulais pas t'alarmer.

Kiva cligna des yeux. Une fois, puis deux.

— Euh, pas de problème, finit-elle par répondre, décontenancée.

Après tout, il s'était réveillé pour la trouver penchée sur lui avec une aiguille rouge de sang. C'était plutôt elle qui l'avait alarmé.

— Tu devrais te rasseoir. Laisse-moi recoudre la plaie que tu as sur le visage.

Il effleura son front avec une grimace et ses doigts se tachèrent de sang. Kiva se mordit la joue pour se retenir de le gronder. À présent, elle allait devoir nettoyer de nouveau la blessure avant de la suturer.

Le jeune homme blêmit, comme s'il était soudain rattrapé par l'épuisement et le choc. Kiva se précipita vers lui, imitée par Tipp, et ils parvinrent à le rattraper avant que ses genoux ne se dérobent sous son poids.

— Ne t-t'inquiète p-pas, dit Tipp en soutenant le patient, qui le dépassait de deux bonnes têtes. On t-te t-tient.

Kiva, elle, essayait simplement de l'empoigner sans le piquer par accident avec son aiguille. Elle l'avait suffisamment molesté pour la journée.

— Désolé, répondit le jeune homme d'une voix plus faible. Je... je ne me sens pas très bien.

Puis il poussa un léger grognement.

— Tipp ! aboya Kiva.

Le garçon savait aussi bien qu'elle ce que signifiait ce bruit. Il s'écarta précipitamment, abandonnant tout le poids du patient à Kiva. Elle parvint à le traîner jusqu'à la table en métal, à quelques pas de là, où elle l'obligea à s'asseoir tandis que Tipp revenait avec un seau vide. Juste à temps, car le jeune homme se pencha en avant et vomit.

— C-c'était moins une, dit Tipp avec un sourire.

Kiva ne répondit pas. Elle se contenta d'agripper plus fermement le seau.

Elle n'était pas surprise : les blessures à la tête étaient connues pour provoquer la nausée. Le jeune homme allait se sentir affreusement mal jusqu'à ce qu'elle soigne sa blessure et lui fasse avaler du lait de pavot. Quel dommage qu'il ne soit pas resté inconscient quelques minutes de plus.

Quand enfin il sembla avoir vidé tout son estomac, Kiva l'aida à se rallonger et tendit le seau à Tipp, qui quitta aussitôt la pièce.

— Je suis désolé, répéta le jeune homme d'une voix encore plus faible, le visage d'une pâleur alarmante.

— Arrête de t'excuser, lui ordonna Kiva avant de se raviser.

Il pouvait bien dire ce qu'il voulait. Cela ne la regardait pas.

Kiva lança un coup d'œil à Naari. Celle-ci se trouvait entre la porte et le patient, comme si elle n'avait pas encore décidé s'il constituait ou non une menace. Étant donné qu'il était incapable de s'asseoir sans aide, Kiva n'était pas vraiment inquiète et le fit comprendre à Naari d'un regard. La garde ne recula pas, mais sa posture se détendit légèrement.

— Je me dépêche de terminer, annonça Kiva. Ensuite, je te donnerai quelque chose contre la douleur et tu pourras sortir d'ici.

Elle nettoya rapidement la blessure, puis, soulagée que son patient garde les yeux fermés, inspecta la plaie pour décider comment la recoudre au mieux. Quand Tipp revint avec le seau fraîchement nettoyé, elle lui ordonna à voix basse d'aller chercher des vêtements propres. Le garçon repartit en courant.

Consciente que, quoi qu'elle fasse, la procédure allait être douloureuse, Kiva déclara :

— Essaye de ne pas bouger. Ça va piquer un peu.

Le jeune homme rouvrit les paupières, plongeant son regard bleu teinté de doré dans les yeux verts de Kiva. Celle-ci retint son souffle. Plusieurs secondes passèrent, ou peut-être plusieurs minutes, avant qu'elle parvienne à se détourner pour se concentrer sur la plaie. Il ne la quitta pas des yeux lorsqu'elle plongea l'aiguille sous sa peau.

Sa seule réaction fut une légère grimace.

Mais le cœur de Kiva, lui, battait la chamade à chaque nouveau point de suture.

On entre, on ressort, on fait un nœud.

On entre, on ressort, on fait un nœud.

On entre, on ressort, on fait un nœud.

Kiva se laissa bercer par ce rythme familier. Elle sentait le regard de son patient fixé sur elle, mais, si cela l'aidait à rester immobile, elle pouvait supporter ce léger malaise.

— J'ai presque terminé, annonça-t-elle, comme s'il était n'importe quel autre patient.

— Pas de problème. (Il marqua une pause puis ajouta :) Tu es très douée, je ne sens presque rien.

— Elle a b-beaucoup d'entraînement, lança Tipp en surgissant à côté de la table.

Kiva sursauta légèrement, mais heureusement elle était entre deux points.

— Tipp, qu'est-ce que je t'ai déjà…

— Pardon ! Pardon ! J'oublie t-toujours que tu es n-nerveuse.

Elle n'était pas *nerveuse*. Elle habitait dans une *prison mortellement dangereuse*. N'importe qui aurait les nerfs à vif.

— Fini, annonça Kiva en nouant le dernier point avant d'appliquer de la sève de ballico sur la plaie. Aide-le à s'asseoir, Tipp.

Elle avait ajouté cette dernière phrase d'un ton détaché, dans l'espoir que le jeune homme ne demanderait pas pourquoi elle ne l'aidait pas elle-même. En vérité, en temps normal, c'est ce qu'elle aurait fait. Mais, étant donné que les battements frénétiques de son cœur ne s'étaient toujours pas calmés, elle préférait garder une distance professionnelle et ne pas poser les mains sur la peau nue de son patient.

— Je vais te donner un peu de lait de pavot et tu pourras…

— Non.

Sa réponse tranchante poussa Kiva à lever de nouveau les yeux vers lui. Elle fronça les sourcils et ajouta :

— Je ne t'en donnerai pas beaucoup, juste assez pour apaiser la douleur de ta blessure à la tête et de… (Elle désigna le reste de son corps couvert de bleus, de plaies et de bosses.)… tout le reste.

— Pas de lait de pavot, dit-il d'un ton sans appel.

— D'accord… répondit lentement Kiva. Alors un peu de poudre d'ange ? Je peux…

Il pâlit de nouveau.

— Hors de question. Je… je ne veux rien. Je vais bien. Merci.

Kiva nota sa posture crispée, ses muscles bandés comme s'il s'apprêtait à prendre la fuite. Elle se demanda s'il lui était arrivé quelque chose sous l'influence d'un des deux remèdes ou s'il avait déjà fait une overdose. Ou peut-être connaissait-il quelqu'un qui en était devenu dépendant ? Quelle que soit la raison, à moins de lui faire ingérer les médicaments de force, elle n'avait d'autre choix que d'honorer ses souhaits, même si elle savait que ce n'était pas dans l'intérêt du jeune homme.

— Alors laisse-moi au moins te donner de la cendre de poivrine. Ça ne fera pas disparaître la douleur, mais ça devrait aider un peu. (Elle s'interrompit pour réfléchir.) Si on y ajoute de l'herbe de saule contre la nausée et du brou de noix jaune pour te redonner de l'énergie, ça te suffira peut-être pour affronter… la suite.

Il haussa un sourcil doré mais ne demanda pas de précision. Il accepta d'un bref signe de tête et son visage reprit des couleurs.

Kiva se tourna vers Tipp, qui alla aussitôt chercher les ingrédients. La cendre de poivrine pouvait être saupoudrée sur les blessures ou bien broyée pour former une pâte à ingérer afin de cibler les récepteurs de la douleur du corps tout entier. Kiva ne l'avait jamais mélangée à de l'herbe de saule et du brou de noix jaune, et l'odeur du mélange liquéfié lui fit plisser le nez. Elle lança un regard interrogateur au jeune homme, certaine qu'il préférerait le goût de noisette du lait de pavot ou la saveur caramel de la poudre d'ange. En réponse, celui-ci attrapa sans un mot le récipient en pierre et avala d'un trait la préparation.

Du coin de l'œil, Kiva vit Tipp faire la grimace et dut prendre sur elle pour ne pas l'imiter. Le patient, lui, se contenta d'un frisson presque imperceptible.

— Ça, euh, devrait faire effet d'ici quelques minutes, annonça Kiva, décontenancée, avant de désigner la tunique et le pantalon gris que Tipp avait déposés au bout de la table. C'est pour toi.

Elle laissa Tipp aider le jeune homme à se rhabiller et s'affaira à reposer le récipient vide. Lorsqu'elle se retrouva à court d'ingrédients à ranger, elle se retourna et découvrit que tout le monde la regardait, y compris Naari.

Kiva lança un regard appuyé à la garde.

— N'est-ce pas à vous de prendre le relais ?

Elle ne savait pas pourquoi, mais ce patient lui tapait sur les nerfs. Elle en oubliait tout instinct de survie. D'ordinaire, jamais elle n'aurait parlé ainsi à l'une des gardes. Elle n'avait pas survécu dix ans dans cette prison en faisant preuve d'une telle imprudence.

Naari haussa légèrement les sourcils, comme si elle lisait dans les pensées de Kiva – et lui donnait raison. Mais, avant que Kiva n'ait le temps d'implorer son pardon pour échapper à la punition, la femme répondit :

— Je te charge de sa visite d'orientation.

Kiva ne put masquer sa surprise. Elle avait fait visiter une ou deux fois la prison aux nouveaux détenus lorsqu'elle travaillait à l'atelier, mais jamais depuis qu'elle avait endossé le rôle de guérisseuse.

— Mais… je… j'ai des patients dont je dois m'occuper.

Naari balaya du regard l'infirmerie vide.

— Je crois que tes… patients peuvent attendre, dit-elle en désignant du menton les deux hommes morts.

Ce n'était pas à eux que Kiva pensait, mais aux prisonniers en quarantaine. Elle ravala toutefois sa réponse en voyant que la posture de Naari s'était raidie. La visite de Zalindov ne prendrait pas longtemps. Elle trouverait dans quel bloc le nouveau devait être logé, puis le laisserait avec ses compagnons de cellule pour la nuit. Demain, il se verrait affecté à une équipe de travail et quelqu'un d'autre se chargerait de lui.

— Très bien, dit-elle en essuyant ses mains toujours ensanglantées sur un chiffon humide avant de se diriger vers la sortie. Suis-moi.

Voyant que Tipp lui emboîtait également le pas, Kiva lui lança un regard par-dessus son épaule, avec un signe de tête en direction des deux corps.

— Peux-tu aller dire à Mot qu'on a besoin d'une collecte ?

Tipp baissa la tête et traîna les pieds.

— Mot n'est p-pas très content de moi en ce m-moment.

Kiva s'arrêta sur le pas de la porte.

— Pourquoi ?

Tipp eut l'air encore plus mal à l'aise. Son regard papillonna vers Naari, et Kiva prit conscience que l'affaire devait être grave pour que Tipp parvienne à tenir sa langue devant la garde. Elle soupira.

— Peu importe, je vais m'en charger. Peux-tu aller voir les patients en quarantaine ? Porte un masque et ne t'approche pas trop près.

— Je c-croyais que c'était juste la fièvre des t-tunnels ?

— Mieux vaut prévenir que guérir.

Puis Kiva franchit la porte, suivie par le jeune homme.

Et… Naari.

Kiva jeta un rapide regard à la femme. Des gardes étaient toujours stationnés à l'entrée de chaque bâtiment de travail – à l'exception de l'infirmerie, avant les émeutes récentes – mais ils ne suivaient jamais les prisonniers à l'extérieur. C'était inutile. Des patrouilles humaines et canines surveillaient constamment Zalindov depuis les tours de guet, et les chiens étaient capables de déchiqueter un homme sur un simple coup de sifflet.

Perturbée par la présence de Naari, Kiva en vint à se demander si celle-ci suspectait le nouvel arrivant d'être plus dangereux qu'il n'y paraissait. Ce qui était une raison de plus pour se hâter de lui faire visiter les lieux.

Kiva prit une décision rapide et tourna à gauche, en direction du bâtiment voisin. Le gravier crissait bruyamment sous ses pieds dans l'air calme du soir. Les autres prisonniers ne tarderaient pas à regagner leur cellule, s'ils ne s'y trouvaient pas déjà, mais pour l'heure la cour était silencieuse. Presque paisible.

— Comment t'appelles-tu ?

Kiva leva brusquement les yeux. Le jeune homme avançait calmement à ses côtés, en lui jetant un regard interrogateur. En dépit de ses blessures et de son nouvel environnement, il semblait étrangement à l'aise.

Kiva se souvenait de son premier jour à Zalindov, de l'instant où elle était sortie de l'infirmerie en tenant sa main blessée et où elle avait compris que sa famille, sa liberté et son avenir lui avaient été arrachés d'un coup. Elle n'avait demandé son nom à personne. C'était alors le cadet de ses soucis.

— Je suis la guérisseuse, répondit Kiva.

— Ce n'est pas un nom. (Il attendit quelques secondes puis ajouta :) Je m'appelle Jaren.

— Non, répliqua-t-elle en détournant le regard. Tu es D24L103.

Sa réponse était délibérée : elle voulait lui rappeler comment et pourquoi elle avait mémorisé son matricule. Il devait sentir la plaie pulser sous le bandage qui couvrait le dos de sa main. Kiva avait entendu parler de la technique d'identification propre à Zalindov bien avant d'arriver à la prison à l'âge de sept ans. Ce jeune homme – Jaren – n'avait pas pu ignorer avant d'être jeté dans le chariot qu'il serait marqué d'un Z. C'était inévitable pour tous les condamnés.

Elle attendit qu'il exprime la colère et le dégoût auxquels elle devait systématiquement faire face lorsqu'elle gravait de sa lame la chair des détenus. Il avait été inconscient sur le moment, mais il allait pouvoir se rattraper à présent. Elle ne s'inquiétait pas. Elle avait déjà tout entendu.

— D24L103, répéta-t-il en inspectant le matricule sur son bracelet en métal.

Puis son regard glissa vers les bandages, comme s'il distinguait à travers les trois profondes entailles.

— C'est un peu laborieux, non ? Je préférerais que tu m'appelles Jaren.

Kiva trébucha légèrement et tourna la tête vers lui. Le regard bleu doré du jeune homme pétillait d'humour.

D'humour.

— Tu crois vraiment que l'heure est à la plaisanterie ? siffla-t-elle en s'arrêtant net. Tu sais où tu te trouves, pas vrai ?

Elle écarta les bras comme pour lui ouvrir les yeux. À la lumière déclinante du jour, les murs d'enceinte semblaient encore plus imposants, leur rappelant qu'ils étaient enfermés tels des rats en cage.

La bonne humeur de Jaren s'évanouit et il se frotta la nuque, mal à l'aise.

— Tu as raison. Je suis désolé. Je… je ne sais pas vraiment comment je suis censé me comporter ici.

Kiva prit une profonde inspiration pour s'obliger à se détendre. Tout le monde ne réagissait pas de la même manière face à la peur et à l'incertitude. L'humour était loin d'être le pire mécanisme de défense qui soit. Elle devait se montrer patiente avec lui.

— Je suis là pour ça, reprit-elle d'une voix plus douce. Pour t'apprendre ce que tu as besoin de savoir. Pour t'aider à survivre.

— Depuis combien de temps survis-tu ?

Elle soutint son regard.

— Assez longtemps pour savoir de quoi je parle.

Il sembla se satisfaire de cette réponse et la suivit sans protester jusqu'à l'entrée du bâtiment voisin.

— Je me suis dit que j'allais te faire visiter en premier le dernier endroit que tu fréquenterais.

Quand Jaren lui lança un regard perplexe, elle ajouta :

— Bienvenue à la morgue.

CHAPITRE 5

Kiva s'engagea la première à l'intérieur du bâtiment en pierre et plissa le nez en respirant l'odeur âcre qui imprégnait les murs et le sol. De l'encens brûlait sur une petite table sans parvenir à couvrir la puanteur de la mort, un mélange désagréable de viande avariée et de lait caillé.

Un trou d'évacuation se trouvait au centre de la pièce, et les pierres autour étaient tachées d'un marron rougeâtre. Seule une fraction des prisonniers étaient embaumés, généralement ceux issus de familles privilégiées qui obtenaient la permission de récupérer les corps après leur mort. Kiva sentait encore dans l'air des effluves de thym, de lavande et de romarin, mais aucune trace de vin, signe qu'aucun embaumement n'avait été pratiqué depuis un long moment.

Des blocs de pierre étaient placés à égale distance autour de l'évacuation et, bien qu'aucun cadavre ne s'y trouve, l'endroit sentait aussi fort que lorsque la pièce en était pleine. Le prisonnier en charge de la morgue, Mot, était immunisé contre l'odeur, pour autant les gardes qui surveillaient ce bâtiment ne tenaient pas longtemps.

— Bonsoir, Kiva, dit Mot, assis sur un tabouret derrière sa table de travail, légèrement voûté. Qu'est-ce que je peux faire pour toi, mon petit ?

Kiva entendit Jaren répéter tout bas son prénom et ravala un soupir.

— J'ai deux corps qui attendent d'être collectés, répondit Kiva au vieil homme.

Celui-ci n'était arrivé à Zalindov que dix-huit mois plus tôt. Étant trop vieux pour être d'une quelconque utilité aux travaux forcés, il avait d'abord été affecté à l'infirmerie, mais sa fascination pour la mort avait compliqué les choses. Plus d'une fois, des patients dont il s'occupait avaient succombé à des maladies sans gravité. La situation avait pris des proportions telles que, pour la première – et dernière – fois, Kiva avait adressé une requête au Gardien pour que le vieil homme soit transféré ailleurs. Ce changement de poste s'était révélé être une aubaine : en tant qu'ancien apothicaire, Mot avait trouvé sa place à la morgue et était devenu en quelques mois le croque-mort officiel. Il avait même remercié Kiva pour son aide, déclarant qu'il se sentait presque comme chez lui.

Kiva peinait encore à imaginer que ce vieil homme prévenant avait, comme elle l'avait appris par la suite, délibérément posé de mauvais diagnostics afin de tester sur ses clients des remèdes expérimentaux, provoquant de nombreux décès. Mais peu importait ce qu'il avait fait avant Zalindov. Entre les murs de la prison, ils avaient tous les deux un travail à faire et, sans surprise, l'infirmerie était étroitement liée à la morgue.

— Deux, tu dis ? répéta Mot en farfouillant dans ses parchemins. C'est encore la fièvre des tunnels ?

Kiva secoua la tête.

— De nouveaux arrivants. Ils n'ont pas survécu au voyage.

Les yeux voilés de Mot se posèrent sur Jaren. Naari était restée sur le pas de la porte, et Kiva l'enviait de pouvoir respirer l'air frais du dehors.

— T'es nouveau, mon garçon ? demanda Mot en se levant dans un craquement d'articulations.

Jaren lança un regard à Kiva, comme pour lui demander la permission. Peut-être comprenait-il le sérieux de sa situation, après tout. Bien que ce ne fût pas à elle de la lui accorder, elle hocha la tête et il répondit d'un simple :

— Oui, monsieur.

— Ha ! s'exclama Mot avec un large sourire qui dévoila des dents marronnasses à la lueur des balises de luminium fixées au mur. T'entends ça, Kiva ? *Monsieur.* Ça, c'est du respect ! Il me plaît, celui-là.

— Mot…

— Fais confiance à ta guérisseuse, mon garçon, continua-t-il. Elle s'occupera bien de toi. Promis.

Kiva pinça les lèvres. Elle n'était pas *sa* guérisseuse, mais *la* guérisseuse. De toute la prison.

— Pourras-tu aller les chercher d'ici ce soir, Mot ? finit-elle par demander.

— Bien sûr, bien sûr. Mais ils devront attendre pour la crémation. Grendel a déjà fait une fournée aujourd'hui.

Kiva s'en moquait, tant que les deux hommes ne se décomposaient pas dans son infirmerie.

— Très bien. Tipp surveille mes patients en quarantaine, mais appelle-le si tu as besoin d'aide.

Mot plissa les yeux.

— Tipp ?

Un peu tard, Kiva se souvint de la raison pour laquelle elle était venue à la morgue à la place de son assistant.

Ne sachant pas ce qui s'était passé, elle ajouta :

— Il ne te dérangera pas.

— Ce sale gosse t'a dit ce qu'il avait fait ?

Kiva lança un coup d'œil à Naari, mais celle-ci leur tournait le dos. Il était impossible de savoir si elle les écoutait ou non.

— On ne devrait peut-être pas…

— Il a failli me causer une crise cardiaque ! Mes yeux ne sont plus ce qu'ils étaient, tu sais. Comment étais-je censé le voir allongé sous l'un des corps ? (Mot fronça les sourcils.) Quand je me suis approché, il s'est redressé et a agité les bras du cadavre en poussant des cris. J'ai cru que les morts revenaient se venger !

Kiva entendit Jaren s'étrangler à côté d'elle, mais elle n'osa pas regarder dans sa direction par peur de laisser échapper un éclat de rire.

— Je lui parlerai, dit-elle une fois qu'elle fut certaine de pouvoir garder son sérieux. Ça ne se reproduira pas.

— Y a intérêt, marmonna Mot. Mon pauvre palpitant ne supportera pas une autre frayeur de ce genre. Et les morts méritent notre respect.

Il avait raison, et Kiva comptait bien en toucher deux mots à Tipp. Pour la santé du croque-mort, mais aussi pour Tipp lui-même. S'il s'était fait prendre… si l'un des gardes avait assisté à la scène… il ne serait jamais ressorti de la morgue.

Une sensation de froid submergea Kiva, mais elle se reprit et répéta à Mot qu'elle ferait la leçon au jeune garçon. En échange, Mot lui promit qu'il irait chercher immédiatement les deux corps à l'infirmerie. Satisfaite, Kiva quitta les lieux sans attendre, Jaren sur les talons. Une fois dehors, ils prirent tous les deux une profonde inspiration.

— Sacré personnage, déclara Jaren.

Au lieu de répondre, Kiva lança un regard à Naari, mais la garde ne laissa rien transparaître qui puisse indiquer qu'elle avait ou non entendu l'histoire de Mot. Kiva espérait en tout cas qu'elle appréciait suffisamment Tipp pour ne pas le dénoncer. Le Gardien avait fermé les yeux par le passé sur les frasques du garçon, mais uniquement lorsque Kiva avait quelque chose à lui offrir en contrepartie. Hélas, les ragots se faisaient rares ces derniers temps, si bien qu'elle n'avait aucune monnaie d'échange. Juste un nœud au creux de l'estomac.

Kiva ignora son malaise grandissant et regarda autour d'elle, tentant de se souvenir de sa propre visite d'orientation, des années plus tôt. Les différents bâtiments, les bruits, les odeurs… tout s'était évaporé de sa mémoire. Il ne lui restait que des sensations.

Peur.

Chagrin.

Désespoir.

Ce puissant mélange avait obscurci tout le reste.

Jaren, lui, ne semblait pas accablé par l'émotion. Légèrement sur ses gardes, peut-être. Incertain, assurément. Malgré tout… il regardait autour de lui avec curiosité et attendait patiemment qu'elle décide de la suite des événements.

Kiva tourna vers la gauche, faisant de son mieux pour ignorer les pas de Naari derrière eux.

— Quoi qu'on t'ait dit au sujet de Zalindov avant ton arrivée, oublie, déclara-t-elle.

— On m'a dit que c'était une prison dont peu de gens ressortaient vivants, répondit Jaren. Et qu'elle était remplie de meurtriers et de rebelles.

Kiva se retint d'envoyer un regard éloquent à Naari. Voilà pourquoi personne ne lui demandait de faire visiter les lieux aux nouveaux détenus.

— Bon, d'accord. Ne l'oublie pas, alors, se reprit-elle.

— Es-tu une meurtrière ? demanda Jaren. Ou une rebelle ?

Un petit sourire moqueur se dessina sur les lèvres de Kiva.

— Si tu veux survivre ne serait-ce qu'une nuit, ne demande pas aux gens pourquoi ils sont ici. C'est malpoli.

Jaren l'observa d'un air pensif avant de reporter son attention sur l'allée de gravier. Il pressa sa main blessée contre son estomac – le premier signe de souffrance, bien que Kiva doutât que la brûlure soit la plus douloureuse de ses blessures.

— Tu ne veux pas savoir ce que j'ai fait ? dit-il à voix basse.

— S'il y a une chose que tu dois savoir sur Zalindov, répondit Kiva, c'est que la personne que tu étais en dehors de ces murs ne signifie plus rien. Donc, non. Je ne veux pas savoir ce que tu as fait car ça n'a aucune importance.

Elle mentait, mais Jaren ne la connaissait pas suffisamment pour le lui faire remarquer, et il n'insista pas.

Avec une lente expiration, Kiva s'arrêta devant le bâtiment voisin de la morgue. Il était lui aussi en pierre noircie, et la terre devant l'entrée était couverte de cendres. Une fine volute de fumée s'échappait de l'une des deux grandes cheminées sur le toit.

— Les deux crématoriums de Zalindov, annonça Kiva, impassible. La plupart des morts sont brûlés pour éviter la propagation de maladies. (Elle désigna le conduit éteint.) Le second ne sert que lorsque le premier tombe en panne ou bien en cas d'épidémie ou d'exécutions en masse.

Jaren haussa les sourcils.

— Ça arrive souvent ?

— Les épidémies ? Parfois.

— Non, dit-il en levant les yeux vers la fumée. Les exécutions.

Kiva n'osa pas regarder Naari lorsqu'elle répondit :

— Tous les jours.

Le visage de Jaren se ferma.

— Et en masse ?

— Ce n'est pas aussi fréquent, mais ça arrive.

Elle était presque soulagée qu'il pose ce genre de questions. Il fallait qu'il sache ce qui l'attendait s'il ne filait pas droit.

Il la dévisagea et elle se laissa faire, espérant qu'il verrait qu'elle ne plaisantait pas et que le danger les guettait tous, à chaque instant de la journée.

Enfin, il hocha la tête, ce qui lui arracha une légère grimace.

— Je vois.

Elle le croyait. Il y avait un nouveau pli entre ses sourcils, une ombre sur son visage, un poids sur ses épaules. Peut-être qu'il survivrait, après tout.

Du moins jusqu'à ce que son corps ne soit plus capable de supporter les tâches éreintantes qui lui incomberaient.

— Viens, la visite n'est pas terminée.

Kiva entraîna Jaren vers le cœur de la prison. Ils passèrent d'une allée de gravier à un mélange d'herbe grillée et de terre.

— Zalindov est construite en forme d'hexagone, expliqua-t-elle. Six murs d'enceinte assez épais pour que soit aménagé au-dessus un chemin de ronde, avec des tours de guet aux six angles. Vu l'état dans lequel tu es arrivé, j'imagine que tu étais inconscient pendant la dernière partie du voyage ? (Il acquiesça.) Alors tu as raté le clou du spectacle. Avant le portail d'entrée en fer, avant les fermes, les carrières, la scierie et tout ce qui se trouve juste de l'autre côté des murs d'enceinte, il y a un autre rempart avec huit tours de guet. Il y a aussi des patrouilles en continu. Et des chiens.

Elle s'assura qu'il l'écoutait attentivement avant de conclure :

— N'essaye pas de t'échapper. Aucun prisonnier n'a jamais réussi à franchir vivant le second rempart.

Jaren ne répondit pas. Il semblait enfin commencer à comprendre la réalité de Zalindov. Son visage pâlit de nouveau – mais peut-être la douleur y était-elle pour quelque chose. Kiva ne savait pas combien de temps la mixture qu'elle lui avait donnée agirait. Il était probable qu'il ne tiendrait pas debout beaucoup plus longtemps.

— Dans l'enceinte même de la prison, il y a quatre tours de guet supplémentaires, ajouta Kiva en s'approchant de l'une d'elles.

C'était un imposant édifice rectangulaire qui s'élançait vers le ciel et ouvrait au sommet sur une plate-forme à ciel ouvert. De là où elle se trouvait, Kiva voyait deux gardes qui l'arpentaient et elle savait que d'autres se trouvaient à l'intérieur.

— Avec les six tours du mur d'enceinte, elles offrent une vue panoramique sur l'ensemble de la prison. Nous sommes sous surveillance constante. Ne l'oublie jamais.

De nouveau, Jaren resta silencieux.

Kiva continua d'avancer jusqu'à approcher le plus possible du centre de l'hexagone.

— L'infirmerie, la morgue et le crématorium se trouvent le long du mur nord-ouest, expliqua-t-elle en désignant l'endroit d'où ils venaient. Si on continue à le longer, on tombe sur les ateliers, où se déroulent toutes sortes d'activités manuelles ou administratives. Si l'on va en sens inverse, en prenant à droite en sortant de l'infirmerie, on arrive au chenil, à la caserne, où dorment la majorité des gardes, et au bâtiment à côté du portail principal, où sont accueillis les nouveaux détenus.

Jaren se tourna dans la direction indiquée, mais la douleur voilait déjà son regard.

— C'est là qu'ont lieu les visites ?

La question prit Kiva par surprise.

— Les prisonniers n'ont pas droit aux visites.

Jaren fit volte-face.

— Quoi, jamais ?

Il vacilla légèrement et Kiva dut se retenir pour ne pas l'agripper afin de s'assurer qu'il ne tombe pas.

— Tu veux dire… Tu ne m'as toujours pas dit depuis combien de temps tu étais ici.

En guise de réponse, Kiva haussa les épaules et détourna les yeux.

— Je suis désolé.

Ces trois petits mots dits d'une voix douce manquèrent de la faire craquer. Trois petits mots dans la bouche d'un inconnu suffirent à lui faire monter les larmes aux yeux – était-elle vraiment tombée si bas ?

Nous sommes en sécurité. Reste en vie. Nous allons venir.

Elle ne pouvait pas montrer de faiblesse devant Jaren et encore moins devant Naari. Sa famille comptait sur elle.

Ignorant le poids qui écrasait sa poitrine, Kiva se redressa et répondit d'une voix ferme :

— Tu n'as pas à être désolé. En tant que guérisseuse, je suis tenue de vous aider, toi et les autres prisonniers, mais je suis ici pour une raison, comme tout le monde. Des meurtriers et des rebelles, c'est ce que nous sommes tous. Tu l'as dit toi-même.

Jaren ne dit rien pendant plusieurs secondes, puis reprit lentement :

— Donc… pas de visiteurs. Ce n'est pas une grande perte. Je n'ai pas envie de voir ma famille, de toute façon. (Il lâcha un petit rire.) Et elle aurait encore moins envie de venir.

Kiva sentit une étincelle de curiosité s'allumer en elle. Apparemment, il était en froid avec sa famille, et elle se demanda si c'était à cause de ce qui l'amenait ici. Mais lorsqu'elle vit qu'il l'observait intensément, elle prit conscience qu'il tentait de la distraire, de lui donner un moment pour reprendre le contrôle d'elle-même en ouvrant la porte à une conversation qu'elle pouvait choisir de refermer d'un claquement.

Mais… pourquoi faisait-il cela ?

Voilà pourquoi elle n'aimait pas faire visiter les lieux aux nouveaux prisonniers. Parce qu'elle était alors obligée de leur parler. De passer du temps avec eux. D'apprendre à les connaître. Elle préférait de loin rester seule à l'infirmerie et les voir uniquement lorsqu'ils étaient blessés ou malades.

Refusant d'engager davantage la conversation, Kiva reprit aussitôt son rôle de guide.

— Il y a trop de choses à voir en une soirée pour que tu te souviennes de tout, déclara-t-elle, à la fois parce qu'elle voulait se débarrasser de lui et parce qu'elle ne voulait pas être obligée de le porter jusqu'à sa cellule s'il s'écroulait. De toute façon, ce que tu as besoin de savoir dépend essentiellement du travail qui te sera attribué demain.

Kiva avança encore de quelques pas et s'arrêta devant un bâtiment en pierres de différentes couleurs, surmonté d'un dôme.

— En dehors des heures de travail, les prisonniers sont libres de se déplacer dans l'enceinte de la prison. Si tu te perds, cherche les quatre tours de guet intérieures et dirige-toi vers le centre. Tu te retrouveras ici, au cœur de Zalindov, et tu pourras te repérer.

— Qu'est-ce que c'est ? demanda Jaren en inspectant l'étrange édifice.

— L'entrée des tunnels.

— J'en ai entendu parler, dit Jaren en portant sa main valide à son front comme pour soulager son mal de tête. Ça ne paraît pas très prudent. On dirait presque une invitation à s'échapper.

Kiva lâcha un petit rire et Jaren se tourna vers elle d'un air surpris. Aussitôt, le visage de la jeune fille se ferma.

— C'est un véritable labyrinthe là-dessous, avec des kilomètres et des kilomètres de galeries souterraines. Quiconque serait assez stupide pour tenter de s'échapper ne reverrait jamais la lumière du jour. Sans compter que la plupart des galeries sont en partie immergées.

— La réserve d'eau de Zalindov, dit Jaren.

— Il y a trois mille prisonniers ici. Sans eau, on mourrait tous. Ce bâtiment n'a l'air de rien de l'extérieur, mais ce n'est qu'une entrée. Tout se passe sous terre. C'est là qu'on creuse les nouveaux tunnels et qu'on pompe l'eau de la nappe aquifère.

Elle se retint d'ajouter que ces deux tâches étaient les pires que Zalindov ait à offrir. Venait en troisième position le travail des carriers, suivi de près par celui des bûcherons et celui des ouvriers agricoles.

— Oublie les tunnels pour le moment et écoute-moi bien si tu ne veux pas te perdre, reprit-elle en voyant que les yeux de Jaren étaient de moins en moins lucides. L'infirmerie est de ce côté. (Elle pivota vers la gauche.) La caserne, le bâtiment d'accueil, le portail. (Elle pivota de nouveau.) L'usine pour les céréales et le tri des produits, et derrière l'entrepôt de luminium. Puis les cuisines et le réfectoire. Demain, on t'attribuera des horaires de repas en même temps qu'une équipe de travail. Ne saute pas les repas. Les rations sont chiches, surtout en hiver, et tu auras besoin de prendre des forces.

Elle attendit qu'il acquiesce d'un murmure avant de pivoter de nouveau.

— Les cellules sont derrière le réfectoire. C'est là qu'on va se rendre à présent. Il y a dix blocs en tout, avec trois cents prisonniers par bloc.

Jaren écarquilla les yeux.

— Trois cents ? Qui dorment dans le même bâtiment ?

— Attends de voir les latrines. Tu vas être ravi.

Voyant l'expression horrifiée du jeune homme, Kiva fut prise de pitié.

— On s'y habitue. Chaque bloc a deux étages, ce qui ne fait que cent personnes par niveau. Et honnêtement, dans un jour ou deux, tu seras trop fatigué pour t'en soucier.

Du moins, s'il survivait jusque-là.

Jaren grimaça.

— C'est censé me réconforter ?

Cette fois, Kiva regarda Naari pour la prendre à témoin ; c'était un parfait exemple de la raison pour laquelle Kiva n'était pas qualifiée pour faire visiter les lieux aux nouveaux. La garde n'essaya même pas de cacher son amusement.

Kiva se tourna de nouveau vers Jaren et tenta de l'encourager :

— Je ne peux rien te dire pour te préparer à ce que tu vas vivre. Je suis désolée, c'est simplement la réalité de la vie à Zalindov. Cet endroit va te pousser dans tes retranchements. Mais survivre n'est pas impossible. J'en suis la preuve.

Jaren soutint son regard et demanda à voix basse :

— Quel est ton secret ? Pour survivre, je veux dire ?

Elle pesa soigneusement ses mots avant de répondre :

— Ça aide si tu as une raison de vivre. De te battre. De te lever chaque matin. De vouloir survivre. Parfois, c'est cette envie qui fait toute la différence. Parce que, une fois que tu renonces là-dedans (Elle désigna son cœur.), c'est comme si tu étais déjà mort.

— Quelle est ta raison ? Pourquoi veux-tu survivre ?

Kiva haussa un sourcil.

— Ça ne te regarde pas. Je t'emmène à ta cellule. Après quelques heures de sommeil, tu te sentiras beaucoup mieux.

— Permets-moi d'en douter, répliqua Jaren d'un ton pince-sans-rire.

Kiva avait bien conscience que les muscles meurtris du jeune homme ne feraient que se raidir durant la nuit et qu'il serait misérable au réveil, mais il avait néanmoins besoin de repos pour se rétablir.

— Par ici, se contenta-t-elle de répondre.

Jaren et Naari la suivirent en silence. Leurs trois paires de pieds crissaient sur la terre battue, sur le gravier, et leurs souffles embrumaient l'air à mesure que la température baissait. Les montagnes qui entouraient Zalindov étaient fréquemment enneigées, mais la neige tombait rarement dans la prison. Malgré tout, le froid était mordant et le gel couvrait souvent le sol. Les journées les plus dures arriveraient après le solstice, dans un peu plus d'une semaine. Kiva anticipait déjà tous les maux liés au mauvais temps qu'elle aurait à traiter avant l'arrivée du printemps.

Ils avaient presque atteint leur destination lorsque Jaren désigna le mur nord-est et lança :

— Tu ne m'as pas dit ce qu'il y avait dans cette direction.

Naari se racla bruyamment la gorge et Kiva se demanda si elle cherchait à l'empêcher de répondre.

Mais la garde n'ajouta rien, si bien que Kiva déclara :

— C'est là que se trouve l'Abysse.

— L'Abysse ?

— Le bâtiment disciplinaire de Zalindov.

— Donc, en plus d'être exploités jusqu'à ce que mort s'ensuive, on subit d'autres punitions ? s'exclama Jaren, incrédule.

Et encore, il ne savait pas tout. Kiva n'avait aucune envie de lui révéler la vérité, mais elle n'avait pas le choix. Elle l'attrapa par la manche pour le forcer à s'arrêter et chercha son regard dans la pénombre. Alors que les tours de guet étaient équipées de balises de luminium que les gardes pouvaient diriger sur n'importe quel recoin, le reste de la prison se retrouvait plongé dans le noir à la nuit tombée.

— Personne ne sait ce qui se passe dans l'Abysse, déclara Kiva d'une voix grave. Mais ce n'est rien de bien. Les gardes qui y travaillent sont connus pour leur… créativité. La plupart des prisonniers n'en ressortent pas et les rares qui réapparaissent sont changés à jamais. Donc, si tu tiens à la vie, fais tout pour ne pas être envoyé là-bas, compris ?

Heureusement, Jaren ne chercha pas à discuter.

— Compris.

Kiva se tourna alors vers Naari et lui demanda d'un ton le plus respectueux possible :

— À quel bloc a-t-il été affecté ?

— Bloc 7. Premier étage.

Kiva prit la direction correspondante en serrant les dents. Évidemment, il fallait qu'il se retrouve logé dans le même bloc qu'elle – et trois cents autres prisonniers. Au moins, il serait à l'étage du dessus. Une fois arrivée devant les grandes portes du long bâtiment rectangulaire, Kiva s'arrêta.

— Entre, prends l'escalier sur ta gauche et choisis une paillasse au premier étage, dit-elle à Jaren. Les latrines et cabinets de toilette sont au rez-de-chaussée. L'eau n'est pas chauffée, donc ne t'attarde pas et ne mouille pas tes vêtements pour ne pas attraper froid.

Elle se força à le regarder dans les yeux et ajouta :

— Comme les douches et les cellules sont mixtes, il y a une règle tacite de respect mutuel. Les gardes ne la font pas observer, mais la vie à Zalindov est suffisamment difficile pour qu'on n'ait pas à s'inquiéter d'être agressé d'une seconde à l'autre, si bien que les détenus essayent de veiller les uns sur les autres.

Jaren fronça les sourcils.

— Ça n'a pas l'air infaillible, comme méthode.

— En effet, mais les problèmes viennent rarement des autres prisonniers. Comme je te l'ai déjà dit, tout le monde est trop fatigué pour ça.

— Et les gardes ?

Kiva détourna le regard, la douleur lancinante à son avant-bras agissant comme une piqûre de rappel.

— Ils ne sont pas aussi fatigués.

Elle vit du coin de l'œil la mâchoire crispée de Jaren.

— Est-ce qu'ils ont déjà… Est-ce que tu…

— C'est encore une question que tu ne devrais jamais poser ici, l'interrompit Kiva, consciente de la présence silencieuse de Naari à quelques pas de là.

Jaren semblait sur le point de protester, mais il passa nerveusement sa main valide dans ses cheveux et demanda plutôt :

— Y a-t-il autre chose que je devrais savoir ?

Kiva lui fit face.

— Beaucoup de choses, mais la seule dont tu dois te souvenir est celle-ci : à Zalindov, la seule personne sur laquelle tu peux compter, c'est toi-même.

Sur ces mots, elle tourna les talons et s'éloigna en direction de l'infirmerie. La visite était officiellement terminée.

CHAPITRE 6

— Il paraît que l'un des nouveaux arrivants a survécu, dit Rooke en sirotant un liquide ambré dans un verre en cristal.

Bien droit, il regardait par la fenêtre de son bureau. Alors que la plupart des gardes logeaient dans la caserne, le Gardien avait ses quartiers au dernier étage du mur d'enceinte sud. C'était un poste de surveillance idéal.

— Et les deux autres ?

Kiva, crispée sur sa chaise, secoua la tête. Une heure à peine s'était écoulée depuis qu'elle avait laissé Jaren et Naari devant le bloc numéro sept.

— Morts.

— Hmmm, fit Rooke.

Avec sa peau sombre, ses cheveux coupés court et sa barbe bien taillée, il ressemblait à de nombreux autres gardes. Il se démarquait toutefois d'eux par la cicatrice en forme de diamant qui encadrait son œil droit. Et par l'air d'autorité qui émanait de sa personne, renforcé par son uniforme en cuir noir et ses bottes parfaitement lustrées.

— Le survivant était couvert de sang. Est-il gravement endommagé ?

Toujours prudente avec les informations qu'elle communiquait, Kiva répondit :

— Rien de permanent.

Rooke sourit, plissant ses yeux noirs.

— Tant mieux.

Un autre individu valide. C'était tout ce qui importait au Gardien. Et tant pis si Zalindov était déjà pleine à craquer en dépit de son fort taux de mortalité.

Au cours des dix années qu'elle avait passées à la prison, Kiva avait fini par admettre que le Gardien n'était pas un monstre mais un être froidement pragmatique. Et puissant, très puissant, avec une lourde responsabilité sur les épaules. Il devait rendre des comptes à l'ensemble des royaumes, puisque tous leurs citoyens condamnés étaient envoyés à Zalindov. Mais, même s'il devait se plier aux ordres directs des huit dirigeants, il jouissait d'une grande latitude dans la gestion quotidienne des détenus et des gardes.

Kiva ne portait pas Rooke dans son cœur. L'allégeance qu'elle lui avait prêtée n'était qu'un moyen d'assurer sa survie, rien de plus. Néanmoins, elle avait conscience que les choses auraient pu être bien pires pour elle et les autres prisonniers. Rooke avait un certain sens moral, si limité soit-il. Kiva ne voulait même pas imaginer ce qui se passerait si le Boucher, le Squelette ou n'importe lequel des gardes les plus violents prenait sa place. Il ne resterait bientôt rien que du sang et des cendres.

— As-tu autre chose à me dire ce soir, Kiva ?

Le Gardien l'observait attentivement. Il était intelligent, elle le savait. Un peu trop à son goût. Il vivait parmi les pires personnes qui soient et avait appris depuis longtemps à les décrypter. À la décrypter, elle.

— Les prisonniers sont mécontents, répondit-elle. Mais vous le savez déjà.

Rooke poussa un soupir, puis avala une nouvelle gorgée de liqueur.

— Il y a toujours des problèmes à cette époque de l'année. Ils ont faim. Froid. Ils sont fatigués. Je ne peux pas y faire grand-chose.

Kiva n'était pas d'accord – le Gardien était en mesure de distribuer des rations supplémentaires, des vêtements plus chauds, des couvertures, et de diminuer les heures de travail –, mais elle ne dit rien. Les prisonniers n'étaient pas *censés* être à leur aise. Ils n'étaient pas à Zalindov pour se reposer, mais pour travailler puis mourir.

— Et les rebelles ? reprit Rooke.

Kiva changea de position sur son siège ; le Gardien traquait le moindre de ses mouvements.

— Cresta est-elle toujours à leur tête ? insista-t-il.

Kiva se passa la langue sur les lèvres, hocha lentement la tête et répondit :

— Pour autant que je sache.

Rooke fronça les sourcils.

— Pour autant que tu saches ?

Elle se força à le regarder dans les yeux.

— Les rebelles ne m'aiment pas. Surtout Cresta.

Kiva ne leur en voulait pas. Étant l'informatrice de Rooke, elle méritait leur mépris.

— Ils ne me tiennent pas informée de leur organisation interne. Ou de leurs plans.

Kiva n'osait jamais s'opposer ouvertement au Gardien, mais, après des années à le rencontrer ainsi, elle se sentait plus en sécurité avec lui qu'avec les autres gardes, même si elle savait que sa situation restait précaire.

Le Gardien se frotta les tempes.

— Kiva, tu sais que je te respecte. Je t'apprécie, même. Tu as prouvé à maintes reprises tes talents de guérisseuse, et tes années de service t'ont valu mon estime. C'est la raison pour laquelle je me dois de te prévenir.

Kiva se prépara au pire.

— Le jour approche où je vais devoir te demander plus, continua Rooke. Les rebelles commencent à poser un sérieux problème au sein de la prison. Je suppose que c'est parce que leur mouvement gagne du terrain à l'extérieur. Leur nombre ne cesse de croître à mesure que leur reine les envoie au casse-pipe. Les fous.

Rooke secoua la tête d'un air apitoyé. Le cœur de Kiva se mit à battre la chamade. Toute mention du monde extérieur la laissait toujours sur sa faim. Durant la décennie écoulée, elle n'avait obtenu que quelques bribes d'informations sur ce qui se passait en dehors des murs de Zalindov. À son arrivée à la prison, les forces rebelles n'étaient qu'un petit groupe de nomades dévoués qui cherchaient leur reine perdue, la souveraine légitime du royaume d'Evalon selon eux – une affirmation dangereuse lorsqu'ils se retrouvaient entre les mains de la Garde Royale. Après son emprisonnement, Kiva apprit que la reine avait refait surface pour prendre la tête du mouvement, dans un seul et unique but : la vengeance. Pas la justice ni une chance de prouver que la couronne lui revenait de droit. Non, la Reine Rebelle voulait se venger de tout ce qui lui avait été pris. De tout ce qu'elle avait perdu. Du royaume et du pouvoir qui auraient dû lui revenir à la naissance.

D'après ce que Kiva avait appris au cours des dernières années, la Reine Rebelle gagnait lentement, très lentement, du terrain.

Rooke traitait les rebelles de fous, mais Kiva n'était pas certaine qu'il ait raison.

— Ils dégagent une énergie, une étincelle, qui grandit, ajouta le Gardien en parlant encore des rebelles emprisonnés. Pour l'instant, ce n'est presque rien, mais même la plus petite étincelle peut déclencher un incendie, et je veux l'éviter. Pour leur bien.

L'expression qu'arborait le visage du Gardien la fit frissonner. Les rebelles ne feraient pas long feu si Rooke ou les gardes les soupçonnaient de fomenter quelque chose. Qu'ils cherchent à s'échapper, simplement à semer la zizanie ou à rallier d'autres prisonniers à leur cause, le résultat serait le même. S'ils ne rentraient pas dans le rang, ils le paieraient de leur vie.

Kiva peinait à éprouver de la compassion à leur égard. Ils auraient dû se montrer plus prudents et garder la tête baissée plutôt que d'attirer l'attention du Gardien. En ce qui la concernait, ils avaient creusé leur propre tombe. Son visage devait trahir ses pensées car Rooke soupira de nouveau, plus fort cette fois.

— Vois ce que tu peux apprendre avant notre prochaine rencontre, dit-il.

Il avala d'un trait le reste de son verre et ajouta :

— Talents de guérisseuse ou non, je peux toujours trouver d'autres prisonniers pour travailler à l'infirmerie. Tu ne m'es utile que si tu m'apportes des informations, Kiva. De meilleures informations.

Puis il se retourna vers la fenêtre, mettant fin à leur entretien, et Kiva fut escortée dans le couloir par un autre garde, le cœur lourd et l'estomac noué.

Elle ne pouvait pas donner à Rooke ce qu'il voulait. Elle ne lui avait pas menti : les rebelles de Zalindov la détestaient et ne voyaient en elle qu'une espionne. Leur dirigeante présumée, Cresta, était la dernière personne au monde qui lui confierait quoi que ce soit.

Mais Kiva ferait ce qu'elle faisait toujours : elle trouverait un moyen de répondre aux attentes de Rooke. Elle survivrait un jour de plus. Elle n'avait pas le choix si elle espérait revoir sa famille. D'une manière ou d'une autre, quoi qu'il lui en coûte, elle se débrouillerait pour récolter les informations qu'il désirait.

CHAPITRE 7

Jaren avait été affecté aux tunnels.

C'était Tipp qui l'avait annoncé à Kiva. Tipp qui avait quitté l'infirmerie à la hâte au retour de Kiva la veille, pour s'assurer que Jaren prenne une paillasse à côté de la sienne dans leur cellule commune. Tipp qui avait murmuré les secrets de Zalindov au nouvel arrivant, tous les avertissements et stratagèmes que Kiva avait omis de partager.

Kiva se répéta que Jaren n'était qu'un prisonnier parmi d'autres, qu'elle n'avait pas besoin que Tipp la tienne informée du moindre de ses gestes. Vu le travail qui lui avait été assigné, Kiva refusait d'investir du temps et de l'énergie pour apprendre à le connaître, quand bien même elle en aurait eu envie – ce qui n'était pas le cas. Elle avait assez de soucis en tête, et ce n'était plus qu'une question de temps avant que le jeune homme ne passe l'arme à gauche. Kiva était bien placée pour le savoir : trente pour cent des creuseurs de tunnels ne survivaient pas à leurs six premières semaines, et cinquante pour cent mouraient avant trois mois.

Jaren était condamné d'avance.

C'était dommage, mais la vie à Zalindov était ainsi.

Au lieu de s'appesantir sur la mort inévitable du jeune homme, Kiva se réjouit plutôt d'avoir retrouvé son assistant. Tipp n'avait pas été renvoyé aux cuisines et l'aidait encore avec les patients en quarantaine. Elle soupçonnait Naari d'être responsable de la situation, bien que la garde n'ait plus été assignée à l'infirmerie depuis l'arrivée de Jaren. Kiva regrettait presque l'absence de la jeune femme stoïque, surtout lorsque le Squelette ou le Boucher étaient de service. Il arrivait toutefois que l'infirmerie soit laissée sans surveillance – signe que les choses revenaient à la normale à Zalindov. Il n'y avait pas eu de nouvelles émeutes et, malgré les prédictions alarmistes de Rooke, les rebelles se tenaient tranquilles. Pour le moment du moins.

Lentement mais sûrement, la quarantaine fut levée et les patients qui avaient survécu à leur bataille contre la fièvre des tunnels retournèrent à leur travail – les autres furent envoyés à la morgue.

Dix jours s'écoulèrent, et Kiva retrouva sa routine. Elle s'occupait des patients tout en tentant de glaner des informations pour le Gardien. Mais elle se retrouva bientôt trop occupée pour se soucier des rumeurs ; l'hiver était difficile pour tous les détenus. Ceux qui travaillaient dehors luttaient contre l'hypothermie et les engelures, tandis qu'une épidémie de suette avait attaqué ceux qui travaillaient sous terre – l'eau dans les tunnels transmettait quantité d'infections bactériennes.

Mais, onze jours après l'arrivée de Jaren, alors que Tipp venait de partir dîner et que Kiva finalisait son inventaire hebdomadaire, une voix s'éleva à l'entrée de l'infirmerie :

— J'espère que je ne te dérange pas ?

Kiva fit volte-face et découvrit Jaren sur le pas de la porte. C'était la première fois qu'elle le voyait depuis sa visite de la prison.

— Tu as très mauvaise mine, ne put-elle s'empêcher de déclarer en lui faisant signe d'entrer.

Jaren lâcha un petit rire et avança vers elle d'un pas raide.

— On peut dire que tu ne mâches pas tes mots.

Kiva ne tenta pas de se justifier.

— Je suis surprise que tu sois encore en vie. Je pensais que tu te retrouverais à la morgue bien avant aujourd'hui.

Un autre éclat de rire, plus sonore.

— Quelle pluie de compliments !

Kiva s'interdit d'être soulagée de le voir de si bonne humeur. Il avait tenu presque deux semaines, ce qui était plus long que pour beaucoup d'autres détenus, surtout ceux qui travaillaient aux tunnels.

— Que puis-je faire pour toi, Jaren ?

Elle prit aussitôt conscience de son erreur, mais il était trop tard pour se reprendre et l'appeler par son matricule. Elle tenta d'ignorer l'expression satisfaite qui s'afficha sur le visage du jeune homme et tapa du pied d'un air impatient.

— Tipp m'a dit de venir me faire retirer mes points, répondit Jaren. Enfin, il m'avait dit au bout de dix jours, mais la journée d'hier a été longue et je me suis endormi juste après dîner.

Sa voix dénuée d'émotion ne cherchait pas à provoquer la pitié ou la compassion. Kiva ne lui offrit donc ni l'une ni l'autre.

— Assieds-toi, dit-elle avant d'aller chercher ce dont elle avait besoin.

Jaren prit place sur la table métallique la plus proche avec un grognement étouffé et, bien qu'elle restât de marbre, Kiva grimaça intérieurement, consciente de la pénibilité du travail dans les tunnels. Elle était étonnée que Jaren ne soit pas venu la voir plus tôt pour faire des réserves de remèdes contre la douleur et l'inflammation. Un relaxant musculaire l'aurait aidé, surtout au cours des premiers jours.

— De nouveaux problèmes à signaler ? demanda Kiva en s'approchant de lui. Démangeaisons, rougeurs, gonflements ?

Jaren eut l'air amusé.

— N'étais-tu pas censée prendre de mes nouvelles avant aujourd'hui pour vérifier ?

— Je ne suis pas ta mère. Tu es responsable de ta propre santé, ici.

— Toujours aussi franche, marmonna Jaren dans sa barbe.

Kiva fit mine de ne pas l'avoir entendu et lui attrapa la main gauche. Sa peau était couverte de crasse, preuve qu'il était venu directement après sa journée de travail. Il était presque aussi sale que lors de son arrivée à Zalindov – mais, cette fois, la terre remplaçait le sang.

— Ça a bien guéri, déclara Kiva en inspectant la marque au fer rouge.

Une croûte s'était formée sur la plaie et l'on distinguait déjà une cicatrice rose sous l'une des trois entailles.

Elle retourna sa main et grimaça en découvrant les ampoules ensanglantées sur sa paume.

— Pas mal, hein ? lança-t-il en agitant les doigts. Certains gardes pensent qu'on se la coule douce sous terre, mais voici la preuve irréfutable que je travaille dur.

Kiva passa une éponge gorgée d'eau salée sur sa peau, ce qui lui arracha un juron de douleur étouffé.

— Il faut que tu gardes les mains propres pour que tes blessures ne s'infectent pas, dit-elle en frottant impitoyablement sa paume.

— Tu sais comme moi que c'est impossible.

Kiva ne répondit pas.

Lorsqu'elle eut terminé de lui nettoyer les mains et de les enduire de sève de ballico, elle ordonna :

— Enlève ta chemise et allonge-toi.

— Je suis flatté, mais on se connaît à peine.

Kiva releva brusquement les yeux vers lui. Malgré la fatigue et la poussière sur son visage, son regard bleu doré pétillait d'amusement.

— Si tu es incapable d'être sérieux, va-t'en, siffla-t-elle en désignant la porte du doigt. Je suis sûre que Tipp sera ravi d'enlever tes points de suture dans votre cellule.

— Mais Tipp n'a pas tes délicieuses manières, répliqua Jaren avec un sourire en coin avant de retirer sa chemise et de s'allonger sans attendre sur la table.

Kiva examina son corps d'un œil professionnel. Les contusions sur son abdomen s'étaient estompées, ne subsistait plus qu'une légère auréole jaunâtre. Sans surprise, il avait perdu un peu de poids. Sa masse musculaire était encore bonne, peut-être même plus développée qu'à son arrivée, notamment au niveau des bras et du torse – ce qui n'était pas étonnant au vu des efforts physiques qu'il était obligé de fournir.

— Quel est le diagnostic, guérisseuse ? Vais-je mourir aujourd'hui ?

Kiva interrompit son examen et découvrit les yeux de Jaren fixés sur elle. Elle ne put s'empêcher de rougir, comme si elle avait été surprise en train de le reluquer. Consternée par sa propre réaction, elle rétorqua :

— La journée n'est pas encore terminée.

Il émit un petit rire qui contracta ses muscles abdominaux. Kiva serra les dents et attrapa ses ustensiles.

— Ne bouge bas, ordonna-t-elle en commençant à retirer les points de suture.

Les plaies avaient parfaitement guéri. Elle les nettoya au fur et à mesure, dévoilant une peau saine en dessous.

Lorsqu'elle demanda à Jaren de se retourner sur le ventre, il hésita. Il craignait probablement de dévoiler les cicatrices qu'il avait dans le dos, mais Kiva les avait déjà vues. Il sembla s'en souvenir et finit par obéir, quoique avec réticence.

Incapable de réfréner sa curiosité, alors qu'elle retirait les points sur son omoplate droite, Kiva commenta :

— Je vois beaucoup de cicatrices, mais celles-ci sont particulièrement intéressantes.

Elle effleura l'une d'elles du doigt et sentit Jaren se crisper. Elle savait que ça ne la regardait en rien, mais ne put s'empêcher de poser la question :

— Qu'est-ce qui les a causées ?

Il s'ensuivit un silence si lourd que Kiva crut que Jaren ne lui répondrait pas. Pourtant, à sa grande surprise, il finit par prendre la parole :

— Des boucles de ceinture, principalement. Certaines sont des marques d'ongles, de coups de canne ou d'éclats de verre brisé. Je crois qu'il y en a même une due à l'impact d'un livre. Tout ce qui était à portée de main sur le moment.

Kiva se figea.

— Tu veux dire... Quelqu'un...

— Tu vois beaucoup de cicatrices, je te rappelle, la coupa Jaren. Ne me dis pas que tu es choquée.

Ne sachant que répondre, Kiva retira les points de la plaie suivante. Oui, elle voyait de nombreuses cicatrices, mais elles résultaient toujours d'une flagellation qui venait sanctionner un écart de conduite. Kiva avait elle-même trois lignes de cicatrices dans le dos, reçues durant ses premières années à Zalindov – la seule et unique fois où elle avait refusé de marquer un détenu au fer. Ce dont parlait Jaren, en revanche, ressemblait plutôt à...

— Était-ce un proche ? demanda-t-elle à voix basse.

Une longue expiration, puis il répondit :

— Oui.

Kiva sentait la tension qui s'était emparée du corps du jeune homme et savait qu'il n'en dirait pas davantage. Il en avait déjà dévoilé bien plus qu'elle ne l'aurait fait à sa place.

— Eh bien, tu vas pouvoir ajouter quelques nouvelles cicatrices à ta liste, dit-elle d'un ton volontairement léger en appliquant de la sève de ballico sur sa peau à vif. Tu peux te rasseoir.

Jaren s'exécuta. Son visage était fermé, ses yeux baissés comme pour éviter tout contact visuel après son aveu. Il ne chercha pas à remettre sa chemise, et Kiva, qui ne voulait pas paraître mal à l'aise de le voir à demi nu, se contenta de désigner l'entaille sur son front.

— La meilleure pour la fin.

C'était étrange de se tenir si près de lui. Kiva n'aurait pas dû le faire s'asseoir, mais elle n'avait aucune raison valable de lui demander de se rallonger.

— Cette blessure t'a-t-elle causé des problèmes ? demanda-t-elle en essuyant la couche de poussière sur son visage. Maux de tête, nausées, problèmes de mémoire ou de vue ?

— Les deux premiers jours ont été désagréables, mais la douleur est devenue supportable par la suite. Contrairement à ce que tu as l'air de penser, je ne suis pas idiot. Je serais revenu si j'avais été inquiet.

— Hmmm…

— J'ai déjà souffert d'une commotion cérébrale par le passé, insista Jaren lorsqu'elle commença à retirer les points de suture. Deux, même. Je connais les symptômes.

Au vu de leur proximité, Kiva trouvait moins gênant qu'il parle plutôt que de la fixer sans rien dire et décida d'alimenter la conversation :

— Comment est-ce arrivé ?

Jaren changea de position et Kiva le menaça du regard. Elle était dangereusement proche de son œil.

— La première, une chute de cheval. J'étais à la chasse et ma monture a pris peur. Je suis tombé la tête la première dans un fossé.

Kiva analysa ce qu'il venait involontairement de révéler. Il devait venir d'une famille aisée – la chasse à courre était réservée aux classes sociales supérieures. Des marchands ou des érudits se voyaient parfois invités s'ils avaient des liens avec l'aristocratie, mais c'était rare. Il n'était pas étonnant que la famille de Jaren ne soit pas disposée à venir lui rendre visite à Zalindov. Il avait probablement été renié à l'instant même où il avait été condamné.

— Et la seconde ?

— J'apprenais à mon frère à monter aux arbres et j'ai glissé. (Il grimaça.) Ce n'était pas mon moment le plus glorieux.

— Tu as un frère ?

— Oui. Il a l'âge de Tipp environ. Sa venue a pris ma mère par surprise. (Il marqua une pause puis ajouta :) J'ai aussi une sœur, mais elle est plus âgée.

— Donc, tu es le cadet. Ça explique beaucoup.

— Serait-ce une plaisanterie ? De la bouche de la guérisseuse ? Tu es sûre que je ne suis pas mourant ?

Kiva ne daigna pas répondre. Elle retira le dernier point, recouvrit la plaie de baume et recula à bonne distance avant de lui faire signe de remettre sa chemise.

— Combien de temps dois-tu encore travailler ce soir ? demanda Jaren en balayant l'infirmerie du regard.

Elle essaya de voir la pièce à travers ses yeux à lui : les tables en métal, l'établi en bois recouvert de fournitures médicales, les paillasses avec leurs fines couvertures et les rideaux encore plus fins pour protéger l'intimité des patients ayant besoin de soins prolongés. Au fond de la salle, une porte fermée menait à la pièce pour les patients en quarantaine, où se trouvaient actuellement quelques prisonniers souffrant d'un virus intestinal.

— Quelques heures, répondit Kiva. Olisha et Nergal viendront me remplacer quand il sera temps que j'aille me coucher.

Contrairement à la plupart des prisonniers, qui travaillaient une douzaine d'heures par jour, il n'était pas rare que Kiva passe dix-huit heures d'affilée à son poste, notamment lorsque de nouveaux patients arrivaient par chariots entiers. Olisha et Nergal, une prisonnière et un prisonnier plus âgés assignés à l'infirmerie, prenaient le relais la nuit, mais le reste du temps ils se chargeaient des tâches administratives. Hormis lorsque Kiva avait désespérément besoin de mains supplémentaires en journée, il était rare qu'ils travaillent ensemble tous les trois – ce qui expliquait sans doute pourquoi les deux autres étaient si incompétents. Ils n'avaient personne pour leur apprendre comment soigner les maux les plus compliqués.

— Tiens, dit Kiva en tendant à Jaren un petit pot de gel d'aloès.

Il le retourna entre ses doigts.

— Qu'est-ce que c'est ?

— C'est pour tes mains. Tu aurais dû venir me voir plus tôt.

Jaren pencha la tête.

— Est-ce ta manière de me dire que je t'ai manqué ?

Kiva sentit sa paupière tressauter.

— C'est ma manière de te dire que les choses ne feront qu'empirer si tu ne fais rien.

— Entendu, répondit Jaren, l'ombre d'un sourire aux lèvres. J'imagine qu'on ne se connaît pas encore assez bien pour que je te manque.

Un autre tressautement.

— Inutile de préciser *encore*. On ne se connaîtra jamais assez bien pour ça.

Un sourire en coin se dessina sur les lèvres de Jaren. Il sauta de la table, ce qui le rapprocha dangereusement de Kiva. Celle-ci prit sur elle pour ne pas reculer d'un pas, refusant de lui donner cette satisfaction.

— Peut-être que si tu…

Jaren fut interrompu par Tipp, qui déboula soudain dans l'infirmerie.

— Kiva ! T-t-tu as entendu ?

— Entendu quoi ? demanda-t-elle en se tournant vers lui.

— Q-quelqu'un vient d'arriver !

— Quoi ? Là, tout de suite ?

Kiva fronça les sourcils. Non seulement on était en plein hiver, mais il faisait déjà nuit. En dix ans, Kiva n'avait jamais vu un nouveau détenu arriver si tard.

— Oui ! Et t-t-tu ne vas pas croire de qui il s-s-s'agit !

Avant que Kiva ne puisse l'interroger davantage, Naari apparut sur le pas de la porte, le visage fermé. Juste derrière elle se trouvaient deux autres gardes, des hommes, qui portaient une civière sur laquelle reposait ce qui semblait être un tas de chiffons ayant une vague forme humaine.

— Pousse-toi de là, gamin, grommela l'un d'eux à l'intention de Tipp, qui se précipita vers Kiva et Jaren.

— Toi, guérisseuse, aboya le second lorsqu'ils déposèrent sans cérémonie leur fardeau sur la table en métal que Jaren venait de quitter, tu as une semaine avant sa première Épreuve. On veut un spectacle digne de ce nom, donc fais ce que tu as à faire pour la remettre sur pied d'ici là.

Sur ce, les deux gardes quittèrent la pièce. L'un d'eux bouscula violemment Tipp au passage, obligeant Kiva à enfoncer ses ongles dans l'avant-bras de Jaren pour l'empêcher de se jeter sur l'homme. Le visage du jeune homme s'assombrit, puis il poussa un soupir et tendit la main pour ébouriffer les cheveux de Tipp. Le jeune garçon était loin d'être aussi bouleversé que Jaren – il savait que le garde aurait pu faire bien pire.

Sans attendre, Kiva s'approcha de la femme évanouie sur la table. Elle tendit l'oreille lorsque Jaren demanda :

— De quelle Épreuve parlait-il ?

À la surprise de Kiva, Naari, qui n'avait pas suivi ses collègues, lui répondit :

— Cette femme a été condamnée aux Épreuves du Supplice.

Kiva, qui s'apprêtait à soulever les guenilles cachant le visage de la nouvelle venue, se figea puis fit volte-face. Jaren fixa lui aussi Naari d'un air incrédule – mais il y avait autre chose dans son expression, quelque chose que Kiva ne parvenait pas à déchiffrer.

Aussitôt, Tipp demanda :

— C'est quoi, l-les Ép-p-preuves du Supplice ?

Personne ne répondit.

— Hé ! Qu-qu'est-ce qui se passe ? D-dites-moi.

Kiva se tourna lentement vers le jeune garçon.

— Seuls les criminels les plus dangereux se voient condamnés aux Épreuves du Supplice. La dernière fois remonte à au moins vingt ans.

— Trente, corrigea Jaren, qui regardait d'un air crispé la silhouette immobile sur la table.

— M-mais c'est quoi ? insista Tipp.

— Quatre tâches élémentaires – appelées Supplices – pour déterminer la culpabilité d'une personne : les Épreuves de l'Air, du Feu, de l'Eau et de la Terre, récita Jaren comme s'il avait appris la définition par cœur. Si la personne survit, elle est jugée innocente.

Si Kiva n'avait pas été aussi choquée par la tournure des événements, elle se serait demandé comment Jaren savait tout cela. Au fil des années passées à Zalindov, elle avait entendu des rumeurs au sujet des prisonniers qui avaient purgé cette peine impitoyable, mais elle n'en avait rien su avant son arrivée.

— Des t-tâches élémentaires ? répéta Tipp en fronçant les sourcils. Mais la f-famille royale est la seule à m-m-maîtriser la magie élémentaire de nos jours.

— Les tâches s'inspirent de la magie d'antan, continua Jaren, mais on dit que, si une personne est vraiment innocente, elle sera capable de survivre aux quatre Supplices même si elle ne possède aucun pouvoir.

— Donc… si cette femme p-passe les Épreuves, elle pourra qu-quitter Zalindov ? Elle sera l-l-libre ? demanda Tipp avec une stupéfaction teintée d'émerveillement, comme s'il rêvait à son propre avenir.

— Personne n'a jamais survécu aux Épreuves du Supplice, Tipp, répondit doucement Kiva. À une ou deux tâches, peut-être. Juste assez pour se croire tiré d'affaire. Mais jamais aux quatre. C'est une condamnation à mort, ajouta-t-elle dans un murmure.

Jaren hocha la tête d'un air sombre.

Tipp blêmit, posa les yeux sur le corps inanimé de la femme, puis se mordit la lèvre.

— C'est l-l-logique si elle est v-vraiment celle qu'ils croient.

Kiva força enfin ses doigts à retirer le pan de tissu qui cachait le visage de sa nouvelle patiente.

— Et qui est-elle censée être ?

Cette fois, ce fut Naari qui répondit :

— Apparemment, il s'agit de Tilda Corentine. La Reine Rebelle.

Le cœur de Kiva rata un battement lorsqu'elle baissa les yeux vers la femme d'âge mûr allongée sur la table. Un nez droit, des cils épais, des cheveux et des sourcils sombres. Son teint basané était terne et, lorsque ses paupières s'entrouvrirent brièvement, Kiva vit que ses yeux étaient d'un blanc laiteux. Cette femme était aveugle et, à en juger par les tremblements et les suées qui l'agitaient, gravement malade.

Kiva analysa la situation en une demi-seconde, le temps que le choc la frappe de plein fouet.

— Le roi Stellan et la reine Ariana ont décidé de faire d'elle un exemple, ajouta Naari. D'autant qu'elle a été capturée alors qu'elle était en train de recruter de nouveaux partisans à Mirraven, avec qui Evalon n'a pas de traité d'extradition en raison des relations tendues entre nos deux royaumes. Le roi et la reine ont donc demandé à ce qu'elle soit envoyée ici pour que justice soit faite, bien que cela les ait empêchés de l'interroger en amont. Enfin… vu son état, je ne pense pas qu'elle aurait pu révéler quoi que ce soit, même s'ils avaient réussi à l'intercepter avant son arrivée.

Kiva peinait à remplir ses poumons d'air. Cette femme malade et aveugle, la personne la plus recherchée d'Evalon, était à présent à sa charge. La Reine Rebelle. Et pour couronner le tout…

— Qu-qu'est-ce que c'est ?

La voix de Tipp tira Kiva de sa panique. Elle se retourna et le vit ramasser quelque chose par terre. Un morceau de parchemin.

— Je c-crois que c'est t-tombé de sa couverture quand ils l'ont sou-soulevée de la civière, dit-il en dépliant le parchemin.

Il le tourna d'un côté, puis de l'autre, en plissant les yeux, et Kiva sentit son estomac se nouer.

— Fais-moi voir, ordonna-t-elle d'une voix légèrement rauque.

— C'est rien. Juste des g-gribouillages, répondit Tipp. Néanmoins, il obtempéra.

Le cœur de Kiva s'emballa à la vue des symboles familiers qu'elle traduisit aussitôt.

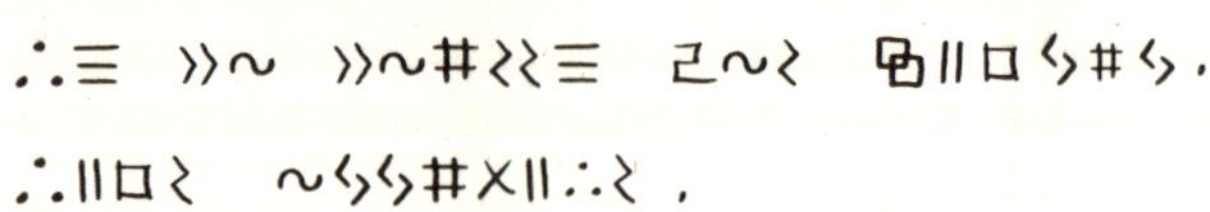

Le message était clair :

Ne la laisse pas mourir.

Nous arrivons.

Le souffle court, Kiva se répéta en boucle ces deux derniers mots.

Nous arrivons. Nous arrivons. Nous arrivons.

Ce n'était plus une vague promesse, mais une annonce imminente.

Sa famille arrivait. Enfin, après de si longues années, *elle arrivait.* Pour Kiva, mais aussi pour Tilda.

Pour la Reine Rebelle.

Kiva étouffa un juron. La femme ne passerait probablement pas la nuit. Et même si elle survivait…

Pendant dix ans, Kiva avait obéi aux ordres codés. Mais pour la première fois elle se sentait démunie, ne sachant que faire. Car, même si elle parvenait à remettre Tilda sur pied, celle-ci n'échapperait pas à son destin.

La mort la rattraperait, d'une manière ou d'une autre. Et Kiva ne pourrait rien y faire.

CHAPITRE 8

Deux jours passèrent, puis trois, puis quatre, et l'état de la Reine Rebelle – de Tilda – ne montrait toujours aucun signe d'amélioration. Kiva faisait de son mieux, mais, ne sachant pas ce qui était arrivé à sa patiente, elle tâtonnait.

— Ses symptômes ne riment à rien, se plaignit Kiva à Tipp cinq jours après l'arrivée de Tilda.

La femme avait été installée sur une paillasse dans un coin de l'infirmerie. Kiva s'étant assurée qu'elle n'était pas contagieuse, il était plus prudent de l'isoler des patients en quarantaine.

— Son état n'emp-pire pas, fit remarquer Tipp. C'est d-déjà ça.

Kiva secoua la tête.

— Il ne reste que deux jours avant son premier Supplice et je n'arrive même pas à faire baisser sa fièvre. À ce rythme, elle sera incapable de sortir du lit et encore moins d'affronter ce qui l'attend.

— Peut-être qu'ils vont changer la d-date ? P-p-pour lui laisser le t-temps de se remettre ?

Kiva lui lança un regard qui trahissait clairement ce qu'elle pensait de cette idée.

— C'est p-peut-être mieux ainsi, ajouta Tipp à voix basse. Puisqu'elle est c-condamnée de toute façon… au moins, ce sera r-rapide, pas vrai ? Et elle ne se rendra c-compte de rien ?

Entendre Tipp, ce garçon si gentil et innocent, lui poser ces questions lui faisait horreur. Pourtant, Kiva ne pouvait que lui donner raison. En tant que guérisseuse, elle n'avait que trop conscience des horreurs que le corps humain pouvait être forcé d'endurer. Une mort rapide était toujours préférable dans ce genre de cas. Mais… en dépit des faits, en dépit de ce dont elle avait été témoin bien trop de fois… le cœur de Kiva se serra en contemplant la femme qui tremblait sur sa couche.

Ne la laisse pas mourir.

Kiva faisait son possible. Mais sans grand succès.

Cherchant à se distraire, elle se tourna vers Tipp.

— T'es-tu réconcilié avec Mot ?

— Je me s-suis excusé, c-comme tu me l'avais dit, répondit le garçon. On a f-fait la paix.

Kiva doutait que Mot soit si prompt à enterrer la hache de guerre.

— Peux-tu aller lui dire qu'on a besoin d'une collecte ?

— J'espérais vraiment que Liku s'en s-s-sortirait, déclara Tipp en lançant un regard peiné en direction de la salle de quarantaine.

— Ça aurait peut-être été le cas si elle avait pu venir plus tôt, répondit Kiva.

Elle avait appris depuis belle lurette à réprimer la rancœur qu'elle éprouvait à l'encontre des gardes qui empêchaient les prisonniers de venir à l'infirmerie avant qu'il ne soit trop tard.

— Maintenant, va prévenir Mot pour qu'on puisse récupérer son lit.

Tipp déguerpit, et Kiva se retrouva seule avec Tilda pour la première fois depuis son arrivée.

— Pourquoi n'allez-vous pas mieux ? murmura-t-elle avant de poser la main sur le front de la Reine Rebelle.

Son geste ne fit que confirmer ce qu'elle savait déjà : la femme brûlait toujours de fièvre.

Afin d'éviter que sa patiente ne se déshydrate complètement, Kiva était obligée de la ranimer à intervalles réguliers pour lui faire ingérer du bouillon. Chaque fois,

Tilda restait prostrée, ses yeux aveugles perdus dans le vide, puis elle sombrait de nouveau dans l'inconscience sans avoir prononcé un mot.

— Vous devez rester en vie, ajouta Kiva tout en rajustant les couvertures de Tilda, qu'elle glissa sous le fin matelas. Vous n'avez pas le choix.

Ne la laisse pas mourir.

Kiva repoussa une mèche de cheveux noirs tombée sur le visage de la femme. Elle s'apprêtait à aller voir ses patients en quarantaine lorsque Tilda tressaillit et ouvrit brusquement les paupières.

Kiva sursauta avant de se reprendre.

— Du calme, du calme, dit-elle, le cœur battant, ne sachant pas si sa patiente la comprenait. Tout va bien.

Tilda tourna le visage en direction de sa voix. En un clin d'œil, elle se redressa et se jeta sur Kiva, l'empoignant par les épaules avant d'enrouler ses mains autour de sa gorge – et de serrer.

La stupéfaction de Kiva fut telle qu'elle prit conscience trop tard de ce qui se passait. Elle se débattit, agrippa les avant-bras de Tilda et la repoussa de toutes ses forces, mais celle-ci tint bon.

— *Sssssstop*, siffla Kiva – mais sa trachée ne laissait presque plus passer d'air.

Elle enfonça ses ongles dans la peau de son assaillante. En vain. Désespérée, Kiva tenta de reculer, mais Tilda refusait de la relâcher, et elle se retrouva bientôt suspendue de tout son poids autour du cou de Kiva. Cette dernière perdit l'équilibre et elles tombèrent toutes deux par terre.

Des taches noires commencèrent à vaciller devant les yeux de Kiva. Le manque d'oxygène lui brûlait les poumons. Elle attaqua frénétiquement le visage de la reine, mais celle-ci esquiva ses coups d'ongles comme si elle possédait un étrange sixième sens, et serra de plus belle.

Puis, alors que Kiva commençait à perdre connaissance, le poids de Tilda disparut, laissant Kiva affalée au sol, prise d'une quinte de toux.

— Tu vas bien ?

Trop occupée à tenter de reprendre son souffle, Kiva fut incapable de répondre, mais elle reconnut la voix de Naari. À travers des yeux larmoyants, elle la vit plaquer Tilda, qui se débattait comme une chienne enragée, contre l'établi. Malgré la profusion d'armes que la garde portait accrochées à son uniforme en cuir – dont deux épées dans son dos –, elle tentait de repousser la prisonnière à mains nues. Mais, contrairement à Kiva, elle ne vit pas Tilda attraper à tâtons sur l'établi le bistouri qui servait à entailler les prisonniers.

— Attention ! s'écria Kiva d'une voix enrouée.

Naari réagit aussitôt, mais Tilda fut la plus rapide et porta un coup en direction de la tête de la garde. Pour quelqu'un qui était incapable de voir, elle visait effroyablement juste. Naari eut à peine le temps de relâcher Tilda d'une main pour bloquer l'attaque. La lame s'enfonça dans son poignet ganté.

Sans grimace ni cri de douleur, la garde repoussa la prisonnière et la frappa au visage d'un coup de coude.

Aussitôt, Tilda sembla se vider de ses forces et s'écroula par terre, sans connaissance.

L'affrontement s'était terminé si rapidement que Kiva était encore à bout de souffle.

— Tu vas bien ? répéta la garde.

Non, elle n'allait pas bien. Elle venait d'être attaquée par l'une de ses patientes, quelqu'un qu'elle essayait de garder en vie, de protéger coûte que coûte.

— C'est plutôt à moi de vous poser la question, répliqua Kiva.

Parler lui arracha une grimace de douleur ; sa voix était aussi rauque que si elle venait d'avaler une tonne de poussière de luminium. Mais son instinct de guérisseuse reprit le dessus et, mettant ses propres maux de côté, elle se focalisa sur la lame enfoncée dans le poignet de Naari. Cette dernière suivit son regard et l'arracha d'un air impassible.

Kiva tressaillit avant de remarquer ce qui lui avait échappé jusque-là : il n'y avait pas la moindre goutte de sang, ni sur le poignet de Naari ni sur la lame.

Chancelante, Kiva se remit debout et s'approcha des deux femmes. Une contusion rosâtre s'épanouissait déjà sur la tempe de Tilda. Voyant l'hésitation de Kiva, Naari lui fit signe de s'occuper d'abord de la prisonnière et, ensemble, elles la traînèrent jusqu'à sa paillasse.

Kiva ne fut pas surprise de voir Naari attacher les mains de Tilda à l'aide des menottes accrochées de part et d'autre du lit, puis de serrer une sangle sur sa poitrine. Bien qu'ils soient rarement utilisés, tous les lits de l'infirmerie étaient équipés de tels moyens de contention, y compris ceux de la salle de quarantaine. Malgré ce que Tilda lui avait fait, Kiva n'aimait pas la voir ainsi attachée. L'idée d'empêcher quelqu'un de se mouvoir lui répugnait – même quelqu'un qui avait tenté de l'étrangler.

— Elle ne bougera pas, déclara Naari. Maintenant, occupe-toi de toi.

Kiva la regarda sans comprendre.

— Ta gorge. Tu dois bien avoir quelque chose qui puisse te soulager ?

Surprise que Naari s'en soucie, Kiva hocha lentement la tête et retourna d'un pas traînant vers l'établi. Ses poumons la brûlaient à chaque inspiration et ses genoux tremblaient, mais elle se força à réfléchir et attrapa un flacon de nectar d'arbre à suif. Des larmes lui montèrent aux yeux lorsqu'elle avala le liquide acide, mais c'était le meilleur remède qui soit contre les lésions de la gorge et des poumons. Kiva envisagea de prendre une dose de lait de pavot contre la douleur, mais elle se ravisa rapidement. Elle avait besoin de garder les idées claires.

— À vous, dit-elle d'une voix déjà plus assurée.

— Je vais bien, répondit Naari.

Elle était restée au pied du lit de Tilda, comme si elle s'attendait à ce que la femme se réveille à tout moment et arrache ses menottes. Kiva n'avait aucune envie de débattre avec la garde. Elle savait à quel point cela pouvait se révéler dangereux. Mais…

— Vous avez reçu un coup de couteau, dit-elle prudemment. Vous devriez me laisser examiner la plaie.

— Je vais bien, répéta Naari d'un ton plus ferme.

Kiva se mordit la lèvre. Son regard se posa sur la lame abandonnée sur la table, notant de nouveau l'absence de sang. Pourtant… elle avait vu Tilda poignarder Naari. Elle avait vu la lame s'enfoncer dans sa chair.

— Laissez-moi au moins vous donner quelque chose pour nettoyer la blessure, insista Kiva à voix basse. Vous pouvez le faire vous-même si vous ne voulez pas que je m'en charge. Mais il ne faut pas risquer une infect…

Naari tourna ses yeux noirs vers Kiva et avança d'un pas ; sa boucle d'oreille en jade se balança à la lumière lorsqu'elle franchit la distance qui les séparait. Kiva se demanda si elle devait ou non reculer – l'expression de la femme était indéchiffrable et elle craignait d'avoir été trop présomptueuse. Naari avait beau ne pas se montrer brutale et impitoyable comme les autres gardes de Zalindov, peut-être n'était-ce qu'une façade.

Kiva ouvrit la bouche pour s'excuser, mais Naari la fit taire d'un simple regard.

Et d'un geste.

Elle retira le gant de sa main gauche, celle que la lame avait transpercée. Kiva ouvrit grand les yeux.

Il n'y avait pas de sang parce qu'il n'y avait pas de plaie. Et il n'y avait pas de plaie parce qu'il n'y avait pas de chair.

Naari avait une main artificielle. À l'endroit où la peau de son avant-bras rejoignait la prothèse, on voyait l'impact de la lame.

— Oh, fit Kiva avant d'ajouter bêtement : C'est pratique.

Les lèvres de Naari tressaillirent.

— J'ai eu la main heureuse.

Un rire surpris s'échappa de la bouche de Kiva, qu'elle masqua rapidement en une quinte de toux qui lui irrita douloureusement la gorge.

— Puis-je savoir comment c'est arrivé ? demanda-t-elle, incapable de réfréner sa curiosité.

Elle retint son souffle en attendant la réponse, mais la garde ne semblait pas contrariée.

— En protégeant une personne chère à mon cœur, répondit-elle en renfilant son gant. Elle s'est assurée que je sois prise en charge, après coup.

— Et maintenant vous êtes là, dit Kiva.

Elle regretta aussitôt sa remarque, mais Naari ne montra aucun signe de colère.

— Et maintenant je suis là.

Cela expliquait beaucoup de choses, pensa Kiva. Bien que relativement nouvelle, Naari était déjà restée à Zalindov plus longtemps que la majorité des autres geôlières. Malgré la qualité de sa prothèse, elle devait peiner à trouver un autre poste, et faire carrière dans l'armée serait plus difficile encore. Être garde dans une prison n'était pas un emploi très glorieux, mais cela restait l'une des meilleures options qui s'offrait à elle si Naari souhaitait servir son royaume.

— Est-ce douloureux ? demanda Kiva, repassant en mode guérisseuse.

— Parfois, admit Naari.

— Si jamais il vous faut quelque chose contre la douleur… offrit Kiva en la regardant droit dans les yeux.

Naari resta silencieuse quelques instants avant de répondre :

— Je te le ferai savoir.

Il se passait quelque chose d'étrange, Kiva le sentait. Un changement dans la relation qui les unissait. La frontière entre garde et prisonnière s'était estompée, et pas uniquement parce que Naari avait à présent sauvé Kiva pour la seconde fois.

— Merci, murmura la jeune fille. De m'avoir aidée. De nouveau.

Naari haussa un sourcil, consciente qu'elle avait fait plus qu'*aider*, mais elle ne la corrigea pas.

— Estime-toi chanceuse que je sois arrivée à point nommé.

Kiva n'avait pas besoin de se l'entendre dire. Malgré tout, elle demanda :

— Il n'y a pas eu de garde aujourd'hui. Pourquoi être venue maintenant ?

Avant que Naari ne puisse répondre, Tipp franchit le seuil de l'infirmerie, suivi de près par Mot et Jaren.

Le croque-mort était attendu, mais Kiva ne put s'empêcher de lancer un regard interrogateur à Jaren. Ce dernier s'arrêta net en l'apercevant, bientôt imité par Mot et Tipp.

— Kiva, mon petit, qu'est-ce qui t'est arrivé ? demanda Mot, les joues rouges de colère, en lançant un regard accusateur à Naari.

Celle-ci se contenta de croiser les bras sans détourner les yeux.

Kiva ne comprit pas tout de suite la réaction du vieil homme, puis elle vit où le regard de Jaren s'était posé. Et celui de Tipp. Elle effleura du bout des doigts son cou, qui devait déjà s'être paré d'un inquiétant camaïeu de couleurs.

— Tilda s'est réveillée, et on a eu une… altercation, répondit-elle.

Son ton se voulait désinvolte, mais sa voix rauque n'aidait pas à faire illusion.

— Naari est arrivée juste à temps pour… intervenir.

Kiva sentit presque la garde lever les yeux au ciel face au choix de ses mots.

— Je n'aurais pas d-d-dû te laisser seule, balbutia Tipp, le visage blême, en regardant la prisonnière désormais menottée. Je suis d-désolé, Kiva.

— Tu n'as fait qu'obéir à mes ordres, répondit-elle avant de se tourner vers Mot. Merci d'être venu si vite.

Lui aussi fixait la prisonnière.

— Alors, c'est elle ? Celle dont ils parlent tous ?

— La Reine Rebelle, ajouta Jaren.

C'étaient les premiers mots qu'il prononçait depuis son entrée dans la pièce. Sa journée de travail étant terminée, il était libre d'aller où il le souhaitait dans l'enceinte de la prison. Kiva supposait néanmoins qu'il était venu à l'infirmerie pour une raison bien précise. Elle l'inspecta, mais ne vit aucune blessure apparente.

— Alors c'est v-v-vraiment une reine ? demanda Tipp, l'air émerveillé, comme s'il n'avait pas cru aux rumeurs jusqu'à présent.

— Pas encore, répondit Jaren. Mais c'est ce qu'elle et ses alliés veulent. Renverser Evalon et prendre la couronne.

— Ou *re*prendre la couronne, selon de quel côté tu te places, glissa Mot.

— Quoi qu'il en soit, coupa Naari en se tournant vers Kiva, tu as une semaine supplémentaire pour la remettre sur pied. C'est ce que j'étais venue t'annoncer.

— Je c-croyais qu'il ne nous restait que d-deux jours ? dit Tipp en se grattant le nez.

— La famille royale a décidé de venir assister au premier Supplice. Ils ont besoin d'un peu de temps pour arriver.

Un long silence s'abattit sur l'infirmerie. Puis...

— *Quoi ?*

Kiva ne savait pas qui d'entre eux avait crié le plus fort, elle savait simplement qu'elle n'était pas la seule à avoir exprimé sa stupéfaction.

— Le roi Stellan et la reine Ariana viennent à Zalindov ? s'exclama Mot, une main pressée sur son crâne dégarni. Bon sang !

— Non, pas eux, répondit Naari. Ils sont encore trop loin, à Vallenia. Mais le prince héritier et la princesse passent l'hiver dans les montagnes de Tanestra. Ils ont reçu l'ordre de venir à la place de leurs parents.

Tipp était bouche bée, Mot semblait abasourdi et Jaren avait les yeux écarquillés. Kiva était soulagée de ne pas être la seule estomaquée, mais la pression qui pesait sur elle s'était soudain décuplée.

Ne la laisse pas mourir.

Famille royale ou non, la situation restait la même. Tilda était gravement malade et ne survivrait peut-être pas jusqu'à sa première Épreuve.

— Une semaine ? répéta-t-elle. Eh bien, c'est déjà ça.

Elle posa les yeux sur la prisonnière, et son estomac se noua de nouveau à la vue des menottes.

— Ils doivent vraiment vouloir que justice soit rendue, commenta Mot en suivant le regard de Kiva. Sinon, ils ne viendraient pas jusqu'ici, pas vrai ?

— T-tu peux me raconter t-toute l'histoire, Kiva ? supplia Tipp. J'en ai d-déjà entendu des b-bribes, mais je ne comprends pas p-pourquoi elle est si d-dangereuse.

Kiva le regarda d'un air impuissant, puis ses yeux glissèrent vers les autres.

Au lieu de répondre à Tipp, elle demanda à Jaren :

— Pourquoi es-tu là ?

Il soutint son regard.

— Je suis venu chercher du baume pour mes mains. Mais maintenant je veux entendre l'histoire.

Mot hocha la tête à son tour. Kiva se tourna vers Naari dans l'espoir qu'elle mette un terme à la discussion. Mais la garde alla prendre place sur le banc le plus proche, comme si elle s'installait confortablement pour mieux écouter. Kiva fronça les sourcils quand les trois autres l'imitèrent et s'assirent avant de lever vers elle des yeux impatients.

— Je suis guérisseuse, pas conteuse, leur dit-elle.

— Aujourd'hui, tu es les deux, répliqua Mot.

Kiva lança un regard presque désespéré à Naari, mais il était évident que cette dernière n'avait aucunement l'intention d'intervenir.

Avec un soupir, Kiva finit par céder. Elle alla s'asseoir à côté de Jaren et commença à répéter l'histoire qu'elle avait supplié sa mère de lui raconter chaque soir lorsqu'elle était enfant.

— Il y a fort longtemps, quand la magie régnait sur le pays, vivaient un homme et une femme, Torvin Corentine et Sarana Vallentis, qui descendaient des deux lignées les plus puissantes de tous les temps.

Kiva baissa les yeux vers ses doigts, tentant de s'imaginer avoir autant de pouvoir.

— Torvin était capable de manipuler le corps humain et, encore à ce jour, il est considéré comme le plus grand guérisseur ayant jamais existé. Sarana, elle, contrôlait les quatre éléments – l'eau, la terre, l'air et le feu –, un don qu'elle a été la dernière à posséder dans son intégralité. Ensemble, rien ni personne ne pouvait les arrêter, et, après s'être unis par les liens du mariage, ils devinrent un roi et une reine tels que le monde n'en avait jamais vu.

Moi aussi, je veux de la magie.

Kiva ferma les yeux en entendant sa propre voix d'enfant résonner dans son esprit. Mais elle ne parvint pas à repousser le souvenir qui remontait à la surface et la réponse de sa mère.

Je préférerais que tu souhaites être intelligente, loyale ou courageuse, ma colombe. La magie est dangereuse et ceux qui en possèdent passent leur vie à regarder par-dessus leur épaule.

C'est juste parce qu'ils font partie de la famille royale, avait répondu Kiva. *Il n'y a plus que les descendants de Torvin et de Sarana qui ont de la magie à présent. Et ils deviennent des cibles.*

Kiva enfouit ce souvenir au plus profond d'elle-même et s'obligea à revenir au présent.

— Les humains sont ainsi faits que les plus puissants d'entre eux risquent de succomber au pouvoir qui les habite, reprit-elle en regardant Tipp, pendu à ses lèvres. Alors que Torvin gouvernait avec intégrité et compassion, se servant de sa magie pour guérir ceux qui en avaient besoin, Sarana, elle, se laissa corrompre de l'intérieur. Elle devint bientôt jalouse de la générosité de son époux et de l'affection que leurs sujets lui portaient. Le mal grandit peu à peu en elle, jusqu'à ce qu'elle décide de ne plus partager le trône. Elle voulait garder le royaume d'Evalon pour elle seule. Elle attaqua alors Torvin par surprise, le laissant gravement blessé. Puis elle mentit à leur peuple et prétendit que le roi l'avait attaquée, qu'il avait tenté de renverser, de tuer, leur reine bien-aimée.

— Et ensuite ? chuchota Tipp.

— Le royaume se souleva et se retourna contre Torvin. Sans ami ni allié, le roi blessé n'eut d'autre choix que de s'enfuir. Il parvint à atteindre les montagnes de Tanestra, mais se retrouva incapable de continuer.

— Il est *mort* ? s'exclama Tipp.

— Personne ne le sait. La reine resta au pouvoir jusqu'à sa mort, à un âge avancé, mais Torvin ne revint jamais. Les rumeurs disent toutefois que d'aucuns seraient partis à sa recherche, qu'ils n'auraient pas cru les mensonges de Sarana et se seraient rebellés contre elle. Certains furent exécutés, d'autres emprisonnés, mais l'histoire raconte que beaucoup s'enfuirent, comme Torvin. Quant à savoir si ces rebelles ont retrouvé ou non leur roi exilé…

Kiva haussa les épaules.

— Donc c'est c-c-comme ça que les rebelles se sont f-formés, dit Tipp, une pointe d'admiration dans la voix.

— Si les rumeurs sont vraies, ajouta Mot, alors Tilda Corentine est l'arrière-arrière-arrière-petite-fille de Torvin, c'est ça ? Enfin, avec encore quelques générations supplémentaires ?

— En théorie, répondit Kiva.

— Mais, à en croire ton histoire, elle n'est pas vraiment une rebelle, pas vrai ? Aucun d'eux ne l'est, continua Mot. D'après ce que j'ai entendu, Sarana et Torvin n'ont jamais eu d'héritier ensemble, mais ils ont eu des enfants chacun de leur côté. Les deux lignées ont perduré. Donc le trône d'Evalon reviendrait de droit aux descendants de Corentine. À supposer qu'ils aient de la magie, bien sûr, puisque c'est ça la preuve, pas vrai ?

Tout le monde se tourna alors vers Tilda.

— Toute la f-famille royale p-possède des pouvoirs élémentaires c-comme Sarana, fit remarquer Tipp. Si T-Tilda est vraiment la d-descendante de Torvin, elle d-devrait avoir son pouvoir de gu-guérison, non ? Et ne pas être malade ?

Voyant qu'ils attendaient tous sa réponse, Kiva haussa de nouveau les épaules, impuissante.

— Je ne sais pas. Peut-être qu'elle ne peut guérir que les autres ? Ou que la magie saute des générations ? Ou qu'elle n'est pas du tout apparentée à Torvin et qu'il y a eu erreur sur la personne ?

— Ça fait beaucoup de peut-être, marmonna Mot. Mais j'aime bien ton histoire, donc je préfère me dire qu'elle est bien la descendante de Torvin et que tout s'est passé comme tu l'as raconté.

— Ne crois pas tout ce qu'on te dit, Mot, dit Jaren avec un sourire indulgent mais désabusé.

Kiva le regarda en haussant un sourcil.

— J'ai entendu un millier de versions différentes de la légende de Torvin et Sarana, se défendit le jeune homme. Qui sait laquelle est la vraie ?

— Le roi et la reine doivent penser qu'il y a un fond de vérité là-dedans, sinon ils ne se sentiraient pas aussi menacés par ce que Tilda représente, rétorqua Kiva.

— Ils descendent de la lignée Vallentis, déclara Mot. Ils sont directement apparentés à Sarana – ou, en tout cas, la reine l'est. Ils sont bien obligés de se pencher sur ces rumeurs, pas vrai ? Surtout si une Reine Rebelle menace de leur reprendre le trône.

Kiva se pinça l'arête du nez.

— Est-ce qu'on peut s'arrêter là ? J'ai du travail.

— J'ai encore une qu-question, lança Tipp en se trémoussant sur son siège. Ce ne sera pas long, p-promis.

— Baisse ta main, Tipp, dit Kiva d'un ton las.

Il obéit, mais continua de sautiller sur place.

— C-comment marche leur m-magie ? Celle de T-Torvin et Sarana ? Et la f-famille Vallentis, ils ont t-tous des pouvoirs élém-mentaires. Enfin, pas le r-r-roi, mais la reine et leurs enfants. C-comment est-ce qu'ils… ?

Tipp agita la main en l'air comme s'il imaginait envoyer des étincelles du bout de ses doigts.

Kiva fronça les sourcils.

— Comment veux-tu que je le sache ?

— Ce n'est pas seulement la famille royale, intervint Jaren, l'air songeur.

Tous les regards se tournèrent vers lui.

— Je veux dire… j'ai entendu parler d'anomalies. De personnes nées avec de la magie en dehors de la lignée royale, comme dans l'ancien temps. C'est rare, mais…

Kiva émit un petit rire moqueur.

— On a tous entendu parler de ces *anomalies*. Ce n'est rien d'autre qu'une histoire racontée aux enfants pour les faire rêver.

— Non, non, Jaren a raison, rétorqua Mot. J'en ai vu une, un jour.

Kiva se redressa brusquement.

— Quoi ?

— Je me suis rendu à Mirraven il y a des années, et c'est là que je l'ai vue, continua le croque-mort. Une petite fille de cinq ou six ans qui agitait les mains et faisait danser l'eau de la fontaine.

— Vraiment ? fit Tipp, émerveillé.

Mot hocha la tête.

— C'était quelque chose. Je n'ai plus jamais rien vu de tel.

Tipp se tourna vers Kiva.

— Tu c-crois que je pourrais avoir de la magie ? Peut-être que je ne le sais juste p-p-pas encore ?

Kiva se sentait complètement hors de son élément. D'une voix la plus douce possible, elle se força à répondre :

— Je suis désolée, Tipp, mais même si les anomalies existent, Jaren a raison. Elles sont extrêmement rares. On parle d'une personne par siècle. Et encore.

— M-mais Mot a vu…

— Une seule fois.

Et Kiva ne pouvait s'empêcher de se demander dans quel état était Mot lorsqu'il avait vu cette enfant magique, et s'il n'avait pas un peu abusé de la bouteille ce jour-là.

Elle se leva, bien décidée à mettre un terme à la conversation.

— Il se fait tard et il y a encore des patients dont je dois m'occuper. L'heure du conte est terminée.

Elle se tourna vers Tipp et tenta d'ignorer son pincement au cœur face au visage déçu du garçon.

— Peux-tu aider Mot à emporter Liku ?

Le garçon hésita, comme s'il brûlait de poser d'autres questions, mais il finit par hocher la tête. Mot semblait lui aussi désireux de continuer la discussion, mais il suivit sagement Tipp jusqu'à la salle de quarantaine.

Kiva se dirigea vers l'établi et chercha un nouveau pot de gel d'aloès pour Jaren, impatiente de le voir s'en aller. Elle ne s'était pas rendu compte que le jeune homme l'avait suivie avant qu'il reprenne la parole, juste derrière elle :

— Pourquoi l'aides-tu ?

Kiva fit volte-face.

— Pardon ?

Jaren lança un regard à Tilda.

— Si c'est vraiment la Reine Rebelle, alors elle est responsable de tout ce qui se passe. De tous les troubles qui agitent Evalon. Des gens meurent à cause d'elle et de ses partisans. *Beaucoup* de gens.

— Tu exagères.

— Non. Les choses sont en train de changer, Kiva. Ce qui n'était au départ que des protestations pacifiques s'est transformé en bain de sang. Les rebelles vont de village en village pour recruter les habitants et tuent les gardes qui tentent de les arrêter. Sans parler des innocents qui sont blessés au passage. (Il la regarda droit dans les yeux.) Et toi, tu essayes de sauver la vie de leur cheffe.

Ne la laisse pas mourir.

— C'est mon travail, répliqua Kiva, sur la défensive, malgré le froid qui lui glaçait le cœur.

— Elle t'a fait du mal, ajouta Jaren, sa voix vibrant d'inquiétude. Et je parie qu'elle ne comptait pas s'arrêter là. Que se serait-il passé si Naari n'était pas arrivée à temps ?

Kiva repensa aux ténèbres qui avaient menacé de l'engloutir, à ses poumons en feu, à la panique qui l'avait envahie.

— Ça n'a pas d'importance, dit-elle en recommençant à fouiller fébrilement parmi ses remèdes.

— Comment peux-tu dire ça ? s'exclama-t-il, exaspéré.

Kiva trouva enfin le petit pot de gel d'aloès qu'elle cherchait et le brandit triomphalement. Puis elle se tourna de nouveau vers le jeune homme.

— Parce que c'est ainsi. Cet endroit est rempli de meurtriers, de violeurs, de ravisseurs, mais je ne peux pas me permettre de les considérer comme tels. S'ils viennent me voir avec un problème, je m'occupe d'eux. Mon travail n'est pas de les juger mais de les soigner. Et que cette femme soit ou non la Reine Rebelle, qu'elle cherche ou non à renverser le royaume, qu'elle essaye ou non de me tuer, *ça n'a pas d'importance.* Je dois l'aider. Tu comprends ?

Jaren la dévisagea longuement avant d'enfin pousser un soupir et de hocher la tête.

— Je comprends. Mais ça ne me plaît pas.

— Je n'ai jamais prétendu que ça me plaisait ! Crois-tu que j'aime aider un homme qui a découpé ses propres enfants pour les vendre à l'auberge du coin en faisant croire qu'il s'agissait de viande de porc ?

Jaren grimaça.

— Par pitié, dis-moi que tu inventes.

— Il est là-dedans, en train de vomir ses tripes, répondit Kiva en désignant la salle de quarantaine. Et en dépit de ce qu'il a fait, je dois faire mon possible pour l'aider à survivre. Pour ce que j'en sais, tu as commis un crime similaire, pourtant je t'ai aidé sans poser de questions. (Elle fourra le pot entre les mains de Jaren.) Et je continue à t'aider.

— Je te garantis que je n'ai pas massacré ma famille, dit Jaren avec dégoût. Ni personne d'autre, d'ailleurs.

— Ça laisse encore beaucoup d'autres options. Maintenant, excuse-moi, mais je dois aller voir si le tueur d'enfants est encore en vie. Tu sais pourquoi ?

— Parce que c'est ton travail.

— Exactement.

Sur cette réponse, Kiva lui souhaita bonne nuit, adressa un hochement de tête respectueux à Naari et se glissa dans la salle de quarantaine au moment où Tipp et Mot en sortaient, portant le corps sans vie de Liku.

Zalindov avait encore fait une victime.

CHAPITRE 9

Olisha et Nergal étaient en retard, comme à leur habitude, mais ils finirent par arriver à l'infirmerie peu avant minuit. Kiva leur ordonna en bâillant de continuer à surveiller les patients en quarantaine, puis elle leur expliqua pourquoi Tilda était menottée et leur demanda de venir la chercher si celle-ci se réveillait.

D'un pas chancelant, Kiva sortit dans le froid hivernal et savoura la quiétude nocturne. En dehors des balises de luminium dont se servaient les gardes en haut des tours de guet, l'enceinte de la prison était plongée dans le noir, et seul le clair de lune illuminait le chemin. Par le passé, ce trajet l'avait terrifiée. Elle y était habituée à présent et trouvait même ce calme réconfortant après une longue journée de travail. Malgré tout, elle accéléra le pas, impatiente d'aller se doucher et de pouvoir enfin s'écrouler sur sa paillasse et oublier ses soucis pour quelques heures.

Arrivée au bloc numéro sept, Kiva se dirigea directement vers les cabinets de toilette, au fond du bâtiment. Ses compagnons de cellule étaient déjà tous endormis, épuisés par leur dur labeur ; certains tremblaient sous leur fine couverture.

Les douches étaient désertes, comme presque toujours à cette heure. Sans attendre, Kiva se déshabilla, serrant les dents en anticipation de l'eau glacée. Un petit cri lui échappa lorsque le jet toucha sa peau, mais, une fraction de seconde plus tard, elle se sentit violemment tirée en arrière par les cheveux et dérapa sur le sol en pierre. Une main se plaqua sur sa bouche, étouffant son hurlement, tandis que l'autre glissait jusqu'à son estomac et le pressait assez fort pour vider l'air de ses poumons.

— La ferme, traînée, siffla une voix glaciale à son oreille. Encore un cri, et tu le regretteras.

Kiva cessa de se débattre lorsqu'elle reconnut la voix. Aussitôt, les mains la relâchèrent et elle s'éloigna d'un pas vacillant de son assaillante – Cresta, la cheffe des rebelles de la prison.

— Pas si vite, continua Cresta d'un ton suffisamment menaçant pour que Kiva s'arrête net. Il faut qu'on ait une petite discussion, toutes les deux.

Tremblant de la tête aux pieds – et pas uniquement à cause du froid –, Kiva se redressa. Sans se soucier de sa nudité, elle posa les mains sur ses hanches et lança :

— Qu'est-ce qui te prend ?

Cresta repoussa ses cheveux roux emmêlés par-dessus son épaule, dévoilant le tatouage de serpent qui s'enroulait sur la moitié gauche de son visage.

— Il faut qu'on parle, répéta-t-elle.

Kiva soupesa ses options avant de prendre conscience qu'elle n'en avait aucune. Cresta travaillait à la carrière et était l'une des rares prisonnières à avoir survécu plus longtemps que prévu : arrivée à Zalindov à l'adolescence, elle y était depuis cinq ans déjà. Avec des bras aussi épais que les cuisses de Kiva et un corps particulièrement musclé, la jeune femme était aussi robuste qu'entêtée. Alors que les autres détenus étaient trop épuisés pour causer des problèmes, Cresta, elle, n'aimait rien tant que lancer des rumeurs et chercher la bagarre. Presque toutes les émeutes de ces cinq dernières années avaient été déclenchées à son instigation, bien qu'elle soit assez maligne pour toujours faire porter le chapeau à quelqu'un d'autre. Tout comme elle était assez maligne pour ne pas révéler au grand jour son statut de cheffe des rebelles – en dépit des on-dit, il n'y avait aucune preuve, ce qui empêchait les gardes de prendre des mesures à son encontre.

Rooke voulait des informations. Si Kiva s'y prenait bien, peut-être que Cresta laisserait échapper quelque chose d'utile.

— Qu'on parle de quoi ? demanda Kiva, qui tremblait de plus en plus violemment.

— Bon sang, mais rhabille-toi, répondit Cresta d'une voix méprisante. Je n'ai aucune envie de voir… (Elle agita une main et grimaça.)… tout ça.

Kiva se mordit la langue pour s'empêcher de faire remarquer à la jeune femme que rien ne l'avait obligée à interrompre sa douche, mais elle ne voulait pas prendre le risque de la mettre en colère. Si elles en venaient aux mains, Cresta gagnerait sans aucune difficulté.

Kiva enfila rapidement ses vêtements et se tourna de nouveau vers l'autre détenue, à peine plus à l'aise. Elle ouvrit la bouche pour exiger une explication, mais Cresta ne lui laissa pas le temps de parler.

— Il paraît que la Reine Rebelle est arrivée et qu'elle est malade.

Kiva ne répondit pas. Elle n'était pas étonnée que Cresta soit au courant, cette dernière avait presque autant d'espions que le Gardien.

— Je veux conclure un marché, continua la jeune femme.

Malgré sa curiosité, Kiva resta de marbre. Qu'est-ce que Cresta pouvait bien vouloir ? Et pourquoi pensait-elle que Kiva serait intéressée ?

— Tu vas sauver la vie de Tilda Corentine, ordonna Cresta. Tu vas t'assurer qu'elle reste en vie assez longtemps pour être secourue. Et, en échange, je ne tuerai pas ce garçon auquel tu es si attachée. Celui qui bégaie. Tipp, c'est ça ?

Kiva en eut le souffle coupé.

— Quoi ? murmura-t-elle.

— Tu m'as bien entendue. Si tu tiens au garçon, sauve la Reine Rebelle. Si elle meurt, lui aussi.

Alors que la panique envahissait les pensées de Kiva, la balise de luminium de la douche grésilla, enveloppant la jeune fille d'obscurité. Lorsque la lumière se ralluma quelques secondes plus tard, Cresta avait disparu.

★

— Ce que je ne comprends pas, c'est pourquoi elle a éprouvé le besoin de marchander avec toi, déclara Rooke en scrutant Kiva, assise en face de lui.

Après son altercation avec Cresta, Kiva s'était dirigée droit vers le bureau du Gardien et avait annoncé aux gardes qu'elle devait lui parler. Malgré l'heure tardive, Rooke était encore au travail et son apparence parfaitement soignée contrastait fortement avec l'allure débraillée de Kiva.

— Tu as déjà pour ordre de soigner suffisamment Tilda Corentine afin qu'elle subisse les Épreuves du Supplice. Pourquoi Cresta penserait-elle qu'il te faut une motivation supplémentaire ? demanda Rooke, l'air pensif. À moins qu'elle ne soit pas au courant pour cette sentence. Nous ne l'avons pas encore annoncée, mais je pensais que la nouvelle s'était déjà répandue malgré tout. (Un petit sourire satisfait se dessina sur ses lèvres.) Peut-être que les rebelles de la prison ne sont pas aussi bien informés qu'ils aiment à le croire.

— Quelles que soient ses raisons, elles n'ont aucune importance, répondit Kiva, perchée au bout de son siège, l'estomac noué. Elle a menacé Tipp. Vous devez le laisser partir.

Rooke haussa les sourcils.

— Pardon ?

Kiva prit son courage à deux mains.

— Il n'est à la prison que parce qu'il se trouvait avec sa mère quand elle a été arrêtée. Il n'avait alors que huit ans. Il était si jeune. Il l'est *toujours*. Il ne mérite pas cette vie.

Pas plus que Kiva, qui avait un an de moins que Tipp lorsqu'elle était arrivée à Zalindov, mais elle avait cessé depuis longtemps de tenter de convaincre le Gardien de la libérer.

— On en a déjà discuté, rétorqua Rooke avec impatience. À de multiples reprises. Ma réponse reste la même : tant qu'il n'a pas de tuteur, il est considéré comme un pupille de Zalindov. Il ne pourra partir que si quelqu'un vient le chercher.

— Mais il est innocent, insista Kiva en se penchant en avant. Et Cresta veut se servir de lui contre moi.

— Beaucoup de prisonniers sont innocents. Si tu fais ton travail, Cresta n'aura aucune raison de lui nuire. Pour une fois, elle et moi sommes du même avis. Qui l'eût cru ?

Kiva se demanda si elle avait déjà ressenti une telle haine à l'égard du Gardien.

Elle se mordilla la lèvre, baissa la voix et admit :

— Tilda est au plus mal. Je ne sais pas ce qu'elle a, ni si je peux la sauver. Et si je n'y parviens pas…

— Je vais être franc, répondit Rooke en se calant confortablement dans son fauteuil. À titre personnel, je me moque que la Reine Rebelle vive ou non. L'organisation de ces Épreuves est un véritable casse-tête. Il y a une montagne de règles à suivre, de choses à préparer pour les quatre tâches. Je reçois des missives quotidiennes des huit royaumes qui me donnent leurs conseils avisés et exigent d'être tenus au courant. Dieux merci, seuls les héritiers Vallentis se déplacent en personne. Leur présence va suffire à me donner une migraine pour le restant de mes jours. Mais, si pénible que ce soit, on m'a ordonné de mettre à exécution la sentence de Tilda Corentine.

Son visage pincé exprimait clairement ce qu'il pensait de ces ordres, lui qui avait pris l'habitude de ne rendre de comptes à personne.

— À cette fin, elle doit rester en vie, continua Rooke. Et donc, tu dois faire ton travail.

Son expression s'assombrit et il ajouta :

— Si Tilda ne survit pas assez longtemps pour subir sa première Épreuve, la vie de Tipp ne sera pas la seule en danger. Me suis-je bien fait comprendre ?

Le cœur battant, Kiva déglutit et hocha la tête, incapable de parler.

Le Gardien se détendit.

— Tu as bien fait de venir me voir ce soir, Kiva. Je suis content que tu m'aies écouté la dernière fois. Continue comme ça et tout se passera bien.

Kiva hocha de nouveau la tête. Ces louanges auraient dû la soulager, lui confirmer qu'elle était encore utile au Gardien. Mais il ignorait qu'elle ne lui avait pas tout dit.

Cresta n'avait pas simplement ordonné à Kiva de sauver la vie de Tilda, elle avait précisé que la Reine Rebelle devait survivre jusqu'à ce qu'elle soit *secourue*. Détail que Kiva avait caché à Rooke par peur qu'il n'entrave son propre sauvetage imminent – même si elle n'avait pas la moindre idée de quand il surviendrait.

Obéir au Gardien et garder Tilda en vie jusqu'à sa première Épreuve était une chose, mais ensuite ? Comment pourrait-elle s'assurer que la Reine Rebelle ne succomberait pas au Supplice ? Il fallait qu'elle trouve une solution. La survie de Tipp en dépendait. Sa propre survie en dépendait.

Car, si elle échouait, Cresta ou Rooke n'hésiterait pas à les tuer tous les deux.

CHAPITRE 10

Quatre jours plus tard, la fièvre de Tilda tomba.

Kiva était partagée entre soulagement et inquiétude. Soulagement parce que cela signifiait que la femme survivrait peut-être à la maladie qui affaiblissait son système immunitaire. Inquiétude parce qu'il ne restait que trois jours avant l'arrivée du prince et de la princesse pour assister à l'Épreuve de l'Air.

Le temps lui était compté.

Tilda avait beau ne plus imbiber ses draps de sueur heure après heure et rester consciente pendant de plus longues périodes, Kiva ne comprenait toujours pas de quoi elle souffrait. La femme ne pouvait – ou ne voulait – pas parler, malgré les encouragements de Kiva. Parfois, elle semblait lucide, mais l'instant d'après elle recommençait à délirer, à se débattre contre ses menottes, la bave aux lèvres, et à crier si fort que les gardes accouraient à l'infirmerie.

Kiva ne savait que faire pour l'aider. Et, pour couronner le tout, elle était épuisée : les cas de virus intestinaux s'étaient multipliés et de nombreux détenus souffraient d'autres maux – notamment à la suite d'altercations avec les gardes.

En plein hiver, en l'absence de nouveaux arrivants, les gardes étaient irascibles et désœuvrés. Ils cherchaient alors à se distraire avec les prisonnières – et parfois les prisonniers. Au bout de dix ans, Kiva y était habituée, mais cela ne l'empêchait pas de brûler de haine lorsque des femmes terrifiées débarquaient dans son infirmerie à la recherche d'écorce contraceptive pour repousser leurs cycles. La plupart ne saignaient jamais en raison du travail éreintant et des rations limitées de nourriture, mais… tomber enceinte était bien la dernière chose souhaitable à Zalindov. Cela arrivait, bien sûr, et Kiva avait aidé les rares femmes qui avaient mené leur grossesse à terme à accoucher. Mais pas une seule fois en une décennie elle n'avait vu une mère et son nourrisson survivre longtemps.

Kiva prenait elle-même des précautions, toutefois ses longues heures de travail et sa loyauté envers le Gardien la protégeaient en partie des gardes. Ce n'était pas toujours infaillible, comme en témoignait l'intervention de Naari quelques semaines plus tôt. Mais, bien qu'elle ait subi leurs attentions une poignée de fois au fil des ans, les gardes n'étaient jamais allés trop loin, comme s'ils avaient conscience qu'ils pouvaient avoir besoin de ses soins un jour ou l'autre. C'était un cadeau empoisonné car, si elle était à l'abri des sévices les plus graves, elle ne pouvait rien faire pour protéger les autres. Parfois, elle dormait à l'infirmerie, afin non seulement d'éviter les gardes mais aussi d'être disponible pour celles et ceux qui pouvaient avoir besoin d'elle.

Durant l'une de ces nuits, Kiva fut réveillée à l'aube par un gémissement étouffé. Elle avait renvoyé Olisha et Nergal lorsque ces derniers étaient venus prendre la relève, affirmant qu'elle voulait surveiller certains patients en quarantaine. En vérité, Naari avait prévenu Kiva de ne pas rentrer seule à sa cellule ce soir-là, et la garde n'avait pas pu l'escorter.

Kiva avait ruminé pendant des heures après cet avertissement. Pourquoi Naari avait-elle pris cette peine ? Était-ce parce qu'elle était une femme ou simplement quelqu'un de bien, malgré son rôle à Zalindov ? Quelle qu'en soit la raison, Kiva lui en était reconnaissante. Elle avait congédié Tipp plus tôt que d'ordinaire et lui avait ordonné de rester auprès de Jaren, puis elle s'était allongée sur l'un des lits de l'infirmerie, incapable de garder les yeux ouverts plus longtemps.

Kiva entendit une seconde fois le gémissement sourd et lutta contre le sommeil qui menaçait de la submerger de nouveau. Lorsqu'elle prit conscience que le bruit provenait de Tilda et que celle-ci tentait de parler, elle se redressa, se leva de son lit et s'approcha de la femme d'un pas traînant.

— De l'eeeeeau… De l'eaaaaaauuu…

Tilda se débattait contre ses menottes et secouait la tête de droite à gauche.

— Je suis là, lui dit Kiva en posant une main sur son épaule pour la calmer. Je vous apporte de l'eau.

Le cœur battant, Kiva se hâta d'aller chercher un godet qu'elle plongea dans un seau d'eau fraîche. Du coin de l'œil, elle aperçut un garde posté à la porte de l'infirmerie, quelqu'un qu'elle ne reconnaissait pas. L'homme observait Tilda d'un air curieux et tendait sans aucun doute l'oreille.

Mal à l'aise à l'idée qu'il les avait regardées dormir, Kiva évita son regard et retourna auprès de sa patiente. Elle souleva la tête de la malade et porta le godet à ses lèvres.

Tilda but avec tant d'avidité qu'un peu d'eau ruissela le long de son menton. Quand elle eut terminé, Kiva l'essuya.

— Meeee… Meeeeeeerci.

— De rien, répondit Kiva en ravalant le nœud qui lui serrait la gorge.

Il ne restait qu'une journée avant le premier Supplice et, bien que la fièvre de Tilda soit retombée en début de semaine, son état ne s'était pas beaucoup amélioré. La voir tenter de communiquer à présent… Kiva déglutit de nouveau, submergée par une vague d'émotion.

Elle n'était pas censée s'attacher à ses patients. C'était la première règle lorsqu'on était guérisseuse – surtout dans un endroit tel que Zalindov. Et pourtant… Kiva ne pouvait s'empêcher de ressentir de l'empathie à l'égard de cette femme.

Ne la laisse pas mourir.

— Savez-vous où vous êtes ? demanda Kiva à voix basse en approchant un tabouret pour s'asseoir au chevet de la malade.

Elle ne savait pas si la femme la comprenait, mais elle devait essayer. Même si le garde sur le seuil allait probablement rapporter toute la conversation au Gardien. Elle devait simplement se montrer prudente.

— Zallll… Zaaaallll…

— Zalindov, c'est ça.

Kiva ajouta les difficultés d'élocution de Tilda à la liste de ses symptômes. Cela l'aiderait peut-être à trouver la cause de sa maladie. Une idée lui vint à l'esprit et elle annonça :

— Je reviens tout de suite.

Elle se leva d'un bond et se précipita vers son établi pour attraper un pot d'herbe de gomme que Tipp avait déjà réduit en pâte. La couleur marronnasse était peu ragoûtante, mais la préparation, qui sentait l'herbe fraîche, permettait de se détendre et de s'éclaircir les idées.

Espérant que cela aiderait Tilda à mieux s'exprimer, Kiva retourna à ses côtés et lui demanda d'ouvrir la bouche. La femme hésita, et Kiva craignit qu'elle résiste – voire qu'elle se débatte –, mais elle finit par obéir. Kiva lui déposa un peu de pâte sur la langue.

Après avoir attendu quelques secondes que l'herbe de gomme fasse effet, Kiva demanda :

— Pouvez-vous me dire votre nom ?

Les lèvres de la malade remuèrent faiblement avant qu'elle réponde enfin :

— Tilda. Je… m'appelle… Tilda. (Sa gorge frémit, comme si elle essayait de déglutir mais que l'effort était douloureux.) Où… suis-je ?

Kiva sentit son cœur se serrer.

— Vous êtes à Zalindov, vous vous souvenez ?

La femme cligna des yeux, son regard aveugle tourné vers le plafond.

— Zalindov. Oui. Oui… où ?

— Vous êtes arrivée il y a dix jours, répondit Kiva, ne sachant pas quoi dire d'autre.

Tilda eut un léger sursaut de surprise.

— Vous avez été très malade. Je… j'essaye de vous soigner.

— Pourquoi ?

Son ton tranchant prit Kiva au dépourvu. Il y avait tant de raisons qu'elle ne pouvait dévoiler. Surtout avec le garde qui épiait leur conversation.

Ne la laisse pas mourir.

— Parce que je suis… parce que vous êtes… parce qu'on est…

— Les… Épreuves, l'interrompit Tilda d'une voix de plus en plus faible. Ma… sentence. Pourquoi… (Elle inspira avec peine dans un râle déchirant.) Pourquoi… me garder en vie… si je dois… mourir ?

Kiva serra les poings sur ses genoux et ses ongles s'enfoncèrent dans sa peau. Pourquoi fallait-il que Tilda se soit souvenue de sa sentence ? Qu'était-elle censée lui répondre ?

Parce que c'est mon travail.

Parce que le Gardien me l'a ordonné.

Parce que ma sœur m'a envoyé un message.

Parce que Cresta tuera Tipp si je ne le fais pas.

Parce que je ne pourrai plus me regarder en face si…

— Où… suis-je ? demanda de nouveau Tilda, tirant Kiva de ses pensées.

Découragée, Kiva s'apprêtait à lui répéter qu'elle se trouvait à Zalindov, mais elle marqua une pause. Et si ce n'était pas le sens de sa question ? Kiva lança un rapide regard au garde et, n'y voyant aucun mal, se décida à répondre :

— Vous êtes à l'infirmerie. L'infirmerie de Zalindov.

Le silence se fit, puis Tilda reprit la parole, sa voix un simple murmure :

— Qui… es-… tu ?

Kiva lui offrit la réponse la plus honnête qu'elle puisse donner :

— Quelqu'un qui veut vous aider à survivre… à tout ça.

Sur une impulsion, elle attrapa la main de Tilda et la serra dans la sienne avant de se ressaisir et de la lâcher précipitamment.

— Vous devriez vous reposer. On discutera demain.

Mais, au matin, Tilda avait replongé dans le délire. Cette fois, même l'herbe de gomme n'y fit rien.

Les heures s'écoulèrent, et Kiva attendit de voir si sa patiente allait reprendre connaissance, mais ses espoirs se révélèrent vains. Tilda était au plus mal. Le jour du premier Supplice arrivait à grands pas, Kiva savait qu'il était déjà trop tard.

Ne la laisse pas mourir.

Ne la laisse pas mourir.

Ne la laisse pas mourir.

Cette nuit-là, Kiva ne ferma pas l'œil une seule seconde, priant pour que Tilda se rétablisse miraculeusement et qu'elle parvienne ensuite à survivre à l'Épreuve de l'Air. Comme Kiva l'avait dit à Tipp, la première tâche n'était pas toujours insurmontable, afin de laisser croire aux coupables qu'ils avaient une chance de s'en sortir – ce qui se démentait lorsqu'ils arrivaient au deuxième, troisième ou quatrième Supplice. Malgré tout, la première Épreuve restait un défi pour n'importe quelle personne valide – ce que Tilda n'était pas.

Ne la laisse pas mourir.

Les cinq premiers mots codés du message de sa sœur ne cessaient de tournoyer dans sa tête. Et il y avait également la menace de Cresta, sa voix sifflante qui résonnait encore et encore : *Si tu tiens au garçon, sauve la Reine Rebelle. Si elle meurt, lui aussi.*

L'esprit de Kiva était un véritable champ de bataille.

Ne la laisse pas mourir… Si elle meurt, lui aussi… Ne la laisse pas mourir… Si elle meurt, lui aussi.

Kiva ne savait pas quoi faire pour sauver Tilda, pour sauver Tipp. Elle n'avait qu'une seule solution en tête, mais… le risque… et le prix à payer…

Ne la laisse pas mourir.

Si elle meurt, lui aussi.

Quand Naari arriva à l'infirmerie juste avant midi, le visage sombre, Kiva avait l'estomac noué.

— Il est l'heure, déclara la garde.

— M-mais… elle est encore si malade, dit Tipp en posant une main sur le bras de Tilda comme pour la réconforter.

Bien que celle-ci fût éveillée, elle n'était pas lucide. Elle marmonnait tout bas, son corps régulièrement agité de soubresauts.

— Les ordres sont les ordres, répondit froidement Naari. Le prince Deverick et la princesse Mirryn sont arrivés, et ils ne comptent pas rester plus longtemps que nécessaire.

Kiva dut prendre sur elle pour ne pas lever les yeux au ciel. Non, il ne faudrait surtout pas que la famille royale soit obligée de s'attarder dans cet enfer. Ils risqueraient de voir ce qui se passait vraiment derrière les murs de la prison, le travail usant, les gardes vicieux, les horribles conditions de vie. À l'instant où ils repartiraient, ils se rendraient tout droit dans leur palais d'hiver, sans plus penser aux prisonniers et à leur calvaire quotidien.

Et pourquoi y penseraient-ils ? se dit Kiva avec mépris. Pour les nobles, tous les détenus de Zalindov étaient coupables et méritaient leur sort.

— Peut-elle marcher ? demanda Naari.

Kiva ne répondit pas, mais Naari lui adressa un regard sans équivoque : aujourd'hui, Naari était une garde comme les autres. Il n'y aurait aucune indulgence, aucune compassion à attendre de sa part.

— Oui, croassa enfin Kiva. Mais pas toute seule. Et elle n'a aucune idée de ce qui se passe.

La mâchoire de Naari se crispa, trahissant ce qu'elle pensait de la situation, mais elle hocha la tête.

— Fais-la lever. Les autres gardes sont en train de rassembler les prisonniers dans la cour est. (Elle marqua une pause.) Tenez-vous prêts. Ils sont allés chercher tous les travailleurs.

— La f-famille r-royale veut une audience, fit Tipp, le visage blême.

Kiva, elle, était restée focalisée sur la mention de la cour est. C'était non seulement l'endroit le plus éloigné de l'infirmerie, mais aussi là où se trouvait la potence. Était-ce ce qui attendait Tilda pour l'Épreuve de l'Air ? Être pendue pour voir si elle était capable de survivre à une nuque brisée ou à une mort par asphyxie ?

Non, ça ne pouvait pas être ça. Personne ne survivait à la potence. Des prisonniers étaient pendus chaque semaine et ils finissaient tous à la morgue. Tilda ne pourrait jamais…

— Il faut qu'on y aille, annonça Naari lorsque trois autres gardes arrivèrent sur le seuil de l'infirmerie pour les escorter. Tout de suite.

Hébétée, Kiva détacha les menottes de Tilda et la sangle sur sa poitrine. Elle aurait aimé que la femme l'attaque comme la semaine précédente et montre qu'elle avait encore une étincelle de rébellion en elle. Mais la malade se contenta de marmonner et de tressaillir quand Kiva et Tipp hissèrent ses bras sur leurs épaules, avant de suivre Naari et ses collègues hors de la pièce.

Kiva n'avait pas entaillé la main de Tilda. Elle n'avait pas eu le cœur de le faire alors que la femme était déjà si mal. Tilda était donc la seule prisonnière de Zalindov à ne pas avoir un Z gravé dans sa chair. Elle n'avait même pas reçu de bracelet avec son matricule. Pourtant, tout le monde savait exactement qui elle était. La Reine Rebelle. La rumeur s'était répandue comme une traînée de poudre après que Cresta avait attaqué Kiva dans les douches. Des murmures circulaient dans la prison, tour à tour révérencieux et vindicatifs. Cette atmosphère troublée inquiétait Kiva ; il régnait dans l'air une énergie qu'elle avait déjà ressentie par le passé, juste avant qu'une émeute se déclenche. Ce qui était bien la dernière chose dont elle avait besoin.

Alors qu'elle et Tipp traînaient la malade à travers la prison, Kiva ne cessait de penser à la main gauche de Tilda. Aurait-elle dû l'entailler ? Et si l'un des gardes remarquait qu'elle ne l'avait pas fait ? Si la Reine Rebelle mourait aujourd'hui sans porter la marque de Zalindov, resterait-elle vraiment une prisonnière ou serait-elle libre ?

Kiva prit conscience qu'elle se laissait envahir par la panique et se força à prendre une profonde inspiration. Plus ils approchaient de leur destination, plus la foule devenait dense, ce qui n'aidait pas. Leurs murmures se faisaient de plus en plus forts : ce qui n'était d'abord qu'un bourdonnement sourd se transforma, à l'arrivée dans la cour est, en un vacarme tel que Kiva ne s'entendait plus penser. Sans la présence de Naari et des trois autres gardes qui repoussaient les prisonniers, Kiva et Tipp n'auraient même pas réussi à se frayer un chemin. Toute la population de Zalindov semblait présente, vibrant d'impatience.

À la vue de la potence, l'estomac de Kiva se souleva si violemment qu'elle craignit de vomir. Mais elle s'obligea à ne pas détourner les yeux et vit qu'aucune corde ne se balançait à la poutre, qu'aucun bourreau n'attendait d'actionner le levier.

Elle aperçut en revanche un petit groupe de personnes perchées sur l'échafaud, hors de portée des détenus en contrebas. Il y avait là le Gardien, bien droit, la tête haute, qui fixait la foule d'un regard impassible. Aucun garde de la prison ne se tenait à ses côtés, mais l'armure argentée caractéristique de la Garde Royale – les soldats les plus dangereux du royaume – scintillait au soleil. Cinq d'entre eux encerclaient deux silhouettes couvertes de la tête aux pieds par d'épaisses capes. Rien qu'à leur maintien, il était évident que ces deux individus n'avaient rien à faire à Zalindov.

Kiva essaya de distinguer leurs traits, mais, en plus d'être entourés de leurs gardes, ils portaient des masques. Elle avait entendu des rumeurs affirmant que les héritiers Vallentis couvraient leur visage en public et se demanda s'il s'agissait d'une tentative d'intimidation, d'une manière de montrer que le peuple n'était pas digne de poser les yeux sur eux. La seule chose que Kiva fut capable de déterminer était que le prince était plus grand que sa sœur et qu'ils avaient tous deux des cheveux clairs.

En les regardant, eux et leurs gardes, Kiva se mit à trembler, sans savoir si c'était de peur pour Tilda ou d'in dignation face à ce spectacle. La seule chose dont elle était certaine, c'était que, dans quelques pas, Tilda se retrouverait au pied de la potence où elle devrait affronter son premier Supplice – et où elle connaîtrait presque certainement une fin tragique.

Ne la laisse pas mourir.

Si elle meurt, lui aussi.

Kiva serra les dents, le front couvert de sueur malgré le vent glacial.

Ne la laisse pas mourir.

Si elle meurt, lui aussi.

Kiva ne pouvait rien faire pour stopper les Épreuves, pour sauver Tilda une fois que celle-ci monterait les marches de l'échafaud, pour sauver Tipp, pour se sauver elle-même.

Trois vies menacées, à cause d'une seule femme.

Ne.

La.

Laisse.

Pas.

Mourir.

Kiva ferma les yeux ; les battements frénétiques de son cœur résonnaient à ses oreilles, étouffant les huées des prisonniers.

Elle savait ce qui lui restait à faire.

La nausée la submergea lorsqu'elle rouvrit les paupières, cherchant frénétiquement un visage familier parmi la foule. Il n'y avait aucun signe de Mot. Ni d'Olisha et Nergal. Son regard désespéré se posa alors sur Jaren, qui se tenait avec les autres creuseurs de tunnels au pied de la potence. Son visage était couvert d'une telle couche de poussière qu'il était presque méconnaissable.

— Jaren ! cria Kiva pour se faire entendre, en ignorant le regard noir de Naari. Jaren !

L'air surpris, presque inquiet, le jeune homme lança un regard en direction des deux nobles et de leurs gardes.

— Qu'est-ce que tu f-f-fais ? s'exclama Tipp – sa voix était à peine audible parmi les cris des prisonniers qui les entouraient.

Elle l'ignora et ralentit le pas, partagée entre soulagement et appréhension lorsqu'elle vit Jaren se frayer un chemin jusqu'à eux. Il les rejoignit à quelques pas de l'escalier menant à la potence.

— Restez là, ordonna Kiva aux deux garçons.

Elle ôta le bras de Tilda de ses épaules et força Jaren à prendre sa place. Sans plus d'explications, elle passa devant Naari et les trois gardes et grimpa, marche après marche, jusqu'en haut de l'estrade en bois.

Aussitôt, cinq épées furent brandies dans sa direction par les soldats de la Garde Royale. À l'inverse, le Gardien se figea et ouvrit grand les yeux, faisant presque disparaître sa cicatrice en forme de diamant.

La foule se tut presque instantanément.

— Qui es-tu, gamine ? demanda le garde le plus proche. Où est la Reine Rebelle ?

Ne la laisse pas mourir.

Kiva inspira profondément, redressa les épaules, regarda par-dessus l'épaule du garde, en direction du prince et de la princesse masqués, et prononça d'une voix forte les seuls mots qui lui permettraient de garder Tilda en vie :

— Je m'appelle Kiva Meridan et je revendique sa sentence pour mienne.

CHAPITRE 11

Le silence de mort ne dura que quelques secondes, puis un tumulte s'éleva de la foule, une vague de bruit si forte que Kiva vacilla.

— SILENCE !

Le rugissement amplifié venait du garde le plus proche du prince et de la princesse. Là où les autres soldats portaient un blason argenté gravé sur leur cœur, lui en arborait un doré : quatre quadrants représentant la magie élémentaire – la terre, le feu, l'eau et l'air – derrière une épée croisée d'une flèche et surmontée d'une couronne.

Les armoiries de la famille Vallentis.

— Laissez-la passer, ordonna l'homme au blason doré.

Kiva prit alors conscience qu'il s'agissait du capitaine de la Garde Royale, et ses jambes manquèrent de se dérober sous son poids.

Les gardes baissèrent leurs épées, et elle s'avança d'un pas chancelant, le cœur battant. Leur posture ne laissait aucun doute sur le fait qu'ils réagiraient au quart de tour si elle faisait le moindre faux pas.

Le temps semblait passer au ralenti. Kiva n'osa pas regarder le Gardien, toujours immobile, ni la poutre de la potence au-dessus de sa tête, alors qu'elle se dirigeait vers le centre de l'échafaud. Elle tenta de se convaincre que le premier Supplice était le plus simple et que plusieurs condamnés s'en étaient sortis. Elle refusait de penser à ce qui se passerait ensuite, aux répercussions de ses actes et à ce que les autres Épreuves lui réserveraient. Les chances de survivre à celle-ci étaient déjà… Kiva savait qu'elle venait peut-être de sacrifier sa propre vie pour sauver celle de Tilda.

Ne la laisse pas mourir.

En cet instant, elle haïssait sa sœur, Cresta, Rooke, la famille Vallentis et même les dirigeants de Mirraven qui avaient envoyé Tilda à Zalindov.

Et pourtant, Kiva avait fait son choix, et elle devrait vivre – ou mourir – avec ses conséquences.

Quand elle ne fut plus qu'à quelques pas du capitaine, il fit un infime mouvement qui suffit à lui faire comprendre qu'elle ne devait pas s'approcher davantage.

Kiva s'obligea à le regarder, avec ses cheveux poivre et sel, sa moustache bien taillée qui se prolongeait en une courte barbe. Son visage buriné suggérait qu'il n'était pas un simple homme de paille, qu'il s'était souvent retrouvé au cœur de l'action.

Kiva était bien placée pour le savoir.

Ne vous inquiétez pas. Tout va bien se passer.

La voix de son père la heurta de plein fouet, lui déchirant le cœur. Elle étouffa un sanglot, puis repoussa ce souvenir afin d'accorder toute son attention à l'homme qui lui faisait face, sans lui laisser percevoir qu'elle l'avait reconnu. Qu'elle se souvenait de lui.

Les yeux marron du capitaine plongèrent dans les siens.

— Expliquez-vous, Kiva Meridan.

En entendant cette voix rocailleuse prononcer son prénom, elle dut se faire violence pour ne pas descendre en courant de l'estrade et disparaître dans la foule. Mais non. Elle avait pris sa décision et en assumerait les conséquences.

— Comme je l'ai dit, capitaine, répondit Kiva d'une voix claire, soulagée que celle-ci ne révèle pas ses tourments intérieurs, je revendique la sentence de la Reine Rebelle.

— Et qu'est-ce qui vous en donne le droit ? demanda-t-il en haussant un sourcil gris foncé.

Kiva avait conscience des nombreux regards posés sur elle, de toutes ces personnes pendues à ses lèvres – prisonniers, gardes, nobles. Elle sentait le regard brûlant du Gardien la transpercer. Quelque part dans l'assistance, Cresta et ses rebelles l'observaient également. Jaren, Tipp et Naari aussi. Tout le monde la scrutait.

Des gouttes de sueur lui dégoulinèrent dans le dos et sa peau se couvrit de chair de poule.

En priant pour se souvenir de la bonne formulation et pour que les rumeurs qu'elle avait entendues soient correctes, Kiva déclara :

— La cinquième règle des Épreuves du Supplice, telle qu'inscrite dans le Livre de la Loi, dit : « Si un individu choisit de reprendre la sentence à son compte, il deviendra le Champion de l'accusé et affrontera les Épreuves à sa place. »

Kiva soutint le regard du capitaine et vit la surprise – peut-être même le respect – dans ses yeux. Mise en confiance, elle continua :

— J'ai déclaré mes intentions. En vertu de vos lois, je suis désormais la Championne de Tilda Corentine.

Un éclat de rire lui fit soudain tourner la tête en direction de la famille royale.

— Elle me plaît, annonça le prince héritier. Elle est culottée.

L'amusement transparaissait dans sa voix, même si le masque cachait son expression.

— Elle est suicidaire, tu veux dire, rétorqua la princesse, bien qu'elle semblât se réjouir elle aussi.

Étouffée de rancœur, Kiva se retourna promptement vers le capitaine, mais pas avant d'avoir aperçu le visage orageux du Gardien. Elle déglutit, prenant conscience que son interférence avait dû contrecarrer les plans de Rooke pour la Reine Rebelle. Il avait affirmé se moquer qu'elle vive ou qu'elle meure, mais Kiva savait que les choses seraient bien plus simples pour lui si Tilda périssait au cours de l'Épreuve du jour. Son échec rendrait alors son exécution parfaitement légale. Zalindov faisait peu de cas de la justice, mais, avec les yeux de tout Wenderall rivés sur la prison, Rooke devait se montrer prudent. À en juger par son regard noir, une chose était sûre : si Kiva survivait au premier Supplice, elle aurait affaire à lui.

— Je ne crois pas que vous compreniez les ramifications de votre décision, jeune fille, dit le capitaine en croisant ses bras musclés sur son torse. La seconde partie de cette règle stipule que votre destin sera lié au sien. Si vous ne réussissez pas les quatre Épreuves, vous mourrez toutes les deux.

Un murmure se propagea à travers la foule.

— NON, KIVA ! NE F-FAIS PAS ÇA !

Kiva se força à ignorer le cri de Tipp. Elle cherchait à sauver la vie de Tilda, mais aussi celle du jeune garçon et la sienne. Elle refusait de se laisser influencer, malgré la panique qui l'étourdissait, les picotements au bout de ses doigts et sa vision qui virait au noir.

Rassemblant son maigre courage, Kiva enfonça ses ongles dans ses paumes pour mieux se concentrer et répondit :

— Et si je réussis, nous serons libres toutes les deux.

Elle ne voyait pas l'intérêt d'admettre que la chance n'était pas de son côté. Tout le monde le savait déjà. Mais si elle parvenait à réussir cette première tâche…

Nous sommes en sécurité. Reste en vie.

Ne la laisse pas mourir.

Nous arrivons.

Nous.

Arrivons.

Kiva n'avait d'autre choix que de croire en sa sœur. Que de se persuader qu'après dix ans sa famille allait enfin tenir sa promesse et venir la chercher. D'autant que Tilda était là désormais. Sa présence encouragerait ses partisans à braver les murs de Zalindov, et à libérer Kiva par la même occasion. C'était ce qu'avait insinué Cresta lorsqu'elle avait menacé Kiva : qu'une opération de sauvetage était imminente.

La famille Meridan – la famille de Kiva – avait une histoire compliquée avec les rebelles. Malgré son jeune âge à l'époque, Kiva s'en souvenait encore. Dans leur petit village blotti au pied des monts Armine, ses parents avaient tenté de rester à l'écart des troubles politiques qui grandissaient à Evalon. Mais les choses avaient changé ces dix dernières années. À l'instar de Kiva, sa famille semblait avoir fait ce qu'elle devait pour survivre.

Peut-être que… si elle parvenait à survivre à la première Épreuve… si elle arrivait à gagner un peu de temps, suffisamment pour que Cresta la laisse en paix, pour que les rebelles et sa famille arrivent…

Peut-être que Kiva retrouverait enfin sa liberté.

Ne la laisse pas mourir.

Nous arrivons.

La princesse avança d'un pas dans un bruissement de cape rouge doublée de fourrure et scruta Kiva derrière son masque.

— Pourquoi risquer ainsi ta vie ? demanda-t-elle. Pourquoi prendre une telle décision alors qu'une seule issue est possible ?

Kiva ne prit pas la peine de protester qu'une seconde issue était envisageable – elle pourrait survivre.

Elle répondit simplement :

— La femme que vous avez condamnée est gravement malade, incapable de tenir debout et encore moins d'affronter le Supplice du jour. Vous êtes venue de loin, princesse. Plutôt que de me demander mes raisons, pourquoi ne pas profiter simplement du spectacle, comme vous en aviez l'intention ?

Contrairement au masque doré du prince, qui dissimulait entièrement son expression, celui de la princesse, qui semblait fait d'argent fondu, couvrait son visage en diagonale. Ses lèvres rouges, laissées apparentes, esquissèrent un sourire narquois.

— Bel et bien suicidaire.

C'est alors que Kiva fut propulsée en l'air.

En une fraction de seconde, ses pieds furent arrachés à l'estrade en bois et elle se retrouva sans aucune attache, comme tirée par une chaîne invisible. Le vent lui mordit le visage et son souffle s'étrangla dans sa poitrine, l'empêchant de crier. Elle eut à peine le temps de se demander ce qui lui arrivait – Était-ce l'Épreuve ? Qu'était-elle censée faire ? Comment pouvait-elle survivre ? – avant d'être interrompue dans son élan et de se sentir tomber en chute libre.

La terreur la submergea durant une longue seconde, puis ses pieds percutèrent une surface solide et elle s'effondra, incapable de tenir sur ses jambes.

Elle n'était pas morte.

Mais elle n'avait pas non plus retrouvé la terre ferme.

Kiva sentit l'angoisse l'étreindre lorsqu'elle se releva et découvrit qu'elle se trouvait en haut de l'une des tours de guet surplombant la cour est, perpendiculaire au mur d'enceinte.

Elle était si haut. *Si haut.*

Un bruit sourd retentit derrière elle, et Kiva fit volte-face. Le capitaine de la Garde Royale se posa gracieusement, transporté lui aussi par la magie élémentaire de la princesse.

— Vous pouvez remercier la princesse Mirryn de ne pas vous avoir lâchée de plus haut, ou vous ne seriez déjà plus parmi nous, déclara le capitaine en voyant Kiva trembler de tout son corps.

Kiva était à deux doigts de perdre le contenu de son estomac. Quitte à renoncer à sa dignité, elle espérait au moins ruiner au passage les bottines cirées du capitaine.

— Le prince et la princesse ont accepté de vous transférer la sentence de Tilda Corentine, en vertu de la règle cinq du Livre de la Loi, continua l'homme sans ciller. Si les rumeurs sur son état de santé sont vraies, vous sacrifiez votre vie en vain. Je vous donne donc une dernière chance de vous rétracter.

Kiva ne répondit pas, en partie parce qu'elle craignait de sauter sur la proposition du capitaine si elle ouvrait la bouche. Elle se répéta qu'elle devait simplement prendre les Épreuves l'une après l'autre. Elle pouvait le faire. Elle *devait* le faire.

Ne la laisse pas mourir.

C'était la seule manière qu'elle avait trouvée de garder la Reine Rebelle en vie. Si Kiva survivait… non, pas de *si*. Une fois qu'elle aurait survécu à l'Épreuve de l'Air, Tilda aurait plus de temps pour se remettre, et les rebelles pour venir la chercher. Les chercher, toutes les deux.

Mais… si Kiva mourait aujourd'hui… eh bien, les vivants ne pouvaient blâmer les morts. Le destin de Tilda ne serait plus sa responsabilité.

— Qu'il en soit ainsi, conclut le capitaine, l'air mécontent, lorsqu'elle resta silencieuse.

Kiva se demanda s'il savait qui elle était, s'il se souvenait d'elle, avant de prendre conscience qu'il l'aurait traitée différemment si cela avait été le cas.

Ne vous inquiétez pas. Tout va bien se passer.

Kiva inspira profondément pour chasser ce souvenir.

— Kiva Meridan, lança la voix amplifiée du prince héritier en contrebas, vous vous êtes portée volontaire pour subir les Épreuves du Supplice à la place de l'accusée, la Reine Rebelle. Aujourd'hui, vous ferez face à l'Épreuve de l'Air. Avez-vous une dernière volonté à exprimer ?

Kiva avait beaucoup de choses à exprimer, mais aucune qui lui permettrait de rester en vie si elle parvenait à remporter l'Épreuve, si bien qu'elle tint sa langue et secoua la tête. Elle n'osa pas regarder en direction de Tipp, Jaren, Tilda et Naari, ni chercher Mot ou d'autres visages familiers parmi la foule, par peur de perdre courage.

— Très bien, continua le prince Deverick.

Il se servait de sa magie pour projeter sa voix à toute l'assemblée. Kiva n'avait encore jamais assisté à une telle manifestation de pouvoir. En temps normal, elle s'en serait émerveillée, tout comme elle aurait admiré la manière dont la princesse les avait propulsés, elle et le capitaine, en haut de la tour de guet. Mais, pour l'heure, Kiva essayait surtout de ne pas souiller ses vêtements en attendant de découvrir le sort qu'on lui réservait. Tout irait bien. Elle allait survivre. Le contraire était inenvisageable.

— Capitaine Veris, reprit le prince Deverick, pourriez-vous expliquer à la Championne en quoi consiste le premier Supplice ?

Kiva se retourna vers le capitaine.

— L'Épreuve de l'Air est simple, dit Veris. Vous devez sauter d'ici… (Il désigna l'endroit où ils se trouvaient tous les deux.)… à là.

Kiva suivit son doigt du regard et faillit s'évanouir en découvrant sa destination.

Le sommet du mur d'enceinte est. À dix mètres de là.

La confiance de Kiva s'envola aussitôt.

— C'est impossible, protesta-t-elle d'une voix étranglée.

— Ce n'est pas censé être facile, répondit Veris, impitoyable.

Si la tour s'était trouvée plus près du mur, le saut aurait déjà constitué un véritable défi, mais avec une telle distance… et tant de spectateurs en contrebas…

Un petit rire incrédule s'échappa des lèvres de Kiva. Dire que la première tâche était réputée plus facile que les autres ! Un mélange de regret et de panique glissa le long de sa colonne vertébrale, la faisant frissonner.

— Les registres montrent que le record de saut en longueur est d'un peu plus de neuf mètres cinquante. Cette distance est à peine plus grande.

— Mais c'était au sol ! rétorqua Kiva. Et en prenant de l'élan, je parie.

Veris resta impassible.

— Soit vous sautez, soit je vous pousse. À vous de choisir.

Kiva brûlait d'envie de l'envoyer paître, mais elle se força à prendre une profonde inspiration, s'approcha du bord, posa les mains sur la rambarde en bois branlante et baissa les yeux vers le sol. Elle recula aussitôt, prise de vertige.

— Je… Vous… C'est…

Kiva n'arriva même pas à terminer sa phrase. Elle inspira de nouveau pour tenter de calmer la panique qui menaçait de la submerger.

— Nous n'avons pas toute la journée, lança le prince d'une voix impatiente. Championne, vous avez trente secondes. Passé ce délai, nous considérerons que vous avez déclaré forfait.

La vue de Kiva se brouilla. Déclarer forfait, c'était échouer. Et si elle échouait, Tilda et elle perdraient la vie. Au moins, Tipp ne risquerait plus rien, puisqu'il ne pourrait plus servir de moyen de pression. Mais qui le protégerait une fois que Kiva ne serait plus là ?

Au lieu de décupler sa terreur, cette pensée la calma. Avec une clarté soudaine, Kiva prit conscience qu'il valait mieux essayer, quitte à perdre la vie, plutôt que de se condamner en restant lâchement figée sur place.

Un peu de temps. C'était tout ce dont elle avait besoin. Si par miracle elle parvenait à survivre à cette tâche…

Sa liberté ne tenait qu'à un saut.

Rassemblant tout son courage, Kiva inspira une dernière fois et désigna la rambarde.

— Ouvrez ça.

Le capitaine Veris ne la réprimanda pas – peut-être se disait-il que c'était le dernier ordre qu'elle donnerait de sa vie. Il claqua des doigts, et deux gardes sortirent en courant de la tour pour défaire le loquet et ouvrir la barrière.

— Vingt secondes, Championne, annonça la voix blasée du prince.

Kiva avança jusqu'au rebord et s'obligea à regarder en contrebas. Elle vit la famille royale et Rooke sur l'échafaud, ainsi que la foule de prisonniers qui l'observaient, fascinés.

Sa vie – ou sa mort – n'était qu'un spectacle pour tous ces gens.

— Plus que dix secondes, lança le prince.

Kiva ferma les yeux pour ne plus voir les spectateurs.

— *Neuf !* cria la foule.

Elle commença à reculer.

— *Huit !*

Un pas après l'autre.

— *Sept !*

Elle sentit le capitaine Veris s'écarter de son chemin, tandis que les deux autres gardes continuaient à la regarder.

— *Six !*

Elle continua à reculer, un pas – *Cinq !* – puis un autre – *Quatre !* – et encore un – *Trois !* –, jusqu'à ce qu'elle ne puisse aller plus loin.

— Deux secondes, Championne !

Ne la laisse pas mourir.

Reste en vie.

Kiva fit le vide dans son esprit et s'élança en avant, tout entière concentrée sur la tâche qui l'attendait. Elle força ses jambes à devenir plus fortes, son corps plus léger, elle insuffla de l'air dans le moindre atome de son être et bondit par-dessus le vide de toutes ses forces.

Reste en vie.

Nous arrivons.

Le vent glacial lui cingla la peau et tirailla ses vêtements. Elle l'avait fait, elle l'avait vraiment fait ! Le mur était si proche et son cœur battait si fort qu'il étouffait presque le bruissement assourdissant de l'air à ses oreilles.

Défiant la gravité, elle se rapprochait du sommet du mur est à chaque microseconde qui passait.

Elle allait y arriver. Contre toute attente, elle allait survivre au premier Supplice. Une sensation de triomphe l'envahit. Elle sentait presque déjà le mur solide sous ses pieds ; la victoire était à portée de doigts.

C'est alors qu'elle commença à tomber.

Elle y était presque. Si elle parvenait à attraper le rebord, elle pourrait…

Mais il était trop tard.

Elle tombait déjà en chute libre.

Tout va bien se passer.

La voix de son père résonna sous son crâne et, cette fois, elle ne la repoussa pas. Elle voulait qu'il reste avec elle, qu'il la réconforte jusqu'à la fin.

Tout va bien se passer.

Kiva ferma les yeux, incapable de faire face à l'inévitable, et pensa à son père, à cette fameuse journée où sa vie avait cessé de lui appartenir. Elle était en sursis depuis dix ans, et aujourd'hui son heure était enfin venue.

Tout va bien se passer.

Soudain, le bruissement de l'air à ses oreilles se tut, le vent glacial disparut et…

Une explosion de douleur aveuglante transperça le moindre centimètre du corps de Kiva.

Et le noir se fit.

CHAPITRE 12

— Ne vous inquiétez pas. Tout va bien se passer.

Lorsque les soldats de la Garde Royale les encerclèrent, Kiva agrippa d'un côté la main de son père et de l'autre celle de son frère. Le parfum sucré des murmûres lui chatouilla les narines quand les gardes piétinèrent le panier de baies qu'elle et Kerrin avaient récoltées. Tous leurs efforts écrasés dans la boue. Leur mère ne ferait pas de confiture ce soir-là.

— Faran Meridan, vous êtes en état d'arrestation, annonça le garde qui s'était immobilisé devant le père de Kiva.

Son visage était doux, si bien que Kiva ne comprenait pas pourquoi il semblait si fâché. Le blason doré sur sa poitrine était différent de celui des autres soldats, qui portaient tous un emblème argenté.

— Pour quel crime ? demanda Faran.

Kiva leva les yeux vers son père ; une étrange émotion vibrait dans sa voix. Comme quand Kerrin et elle avaient joué dans la rivière l'été passé et qu'ils avaient essayé de voir qui pouvait retenir le plus longtemps sa respiration. Kiva avait gagné de loin, mais, lorsqu'elle était remontée à la surface, son père lui avait ordonné en tremblant de ne plus jamais recommencer.

Il avait aujourd'hui la même intonation dans la voix, le même tremblement dans la main qui serrait celle de Kiva.

Elle l'agrippa de toutes ses forces, comme pour le rassurer à son tour. Quand les soldats s'étaient précipités vers eux, il avait affirmé que tout irait bien. Kiva le croyait ; son père ne lui mentirait jamais.

— Vous avez été vu au marché en compagnie d'un rebelle notoire, répondit le garde au blason doré. Vous allez être emprisonné pour suspicion de trahison contre la couronne.

Durant de longues secondes, le père de Kiva sembla incapable de parler, son visage aussi blanc que la lune qui se levait dans le ciel.

— Je… Vous…

Faran redressa les épaules et recommença :

— Le marché est toujours noir de monde. J'ai pu côtoyer nombre de rebelles sans le savoir. Je les ai peut-être même soignés. Je suis guérisseur, toutes sortes de gens viennent me voir, et je ne leur pose pas de questions avant de les aider.

— Peut-être que vous devriez, répondit le garde d'une voix vide d'émotion. Éloignez-vous de vos enfants et suivez-nous de votre plein gré, ou bien nous vous emmènerons de force.

Kiva sentit la main de son père lui écraser les doigts. Un couinement de peur lui échappa, et un cri plus sonore s'échappa de la bouche de son frère. Elle se tourna vers Kerrin, barbouillé de jus de murmûres argenté, ses yeux vert émeraude – les mêmes que les siens – écarquillés. Il tremblait comme une feuille et, malgré la poigne douloureuse de son père, elle prit garde de serrer doucement les doigts poisseux de son frère pour le calmer.

— Je ne suis pas… Vous ne pouvez pas m'enlever à ma famille, protesta Faran.

— Le reste de votre famille s'est déjà enfui, déclara le garde en désignant la chaumière en haut de la colline.

De la fumée s'élevait de la maison et une lueur orangée vacillait derrière les fenêtres.

— Vous devriez remercier l'éthermonde qu'on vous veuille suffisamment pour ne pas nous lancer à leur poursuite, ou bien ils se seraient retrouvés à Zalindov avec vous.

Faran chancela, obligeant Kiva à serrer sa main encore plus fort, leurs paumes moites de sueur malgré le vent glacial.

— Zalindov ? Vous ne pouvez pas… Vous ne pouvez pas m'envoyer à…

— Suffit, interrompit le garde au blason doré.

Il se tourna vers les deux soldats les plus proches et ordonna :

— Emmenez-le.

Ces deux mots délièrent la langue de Kiva et elle laissa libre cours à sa panique.

— Non ! cria-t-elle en s'agrippant à son père de toutes ses forces.

— Papa ! gémit Kerrin.

Les soldats brandirent leurs épées et avancèrent vers eux. Faran arracha sa main de celle de Kiva et la repoussa violemment. La fillette recula de trois pas avant de perdre l'équilibre et de tomber par terre.

Kerrin aurait dû tomber avec elle, mais ses doigts poisseux lui échappèrent et il bondit en avant – non pas vers leur père, mais vers la dague dont Faran s'était servi pour découper les algues d'aloès.

— KERRIN ! NON ! hurla Kiva.

Le garçon ne l'entendit pas, ne l'écouta pas. À la place, il ramassa la lame et se jeta en rugissant sur les gardes qui approchaient.

Tout se passa en un instant, si vite que, de là où elle se trouvait, Kiva ne vit rien avant qu'il ne soit trop tard.

En l'espace de quelques secondes, Kerrin s'effondra au sol en agrippant sa poitrine – et l'épée qui y était plantée.

Il fallut une éternité pour que le soldat retire sa lame… pour que le bruit écœurant du métal traversant chair et os s'estompe… pour que tous comprennent enfin ce qui venait de se passer.

— NON ! hurla Faran en se laissant tomber à genoux à côté de son fils pour presser ses mains contre la poitrine du garçon. Non, non, non !

— Kerrin, murmura Kiva, les yeux baignés de larmes.

Elle avança à quatre pattes dans la boue pour les rejoindre, ses mains, ses genoux, ses vêtements tachés de jus de murmûres.

— K-Kerrin !

— Allez me chercher… me chercher…

Faran ne put terminer sa phrase car il n'y avait rien à faire, aucun remède qui puisse aider. Les yeux de Kerrin se révulsèrent.

— N-non ! protesta Kiva en tendant ses mains sales vers son frère. Non ! KERRIN ! NON !

Mais, avant qu'elle ne puisse presser les doigts contre sa blessure, comme leur père, avant qu'elle ne puisse seulement le toucher, un bras puissant se referma autour de sa taille et la souleva en l'air.

— Ce n'était pas censé se passer ainsi, grommela une voix à son oreille – celle de l'homme au blason doré. Ça n'aurait jamais *dû se passer ainsi.*

— LÂCHEZ-MOI ! hurla Kiva en se débattant, des larmes ruisselant sur ses joues. LÂCHEZ… JE DOIS…

— Mettez-le debout, ordonna le garde aux autres soldats qui fonçaient sur Faran.

Celui dont la lame dégoulinait encore du sang de Kerrin resta immobile, le teint blême, jusqu'à ce que ses compagnons le bousculent. Il reprit alors ses esprits, essuya son épée et suivit les autres.

— Nous avons nos ordres.

— PAPA ! sanglota Kiva sans cesser de se débattre. PAPA !

Mais Faran ne réagit pas, aussi inerte que son fils. Il ne résista pas lorsque les gardes le hissèrent sur ses pieds et l'entraînèrent avec eux.

— PAPA ! cria de nouveau Kiva.

— Enterrez le garçon, ordonna l'homme qui la tenait aux soldats restants.

D'une voix plus basse, plus rauque, il ajouta :

— Avec soin. Ce n'est qu'un enfant.

Lorsque les gardes s'approchèrent de Kerrin, Kiva rua de plus belle.

— NE… LE… TOUCHEZ… PAS ! NE… LE…

— Je suis désolée, fillette, murmura l'homme. Mais tu l'as cherché.

— LÂCHEZ-MOI, hoqueta Kiva entre deux sanglots. PAPA ! PA…

Une douleur fulgurante l'étrangla, et sa vision vira au noir. En un instant, son monde – et sa vie – bascula.

⋆

— Je n'ai pas toute la journée, guérisseuse. Réveille-toi !

Une main secoua Kiva sans ménagement ; elle ouvrit brusquement les yeux et se redressa avec un cri étouffé qui se transforma aussitôt en quinte de toux.

Elle n'arrivait pas à respirer.

Elle n'arrivait pas à remplir ses poumons d'air.

Elle…

Elle…

— *Pff*, inutile de jouer la comédie, lança une voix féminine hautaine, juste avant que Kiva sente quelqu'un la frapper violemment dans le dos.

Le souffle coupé, elle tenta de repousser son assaillante, en vain. La douleur envahit ses bras, ses jambes, son estomac. Elle avait l'impression d'être couverte de bleus, comme si elle avait été rouée de coups.

— Pour l'amour de l'éthermonde, contente-toi de respirer comme une personne normale, ordonna la personne qui la frappait toujours dans le dos. Ce n'est pas si compliqué.

Kiva cessa peu à peu de tousser, bien que la douleur ne se dissipât pas. L'effort qu'elle avait déployé pour emplir ses poumons lui avait arraché des larmes, et elle leva une main tremblante pour s'essuyer les yeux. Quand enfin elle réussit à y voir plus clair, la surprise manqua de l'étrangler de nouveau.

— Votre… Majesté, haleta Kiva à la vue de la princesse masquée, perchée sur un tabouret à côté de son lit dans l'infirmerie. Que… faites-… vous…

— Bois ça avant de me claquer entre les doigts, l'interrompit la princesse Mirryn en tendant un petit godet en pierre à Kiva.

Il était rempli au quart d'un liquide blanc que Kiva identifia aussitôt comme du lait de pavot. En temps normal, elle aurait refusé de prendre quoi que ce soit qui influence sa lucidité, surtout en présence d'un membre de la famille royale d'Evalon, mais la douleur l'empêchait de penser – et de parler.

Kiva avala d'un trait la concoction au goût de noisette, soulagée que la princesse lui laisse quelques instants pour qu'elle fasse effet. La dose, qui n'était pas assez importante pour lui faire perdre connaissance ni même pour l'intoxiquer, atténua quelque peu la douleur.

— Ça va mieux ? demanda la princesse Mirryn.

— Beaucoup, répondit Kiva avant de se forcer à ajouter : Merci.

Lentement, très lentement, Kiva redressa son oreiller et s'adossa contre le mur. Elle grimaça légèrement et regretta de ne pas avoir réclamé davantage de lait de pavot avant de se risquer à bouger. Mais cette position était plus confortable et, une fois qu'elle eut pris quelques profondes inspirations, la douleur redevint supportable.

— Hmm, dois-je…

Kiva mima de la main une révérence. Mirryn lâcha un petit rire moqueur.

— Je voudrais bien te voir essayer.

Kiva en conclut que la princesse ne comptait pas se formaliser de ce manquement à l'étiquette royale.

— J'imagine que tu te demandes ce que je fais là, continua Mirryn en reprenant le godet à Kiva pour le tourner entre ses doigts, comme si elle avait besoin de s'occuper les mains.

Kiva réfléchit un instant à la question et répondit lentement :

— Pour être honnête, je me demande surtout ce que *moi* je fais là.

Maintenant qu'elle parvenait à se concentrer sur autre chose que son corps endolori, ses souvenirs de l'Épreuve de l'Air lui semblaient inconciliables avec l'état dans lequel elle se trouvait.

— Je suis tombée. Je devrais être morte.

— Oui, répondit Mirryn. Tu devrais.

La princesse n'ajouta rien de plus ; Kiva réfréna sa curiosité et attendit. Profitant du silence pour regarder autour d'elle, elle remarqua que le prince n'était pas avec sa sœur. En revanche, des rideaux avaient été tirés autour d'un lit dans le coin de la pièce – le lit de Tilda. Jaren et Tipp avaient dû ramener la malade à la fin de l'Épreuve. Les garçons n'étaient pas là, mais le capitaine Veris se tenait sur le seuil de l'infirmerie, son regard alerte glissant de la princesse à Kiva avant de balayer les alentours. Aucun autre garde n'était présent.

À la vue du capitaine, Kiva sentit son estomac se nouer ; le souvenir de leur première rencontre était encore frais à son esprit. Elle sentait encore ses bras la soulever, inflexibles, alors qu'elle se débattait de toutes ses forces. Elle se souvenait encore qu'il avait été là le jour où son frère était mort. Le jour où elle aussi, d'une certaine manière, avait perdu la vie.

Kiva déglutit avec peine et se retourna vers la princesse, qui l'observait. Elle savait qu'elle aurait dû détourner les yeux, faire preuve de respect, mais elle en était incapable. Elle soutint le regard bleu de Mirryn, qui débordait de curiosité derrière son masque.

— Tu l'aurais vraiment fait, déclara enfin la princesse. Tu serais morte pour elle.

— Techniquement, je serais morte avec elle. Si je meurs, elle aussi, vous vous souvenez ?

— Et si tu vis, elle vit. Si tu survis aux trois prochains Supplices, tu libéreras la femme la plus recherchée du royaume.

— C'est loin d'être fait. Je ne crois pas que vous ayez besoin de vous en inquiéter pour le moment.

— Facile à dire, répliqua Mirryn. Ce n'est pas ta couronne qu'elle essaye de voler.

— Vous l'avez bien regardée ? dit Kiva en désignant du menton le lit entouré de rideaux. Elle n'est pas près de voler quoi que ce soit.

Kiva savait qu'elle aurait dû se montrer plus circonspecte, mais elle ne parvenait pas à s'en inquiéter, pas même lorsque la princesse plissa les yeux. Résistant à l'impulsion de s'excuser et de blâmer le lait de pavot pour sa candeur, Kiva leva le menton et regarda la princesse droit dans les yeux. Elle aurait aimé trouver quelqu'un d'autre à son chevet au réveil – Tipp, Mot, Jaren. Voire même Naari ou le Gardien. Quelqu'un à qui elle aurait pu poser des questions. Mais, puisque Mirryn était la seule présente, elle ferait l'affaire.

— Comment ai-je survécu à l'Épreuve ? demanda Kiva sans ambages.

Elle était trop fatiguée et courbaturée pour tourner autour du pot.

Mirryn posa le godet sur la table à côté du lit de Kiva et commença à triturer l'ourlet brodé de sa cape rouge.

— Tu me fais penser à ma petite amie. Je n'aurais pas fini d'en entendre parler si elle avait appris que tu étais morte aujourd'hui. Quelqu'un d'aussi déterminé devrait avoir une chance de s'en sortir – c'est ce qu'elle m'aurait dit.

Le monde de Kiva bascula.

— C'est vous qui m'avez sauvée ?

— Ha ! Non. Pourquoi est-ce que je devrais me soucier de toi ?

Elle retira une poussière invisible de son épaule et continua :

— Mon idiot de frère, en revanche… (Elle leva les yeux au ciel.) Il semblerait que même les princes héritiers ne soient pas insensibles à un joli minois. Après tout, l'attirance est clairement bien plus importante que la justice.

— Vous voulez dire que le prince Deverick m'a sauvée ? demanda Kiva, l'esprit en ébullition.

Mirryn haussa un sourcil blond pâle au-dessus de son masque.

— Tu as fait une chute de quinze mètres. Ce n'est pas comme si tu avais survécu sans aide.

— Je… Vous… Il…

Avec tout ce que Kiva savait au sujet de la famille Vallentis – qui était responsable de sa présence à Zalindov –, elle n'arrivait pas à accepter cette incroyable vérité.

— Mais… pourquoi ?

— Je viens de te le dire, répondit la princesse d'un ton impatient. Tu ne m'écoutes pas ? (Elle cessa de triturer sa cape et croisa les bras.) Peu importe, estime-toi juste heureuse d'être en vie.

Kiva changea de position dans son lit avec une grimace de douleur et ne put s'empêcher de marmonner :

— À peine.

— Pardon ? fit Mirryn en haussant l'autre sourcil.

— J'ai dit *à peine*, répéta Kiva. J'ai l'impression de m'être brisé tous les os.

La princesse laissa échapper un rire surpris.

— C'est comme ça que tu remercies mon frère de t'avoir sauvé la vie ?

— Il n'est pas là.

— Non, mais moi si, répondit Mirryn d'un ton vaguement menaçant. Et tu ferais bien de faire preuve de respect.

Kiva se rappela soudain à qui elle parlait. Le médicament l'affectait plus qu'elle ne l'avait cru si elle prenait le risque de s'aliéner l'une des personnes les plus puissantes du royaume. Sans compter que la princesse avait raison : le prince Deverick lui avait sauvé la vie, même s'il avait agi pour des raisons superficielles.

— Toutes mes excuses, Votre Majesté, se força-t-elle à répondre, les mots tels des charbons ardents sur sa langue. Veuillez faire part de ma gratitude à votre frère.

Mirryn la fixa de ses yeux bleus pénétrants. Il y eut un long moment de silence, puis la princesse déclara :

— Je suis déçue. Je m'attendais à plus de répondant.

Kiva fronça les sourcils, perplexe.

— Vous voulez que je sois malpolie ?

— Je veux que tu fasses preuve d'autant de cran que lorsque tu as grimpé sur l'échafaud. D'autant de courage que lorsque tu as sauté de la tour de guet. Je veux voir en toi cette détermination que ma petite amie aurait tant appréciée – et qui a poussé mon frère à te sauver.

— Vous m'avez dit qu'il m'avait sauvée pour mon joli visage, répliqua Kiva, impassible.

— J'ai aussi dit qu'il était idiot.

— Vous m'avez traitée de suicidaire. Deux fois.

— Et regarde-toi, tu es saine et sauve.

— Uniquement grâce à votre frère, répondit Kiva d'un ton oscillant entre accusation et confusion. D'ailleurs, est-ce que ça compte comme une victoire ? Ou vais-je devoir…

La princesse Mirryn l'interrompit d'un geste de la main.

— Tu as remporté l'Épreuve aux yeux de la loi. Tu as survécu, c'est tout ce qui compte.

Kiva ouvrit la bouche pour protester, mais Mirryn la fit taire d'un regard noir.

— Ne commence pas. J'ai déjà enduré une leçon sur les méfaits de l'ingérence alors que je n'ai rien fait. Mais, évidemment, il a fallu que je me retrouve impliquée dans cette histoire !

Alors que Mirryn continuait à grommeler tout bas, Kiva balaya de nouveau du regard l'infirmerie déserte.

— Où est le prince Deverick ? Pourquoi n'est-il pas avec vous ?

La princesse éclata d'un rire joyeux.

— Très bonne question ! Mon frère est un idiot impulsif et irréfléchi, mais il reste l'une des meilleures personnes que je connaisse. Il est probablement en train de se lier d'amitié avec des criminels à l'instant où je te parle.

Mirryn ajouta d'un ton malicieux :

— Il s'est vraiment entiché de toi, tu sais. Au cas où le fait que tu sois encore en vie ne t'aurait pas déjà mis la puce à l'oreille.

Le rouge monta aux joues de Kiva lorsqu'elle revit le prince déclarer *Elle me plaît* devant la prison tout entière. Dans l'espoir de détourner l'attention de la princesse, Kiva demanda :

— La personne qui vous a fait la leçon… était-ce le capitaine Veris ?

L'homme en question tourna les yeux vers elle en entendant son nom, mais il ne bougea pas d'un pouce et son visage ne changea pas d'expression.

Mirryn rit de nouveau.

— Veris est un grand sentimental. Je suis étonnée qu'il n'ait pas sauté de la tour pour te rattraper lui-même.

Kiva resta silencieuse, craignant ce qui risquait de s'échapper de sa bouche, ce qu'elle risquait de révéler au sujet de sa première rencontre avec cet homme et de tout ce qu'il lui avait arraché au nom de la famille Vallentis. La famille de Mirryn.

La famille que Kiva détestait et continuerait de détester jusqu'à la fin de ses jours.

— Non, c'est le Gardien, Rooke, qui a eu quelques… remarques bien senties pour mon frère et moi, expliqua Mirryn.

Kiva aurait payé cher pour savoir exactement ce que le Gardien leur avait dit. Pour n'importe qui d'autre, interférer lors d'une Épreuve du Supplice aurait été puni d'emprisonnement, voire de la peine capitale. Mais un prince ? Et l'héritier du trône, qui plus est ? Kiva doutait fortement qu'elle entaillerait de sitôt la main de Deverick, même s'il s'était opposé à Rooke.

— Le Gardien a exprimé son mécontentement vis-à-vis des actions de mon frère et nous a fortement… découragés d'assister aux trois prochaines Épreuves. Entre nous, ce n'est pas une grande perte.

Elle renifla d'un air dédaigneux et plissa le nez comme si l'air de la prison offensait son odorat délicat.

Le fait que Rooke ait réprimandé le prince et la princesse n'étonnait pas Kiva. Elle n'était pas non plus surprise qu'ils aient accepté de se plier à sa requête : la dernière chose dont la famille royale avait besoin était de se mettre à dos l'homme qui veillait sur ses ennemis.

— Pourquoi êtes-vous ici, princesse ? demanda enfin Kiva.

Elle voulait une réponse, surtout après avoir appris que les héritiers Vallentis avaient été mis à la porte par Rooke. Mirryn n'avait aucune raison de s'attarder à l'infirmerie et de perdre du temps avec une simple prisonnière.

— Votre frère m'a sauvé la vie, pour une raison apparemment ridicule. Et je lui en suis reconnaissante, vraiment. Mais ça n'explique pas pourquoi vous étiez à mon chevet à attendre que je reprenne connaissance. Qu'est-ce que vous me cachez ?

La princesse leva la main, et Kiva eut un mouvement de recul involontaire. Les yeux de Mirryn tressaillirent derrière son masque, mais elle ne dit rien, se contentant de fermer le poing. Aussitôt, l'air autour du lit ondula et les oreilles de Kiva se bouchèrent, comme si sa tête était soudain remplie de coton.

— Je nous ai placées dans une poche d'air, dit Mirryn. Pour discuter en privé.

Elle désigna d'un signe de tête Veris qui continuait à monter la garde, sourd à leur conversation.

Émerveillée par le pouvoir de la princesse, Kiva tenta de bâiller pour faire disparaître la pression dans ses oreilles, sans succès.

— Nous n'avons pas beaucoup de temps avant qu'il ne commence à se demander pourquoi nous sommes si silencieuses et qu'il ne comprenne ce que j'ai fait, reprit Mirryn, une pointe d'urgence dans la voix. Dis-moi, as-tu confiance en tes capacités de survivre aux prochains Supplices ?

Kiva fut si surprise qu'elle en oublia l'étrange sensation causée par la poche d'air.

— Absolument pas.

— Je suis sérieuse, guérisseuse.

— Moi aussi, princesse. Personne n'a jamais survécu aux quatre Épreuves.

Kiva espérait que sa famille viendrait la chercher avant qu'elle soit soumise aux autres Supplices, mais il n'était pas question qu'elle avoue cela à la princesse.

Mirryn secoua la tête.

— C'est faux. Fut un temps, les gens survivaient.

— Bien sûr, quand les gens avaient encore de la magie, répliqua Kiva d'un ton railleur – le lait de pavot prenait le pas sur son instinct de survie. Désolée de vous décevoir, mais, à moins que je ne sois votre sœur cachée, je n'ai pas une seule goutte de pouvoir élémentaire dans les veines.

— Dans ce cas, tu vas devoir te servir de tes autres compétences. Que sais-tu faire ?

Kiva écarta les bras, geste qu'elle regretta aussitôt lorsqu'une vague de douleur la submergea.

— Regardez autour de vous. Voilà ce que je sais faire. Guérir les gens. C'est tout.

— Alors tu vas mourir.

Quatre mots, et Kiva sentit son souffle se figer dans ses poumons.

Mirryn se cala sur sa chaise, impassible, comme si elle ne venait pas tout juste de prononcer une peine de mort.

— C'est vrai, et tu le sais, ajouta-t-elle froidement. Peut-être que tu ne mérites pas une telle fin, mais tout le monde pense qu'*elle*, oui.

Elle pointa un doigt élégant en direction du lit de Tilda.

Kiva déglutit.

— Tu vas mourir, répéta Mirryn avec un regard implacable, et elle aussi. Et, honnêtement, ça nous évitera à tous bien des tracas.

Kiva inspira profondément, mais la princesse n'avait pas terminé.

— *Mais*… dit-elle avant de pousser un profond soupir, il semblerait que je sois trop magnanime pour mon propre bien.

Kiva fronça les sourcils.

— Quoi ?

Mirryn soupira de nouveau :

— Le Gardien nous a dit que tu étais ici depuis dix ans. Tu es une survivante, Kiva Meridan, et si tu as tenu aussi longtemps, tu peux survivre six semaines de plus. Surtout avec un peu d'aide.

Kiva peinait à suivre, l'analgésique embrouillait son esprit. On aurait dit que…

Mirryn glissa une main dans sa cape, puis, après un rapide coup d'œil en direction de Veris, en sortit une amulette scintillante.

— Tiens.

Kiva l'attrapa et la retourna entre ses doigts. Lorsqu'elle prit conscience de ce qu'elle tenait, elle se demanda si le lait de pavot était une assez bonne excuse pour relancer l'objet au visage de la princesse.

Au bout d'une chaînette pendait une parfaite reproduction des armoiries de la famille Vallentis : l'épée, la flèche, la couronne et les quatre quadrants étaient en or massif, mais les symboles élémentaires étaient faits de pierres colorées – un saphir pour l'eau, une émeraude pour la terre, une topaze pour l'air et un rubis pour le feu.

L'amulette était magnifique.

Mais elle représentait tout – absolument *tout* – ce que Kiva détestait.

— Très jolie, cracha-t-elle avant de la redonner à la princesse.

Mirryn ne la prit pas.

À la place, elle déclara :

— La plupart des membres de ma famille n'ont une affinité qu'avec un élément. J'en ai deux. L'air, comme tu le sais déjà…

Elle marqua une pause, comme pour s'assurer que Kiva lui prêtait suffisamment attention.

— Et le feu.

Mirryn lança un dernier regard au capitaine Veris, puis se tourna vers Kiva et ouvrit sa paume. Une flamme apparut au-dessus de sa main. Non, pas au-dessus. *Sur* sa main. Le feu dansait sur sa peau, suivant le mouvement de son poignet, et des braises commencèrent à remonter le long de son avant-bras avant qu'elle claque des doigts pour les faire disparaître.

Sa peau était intacte et sa manche à peine roussie.

— Impressionnant, croassa Kiva lorsqu'elle vit que la princesse attendait sa réaction.

Avec un petit sourire suffisant, Mirryn désigna l'amulette que Kiva tenait encore à la main.

— Le rubis peut absorber la magie du feu si quelqu'un comme moi lui insuffle du pouvoir. Je ne sais pas en quoi va consister l'Épreuve du Feu, mais, tant que tu portes cette amulette, la magie qu'elle contient devrait te protéger.

Kiva contempla la princesse, puis l'amulette, bouche bée.

— Ne la montre à personne si tu ne veux pas être prise pour une voleuse, l'avertit Mirryn. Ma mansuétude a ses limites. Tu devras te débrouiller seule pour les deux derniers Supplices.

Kiva hocha la tête, incapable de parler. Elle referma ses doigts sur l'amulette et la glissa dans les replis de sa couverture. Aussitôt, Mirryn leva la main et refit le geste qui lui avait permis de créer la poche d'air. Les oreilles de Kiva se débouchèrent, et elle sut que leur conversation n'était plus privée.

— Ce fut… une expérience… de te rencontrer, guérisseuse, dit la princesse en se relevant et en lissant d'invisibles plis sur sa cape. Je me réjouis déjà de connaître l'issue de tes Épreuves, quelle qu'elle soit.

Mirryn n'offrit ni paroles d'encouragement ni vœux de réussite. Elle commença à s'éloigner, semblant ravie de laisser derrière elle Zalindov et tous ses habitants – y compris sa guérisseuse.

Pourtant, Kiva ne put s'empêcher de s'écrier :

— Attendez !

La princesse s'arrêta et la regarda par-dessus son épaule.

— Pourquoi m'aidez-vous ? demanda Kiva, sentant presque l'amulette lui brûler la peau sous la couverture.

Vous avez affirmé tout à l'heure que vous vous moquiez de ce qui pouvait m'arriver. Je… je ne comprends pas.

Elle déglutit et ajouta :

— Si je survis, Tilda aussi. Pourquoi prendre ce risque ?

Une fois que le lait de pavot aurait quitté son système, Kiva n'en reviendrait probablement pas de son audace. Mais, pour l'heure, elle avait besoin d'explications.

Que Mirryn le sache ou non, sans la famille Vallentis, Kiva ne serait même pas là. *Suspicion de trahison contre la couronne* – voilà pourquoi Faran Meridan avait été arrêté. Il n'y avait eu aucune preuve, aucun complot machiavélique. Il avait simplement été aperçu au marché à côté de la mauvaise personne, au mauvais moment. Son crime présumé l'avait envoyé à Zalindov, et Kiva avec lui. Ils avaient tous deux été victimes des circonstances, et Kerrin n'avait été rien de plus qu'un dommage collatéral.

Il avait fallu dix ans à Kiva pour accepter ce qui était arrivé ce soir-là, pour apprendre que ruminer le passé ne l'aiderait pas à rester en vie. Toute cette injustice lui donnait encore la nausée, mais elle parvenait désormais à se concentrer sur ce qui importait vraiment : survivre. Elle était donc suffisamment rationnelle pour comprendre que, si personne ne venait la sauver prochainement, la princesse lui avait offert un cadeau inestimable : un moyen de tenir jusqu'au troisième Supplice.

Mais… Kiva ne savait toujours pas pourquoi.

Se tournant pour lui faire face, Mirryn l'examina longuement.

Enfin, la princesse répondit :

— En partie parce que mon frère a le cœur tendre. Trop tendre, si tu veux mon avis. Surtout pour un prince héritier. (Elle leva les yeux au ciel.) Mais je devais une faveur à cet idiot amouraché.

Idiot amouraché. Kiva ne savait pas ce qui avait pris au prince Deverick. Elle avait beau lui en être reconnaissante, elle ne lui avait jamais demandé son aide et n'avait aucune intention de lui rendre la pareille.

— Et aussi… Tu as la détermination d'une survivante, cela mérite le respect. En d'autres circonstances, je crois que toi et moi aurions pu nous rapprocher. Devenir amies, même.

Kiva dut ravaler le rire hystérique qui lui monta à la gorge. Amulette protectrice ou non, *jamais* elle…

— Mais les circonstances sont ce qu'elles sont, continua Mirryn. Et en vérité, même avec mon aide, je ne m'attends pas à ce que tu réussisses. Voilà pourquoi je te donne une chance, si désespérée soit-elle.

Elle haussa les épaules, sans paraître contrite le moins du monde.

— La probabilité que toi et Tilda surviviez seules aux six prochaines semaines, que Tilda ne succombe pas avant à sa maladie… Tu n'as pas besoin que je te fasse un dessin.

C'était vrai. Kiva ne se faisait aucune illusion sur ce point. Elle comptait simplement sur un autre facteur que la princesse ignorait. Sur une autre personne. Ou plusieurs autres.

Sa famille.

Et les rebelles.

Reste en vie.

Ne la laisse pas mourir.

Nous arrivons.

— J'ai toujours soutenu les opprimés, ajouta Mirryn d'un ton presque méditatif. Et toi, Kiva Meridan, tu en es l'exemple parfait.

— Je ne te le fais pas dire, lança une nouvelle voix.

Kiva ne put détourner le regard lorsque le prince entra d'un pas tranquille dans la pièce, avec son port de tête altier et sa cape d'hiver qui flottait théâtralement derrière lui.

— C'est pas trop tôt, grommela Mirryn.

— Toutes mes excuses, chère Mirri. J'étais occupé. Il y a tellement de gens intéressants ici. Tellement d'histoires fascinantes.

La manière dont Deverick regardait Mirryn donnait l'impression qu'ils communiquaient sans même se parler. Le cœur de Kiva se serra en repensant aux nombreuses conversations silencieuses qu'elle-même avait eues avec ses frères et sa sœur, autrefois.

— Bonjour, ma belle, lança le prince en s'arrêtant à côté du lit de Kiva.

Il lui adressa un large sourire qui dévoilait ses dents parfaites. Son masque cachait tout sauf sa bouche et ses yeux bleu cobalt, qui semblaient pétiller d'amusement.

— Tu as bonne mine, ajouta-t-il avec un clin d'œil. *Très* bonne mine.

Kiva se demanda s'il se croyait charmant. Pour sa part, elle n'était pas impressionnée. Ni intéressée. Mirryn l'avait qualifié d'impulsif et d'irréfléchi. Apparemment, il était aussi mufle sur les bords. Ce qui n'avait rien d'étonnant étant donné qu'il avait sauvé Kiva en raison de son apparence physique. Enfin, à cheval donné, on ne regardait pas les dents ; même si ledit cheval était répugnant.

— Votre Majesté, répondit-elle d'un ton crispé, merci de m'avoir sauvée.

Le prince Deverick balaya ses remerciements d'un revers de la main.

— Ce n'était rien. Vraiment.

— La guérisseuse n'est pas satisfaite de sa condition physique, annonça Mirryn à son frère en inspectant ses ongles. Estime-toi chanceux qu'elle ait exprimé la moindre gratitude.

Kiva écarquilla les yeux.

— Je dois bien admettre que ça s'est joué à pas grand-chose, reconnut le prince. Quelques secondes de plus et…

Il claqua dans ses mains, et le bruit suffit à soulever l'estomac de Kiva.

— Mais tu es en vie, c'est le plus important. Ce serait dommage qu'une fille aussi mignonne que toi…

— Pitié, je ne veux pas entendre ça, grimaça Mirryn. On peut y aller, maintenant ? Je vais devoir passer le siècle prochain dans le bain pour faire disparaître de ma peau la puanteur de cet endroit.

— La princesse du peuple, dit Deverick à Kiva d'une voix lourde d'ironie. Patiente, tolérante, remplie de joie, d'amour, de bonté et…

— Oh, ferme-la, répliqua Mirryn en attrapant le bras de son frère. Tu aimes vraiment trop le son de ta voix.

— C'est une si jolie voix. Tu ne trouves pas, Kiva ?

Kiva sursauta en entendant son prénom sur les lèvres du prince, prononcé avec une telle désinvolture. Comme s'ils se connaissaient depuis des années. Elle ne dit rien, et il sourit de plus belle.

— J'ai passé un bon moment, ajouta-t-il pendant que sa sœur continuait à l'entraîner vers la sortie. J'espère que nos chemins se recroiseront, Championne.

Puis Mirryn le poussa hors de l'infirmerie, devant le capitaine Veris. Elle s'arrêta pour redresser sa cape et lança par-dessus son épaule :

— Je reste persuadée que tu es suicidaire. N'hésite pas à me prouver le contraire.

CHAPITRE 13

Lorsque les héritiers Vallentis eurent quitté l'infirmerie, Kiva tenta de se lever, mais son corps n'était pas d'accord. À la place, elle se tourna et se retourna dans son lit jusqu'à ce que même ce mouvement devienne trop douloureux. Elle resta alors allongée là, à ressasser les événements de la journée, avant que le sommeil – aidé par le lait de pavot – finisse par l'emporter.

Quand elle se réveilla de nouveau, la nuit était tombée. Les faibles balises de luminium chassaient un peu la pénombre et lui révélèrent qu'elle n'était pas seule.

— Qu'est-ce que tu fais là ? demanda Kiva d'une voix enrouée par le sommeil.

Jaren était assis à son chevet. Il releva brusquement la tête en entendant sa voix, avec un soulagement manifeste.

— Pourquoi est-ce que tu me poses toujours cette question ?

— Peut-être parce que je suis toujours surprise de te voir encore en vie.

Un léger sourire flotta sur les lèvres du jeune homme, puis son visage se ferma.

— Je pourrais dire la même chose de toi, après le coup que tu nous as fait aujourd'hui.

Kiva n'avait aucune envie d'avoir cette conversation avec lui, et encore moins alors qu'elle était allongée, vulnérable.

Elle se redressa, ravalant une grimace lorsque la douleur envahit à la fois ses bras, son torse et son crâne, et s'adossa de nouveau contre le mur.

— Ça a l'air douloureux.

Kiva foudroya Jaren du regard.

— Les apparences peuvent être trompeuses.

Elle ne savait pas pourquoi elle était autant sur la défensive en sa présence, pourquoi elle refusait de montrer le moindre signe de faiblesse.

Jaren soupira et passa une main dans ses cheveux. Ils étaient ébouriffés, comme s'il avait déjà répété ce geste à de nombreuses reprises. En le regardant de plus près, Kiva vit qu'il était encore plus crasseux que lorsqu'elle l'avait vu au pied de la potence – il avait dû être renvoyé aux tunnels après l'Épreuve. Il y avait des ombres sous ses yeux et une lassitude dans sa posture. Zalindov commençait à laisser ses traces, Kiva le voyait bien, même si Jaren n'était pas encore brisé.

— Est-ce que… tu veux prendre quelque chose ? demanda Jaren à voix basse.

Kiva n'avait pas oublié l'aversion du jeune homme pour les antidouleurs, si bien qu'elle secoua la tête. Elle attendrait qu'il parte pour avaler une autre dose de lait de pavot. D'autant qu'elle préférait garder les idées claires en sa présence.

— Je vais bien, dit-elle. Réponds-moi, qu'est-ce que tu fais là ?

— À ton avis ? s'exclama Jaren avant de pointer un doigt accusateur vers elle. Tu as failli mourir, aujourd'hui, Kiva.

— Et alors ?

Ces deux mots s'échappèrent de sa bouche avant qu'elle ne puisse les rattraper.

— Et alors ? répéta-t-il, incrédule. *Et alors ?* Tu plaisantes ?

Surprise par la force de sa réaction, elle ne répondit pas.

— Tu voulais mourir ? C'était ça, ton plan ?

Kiva sursauta.

— Bien sûr que non.

Elle eut vaguement conscience d'entendre une porte s'ouvrir et se refermer, mais elle ne quitta pas Jaren des yeux.

— Alors pourquoi, Kiva ? Pourquoi te sacrifier ainsi ? Pourquoi risquer ta vie pour une femme que tu ne connais même pas ? Pourquoi renoncer à tout pour elle ?

— Qu'est-ce que ça peut te faire, Jaren ? répliqua Kiva. Tu ne me connais pas assez pour être aussi furieux.

— Non, mais m-moi s-si.

Kiva ignora l'expression blessée de Jaren et se tourna vers Tipp, qui se tenait devant la salle de quarantaine. En voyant les larmes dans les yeux du garçon et les taches de rousseur qui se détachaient sur son visage blême, elle se retrouva désemparée.

— Tipp…

— P-pourquoi as-tu fait ça, Kiva ? demanda-t-il d'une voix tremblante. Tu m'as d-dit que personne ne s-survivait aux Épreuves, que c'était une c-condamnation à mort.

— Tipp, viens là.

Kiva lui tendit la main, qui frémissait d'un mélange d'inquiétude et de douleur. Le prince Deverick avait beau avoir ralenti suffisamment la chute de Kiva pour lui sauver la vie, il n'avait pas pris de gants.

D'un pas lent, Tipp s'approcha, les yeux encore remplis de larmes.

— Pourquoi, Kiva ? Tu as d-dit à ma m-mère que tu me p protégerais. Tu ne p-pourras pas si tu es m-morte.

Bien que Kiva n'eût aucune intention de parler à Tipp de la menace qu'avait proférée Cresta à son encontre, elle aurait aimé pouvoir parler seule à seul avec le garçon. Elle lança un regard appuyé à Jaren, mais celui-ci se contenta de croiser les bras et de la regarder droit dans les yeux. Naari regardait elle aussi la scène depuis le seuil de l'infirmerie, sans chercher à masquer sa curiosité.

— Tu as raison, j'ai dit à ta mère que je m'occuperais de toi, répondit doucement Kiva en prenant la main de Tipp dans la sienne. Et je compte continuer à le faire longtemps après la fin de ces Épreuves.

Quand Tipp détourna le visage, Kiva lui serra les doigts pour attirer son attention.

— Hé, ce ne sont pas des paroles en l'air. J'ai déjà survécu à un Supplice, les trois autres ne seront pas beaucoup plus difficiles.

Elle tenta de prendre l'air le plus confiant possible, de cacher toute trace de doute dans sa voix, tout en dissimulant l'espoir qu'elle avait d'échapper aux Épreuves restantes.

Reste en vie.

Ne la laisse pas mourir.

Nous arrivons.

— M-mais alors, tu seras l-libre, et je serai t-tout seul.

Kiva ne pouvait pas lui dire la vérité ni lui faire part de son plan. Pas encore. Pas avant d'avoir parlé au Gardien. Et peut-être même pas après. Elle ne voulait pas lui donner de faux espoirs. La route était encore longue, et Kiva n'avait aucune garantie que les choses se termineraient bien. Pour qui que ce soit.

D'une voix rauque, elle répondit :

— À chaque jour son problème. Inutile de s'en soucier pour le moment.

— Alors concentrons-nous sur aujourd'hui, coupa Jaren. Tu ne nous as toujours pas expliqué ce qui t'avait pris.

Kiva dut compter mentalement jusqu'à dix pour ne pas lui rétorquer que ça ne le regardait pas et exiger qu'il quitte l'infirmerie. En vérité, elle appréciait qu'il soit venu la veiller pendant son sommeil. Qu'il se soit inquiété et qu'il tienne suffisamment à elle pour se mettre en colère. Très peu de gens à Zalindov se souciaient du bien-être de Kiva.

C'était toujours elle qui s'occupait des autres, jamais l'inverse.

Mais elle n'avait pas menti en disant qu'il ne la connaissait pas assez pour justifier une telle réaction. Elle ne comprenait pas ce qui se passait entre eux. Se sentait-il proche d'elle parce qu'elle était la première personne qu'il avait rencontrée à son arrivée ? Ce ne serait pas la première fois qu'un prisonnier réagirait de la sorte, même après qu'elle eut apposé la marque de Zalindov dans sa chair. Certains la percevaient comme un point d'ancrage durant cette transition difficile. Une présence réconfortante, presque. Mais leur attachement s'estompait généralement au bout de quelques semaines, et Kiva avait rarement l'occasion de les revoir, à moins qu'ils n'aient un problème de santé – ou qu'ils meurent et qu'elle doive les envoyer à la morgue.

Jaren, lui, était déjà à Zalindov depuis près de trois semaines et demie, et ne semblait pas décidé à disparaître de sa vie. À l'inverse, elle le voyait de plus en plus à mesure que les jours passaient. C'était en partie dû au lien qu'il avait forgé avec Tipp – le jeune garçon avait adopté Jaren et décidé que son nouvel objectif était d'aider le nouveau à survivre. Du fait de sa propre relation avec Tipp, Kiva se retrouvait elle aussi liée au jeune homme.

Et voilà qu'à présent il exigeait des réponses. Kiva n'était pas dans son élément et ne savait comment répondre. Bien que touchée par sa sollicitude, elle redoutait également ce genre d'attention. Elle était à Zalindov depuis assez longtemps pour savoir que les relations durables étaient à proscrire. Tipp était la seule personne à laquelle Kiva avait offert ne serait-ce qu'une minuscule portion de son cœur, et elle était bien décidée à ce que les choses restent ainsi.

Néanmoins, à la vue des larmes de Tipp, de l'inquiétude sur le visage de Jaren et même des traits légèrement pincés de Naari, Kiva n'eut pas le cœur de garder le silence.

— Aidez-moi à me lever, dit-elle à voix basse. Je veux vous montrer quelque chose.

Elle aurait préféré l'aide de Tipp, mais Jaren était plus à même de la soutenir, si bien qu'elle mit sa fierté de côté et laissa le jeune homme enrouler un bras autour de sa taille, puis se mit debout en tremblant.

Un léger gémissement lui échappa lorsqu'elle sentit des décharges d'électricité remonter le long de ses jambes, ses nerfs protestant contre ce changement de position. Elle n'avait peut-être rien de cassé, mais elle avait l'impression de s'être brisée en mille morceaux.

— Tu es sûre que ça va ? demanda Jaren.

Elle leva les yeux et prit soudain conscience de leur proximité : ses yeux bleu doré étaient *juste là*. Elle refusa catégoriquement de rougir.

— Je vais bien, je te l'ai déjà dit.

— Tu ne vas pas bien, protesta-t-il, sourcils froncés. Je n'ai pas besoin d'être guérisseur pour m'en rendre compte.

— Alors pourquoi me poses-tu la question ? rétorqua Kiva, incapable de maîtriser son mauvais caractère.

Voyant la mâchoire de Jaren se crisper, elle poussa un soupir et reprit, d'un ton plus patient :

— J'ai fait une chute de quinze mètres, Jaren, et je suis encore en vie. Je vais aussi bien que possible. Mais, ajouta-t-elle de mauvaise grâce, tout est relatif, j'ai connu des jours meilleurs.

Jaren la serra plus fermement contre lui, comme s'il voulait s'assurer qu'elle ne tombe pas de nouveau.

— Le prince aurait dû te rattraper plus tôt.

Kiva ne lui demanda pas comment il était au courant – la nouvelle avait dû se propager à la vitesse de l'éclair à travers la prison. Elle espérait simplement qu'il ne savait pas *pourquoi* le prince l'avait sauvée. Elle s'était suffisamment couverte de ridicule pour une journée.

— Il aurait très bien pu ne pas le faire du tout.

Jaren haussa les sourcils.

— Tu le défends ?

— Sans lui, je ne serais pas là.

Kiva était la première surprise d'entendre ces mots sortir de sa bouche. Elle n'aurait jamais imaginé prendre un jour la défense d'un Vallentis.

— Mais…

— Qu-qu'est-ce que tu veux nous m-montrer, Kiva ? l'interrompit Tipp. T-tu devrais retourner vite au lit.

Émue, Kiva adressa un petit sourire au garçon. Mais il détourna le regard sans le lui rendre.

Ravalant un soupir, Kiva demanda à Jaren :

— Peux-tu m'aider à m'approcher de Tilda ?

Les lèvres pincées de Jaren montraient clairement ce qu'il pensait de cette idée, mais il aida malgré tout Kiva à traverser péniblement la pièce, puis il tira le rideau pour dévoiler la Reine Rebelle allongée là.

Pendant ce temps, Kiva tenta d'ignorer le corps ferme du jeune homme, sa force rassurante. Elle refusait de se laisser réconforter par ce contact, même si elle s'était rarement sentie aussi protégée que dans ses bras.

Elle se dégagea de son étreinte pour prendre place sur le tabouret à côté du lit de Tilda – elle respirait mieux avec plus d'espace entre elle et Jaren. Kiva attendit que Tipp la rejoigne, puis elle désigna la femme endormie.

— Que vois-tu quand tu la regardes ? Que représente-t-elle ?

Naari s'approcha à son tour, comme si elle craignait de rater quelque chose. Kiva ne s'en inquiéta pas. Après avoir tenu tête à la princesse d'Evalon puis au prince héritier, elle ne trouvait plus la garde aussi intimidante. Et puis, que pouvait-elle faire ? Condamner Kiva à mort ? C'était un peu tard. De toute façon, Naari avait déjà prouvé qu'elle ne faisait pas partie des gardes dont Kiva devait se méfier. Si elle souhaitait écouter, grand bien lui fasse.

— C-comment ça ? demanda Tipp en repoussant une mèche de cheveux roux devant ses yeux. C'est juste T-T-Tilda.

— Regarde mieux, l'encouragea Kiva. Qui est-elle ?

— La R-Reine R-Rebelle ?

Jaren se figea et son regard passa de Kiva à Tilda.

— Es-tu… favorable à sa cause ? demanda-t-il avec hésitation, comme s'il redoutait la réponse. Est-ce pour cette raison que tu l'as sauvée ?

Kiva ne répondit pas aussitôt, prenant le temps de réfléchir à l'histoire compliquée de sa famille avec les rebelles et à ses propres convictions. À chaque seconde qui passait, Jaren se crispait un peu plus.

— Je ne suis pas une subalterne aux ordres des rebelles, si c'est ce que tu veux dire, expliqua enfin Kiva.

La posture de Jaren se détendit.

— Mais je ne suis pas non plus *dé*favorable à leur cause, ajouta Kiva.

Le jeune homme se raidit de nouveau. Au vu de sa réaction à l'arrivée de Tilda, Kiva savait déjà qu'il était fermement dans le camp anti-rebelles.

— Comment peux-tu…

— Je suis ici depuis assez longtemps pour entendre les arguments des deux camps, l'interrompit Kiva. Tu étais là le soir où on a parlé de l'histoire d'Evalon, du conflit entre Torvin Corentine et Sarana Vallentis, et de la formation des rebelles. Comme l'a dit Mot, la couronne leur revient de droit à eux aussi. (Elle baissa les yeux vers Tilda.) À elle aussi.

— Mais…

De nouveau, elle coupa Jaren.

— Je ne dis pas que je suis une rebelle.

Il n'était pas question qu'elle admette les liens que sa famille entretenait avec eux, ni son espoir que les partisans de Tilda viennent la délivrer. Mieux valait tenter d'apaiser les inquiétudes de Jaren. Et celles de Naari, qui semblait tout aussi tendue.

— Je n'avais que sept ans quand je suis arrivée ici, tu te souviens ? Ils n'allaient quand même pas essayer de me recruter si jeune.

Elle sourit pour essayer de les calmer tous les deux.

— Si tu n'es pas des leurs, comment peux-tu cautionner leurs actions ? Tous les troubles qu'ils causent ? insista Jaren, frustré. Tu es ici depuis dix ans, tu ne sais pas comment c'est au-dehors, le danger qui rôde. Evalon est en train de se déchirer. La plupart des royaumes alliés ont fermé leurs frontières de peur que le mouvement rebelle ne se propage chez eux. C'est déjà le cas chez certains. Quant à nos ennemis… Caramor et Mirraven rêvent de nous envahir. Ils guettent le moindre signe de faiblesse. Sans les montagnes de Tanestra qui entravent l'avancée de leurs armées…

Il secoua la tête, sans prendre la peine de terminer sa phrase.

Kiva détestait en savoir si peu sur le monde extérieur. Les messages codés qu'elle recevait de sa famille ne contenaient rien sur l'actualité politique, si bien qu'elle devait se contenter des informations que Rooke laissait échapper lors de leurs entretiens privés ou de celles qu'elle pouvait soutirer aux nouveaux détenus d'humeur loquace – et ils étaient rares.

Toutefois… ce n'était pas la faute de Jaren si elle était si mal informée, si bien qu'elle se força à rester patiente.

— Je ne dis pas que je soutiens tout ça, je dis juste que je comprends leurs motivations. Ils pensent que le royaume leur revient de droit et veulent le récupérer.

Jaren ouvrit la bouche, mais elle ne lui laissa pas le temps de reprendre la parole.

— Mais l'expérience m'a appris que les gens proches des rebelles finissent en prison ou dans l'éthermonde. Je suis déjà en prison et je ne veux pas mourir.

— Je ne…

— Ne nous disputons pas à ce sujet, l'interrompit Kiva, de nouveau.

À l'évidence, c'était un sujet sensible, et elle se demanda s'il avait des raisons personnelles d'être si farouchement opposé aux rebelles. S'il avait de la famille ou des amis qui avaient été blessées – ou pire – à cause d'eux, cela expliquerait sa réaction. Kiva refusait de se laisser influencer, mais elle ne voulait pas non plus remuer le couteau dans la plaie.

— Si tu t'inquiètes encore de mon allégeance politique, dis-toi que je ne serais d'aucune aide à qui que ce soit, surtout enfermée ici. Les rebelles de la prison me méprisent, ils ne risquent pas de faire appel à moi.

Sauf quand il s'agissait de menacer Tipp, mais Kiva décida de passer ce détail sous silence.

— Et même en dehors de Zalindov, je ferais une recrue pitoyable. Mon propre code de guérisseuse m'obligerait à soigner tous ceux qui viendraient à moi, y compris les personnes loyales à la famille Vallentis. Ce ne serait bien perçu par aucun des deux camps.

Jaren se détendit enfin et son regard s'adoucit, comme s'il prenait conscience du ridicule de cette hypothèse.

— Je ne c-comprends toujours pas, dit Tipp.

L'émotion dans la voix du garçon fit se serrer le cœur de Kiva. En voulant empêcher Jaren – et Naari – de s'intéresser de trop près à ses motivations, elle s'était laissé distraire, et en avait oublié la véritable raison de sa présence au chevet de Tilda. Elle en avait oublié l'explication qu'elle avait prévu de donner, si trompeuse soit-elle. C'était la seule explication que Tipp serait susceptible d'accepter, lui qui la connaissait depuis si longtemps.

— Je t'ai demandé ce que tu voyais en regardant Tilda. Tu vois une femme, Reine Rebelle ou non. Mais moi, je vois quelqu'un qui est gravement malade et qui a besoin de mon aide. Elle représente toutes les personnes que j'ai essayé de soigner au fil des ans. Toutes les personnes que je n'ai pas réussi à sauver. Ce n'est pas juste une vie à mes yeux, mais toutes ces vies, et elles comptent toutes.

Elle se frotta machinalement la cuisse avant de se figer. Ni Jaren ni Tipp n'avaient remarqué son geste, mais Naari l'observait de si près que Kiva prit garde à ne pas croiser son regard.

— Je ne suis peut-être pas capable de garder tout le monde en vie, continua-t-elle, mais cette femme ? Cette patiente ? (Elle haussa les épaules avec une nonchalance étudiée.) C'était en mon pouvoir de faire quelque chose, et je l'ai fait. (Elle adressa à Tipp ce qu'elle espérait être un sourire contrit.) Maintenant, il ne reste plus qu'à attendre de voir si ça fera ou non une différence.

Kiva ne mentait pas. Elle croyait tout ce qu'elle venait d'affirmer. Mais elle ne pouvait révéler la véritable raison pour laquelle elle avait pris la place de Tilda – et pas seulement parce que Naari était là, à écouter. Kiva n'accordait pas facilement sa confiance, encore moins dans un endroit tel que Zalindov.

— Donc… tu veux d-dire que tu t'es portée v-v-volontaire parce qu'elle est malade ? demanda Tipp.

Le garçon avait l'air perplexe, mais au moins il ne pleurait plus. Jaren et Naari, eux, semblaient sceptiques, comme s'ils savaient qu'elle ne leur avait pas tout dit, mais Kiva détourna les yeux, bien décidée à s'en tenir à son histoire.

— Elle serait morte aujourd'hui. Je sais que ce n'est pas rationnel, ainsi va la vie, en particulier à Zalindov, mais j'en ai tellement assez de voir mes patients mourir. Alors, oui, Tipp. Si je peux la sauver, ou même lui donner un peu de répit, c'est ce que je vais faire.

Surtout si cela leur permettait à tous les deux de recouvrer la liberté.

Tipp se mordilla la lèvre d'un air pensif.

Enfin, il répondit, avec un sourire tremblotant :

— Alors on d-devrait faire de notre mieux pour la soigner. C-comme ça, elle p-pourra te remercier elle-même.

Le soulagement submergea Kiva. Elle lui reprit la main et la serra fort avant d'ajouter, juste pour lui :

— Je vais faire mon possible pour ne pas te quitter, compris ? Je l'ai promis à ta mère et je tiens mes promesses. On est tous les deux dans le même bateau.

Kiva espérait que Rooke accéderait à sa requête, quand bien même celle-ci ne serait valable que dans le pire des cas, celui où elle serait forcée d'endurer les trois Supplices restants. La loi prévoyait que les Épreuves devaient être espacées de deux semaines, il lui restait donc un peu de temps avant la suivante. Si sa famille et les rebelles n'arrivaient pas d'ici là, elle ne pourrait plus compter que sur elle-même. Et si elle mourait, Tipp se retrouverait seul.

Kiva se tourna alors vers Jaren et découvrit le regard du jeune homme posé sur elle. Au lieu de se dérober, elle tenta de communiquer en silence tout ce qu'elle pensait, tout ce qu'elle ressentait. Si elle devait mourir, elle voulait être certaine que quelqu'un prendrait soin de Tipp, aussi longtemps que possible.

Jaren ne fit pas mine de ne pas comprendre. Ses lèvres se pincèrent et son expression se fit intense, comme s'il refusait d'envisager cette issue, mais, lorsqu'elle continua de le regarder calmement, il poussa un soupir et acquiesça d'un brusque hochement de tête.

Légèrement perturbée par cette conversation muette, Kiva détourna les yeux et posa le dos de sa main sur le front de Tilda. Sa fièvre n'était pas revenue, mais la malade gémissait dans son sommeil.

— Du nouveau, aujourd'hui ? demanda-t-elle en reprenant spontanément son rôle de guérisseuse.

— P-pas pour elle, répondit Tipp d'une voix hésitante.

Kiva leva les yeux vers lui et il continua :

— Mais les p-patients en quarantaine ont emp-piré. Et le v-virus intestinal se propage. Les gardes ont a-a-amené trois autres malades pendant que tu dormais.

Dormais n'était pas tout à fait le bon mot pour décrire l'état d'inconscience dans lequel Kiva avait été plongée. Elle se tourna vers la porte de la salle de quarantaine en se demandant si elle avait assez de force pour aller voir elle-même les patients.

— N'y pense même pas.

Elle se tourna vers Jaren en fronçant les sourcils.

— Plisse le nez autant que tu veux, mais tu retournes tout droit au lit, déclara-t-il, implacable.

Il mit aussitôt sa menace à exécution en glissant un bras autour des épaules de Kiva afin de l'aider à se relever. Cette fois, elle se mordit la langue pour s'empêcher de gémir, mais le regard de Jaren lui fit bien comprendre qu'il n'était pas dupe.

La traversée de la pièce fut encore plus éprouvante qu'à l'aller. Elle ne l'admettrait jamais, mais Jaren avait raison : elle n'était pas en état de s'occuper des autres malades.

— Merci, se força-t-elle à murmurer une fois dans son lit.

Son corps tout entier palpitait de douleur, mais elle continuait à n'en rien laisser paraître. Malgré tout, elle avait conscience qu'elle devait avoir une mine affreuse.

Jaren hocha la tête puis s'éloigna en direction de l'armoire en bois à côté de l'établi, à l'autre bout de la pièce. Kiva échangea un regard perplexe avec Tipp, qui haussa les épaules avant de retaper l'oreiller dans son dos. Quelques secondes plus tard, Jaren revint, un godet en pierre à la main.

— Bois, ordonna-t-il en le tendant à Kiva.

Elle contempla bêtement le liquide blanc.

— Tu… me donnes… du lait de pavot.

Ce n'était pas une question, mais la surprise transparaissait dans sa voix entrecoupée.

— Bois, répéta Jaren. Ça te fera du bien.

— Mais… tu ne…

Elle n'arriva pas à terminer sa phrase, mais lui lança un regard éloquent.

Il réprima un sourire, comme s'il trouvait sa réaction amusante.

— Ce n'est pas parce que je n'aime pas en prendre que ça vaut pour tout le monde. Tu l'as dit toi-même, tu as fait une chute de quinze mètres aujourd'hui. Si quelqu'un a besoin de médicaments, c'est bien toi.

Il lui avait versé une dose plus conséquente que celle que Mirryn lui avait donnée – un demi-godet. Assez pour lui faire perdre connaissance.

Kiva fronça les sourcils.

— Je…

— Bois, Kiva. Tu as besoin de repos.

Jaren posa une main sur la sienne. Les cals sur sa paume étaient rugueux mais étrangement réconfortants. C'était la preuve qu'il survivait à son travail dans les tunnels, qu'il n'avait pas baissé les bras comme tant d'autres.

— Olisha et Nergal arrivent b-bientôt, ajouta Tipp. Je leur d-dirai pour les nouveaux p-patients et leur ferai p-promettre de s'occuper d'eux. Dors, Kiva. Ils s-survivront une nuit sans toi.

Le garçon se pencha et lui déposa un baiser sur le front avant de tapoter avec insistance le godet qu'elle tenait à la main. Tipp avait toujours été démonstratif, mais c'était la première fois qu'il l'embrassait ainsi. Ravalant ses larmes, Kiva vida d'un trait le verre de lait de pavot et le redonna à Jaren.

— Je suis sûre que je serai de nouveau sur pied demain matin, dit-elle en bâillant – le remède faisait déjà effet.

— Et on t-trouvera comment t'aider à s-survivre au prochain Supplice, répondit Tipp en la bordant.

Kiva se blottit dans le lit sans répondre, soulagée de sentir le métal froid de l'amulette cachée sous sa couverture. À en croire la princesse Mirryn, Kiva n'avait pas à s'inquiéter du prochain Supplice. Les deux suivants, en revanche…

Kiva se demanda de nouveau ce qui lui avait pris de se porter volontaire pour remplacer Tilda. Pourvu qu'elle ait vu juste et que l'on vienne à son secours. Mais, même si ce n'était pas le cas… elle ferma les yeux et s'aperçut qu'elle était incapable de regretter ses actes. Le souvenir du baiser de Tipp sur son front était plus fort que tout.

— Fais de beaux rêves, Kiva, murmura Jaren d'une voix qui semblait venir de très loin.

Il lui prit la main et la serra dans la sienne, et ce fut la dernière chose qu'elle sentit avant de sombrer dans le sommeil.

★

Lorsque Kiva se réveilla, il faisait nuit noire. Elle se redressa avec un couinement de surprise en voyant une ombre penchée sur elle. Ses yeux mirent un petit moment à s'ajuster à la pénombre, et son appréhension ne fit que grandir lorsqu'elle reconnut la silhouette.

— Mais qu'est-ce qui t'a pris ? cracha le Gardien, poings sur les hanches, en la foudroyant du regard.

— Je…

— As-tu la moindre idée de ce que tu as fait ? De la stupidité de…

— Cresta allait tuer Tipp, l'interrompit Kiva.

La dose de lait de pavot lui avait donné du courage et elle refusait de laisser Rooke lui parler ainsi.

— Et alors ? s'exclama-t-il. Ce n'est qu'un gamin. Laisse-le mourir.

À cette idée, Kiva sentit son sang se figer dans ses veines.

— Il compte pour moi.

— Alors tu n'es qu'une idiote. Que crois-tu qui va se passer, maintenant ? Même si tu survis aux quatre Épreuves, ce qui n'arrivera pas, alors quoi ? Tu partiras et Tipp…

— Viendra avec moi.

Cette réponse coupa le Gardien dans son élan. Il plissa les yeux.

— Je te demande pardon ?

Kiva s'humecta les lèvres en priant pour réussir son coup. Elle regrettait que le médicament lui embrouille l'esprit, mais appréciait qu'il la rende aussi audacieuse. Elle ne s'était jamais sentie aussi intrépide en présence de Rooke.

— Vous m'avez affirmé que Tipp pourrait quitter Zalindov s'il avait un tuteur ou si quelqu'un de l'extérieur venait le chercher. Si je survis aux Épreuves, je serai sa tutrice. Il partira avec moi.

Le Gardien ne dit rien pendant un long moment. Kiva se redressa avec peine sur son lit, les mains moites, et attendit le verdict.

Enfin, il reprit la parole :

— Encore faudrait-il que tu survives.

Kiva aurait voulu éclater de rire et se lever pour une danse de la joie. Rooke ne l'avait pas contredite, il ne le pouvait pas puisqu'elle avait retourné ses propres mots contre lui. Malgré tout, elle avait craint qu'il ne trouve une faille, un moyen de rejeter sa requête.

— J'ai l'habitude de déjouer le destin, répliqua Kiva. Après dix ans passés ici, je suis encore en vie. Ça doit bien compter pour quelque chose.

Elle se souvint que Mirryn l'avait qualifiée de survivante et que c'était Rooke en personne qui l'avait dit à la princesse.

— Tu es en vie parce que je t'ai protégée, tonna le Gardien. Parce que ton père m'a sauvé la vie et que, en échange, je lui ai promis de garder un œil sur toi. Comment aurais-tu survécu si longtemps, sans cela ?

Kiva eut un mouvement de recul en entendant Rooke mentionner son père, mais elle ne put s'empêcher de répondre, d'un ton amer :

— Parce que les gens savent que je suis votre informatrice. Comme personne ne me fait confiance et que tout le monde me hait, ils me laissent tranquille.

— Faux, grinça Rooke entre ses dents.

Kiva n'avait jamais vu cet homme d'habitude si stoïque dans cet état.

— C'est parce que tous ici, prisonniers et gardes, savent que, s'ils posent une main sur toi, ils auront affaire à moi.

Kiva ravala un ricanement moqueur. Elle avait été maltraitée d'innombrables fois au fil des ans, en particulier par les gardes. Sans parler de Cresta et de ses menaces, dont le Gardien n'avait cure. Il avait beau prétendre l'avoir protégée, l'allégeance que Kiva avait fait mine de prêter à Rooke ne lui avait apporté que des ennuis, en plus de l'anxiété constante de ne pas avoir assez d'informations à lui transmettre pour rester en vie.

Mais… il n'avait pas entièrement tort : rien de véritablement horrible ne lui était jamais arrivé, en comparaison de ce que de nombreux autres prisonniers avaient enduré aux mains des gardes. Elle s'était doutée que ces derniers se méfiaient de l'attention que Rooke lui portait, mais elle n'avait jamais envisagé qu'il cherchait délibérément à la protéger. Tout ça parce que son père l'avait sauvé d'une septicémie presque fatale dix ans plus tôt. Peut-être que Rooke tenait à elle, à sa manière. Kiva ne parvenait pas à se faire à l'idée qu'il l'aurait maintenue en vie tout en la menaçant si souvent de mort.

— Il a fallu que tu t'en mêles, finit par soupirer le Gardien d'un ton las. Sans toi, Tilda Corentine serait morte aujourd'hui et la vie aurait repris son cours. Plus d'ordres de la famille royale, plus de missives à envoyer sur l'état de santé de la prisonnière ou sur sa capacité à répondre aux questions.

Kiva se mordit la lèvre pour étouffer une réponse sarcastique.

— Par ta faute, on va devoir organiser le reste des Épreuves, continua Rooke. Enfin, jusqu'à ce que tu échoues. Car tu vas échouer, Kiva, c'est inévitable. Et tu me laisseras dépourvu d'une guérisseuse compétente.

Kiva sentit sa gorge se serrer en l'entendant faire si peu de cas de ses chances de survie. À l'évidence, *tenait à elle* n'était pas l'expression adéquate. Elle n'était qu'un pion pour lui. Une guérisseuse, une informatrice.

— Vous avez Olisha et Nergal. Et vous m'avez dit et répété que vous pouviez facilement me remplacer.

Rooke passa une main dans ses cheveux courts en ignorant son accusation voilée.

— Tu as commis une grave erreur aujourd'hui. J'ai fait tout ce que je pouvais pour toi. Je ne peux pas t'aider à réussir les Épreuves du Supplice. Tu vas devoir te débrouiller seule.

Kiva se débrouillait seule depuis presque dix ans. Elle arriverait bien à survivre six semaines de plus – ou moins si sa famille arrivait à temps.

Le Gardien tourna les talons et s'éloigna. Arrivé à la porte de l'infirmerie, il s'arrêta à côté du garde de service et décocha sa dernière flèche :

— Ton père serait cruellement déçu.

Après son départ, Kiva se répéta ces cinq mots en boucle, encore et encore, jusqu'à ce que le lait de pavot la plonge de nouveau dans le sommeil.

Alors que ses paupières se fermaient, elle pensa que le Gardien avait tort. Son père aurait été le premier à l'encourager à sauver une vie. Sa mère, en revanche… Sa mère l'aurait sévèrement réprimandée.

Mais aucun d'eux n'avait réussi à l'arrêter.

Kiva devrait donc vivre avec les conséquences de ses actes.

Ou mourir.

CHAPITRE 14

Malgré tous ses efforts, Kiva ne fut pas sur pied le lendemain matin. Il lui fallut quatre jours pour parvenir à se lever sans aide, et elle avait encore l'impression qu'un des chariots de Zalindov rempli de luminium lui était passé sur le corps.

Courbatures ou non, elle cessa de prendre du lait de pavot au bout de deux jours. En partie pour éviter de développer une accoutumance, ce qui était un risque au vu des propriétés addictives du remède, mais aussi pour sauver ce qui restait de sa dignité. Elle avait en effet eu le malheur d'en prendre une large dose juste avant que Jaren vienne lui rendre visite. Quand il s'était assis à côté d'elle et lui avait demandé comment elle se sentait, elle avait répondu : « Tu as les plus jolis yeux que j'aie jamais vus. Comme des reflets du soleil sur l'océan. »

Un sourire s'était dessiné sur ses lèvres et il s'était penché vers elle.

« Tu as déjà vu l'océan ? »

« Une fois. Mon père m'a emmenée. »

Se méprenant sur l'émotion qui l'avait alors envahie, Jaren avait répondu :

« Je parie qu'il t'attend, dehors. Quand tu auras terminé tes Épreuves, tu pourras le revoir. »

« Non, avait murmuré Kiva. Je ne pourrai pas. »

C'est le moment qu'avait choisi Tipp pour entrer dans l'infirmerie, ce dont Kiva lui avait été infiniment reconnaissante lorsque le lait de pavot avait enfin cessé de faire effet.

Au bout d'une semaine, elle commença à se sentir mieux. Mais chaque jour l'avait rendue un peu plus anxieuse. Elle avait l'habitude de s'occuper des malades, pas d'en être une elle-même, et son inaction lui pesait – d'autant que Tilda restait inconsciente et que de plus en plus de détenus souffraient du virus intestinal. Kiva n'était pas rassurée de les laisser entre les mains d'Olisha et Nergal, qui ne faisaient que le strict minimum et s'approchaient le moins possible des patients pour éviter d'être contaminés. Cela l'agaçait au plus haut point de devoir constamment leur rappeler de surveiller les symptômes de Tilda ou des autres malades, sachant que si elle n'insistait pas ils ne feraient rien.

Sans Tipp, Kiva se serait arraché les cheveux de frustration. Jaren s'était lui aussi révélé d'une aide inestimable, d'autant qu'il venait chaque jour à l'infirmerie, avant et après son travail, prétextant qu'il avait besoin de remèdes pour ses camarades. Bien que les prisonniers aient le champ libre en dehors de leurs heures de travail, Kiva trouvait qu'il passait bien trop de temps à l'infirmerie. Quand Naari montait la garde devant la porte, elle levait les yeux au ciel en le voyant arriver, consciente que le jeune homme trouvait des excuses pour rendre visite à Kiva.

Kiva en profitait néanmoins pour mettre Jaren au travail, à la fois parce que Tipp ne pouvait pas tout faire et pour le tenir à distance. Tant qu'il était occupé, il ne s'asseyait pas à son chevet pour tenter d'engager la conversation ; il ne l'encourageait pas discrètement à prendre les rebelles en grippe ; il ne l'écoutait pas déclamer un sonnet à la gloire de ses yeux.

Voilà bien un incident que Kiva aurait été ravie d'oublier et qu'elle cherchait à enfouir dans les méandres de son subconscient.

Alors que la semaine touchait à sa fin, bien que Kiva soit de nouveau capable de se déplacer seule, son agitation ne fit que grandir. Malgré tout son travail, elle ne pouvait s'empêcher de penser au Supplice qu'il lui faudrait affronter si sa famille n'arrivait pas à temps. Elle tentait d'imaginer ce qui l'attendait, comme si cela pouvait l'aider à se préparer. Certains scénarios n'étaient pas si terribles : devoir marcher sur des braises ardentes, par exemple, ou tenir un morceau de fer chauffé au rouge. Ni l'un ni l'autre ne serait agréable, bien sûr, mais cela semblait moins insurmontable que d'être attachée à un bûcher. Ce n'était pas arrivé à Zalindov depuis longtemps – la pendaison était une méthode plus rapide et plus propre – mais, quelques années plus tôt, tout un groupe de détenus avaient été brûlés vifs. Chaque fois que Kiva y repensait, elle était prise de sueurs froides et sa main agrippait instinctivement l'amulette de la princesse cachée sous sa tunique.

Si personne n'intervenait avant le deuxième Supplice, Kiva serait obligée de faire confiance à Mirryn. L'idée de s'en remettre à une Vallentis ne lui plaisait guère, et elle ne pouvait s'empêcher de chercher un plan de secours au cas où la princesse lui aurait menti. Mais ne pas savoir en quoi consisterait l'Épreuve limitait considérablement ses options. Il y avait bien des baumes dont elle pourrait s'enduire pour protéger sa peau des flammes, mais aucun n'était infaillible. Il y avait aussi des remèdes contre les dommages liés à l'inhalation de fumée, mais ils ne l'aideraient pas durant l'Épreuve. En désespoir de cause, Kiva avait même demandé à Grendel, la responsable du crématorium, si elle avait été approchée par le Gardien pour construire un bûcher. Mais Grendel n'avait eu aucune information à lui donner au sujet du Supplice.

L'amulette magique restait donc son meilleur espoir de survie, en dépit de sa provenance. À moins que l'Épreuve du Feu ne comporte aucune flamme, auquel cas l'objet ne lui serait d'aucune aide. Après tout, Kiva devrait peut-être affronter un feu métaphorique et faire face à ses plus grandes peurs – même si elle peinait à imaginer à quoi une telle tâche pourrait bien ressembler.

Kiva avait beau se torturer l'esprit, elle n'avait toujours aucune réponse. Lorsque l'anxiété devint trop lourde à supporter, elle décida, pour sa propre santé mentale et pour le bien des malades qui comptaient sur elle, de ne plus y penser.

Sa famille arriverait à temps, ou non.

L'amulette fonctionnerait, ou non.

Elle vivrait, ou non.

En attendant, elle ne pouvait rien faire. Rien pour elle, du moins, mais elle pouvait aider les autres.

Kiva se concentra alors sur l'épidémie qui envoyait ses patients en quarantaine. Quand les premiers cas s'étaient déclarés, elle avait diagnostiqué une infection gastro-intestinale, le genre de maladie connue pour se propager rapidement dans les endroits confinés tels que Zalindov. Mais, bien que désagréable et très salissante, cette forme de virus passait normalement en deux à cinq jours.

Il paraissait de plus en plus évident que Kiva s'était trompée dans son diagnostic : non seulement le virus durait plus longtemps, mais il ne se propageait pas comme prévu. De plus en plus de prisonniers étaient infectés, sans aucune logique apparente, et comme les patients étaient trop malades pour s'exprimer, Kiva ne parvenait pas à déterminer ce qui les liait les uns aux autres.

Pour couronner le tout, et c'était le plus inquiétant, leur état ne s'améliorait pas. Quels que soient les remèdes que Kiva testait, quel que soit le nombre de sédatifs, d'antiviraux ou d'antibactériens qu'elle leur administrait, rien n'y faisait. Elle avait même tenté de saigner les patients les plus malades, mais ils ne montraient toujours aucun signe d'amélioration.

Ils commençaient, en revanche, à mourir.

Un par un, ils passaient dans l'éthermonde, et Kiva devait en envoyer de plus en plus à la morgue. La période d'incubation était différente pour chaque personne ; certains mouraient en quelques jours, d'autres en quelques heures.

Kiva n'y comprenait rien et chaque nouvelle victime exacerbait son sentiment d'impuissance.

— Ne t-t-t-t'inquiète pas, lui dit Tipp un soir, dix jours après l'Épreuve de l'Air. Tu vas f-f-finir par t-t-trouver.

Il était tard, et le garçon avait passé sa journée à courir dans tous les sens pour aider Kiva. Il était si épuisé qu'il tenait à peine sur ses jambes. Kiva avait tenté en vain de le faire asseoir pour qu'il se repose. Elle voulait éviter qu'il ne s'écroule, mais aussi qu'il ne s'énerve contre lui-même car la fatigue rendait son bégaiement plus prononcé.

— C'est à n'y rien comprendre, dit Kiva en se lavant les mains avant de les enduire d'huile d'argentine par mesure de précaution.

Elle tendit la flasque à Tipp et le regarda faire de même.

— Leurs symptômes sont identiques : forte fièvre, pupilles dilatées, maux de tête, vomissements, diarrhée…

— N'oublie p-p-pas les boutons, l'interrompit Tipp.

Il lui redonna l'huile purifiante en plissant le nez face à l'odeur âcre du produit.

— … et boutons sur l'estomac, ajouta Kiva en comptant sur ses doigts. Ils souffrent tous de la même chose, j'en suis certaine.

— Alors, quel est le problème ?

Kiva fit volte-face. Elle n'avait pas entendu Jaren entrer. Tipp n'était peut-être pas le seul à être fatigué.

— Le problème, répondit Kiva sans même prendre la peine de lui demander ce qu'il faisait là, c'est que Rayla travaille à l'administration.

Jaren pencha la tête, rendant la couche de poussière sur son front encore plus visible.

— Je suis censé savoir ce que ça veut dire ?

— C'est une des f-f-favorites, répondit Tipp avant de bâiller de toutes ses dents et de vaciller de nouveau.

Inquiet, Jaren l'agrippa et, sans lui laisser le temps de protester, l'entraîna vers l'une des tables métalliques, où il l'obligea à s'asseoir. Bien que soulagée, Kiva ne put s'empêcher de grommeler intérieurement de voir que Jaren avait réussi en quelques secondes là où elle échouait depuis plus d'une heure.

— Comment ça, *favorite* ? demanda Jaren.

Naari, qui était de garde à l'infirmerie ce soir-là, toussota. Kiva aurait bien aimé faire de même. À la place, elle lui répondit de la manière la plus délicate possible.

— Ça signifie que les gardes lui donnent des à-côtés, des vêtements plus chauds, de plus grosses rations, des tâches moins dangereuses, ce genre de choses. En échange de certains… services.

— Je ne c-comprends pas, dit Tipp en étouffant un nouveau bâillement. Quel genre de services p-peut-elle offrir ? Les g-gardes ont déjà des p-prisonniers qui font leur lessive, p-préparent leurs repas et nettoient leurs quartiers. Ils n'ont b-besoin de rien d'autre.

Naari toussota de nouveau et Kiva se garda bien de commenter.

— Je vois, dit Jaren d'une voix crispée. Mais je ne comprends toujours pas en quoi elle présente un problème.

— Les favorites sont séparées des autres détenus, expliqua Kiva. Rayla n'aurait eu que très peu d'interactions en dehors des gardes qu'elle… (Elle se racla la gorge.) Elle ne dort pas dans les mêmes bâtiments que nous, mais dans une cellule plus près des quartiers des gardes.

Voire avec les gardes, ce qui allait sans dire.

— Donc elle ne devrait pas être malade, conclut Jaren.

— Exactement, confirma Kiva. Bien sûr, il n'est pas impossible qu'elle ait été en contact avec une personne infectée, mais, dans ce cas, pourquoi les gardes qu'elle a… euh, approchés ne sont-ils pas malades eux aussi ?

— Tu veux dire qu'aucun garde n'est tombé malade ?

Kiva se tourna vers Naari, qui s'était approchée en silence pour prendre part à la conversation.

— Aucun, répondit Kiva, encore un peu mal à l'aise en présence de la femme.

— Et combien de cas parmi les prisonniers ?

Kiva fit un rapide calcul de tête.

— En comptant ceux qui sont déjà morts, presque soixante-dix, avec en moyenne dix nouveaux cas par jour.

Et au moins autant de décès. La salle de quarantaine était presque pleine, et l'aurait été depuis longtemps si le taux de mortalité n'avait pas été si élevé. Kiva s'était même vu confier des assistants supplémentaires, tout comme Mot et Grendel à la morgue et au crématorium.

— Statistiquement, certains gardes auraient dû l'attraper, non ? demanda Jaren.

Il ne semblait pas craindre Naari le moins du monde – mais il n'avait pas été témoin de la brutalité des gardes pendant dix ans, contrairement à Kiva.

— Si c'est un virus intestinal comme je le pensais à l'origine, oui, répondit Kiva. Mais, malgré les symptômes qui semblent pointer dans cette direction…

— Rayla de l'administration réfute cette théorie. Ou plutôt les gardes avec lesquels elle a été en contact et qui ne sont pas malades.

— S-si ce n'est pas un v-virus, c'est quoi ? demanda Tipp en se frottant les yeux.

— Là est la question, dit Kiva en s'adossant contre l'établi, au bout du rouleau. Ça peut être n'importe quoi, une spore dans l'air, une bactérie dans l'eau, un champignon dans nos céréales, de la viande ou des laitages avariés… La liste est sans fin.

— Donc on est tous à risque, ajouta Jaren d'un ton mi-affirmatif, mi-interrogatif.

— Honnêtement, je ne sais pas, répondit Kiva. Pourquoi les patients en quarantaine sont-ils malades, et pas nous ? Pourquoi certains sont-ils infectés depuis plusieurs semaines alors que d'autres viennent tout juste de développer des symptômes ? (Elle marqua une pause pour réfléchir.) Si c'est un microbe dans notre eau ou notre nourriture, il serait logique que les gardes ne l'attrapent pas puisqu'ils ne mangent pas la même chose que nous. Mais si c'est quelque chose dans l'air, dans les céréales ou une maladie qui touche les animaux...

Kiva fronça les sourcils et ajouta à mi-voix :

— Si je n'arrive pas à comprendre le problème, alors je dois remonter à l'origine de la maladie. Ça m'aidera peut-être à trouver un traitement.

— Ton p-p-p-prochain Supplice est dans quatre jours, dit Tipp. Je c-crois que tu devrais te concentrer sur ça.

Tipp n'avait pas évoqué le sujet depuis que Kiva s'était portée volontaire pour prendre la place de Tilda. Parfois, elle l'entendait parler tout bas à la malade, qui n'était toujours pas en état de répondre. Kiva savait qu'il s'inquiétait, mais elle savait aussi qu'il essayait de rester positif, ce dont elle avait désespérément besoin. Parfois, elle s'en voulait car c'était plutôt à elle de le réconforter, mais la joie de vivre du garçon l'avait sortie du gouffre quand la peur l'engloutissait.

— Quatre jours, c'est suffisant pour s'y mettre, répondit Kiva.

Et suffisant pour que les rebelles arrivent, bien qu'il n'y ait toujours eu aucun signe d'eux.

Elle fit un clin d'œil rassurant à Tipp et ajouta :

— Je continuerai mon enquête après la prochaine Épreuve.

Si elle était encore là.

Le sourire du garçon illumina sa soirée et lui fit chaud au cœur.

— Comment vas-tu faire ? demanda Jaren. Pour ton enquête, je veux dire. Tu as un plan ?

Étant donné que l'idée lui était venue quelques secondes plus tôt, Kiva dut ravaler une riposte sarcastique. Puis elle réfléchit sérieusement à la question.

— Les premiers prisonniers à avoir eu des symptômes travaillaient à la carrière, donc je commencerai par là. Je peux faire le tour de l'enceinte extérieure de la prison et inspecter les fermes, la scierie, tous ces endroits, avant de me pencher sur ce qui se passe entre nos murs.

Mais elle avait oublié quelque chose d'important. Hésitante, elle se tourna vers Naari.

— Est-ce que… euh, vous pourriez demander la permission au Gardien ? Je n'ai pas le droit de franchir le portail sans escorte.

En temps normal, Kiva lui aurait posé elle-même la question, mais elle n'avait pas vu Rooke depuis la nuit de son premier Supplice. Elle s'était réveillée le lendemain matin avec les idées suffisamment claires pour être horrifiée de l'audace dont elle avait fait preuve sous l'emprise du lait de pavot, et elle préférait éviter toute nouvelle conversation avec lui.

La garde, elle, n'hésita pas une seconde et accepta d'un hochement de tête.

— Naari devrait y aller avec toi, dit Jaren.

Kiva sentit un rire nerveux lui chatouiller la gorge.

— Je ne choisis pas mon escorte. Ce n'est pas comme ça que ça marche.

Jaren se tourna vers la garde.

— Tu devrais y aller avec elle.

Le cœur de Kiva rata un battement. Si aimable soit-elle, Naari ne laisserait jamais Jaren lui parler comme s'ils étaient sur un pied d'égalité.

— J'en parlerai à Rooke, répondit la garde.

Kiva en resta bouche bée. Elle devait ressembler à une chouette, avec ses yeux écarquillés sous le choc de ce qui venait de se passer.

Naari aurait au minimum dû rappeler à Jaren quelle était sa place. Il n'était qu'un prisonnier et il venait d'adresser à une garde une requête qui s'apparentait presque à un ordre. Kiva avait vu des détenus exécutés pour moins que ça.

Elle les observa tous les deux et se demanda soudain si Jaren ne connaissait pas déjà le statut de « favori ». Il était jeune, musclé, séduisant… comme Naari. À quelques exceptions près, Kiva avait rarement vu Jaren sans Naari, comme si celle-ci avait pris sur elle de surveiller les déplacements du jeune homme dans la prison, même quand il ne travaillait pas. Un tel degré d'attention… de dévouement…

— C'est quoi, cette tête ? demanda Jaren en la dévisageant.

Kiva tenta de prendre l'air dégagé mais n'était pas certaine d'y être parvenue.

— Rien, dit-elle avant de se retourner vers Naari. Je n'ai pas de préférence concernant mon escorte, vraiment.

À choisir entre Naari et un garde tel que le Boucher ou le Squelette, bien sûr que Kiva opterait pour la femme aux yeux ambrés. Mais, contrairement à Jaren, elle ne voulait pas prendre le risque d'émettre une requête personnelle.

— J'en parlerai à Rooke, répéta Naari d'un ton ferme.

Kiva ne savait pas pourquoi la garde se montrait aussi coopérative alors qu'elle n'avait rien à y gagner.

… Sauf, peut-être, Jaren.

L'idée lui laissa un goût amer en bouche, mais elle refusa d'y penser plus avant. Elle rassembla plutôt ses dernières miettes de courage et déclara :

— Le plus tôt sera le mieux.

Naari acquiesça d'un signe de tête. Avant que Kiva ne puisse ajouter quoi que ce soit, Jaren poussa un cri et recula précipitamment.

— Qu'est-ce que…

Il s'interrompit et lâcha un petit rire gêné en découvrant le chat gris couleur suie qui était sorti de sa cachette dans l'armoire à pharmacie pour venir se frotter contre ses jambes.

— Bonjour, toi. Mais qui voilà ?

Kiva se mordit les lèvres pour ne pas éclater de rire.

— C'est Ch-Chaussette, répondit Tipp en désignant les quatre pattes blanches de l'animal en guise d'explication.

Quand Jaren commença à s'approcher du chat, la main tendue, Kiva crut bon de le prévenir :

— Attention, elle est mal lunée.

Une étincelle espiègle dans le regard, Jaren répondit :

— Elle doit être à toi.

Tipp gloussa, Naari ricana et Kiva leur lança à tous les trois un regard noir.

— Tu ne l'as pas d-déjà rencontrée ? demanda Tipp.

Jaren s'approcha de nouveau de la table. Plutôt que de réitérer son avertissement, Kiva, elle, recula de plusieurs pas.

— Je l'ai vue çà et là, répondit Jaren, mais je pensais que c'était simplement un chat errant.

Tipp secoua la tête.

— Elle vit ici d-depuis des lustres. Plus longtemps que m-m-moi. T-tu vois sa queue ? ajouta-t-il en désignant le moignon. Elle l'a p-perdue juste après mon arrivée. Il y a eu une émeute et un p-prisonnier a refermé la p-porte sur elle.

Jaren grimaça.

— Aïe.

— Kiva a d-dû la soigner, continua Tipp, dont la fatigue semblait s'envoler à mesure qu'il évoquait ses souvenirs.

Jaren haussa les sourcils.

— Tu soignes aussi les animaux ? Que de talents !

Kiva ignora le frémissement que ce compliment lui déclencha au creux de l'estomac.

— Pour ce qu'on m'en remercie. Cette chatte était déjà diabolique avant l'accident, et elle me hait encore plus depuis. Je ne peux pas m'approcher d'elle sans être couverte de griffures.

— Ah, fit Jaren avec un sourire, avant de tendre la main vers le matou.

— Non, attends… protesta Kiva.

Mais elle s'interrompit lorsqu'elle vit que Chaussette se cambrait sous les caresses de Jaren en ronronnant à qui mieux mieux.

— Traîtresse, grommela Kiva.

Jaren lui adressa un sourire étincelant.

— J'ai cet effet sur toutes les jolies ch…

— Si tu tiens à ta santé, ne termine pas cette phrase, le coupa Kiva en sentant le rouge lui monter aux joues.

Cette fois, le gloussement de Tipp se transforma en un bâillement à lui décrocher la mâchoire.

— Toi, au lit, lui ordonna-t-elle avant de se tourner vers Jaren. Et toi, assure-toi qu'il ne s'endorme pas en chemin !

Jaren rit dans sa barbe, comme s'il avait parfaitement conscience qu'elle ne voulait pas rester seule avec lui. Non pas qu'ils auraient été seuls puisque Naari était là, mais Kiva ne cachait pas qu'elle évitait de se retrouver en tête à tête avec le jeune homme. Pourtant, il refusait de comprendre qu'elle ne pouvait pas – ne voulait pas – nouer d'autres attachements à Zalindov, pas même une nouvelle amitié.

— À la prochaine, Chaussette, dit Jaren avec une dernière caresse sous le menton de l'animal.

— À d-demain, Kiva ! s'exclama Tipp en sautant de la table.

Jaren entraîna le garçon vers la sortie et se retourna pour lancer un dernier sourire à Kiva sur le pas de la porte.

Naari, quant à elle, ne suivit pas les garçons.

— Tu dors dans ta cellule, cette nuit ? demanda-t-elle à Kiva, qui la regardait d'un air interrogateur.

La jeune fille hocha la tête.

— Je t'escorterai quand tu seras prête à partir.

Une vague d'émotion submergea Kiva, et elle fut surprise de découvrir qu'il s'agissait non pas de peur mais de soulagement. Les autres gardes continuaient à causer plus d'ennuis que d'ordinaire aux prisonniers, surtout la nuit. La présence de Naari les dissuaderait de s'en prendre à Kiva.

— Merci, croassa-t-elle.

En réponse, Naari déclara :

— J'ai vu la manière dont tu nous as regardés, Jaren et moi.

Kiva aurait aimé prétendre qu'elle ne voyait pas de quoi la garde parlait, mais c'était impossible.

— Ça ne me regarde pas, marmonna-t-elle en tendant la main vers Chaussette.

Elle la retira précipitamment lorsque la chatte démoniaque feula puis retourna se tapir dans sa cachette.

— En effet, confirma Naari. Mais, quoi qu'il en soit, je n'entretiendrais jamais de relation inappropriée avec quelqu'un dont j'ai la charge.

Kiva eut la sensation qu'on lui ôtait un lourd fardeau, bien qu'elle tentât de se convaincre qu'elle se moquait que Naari et Jaren entretiennent ou non une relation, de quelque sorte que ce soit.

Elle chercha désespérément une réponse adaptée :

— C'est très… professionnel de votre part. Je suis sûre que je parle pour tous les prisonniers en disant que nous apprécions.

Naari pencha la tête ; ses cheveux courts et sa boucle d'oreille en jade scintillèrent à la lueur des balises de luminium.

— Tu m'intrigues.

— Je… quoi ?

— Je travaille ici depuis des mois. Assez longtemps pour te regarder interagir avec les autres. En dehors de Tipp et, à de rares occasions, de Mot et Grendel, tu ne parles presque à personne.

Kiva regarda Naari avec de grands yeux, surprise que celle-ci l'ait observée et surtout qu'elle connaisse les prénoms des autres détenus. La plupart des gardes ne désignaient les prisonniers que par leur poste de travail, leur apparence physique ou, s'ils étaient assez près pour le lire, leur matricule.

— Pourquoi refuses-tu de te lier aux autres ? demanda Naari avec curiosité. Jaren semble être quelqu'un de bien. Je crois qu'il en vaudrait la peine.

— Trente-trois jours, ce n'est pas assez pour juger du caractère d'une personne, répondit Kiva.

Pour s'occuper, elle ramassa une flasque ouverte et se mit à en chercher le bouchon.

Les yeux de Naari pétillèrent.

— Donc tu as compté les jours.

— C'est juste une estimation, dit Kiva en se maudissant intérieurement.

— Une estimation, c'est « une trentaine de jours », « un mois » ou « quelques semaines », rétorqua Naari avec un sourire éclatant qui contrastait avec sa peau sombre. « Trente-trois », c'est un nombre exact.

Kiva mit enfin la main sur le bouchon et l'enfonça à la bonne place avec plus de force que nécessaire.

— Vous savez quoi ? Vous pouvez partir, je vais me débrouiller.

Naari s'esclaffa. C'était un rire franc, profond, presque éraillé.

— Dis-moi plutôt ce qu'il te reste à faire et je t'aiderai à terminer.

Le cerveau de Kiva court-circuita et elle manqua de s'étrangler.

— Quoi ?

— J'ai deux mains et deux jambes, dit Naari en levant sa main gauche gantée. Ce n'est pas simplement pour faire joli. Confie-moi une tâche et je m'en acquitterai.

Abasourdie par cette proposition, Kiva se retrouva incapable de parler, obligeant Naari à insister :

— Allez, guérisseuse, je n'ai pas toute la nuit. Je veux arriver à Vaskin avant que la taverne ne ferme.

À dix minutes de cheval, Vaskin était la ville la plus proche de Zalindov, si bien que les gardes s'y rendaient souvent pour décompresser une fois leur journée de travail terminée. Certains y vivaient même, surtout ceux qui avaient une famille – la caserne de la prison n'était pas un endroit adapté pour des partenaires ou des enfants. Bien qu'elle fût curieuse de savoir où habitait Naari, Kiva n'osa pas lui poser une question si personnelle.

Elle accepta toutefois la proposition de la garde d'une voix qui ne parvenait pas vraiment à dissimuler son appréhension. Mais elle rassembla son courage, redressa les épaules et expliqua ce qui lui restait à faire avant l'arrivée de Nergal et Olisha. Puis elle regarda, ébahie, la jeune femme hocher la tête et retrousser ses manches.

C'est ainsi que la guérisseuse et la garde se retrouvèrent à travailler côte à côte ; les rapports de force entre les deux femmes s'estompèrent, et Kiva commença à comprendre qu'ils pourraient même disparaître complètement.

CHAPITRE 15

Deux jours plus tard, au petit matin, malgré la pluie qui menaçait de tomber, Kiva était bien décidée à commencer son enquête sur l'origine de l'épidémie intestinale.

Lorsqu'elle avait quitté Naari l'avant-veille – ou plutôt lorsque la garde l'avait quittée, elle, devant sa cellule –, la femme avait réitéré sa promesse de parler au Gardien le plus rapidement possible. Et en effet, lorsque Kiva était arrivée à l'infirmerie le lendemain, Naari avait annoncé que Rooke lui avait accordé la permission d'escorter la guérisseuse de l'autre côté du mur d'enceinte. Malheureusement, un flot de nouveaux patients avait empêché Kiva de mettre son plan à exécution. Aujourd'hui, toutefois, elle avait eu la présence d'esprit d'affecter Olisha et Nergal à l'équipe de jour afin de pouvoir se libérer.

Après être rapidement passée voir les patients en quarantaine, et avoir vérifié que Tilda – qui ne montrait toujours aucun signe d'amélioration – ne souffrait pas d'escarres, Kiva retrouva Naari devant l'infirmerie. La garde était vêtue de son habituel uniforme en cuir noir, mais dans le dos, au lieu de ses deux épées, elle portait un petit sac. Elle avait accroché l'une des épées à sa ceinture et tenait une arbalète sur l'épaule.

Kiva frissonna intérieurement en découvrant cette nouvelle arme – la même que portaient tous les gardes qui franchissaient le portail. Les arbalètes servaient à dissuader les prisonniers qui, en dépit du second mur d'enceinte de l'autre côté des zones de travail, tenteraient de s'enfuir. Mais Kiva n'était pas stupide. Elle savait qu'elle n'avait aucune chance de s'échapper. Pas sans aide.

Reste en vie.

Ne la laisse pas mourir.

Nous arrivons.

— On commence par la carrière ? demanda Naari.

— C'est l'idée, répondit Kiva.

La garde hocha la tête et ouvrit la marche.

Tipp avait voulu venir, mais Kiva n'avait pas osé demander cette faveur au Gardien sans raison valable. Elle avait confié au garçon une autre tâche en son absence. C'était une tâche importante car Kiva aurait besoin de ce qu'il aurait collecté dès son retour, mais elle ne lui enviait pas ce travail. Tipp, lui, avait réagi avec un enthousiasme débridé, comme si elle venait de lui donner le plus beau des cadeaux. Parfois, Kiva oubliait qu'il n'avait que onze ans.

Naari se dirigea vers le portail sans chercher à engager la conversation, et Kiva suivit son exemple. Elles venaient à peine de passer devant le chenil et d'approcher de la caserne centrale lorsqu'il se mit à pleuvoir. Kiva frissonna en sentant les gouttes glacées sur sa peau. Elle s'était habituée à endurer des températures rigoureuses vêtue seulement d'un pantalon et d'une fine tunique, mais elle redoutait toujours l'arrivée de l'hiver. Elle avait toutefois de la chance, comparée à ceux qui travaillaient en extérieur.

— Tiens, dit Naari en plongeant la main dans son sac, lorsque la pluie se mit à tomber de plus belle, pour en sortir un poncho en toile qu'elle tendit à Kiva.

Les mains engourdies – par le choc, et non par le froid –, Kiva prit le vêtement et le contempla sans rien dire.

— Enfile-le avant d'être trempée, ordonna Naari comme si elle s'adressait à une demeurée.

Kiva obéit instinctivement. La toile était lourde sur ses épaules, mais elle la protégeait de la pluie et Kiva sentit aussitôt son corps se réchauffer. Quand elle rabattit la capuche sur ses cheveux sombres, elle gémit presque de bonheur.

— Il ne manquerait plus que tu tombes malade, expliqua Naari avant que Kiva ne puisse la remercier. Olisha et Nergal sont des bons à rien. Tu es la seule capable d'endiguer cette épidémie avant qu'elle ne nous emporte tous.

C'était une excuse parfaitement valable, mais Kiva était certaine que ce n'était pas la seule raison pour laquelle Naari avait apporté ce poncho. Ses propres vêtements en cuir la protégeaient des éléments, rien ne l'obligeait à prévoir quelque chose pour Kiva, quoi qu'elle en dise. Et pourtant, c'est ce qu'elle avait fait.

Kiva se demanda si, en d'autres lieux, en d'autres temps, elles auraient pu être amies. Même ici, à Zalindov, elle commençait à avoir cette impression, tout en refusant de s'appesantir sur cette idée – c'était bien trop dangereux. Les gardes ne restaient jamais bien longtemps à la prison. Bientôt, Naari partirait loin d'ici, comme tous ceux et toutes celles qui l'avaient précédée.

Elles contournèrent le bâtiment d'accueil et se retrouvèrent au pied de l'imposant portail en fer, soudé aux murs de pierre qui encerclaient la prison. Des rails se croisaient à cet endroit, menant à l'entrepôt de luminium et à l'usine à l'intérieur du mur d'enceinte, et à la scierie, aux fermes et à la carrière à l'extérieur. À chaque fin de journée, les travailleurs remplissaient des chariots et revenaient avec leur chargement. Mais, pour l'heure, les rails ne servaient que de piste à suivre pour Kiva et Naari.

Naari fit signe aux gardes perchés dans les tours de guet et franchit le portail sans hésitation, Kiva sur les talons.

La jeune fille avait les nerfs à vif. En dix ans, elle n'était sortie qu'une poignée de fois pour soigner des prisonniers qui ne pouvaient être déplacés jusqu'à l'infirmerie. Et chaque fois, Kiva avait ressenti la même chose qu'elle éprouvait à présent : un frisson d'excitation à l'idée de quitter l'enceinte de la prison, de se retrouver si près – et pourtant si loin – de la liberté.

Elle se demanda où était sa famille et combien de temps les rebelles mettraient à venir la libérer. Puis elle s'efforça de ne plus y penser, sachant qu'elle ne pouvait rien faire pour accélérer le processus. Aujourd'hui, elle avait un seul objectif, et il méritait toute son attention.

— Garde Arell, je peux vous dire un mot ?

Kiva et Naari s'arrêtèrent en entendant la voix du Gardien, si reconnaissable malgré le bruit de l'averse. Elles se retournèrent et le virent franchir le portail derrière elle, sans paraître remarquer les gouttes qui rebondissaient sur son uniforme en cuir. Il désigna d'un signe de menton les écuries voisines.

L'odeur de foin et de chevaux monta au nez de Kiva dès qu'elle posa le pied à l'intérieur. Le crépitement de la pluie sur le toit était presque assourdissant.

— Toi, reste là, ordonna Rooke à Kiva avant de lancer un regard pénétrant à Naari et de s'éloigner vers le fond de l'écurie.

Ils étaient encore à portée de vue – et d'arbalète – mais trop loin pour que Kiva entende leur conversation.

La présence du Gardien avait piqué sa curiosité, mais, ne sachant pas lire sur les lèvres, elle s'adossa en soupirant contre le box le plus proche et caressa le nez du cheval qui avait passé la tête par-dessus la porte. Sa crinière était mouillée et maculée de boue, il devait donc être arrivé depuis peu. Peut-être était-ce la monture d'un messager venu délivrer l'une des nombreuses missives royales dont le Gardien se plaignait tant. Cela expliquerait certainement son air agacé. Naari, elle, l'écoutait parler, les bras croisés, et semblait s'ennuyer ferme.

Kiva regarda autour d'elle et vit plusieurs autres chevaux dans leur box et, entre, quelques stalles vides. En face d'elle se trouvait un fiacre qu'elle reconnut comme étant celui de Rooke – elle l'avait déjà vu l'utiliser les rares fois où il quittait Zalindov. Aussi rarement qu'un roi quittait son royaume.

— *Psst.*

Kiva détourna les yeux du fiacre et contempla le cheval derrière elle en fronçant les sourcils. L'animal lui flanquait à présent des coups de tête dans l'épaule.

— *Psst*, Kiva. En bas.

Les yeux écarquillés, elle regarda par-dessus la porte du box et découvrit le maître d'écurie, Raz, accroupi devant la jambe avant du cheval. Il tenait une brosse à la main et était couvert de poils, signe qu'il était occupé à panser la monture lorsque Kiva et les autres étaient entrés, et qu'il avait choisi de rester caché.

Kiva ne connaissait pas bien Raz. En vérité, elle prenait garde à l'éviter car ils risquaient tous deux leur vie à chaque interaction. C'était un risque que Kiva était prête à prendre, mais Raz, lui, n'était ni un prisonnier ni un garde. L'homme, d'âge mûr, travaillait à Zalindov depuis de très nombreuses années et avait beaucoup plus à perdre que Kiva.

Raz était le seul lien que Kiva avait avec le monde extérieur. Dix ans plus tôt, sa femme, alors enceinte, était venue lui rendre visite durant la journée et avait commencé à avoir des contractions prématurées. Sans le père de Kiva, ni la mère ni l'enfant n'auraient survécu. En guise de remerciement, Raz leur avait proposé d'envoyer en douce un message à leur famille, sachant qu'il était presque impossible aux détenus de communiquer avec l'extérieur.

Faran Meridan s'était montré malin. Pour brouiller les pistes, il s'était servi d'un code de substitution que ses enfants avaient inventé pour s'amuser et que toute la famille pouvait aisément déchiffrer. C'est ainsi qu'une ligne de communication avait été établie.

Malgré la bonté de Raz, il n'avait pas été facile ni pour Faran ni par la suite pour Kiva, de faire sortir des lettres de la prison, d'autant que Raz travaillait de l'autre côté du mur d'enceinte. Le jeu en valait rarement la chandelle. Kiva n'avait réussi que deux fois à envoyer ses propres messages, la première fois, trois mots : *Père est mort* ; la seconde fois, cinq : *Je suis la nouvelle guérisseuse.*

Les lettres de sa famille étaient plus fréquentes, même si Kiva aurait voulu en recevoir davantage. Raz prenait toujours moult précautions pour les lui faire parvenir. Il les glissait dans les vêtements des nouveaux arrivants lorsqu'il aidait les gardes à les faire descendre des chariots, sachant qu'ils seraient ensuite envoyés à l'infirmerie pour être déshabillés. C'était dangereux, mais personne n'avait encore découvert leur stratagème. Probablement parce qu'ils ne prenaient pas de risques. Jusqu'à aujourd'hui. Kiva ne savait pas pourquoi Raz avait attiré son attention alors que Rooke et Naari n'étaient qu'à quelques mètres de là.

— J'ai quelque chose pour toi, dit Raz dans un murmure à peine audible.

Kiva prit garde à ne faire aucun mouvement brusque lorsque Raz sortit un morceau de parchemin taché de boue de son manteau et le lui tendit.

Elle jeta un rapide coup d'œil à Naari et au Gardien, et lorsqu'elle fut certaine qu'ils étaient encore plongés dans leur discussion, elle se pencha à moitié sous la tête du cheval et attrapa le message.

Le cœur battant, elle déchiffra l'écriture familière de sa sœur, partagée entre espoir et excitation. Mais elle déchanta vite.

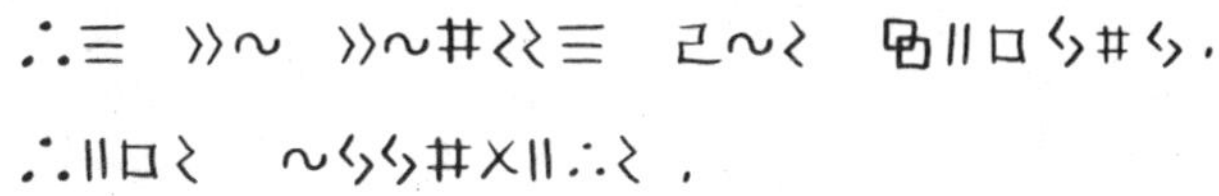

Ne la laisse pas mourir.
Nous arrivons.

C'était exactement le même message que le précédent. *Exactement.*

Des larmes de colère lui montèrent aux yeux. Kiva froissa le papier dans son poing, submergée par la fureur et le désespoir. Puis elle fut prise d'un accès de témérité, lissa le bout de parchemin, glissa une main dans la crinière boueuse du cheval et pressa son index sous le message de sa sœur.

— Qu'est-ce que tu fabriques ? chuchota frénétiquement Raz.

Kiva ne répondit pas, se contentant de lancer un regard à Rooke et Naari avant de prier pour que le cheval ne bouge pas et continue de dissimuler ses gestes.

Kiva rédigea son propre code boueux, symbole après symbole, le plus long message qu'elle ait jamais écrit.

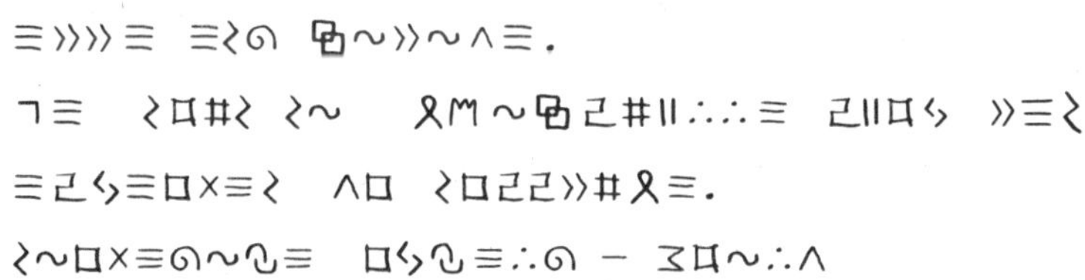

Elle est malade.
Je suis sa Championne pour les Épreuves du Supplice.
Sauvetage urgent – quand ???

Vite, vite, elle replia le parchemin et le fourra dans la main de Raz.

— Kiva, je ne peux pas…

— S'il te plaît, murmura Kiva, osant à peine bouger les lèvres, car Rooke et Naari avaient enfin terminé leur discussion et se dirigeaient vers elle.

Même la pluie s'était calmée, comme si elle avait donné tout ce qu'elle avait pour aider.

— Je t'en supplie.

Pour toute réponse, Raz poussa un soupir résigné qui emplit Kiva de soulagement. Il emporterait le message à Vaskin, il l'enverrait à sa famille. Et elle obtiendrait enfin des réponses à ses questions.

Le front de Kiva se couvrit d'un voile de sueur lorsque le Gardien passa devant elle, mais il sortit de l'écurie sans même lui accorder un regard. Kiva se tourna alors vers Naari. La garde la scrutait attentivement, comme si elle percevait sa nervosité, et Kiva essaya de se détendre. Cet effort se révéla vain lorsque Naari prit la parole :

— Qui est ton ami ?

Paniqué, l'esprit de Kiva lui hurla de trouver une explication, de prétendre qu'elle ne savait pas de quoi Naari voulait parler, qu'elle n'avait jamais vu Raz de sa vie. Mais la garde tendit alors la main pour caresser la tête du cheval, et Kiva crut défaillir de soulagement.

— Oh oui, elle est adorable, répondit Kiva d'une voix rauque, ne sachant même pas s'il s'agissait d'une jument ou d'un étalon.

Sentant la boue sur sa main, celle dont elle s'était servie pour écrire son message, elle la brandit.

— Mais pas très propre. Elle a bien besoin d'être pansée.

— Tu t'en es mis partout, remarqua Naari. Allons-y avant que la pluie ne reprenne.

Puis elle ajouta à voix basse :

— Et avant que Rooke ne change d'avis.

C'était donc cela dont Naari et le Gardien venaient de discuter. Kiva aurait peut-être dû parler directement à Rooke, lui faire part de ses inquiétudes au sujet de l'épidémie. Mais elle n'aurait alors pas eu l'occasion d'écrire à sa famille. Après tout, si Naari était prête à se battre à la place de Kiva, celle-ci n'y voyait aucun inconvénient.

Kiva n'osa pas se retourner en quittant l'écurie, mais elle supplia mentalement Raz d'envoyer son message le plus vite possible. Elle espérait que sa famille répondrait tout aussi promptement. Qu'elle sentirait l'urgence de la situation. Et qu'enfin elle viendrait.

CHAPITRE 16

Sur le chemin de la carrière, alors que Kiva et Naari passaient devant la plantation de légumes et l'exploitation de blé, la pluie finit par s'arrêter complètement, mais il recommença à bruiner lorsqu'elles longèrent l'élevage de cochons et de volailles. Kiva dut se retenir pour ne pas s'arrêter à tous ces endroits et s'en tenir à sa stratégie initiale. Elle devait remonter méthodiquement la piste de l'épidémie.

Les deux femmes continuèrent à avancer, laissant derrière elles les exploitations agricoles, sans échanger un mot. Ce ne fut qu'une fois arrivées à hauteur du mur est, non loin de l'endroit où s'était déroulée l'Épreuve de l'Air, que Naari rompit le silence :

— Il paraît que tu as rencontré la princesse après le premier Supplice. Qu'a-t-elle dit ?

Après quelques secondes d'hésitation, Kiva décida que Mirryn ne lui avait rien révélé – outre l'histoire de l'amulette – qui puisse être source d'ennuis.

— Je crois qu'elle était surtout curieuse de savoir qui j'étais et pourquoi je m'étais portée volontaire.

— C'est tout ?

— Apparemment, je lui fais penser à sa petite amie. On serait aussi culottées l'une que l'autre. Je crois que c'était censé être un compliment. Peut-être. (Elle haussa les épaules.) Honnêtement, j'avais tellement mal pendant notre conversation, même après une dose de lait de pavot, que je n'ai pas vraiment pu me faire une idée précise de ses motivations.

Naari se tourna vers Kiva.

— La princesse Mirryn a une petite amie ?

— C'est ce qu'elle a dit. Vous ne faites pas partie de ces fans obsédés par la famille royale, j'espère ? Ceux qui veulent à tout prix récolter n'importe quelle bribe d'information ?

— Bien sûr que non, répliqua Naari en fronçant les sourcils. Je suis juste surprise.

— Qu'elle ait une amoureuse ?

Naari ne répondit pas, mais son silence en disait long.

Kiva lâcha un petit rire narquois qu'elle tenta aussitôt de masquer par une quinte de toux. Le résultat fut un bruit répugnant qu'heureusement personne d'autre – et surtout pas Jaren – n'était là pour entendre.

— Qu'est-ce qu'il y a de drôle ? demanda Naari, prouvant que la tentative de Kiva s'était soldée par un échec.

— Juste...

Kiva chercha ses mots pour s'expliquer sans offenser la femme armée jusqu'aux dents.

— Je doute que le roi et la reine fassent des annonces officielles sur les relations amoureuses de leurs enfants. Si Mirryn se fiançait, alors bien sûr tout le royaume en entendrait parler. Mais juste une petite amie ? Ce n'est pas étonnant que vous ne soyez pas au courant.

Naari resta encore quelques secondes silencieuse. Puis...

— Apparemment, c'est le prince héritier qui t'a sauvé la vie.

Kiva grimaça.

— Je ne veux pas parler de lui.

— Il paraît qu'il est plutôt séduisant.

De surprise, Kiva s'emmêla les pieds et faillit tomber.

— Pourquoi est-ce qu'on parle de ça ?

— Certaines personnes rêvent d'épouser un prince.

— Épouser un... balbutia Kiva. Ça ne va pas ? Je ne peux rien imaginer de pire.

Surtout un mufle comme Deverick. Après seulement quelques minutes passées en sa présence, Kiva avait été à deux doigts de lui balancer un projectile en plein visage, sauveur ou non.

La garde éclata de rire, sans que Kiva sache si c'était sa réponse ou son expression dégoûtée qui en était la cause.

— Alors à quoi rêves-tu, guérisseuse ?

— J'ai un prénom, vous savez.

— Je sais.

Kiva soupira.

— J'ai beaucoup de rêves. Beaucoup de cauchemars aussi. Seul l'avenir me dira lesquels se réaliseront.

Il y eut un silence pesant, puis Naari répondit à voix basse :

— Tu es sage pour ton âge, Kiva Meridan.

Quelle sagesse est la tienne, petite souris.

La gorge de Kiva se serra au souvenir que les mots de Naari avaient fait remonter à la surface. C'était quelque chose que son père lui disait chaque fois qu'elle trouvait un nouveau remède ou traitement auquel il n'avait pas pensé. *Maligne comme un singe, notre Kiva*, répétait alors sa mère avec fierté à qui voulait l'entendre.

Kiva ravala les larmes qui lui picotaient les yeux – la pluie n'était plus là pour les dissimuler. Elle regarda droit devant elle pour voir si leur destination était encore éloignée et fut soulagée de constater qu'elles longeaient déjà la carrière abandonnée à leur droite. Kiva ne l'avait jamais visitée. Ses ressources avaient été épuisées quelques années avant son arrivée à Zalindov, et les ouvriers avaient été envoyés un peu plus au nord, dans la mine bien plus grande où Naari et Kiva se rendaient à présent. D'après les rumeurs, les prisonniers avaient été forcés de creuser si profondément dans l'ancienne carrière que de nombreux éboulements s'étaient produits, causant une multitude de morts. Des accidents similaires survenaient dans la nouvelle, mais moins fréquemment.

— Comment veux-tu procéder ? demanda Naari lorsque les bruits de marteau et de burin contre la roche atteignirent leurs oreilles.

Elle désigna le sac que Kiva avait apporté et ajouta :

— La carrière est immense. Sais-tu où tu veux prélever tes échantillons ?

— Il faut qu'on trouve l'endroit où il y a la plus forte concentration d'ouvriers. Là où les prisonniers passent le plus clair de leur temps.

— Tu improvises au fur et à mesure, pas vrai, fit Naari d'un ton sarcastique.

Ce n'était pas une question, si bien que Kiva ne répondit pas, mais ses joues rosirent légèrement.

— Par ici, dit-elle lorsque les rails s'arrêtèrent.

Des piles de chariots vides attendaient que les prisonniers les remplissent et les ramènent à l'entrepôt une fois leur journée terminée. C'était un travail pénible, aussi bien physiquement que mentalement. Les carriers, tout comme les creuseurs de tunnels, survivaient rarement bien longtemps à Zalindov.

Une seule tour de guet surplombait la carrière, mais de nombreux gardes sillonnaient les lieux pour s'assurer que les prisonniers travaillent – et pour motiver ceux qui tiraient au flanc, comme en témoignaient leurs fouets et bâtons tachés de sang. Le superviseur, Harlow, était le pire de tous. Planté devant la tour, il foudroya Kiva et Naari du regard en les voyant approcher.

— On m'a dit que vous v'niez, déclara-t-il en mâchouillant la bouche ouverte.

Il cracha un morceau de gomme noire, qui atterrit aux pieds de Kiva. Elle n'aurait pas été surprise qu'il vise sa chaussure, mais cela l'aurait rendue encore moins disposée à le soigner lorsque l'homme serait revenu lui rendre visite à l'infirmerie, lui qui souffrait d'une maladie vénérienne chronique. Kiva n'aurait pas pu choisir meilleure victime pour une telle maladie, et elle prenait grand plaisir à lui administrer les remèdes les plus douloureux possibles pour ses parties intimes.

Peut-être aurait-il dû lui cracher dessus, après tout. Il aurait fait bien pire s'il avait su que le dernier médicament qu'elle lui avait donné avait délibérément aggravé ses symptômes, l'empêchant de reprendre de sitôt les activités qui avaient causé la maladie en premier lieu.

Bien fait pour lui.

— On ne vous dérangera pas, répondit Naari froidement.

— Y a intérêt, fit Harlow. Et dérangez pas non plus mes ouvriers. Ils sont pas payés pour rien faire.

Il s'esclaffa soudain, agrippant d'une main son gros ventre.

— Payés ! Ha ! Vous imaginez !

Kiva échangea un regard avec Naari, qui semblait tout aussi dégoûtée.

— On ne restera pas longtemps, déclara la garde – sans que Kiva sache si c'était à elle ou à Harlow qu'elle s'adressait.

— Restez aussi longtemps que vous voulez, juste pas au fond de la fosse, dit Harlow avant de les reluquer toutes les deux en se léchant les lèvres. V'nez plutôt me rendre une petite visite. Et si on…

— On ne restera pas longtemps, répéta Naari avec une légère grimace.

Puis elle tourna les talons et s'éloigna d'un pas décidé, faisant signe à Kiva de la suivre. Kiva se retourna une dernière fois et dut retenir un éclat de rire en apercevant le répugnant superviseur se gratter l'entrejambe.

— Un vrai porc, déclara Naari en s'arrêtant pour contempler la fosse aux multiples strates qui s'étalait à leurs pieds.

— Il est pire qu'un porc, répondit Kiva.

Après une brève hésitation, elle ajouta :

— Mais, si ça peut vous consoler, un porc qui souffre le martyre en ce moment même.

En réponse au regard interrogateur de Naari, Kiva lui exposa l'état de santé de Harlow et le dernier remède qu'elle lui avait prescrit. La garde rit si fort que des larmes lui montèrent aux yeux.

— Rappelle-moi de ne jamais m'attirer tes foudres, dit-elle entre deux gloussements.

— Il le mérite, répondit Kiva.

— En effet. Et je ne veux pas lui donner une raison de revenir nous harceler, alors où allons-nous à présent ?

Kiva se mordilla la joue, indécise. Les strates supérieures de la carrière avaient déjà été exploitées, si bien que les prisonniers creusaient à présent tout en bas, au fond de la fosse. Le décor était d'un gris terne, mais de temps à autre la lumière faisait scintiller la pierre là où le luminium affleurait.

— Suivons la piste jusqu'en bas. Je trouverai des endroits pour prélever des échantillons lorsqu'on sera plus près des travailleurs, répondit enfin Kiva.

Naari s'engagea sur la pente d'un pas assuré, tandis que Kiva la suivait plus prudemment. La piste était assez large pour un chariot, mais il suffirait qu'elle se torde la cheville sur un caillou pour se retrouver dans une mauvaise posture. Contrairement à Naari, Kiva n'était pas athlétique. La vie en prison n'aidait pas vraiment à garder la forme. Les détenus assignés aux travaux forcés constituaient la seule exception à cette règle. Leurs conditions de travail étaient telles que, s'ils n'étaient pas en pleine possession de leurs forces, ils mouraient. Ce qui, de toute façon, était leur lot à presque tous.

Ce qui serait le lot de Jaren.

Kiva repoussa cette pensée. Elle avait su dès leur rencontre que le jeune homme serait assigné à un travail physique et qu'il n'y survivrait pas. Elle n'y pouvait rien, et ressasser cette réalité n'en changerait pas l'issue. La vie à Zalindov était cruelle – elle l'avait toujours été et le serait toujours.

Mais, pour la première fois depuis longtemps, Kiva aurait aimé stopper l'inévitable.

— Tu es bien silencieuse.

Kiva redressa brusquement la tête.

— Je regarde simplement où je mets les pieds.

Naari n'insista pas, bien qu'elle ne fût à l'évidence pas dupe. Bientôt, le bruit ambiant rendit toute conversation compliquée – les coups de marteau et de pic contre la roche résonnaient à leurs oreilles.

La carrière était immense, c'était l'endroit qui rassemblait le plus de prisonniers. Il y avait à tout moment plus de sept cents carriers, dont la plupart périssaient dans l'année. Et ce n'était pas seulement une question de place : le luminium était vital, pour l'énergie et l'éclairage, mais aussi pour les infrastructures et l'architecture. Plus les ouvriers étaient nombreux, plus vite le luminium pouvait être extrait. Environ trois cents autres détenus étaient affectés à l'entrepôt, de l'autre côté des murs d'enceinte, où ils traitaient le minerai et le préparaient à être expédié dans tout Wenderall.

Tout cela était une machine bien rodée qui dépendait de la vie – et de la mort – des prisonniers.

Kiva et Naari dépassèrent les premiers ouvriers dans leurs uniformes gris et les gardes qui les surveillaient. Le fracas des outils se mêlait à l'odeur aigre de sueur et de sang, et à celle, crayeuse, de la poussière de roche. Quelques regards se tournèrent vers elles, mais personne ne les arrêta. Les détenus n'avaient pas suffisamment d'énergie pour faire preuve de curiosité, et les gardes les tenaient à l'œil, fouet à la main, prêts à réagir au moindre signe de relâchement.

La poitrine de Kiva brûlait de rancœur, mais elle s'obligea à se souvenir de son seul et unique objectif : collecter des échantillons. Si elle parvenait à découvrir d'où venait cette maladie, elle pourrait empêcher d'autres travailleurs de mourir prématurément – pour ce que ça valait.

Arrivée au fond de la fosse, Kiva signala à Naari les endroits qui connaissaient ou avaient connu de fortes concentrations de travailleurs. Elle s'arrêta chaque fois et préleva des échantillons dans les fioles qu'elle avait apportées avant de continuer son chemin. Elle cherchait principalement des flaques d'eau stagnante ou de petites zones boueuses où les différents minéraux de la carrière se mélangeaient, en particulier lorsqu'on voyait aussi les empreintes de pas des prisonniers ou que ces zones se trouvaient dans des crevasses rocheuses, non loin de là où ils travaillaient.

Kiva s'apprêtait à annoncer à Naari qu'elle avait suffisamment d'échantillons et qu'elle était prête à repartir lorsqu'une voix méprisante s'éleva dans son dos :

— Mais qui voilà. La Chienne de Zalindov.

Kiva se retourna avec raideur et découvrit Cresta derrière elle. Le visage de la rousse était couvert de poussière chatoyante sous laquelle son tatouage de serpent semblait presque vivant.

La dernière fois que Kiva avait vu la jeune femme, celle-ci avait menacé Tipp. Pour l'instant, Kiva avait tenu sa part du marché et gardé Tilda en vie, mais le regard menaçant de Cresta lui rappelait clairement que son travail n'était pas terminé. Les rebelles de Zalindov ne seraient pas satisfaits tant que leur reine ne serait pas libérée – et eux avec elle, probablement.

Kiva sentit un frisson lui parcourir la colonne vertébrale. Elle n'avait pas réfléchi à ce qui se passerait quand les rebelles viendraient au secours de Tilda. Emmèneraient-ils d'autres prisonniers avec eux ? D'autres comme… Cresta ?

Kiva s'efforça de ne pas y penser. Ce n'était pas son problème. Elle avait déjà assez de choses en tête sans s'inquiéter des répercussions morales d'une telle décision.

— Il y a un problème ? demanda Naari en avançant d'un pas.

Cresta ignora la garde, mais ses doigts se crispèrent sur sa pioche, trahissant sa nervosité.

— Regarde-toi, avec ta nourrice, railla-t-elle. Qu'est-ce que ça te fait de travailler dans ton château pendant que nous autres nous tuons à la tâche ici ?

D'un côté, Kiva avait peine à croire que Cresta ait l'audace non seulement de snober Naari, mais aussi de continuer à provoquer Kiva devant elle. D'un autre côté, Cresta avait toujours agi comme bon lui semblait et miraculeusement réussi à survivre aux conséquences de ses actes.

— Je ne qualifierais pas l'infirmerie de château, répliqua Kiva d'une voix apathique. Mais j'imagine que tout est relatif.

Puis elle se détourna délibérément et s'éloigna, lançant à Naari par-dessus son épaule :

— J'ai terminé. Allons-y.

— C'est ça, traînée, déguerpis, c'est tout ce que tu sais faire ! Tu as intérêt à trouver un peu de courage avant ta deuxième Épreuve, tu vas en avoir besoin !

Kiva ignora le gloussement moqueur de Cresta, certaine que, si elle regardait par-dessus son épaule, elle verrait un avertissement briller dans les yeux de la jeune femme.

Malgré son mépris feint, Cresta avait conscience que la survie de Tilda dépendait du succès de Kiva.

— Je peux savoir à quoi rimait cette discussion ? demanda Naari une fois que les deux jeunes femmes furent suffisamment éloignées.

— Je peux savoir pourquoi vous ne l'avez pas punie ? rétorqua Kiva.

Naari fut lente à répondre.

— Tu aurais voulu que je le fasse ? dit-elle enfin.

Kiva soupira et cala son sac rempli de fioles sur son épaule.

— Non.

— Tu n'as pas répondu à ma question.

Kiva resta un long moment silencieuse, réfléchissant à sa réponse. Ce ne fut qu'une fois ressortie de la carrière, alors qu'elles longeaient les rails pour retourner à la prison, qu'elle reprit la parole :

— Je représente tout ce que Cresta déteste à Zalindov. À ses yeux, je fais exactement ce qu'on m'ordonne, quand on me l'ordonne. Et c'est vrai.

Car, contrairement à Cresta, Kiva n'était pas prête à mourir et elle savait qu'obéir aux ordres l'aiderait à rester de ce côté de l'éthermonde. Elle jouait le jeu, ayant choisi depuis longtemps de sacrifier son âme pour rester en vie. Les autres prisonniers le lui reprochaient. Surtout les rebelles. Et pourtant, elle était encore là alors que beaucoup d'entre eux étaient morts.

— La marque de Zalindov, devina Naari.

— Entre autres choses. En plus, je lui ai sauvé la vie quand elle est arrivée ici.

Perplexe, la garde répondit :

— D'ordinaire, les gens se montrent plutôt reconnaissants dans ce genre de cas.

— Pas quand ils veulent mourir.

Un silence pesant accueillit la réponse de Kiva, durant lequel cette dernière se remémora la tentative de suicide de Cresta, quelques semaines après son arrivée à Zalindov. La jeune femme s'était servie de tessons de verre pour s'ouvrir les veines des poignets, et si Kiva n'avait pas réagi aussi vite elle serait morte. C'était Kiva qui, sans le faire exprès, lui avait redonné l'envie de vivre, en lui affirmant qu'elle était forte, puissante, capable de survivre à tout, et qu'elle se devait de trouver une raison de vivre.

Cresta l'avait prise au mot : elle avait rassemblé les rebelles de la prison et décidé que son nouvel objectif était de créer le plus de conflits possible, aussi bien chez les gardes que chez les autres détenus.

— Tu es vraiment douée pour te faire des amis, on dirait, déclara Naari, pince-sans-rire.

— C'est un talent inné, répondit Kiva.

En continuant leur chemin vers le portail de la prison, Kiva vit un petit sourire jouer sur les lèvres de la garde et se surprit à la trouver sympathique. À cette idée, son estomac se noua et elle refusa de continuer à penser en ces termes. Elle se concentra plutôt sur les échantillons qu'elle devrait tester dès son retour à l'infirmerie, tentant d'oublier le Supplice à venir et la menace de mort qui planait sur elle.

CHAPITRE 17

— C-c-comment ça s'est passé ?

Kiva et Naari avaient à peine posé le pied à l'infirmerie que Tipp se dressa devant elles, sautillant sur place en attendant une réponse à sa question.

— J'ai de quoi commencer, répondit Kiva en tapotant son sac. Et toi ?

— J'en ai q-q-quelques-uns.

Le garçon désigna le petit enclos de fortune qu'il avait construit par terre à côté de l'établi.

— Combien, exactement ? demanda Kiva en s'approchant.

— Cinq, répondit Tipp. Mais Grendel m'a d-dit qu'elle avait vu un nid près du crématorium, donc je d-devrais pouvoir en trouver autant que t-tu veux.

Avec un hochement de tête satisfait, Kiva contempla les cinq rats qui couraient dans l'enclos. Faisant mine de ne pas avoir remarqué les obstacles que Tipp avait fabriqués pour divertir les animaux, elle déclara :

— Une fois que j'aurai des échantillons provenant des autres endroits, il nous faudra un moyen de les séparer. S'ils tombent malades, il faut que je sache quelle en est l'origine, la carrière, l'une des fermes ou autre.

— Déjà prévu, répliqua Tipp. Mot va v-venir plus tard pour m'aider à d-diviser l'enclos en plusieurs sections.

Kiva déposa prudemment son sac sur la table.

— À vrai dire, j'aurais bien besoin de l'aide de Mot.

— Jaren pourra t'aider, dit Naari à Tipp. Il est habile de ses mains.

Kiva haussa les sourcils.

Voyant sa réaction, Naari leva les yeux au ciel.

— Je l'ai entendu dire à un autre ouvrier qu'il avait aidé son frère à construire une cabane. Il est habile *pour construire des choses*.

Elle darda un regard sévère sur Kiva, comme pour réitérer ce qu'elle avait dit l'autre soir – qu'elle entretenait une relation purement professionnelle avec les prisonniers, Jaren compris.

Kiva toussota discrètement.

— Parfait, alors.

Puis elle rangea ses échantillons sur l'établi en réfléchissant aux prochaines étapes. Ce faisant, elle sentit l'amulette se balancer sous sa tunique, et une bouffée de panique l'envahit. L'Épreuve du Feu était dans deux jours. *Deux jours*. Si sa famille n'arrivait pas bientôt…

Kiva repoussa fermement cette pensée. Elle ne pouvait rien faire d'autre qu'espérer et, dans le pire des cas, s'en remettre à la magie de la princesse. Elle devrait s'en remettre à une Vallentis – l'une des dernières personnes à laquelle Kiva était prête à faire confiance, mais sa seule option si elle voulait rester en vie.

Kiva serra les dents et chercha à se distraire par son travail. Si elle ne trouvait pas un moyen de soigner ces troubles intestinaux, il y avait une forte probabilité pour qu'elle-même tombe malade à son tour. Auquel cas… elle n'aurait plus à se soucier des Épreuves. Ni d'être secourue.

Sur cette pensée morose, elle se concentra sur sa tâche.

Durant les heures qui suivirent, elle commença à administrer les échantillons aux rats, mélangeant de petites quantités à ses propres rations de nourriture qu'elle déposa dans l'enclos. Kiva n'aimait pas faire de tels tests sur des animaux vivants, mais elle savait que leurs jours étaient comptés : si Chaussette ne les attrapait pas pour les manger, les prisonniers affamés le feraient. Dans tous les cas, leur destin était déjà scellé.

— Et maintenant ? demanda Naari lorsque Kiva se fut assurée que chaque rat avait mangé une quantité suffisante.

— Maintenant, on attend.

La garde semblait sur le point d'ajouter quelque chose, lorsque Jaren entra dans l'infirmerie.

En le voyant, Kiva marqua un temps d'arrêt puis s'exclama :

— Qu'est-ce qui t'est arrivé ?

Jaren porta une main à son visage, comme pour cacher l'impressionnante contusion autour de son œil. Ou l'égratignure sur son front. Ou sa lèvre fendue.

— Rien, répondit-il. Comment ça s'est passé, aujourd'hui ?

Naari s'avança et brandit un doigt en direction du jeune homme.

— La guérisseuse t'a posé une question.

— C'est rien, j'ai dit.

Jaren passa à côté de Tipp, ébouriffant les cheveux du garçon au passage, puis s'arrêta devant Kiva. Il baissa brièvement les yeux vers les rats.

— Tu n'as pas rencontré de problèmes en allant prélever tes échantillons ?

Kiva examina ses blessures. S'il était capable de risquer sa vie en refusant de répondre à une garde, il ne devait pas être trop mal en point, mais, vu leurs conditions de vie, il allait avoir besoin de soins malgré tout.

— Je te propose un marché, dit-elle. Tu me laisses te soigner et je répondrai à tes questions.

Jaren pencha la tête.

— N'importe quelle question ?

— Juste ces deux-là.

Ses lèvres s'étirèrent en un bref sourire.

— Tu parles d'un marché. J'ai beaucoup de questions. Et tu es rarement d'humeur à y répondre.

— Je ne suis pas non plus d'humeur à y répondre maintenant.

Jaren continua à la regarder sans se démonter, et Kiva tenta de déterminer si elle arriverait à le faire céder, avant d'enfin déclarer :

— Bon, d'accord. Mais seulement si je peux te poser des questions moi aussi.

Le sourire de Jaren s'élargit.

— Je n'ai jamais refusé de répondre. Tu n'es vraiment pas douée en négociation.

En guise de réponse, Kiva désigna la table la plus proche.

— Assieds-toi.

Jaren obéit avec un léger gloussement. Naari, elle, semblait à deux doigts de le secouer pour exiger une explication. Le regard noir qu'elle lui lança… Kiva ne put s'empêcher de se demander si la garde n'avait pas des sentiments pour le jeune homme, que son propre code éthique l'empêchait d'exprimer. Ou peut-être qu'elle était encore suffisamment nouvelle à Zalindov pour peiner à supporter la brutalité infligée aux prisonniers et qu'en voir la preuve sur le visage de Jaren l'ébranlait. Dans ce cas, il faudrait qu'elle s'endurcisse, et vite, ou elle ne survivrait pas longtemps à la prison.

Quelle que soit la raison, Kiva sentait qu'une distraction était nécessaire et lança à Tipp :

— Peux-tu aller dire à Mot que je n'aurai pas besoin de lui ce soir, mais que j'apprécierais d'avoir son aide demain ?

Le garçon hocha la tête avec enthousiasme et Kiva se tourna alors vers Naari.

— Pourriez-vous l'accompagner ? Il se fait tard, et je ne veux pas qu'il se promène seul.

C'était une piètre excuse, car Tipp se déplaçait souvent seul dans la prison à toute heure du jour ou de la nuit. Mais, vu le comportement des gardes dernièrement et les dissensions grandissantes entre les détenus depuis l'arrivée de Tilda – sans compter que les rebelles avaient déjà Tipp en ligne de mire –, Kiva avait des raisons d'être inquiète, et Naari était bien placée pour le savoir. La garde acquiesça d'un bref signe de tête – probablement parce qu'elle avait aperçu le clin d'œil que lui avait lancé Kiva après un regard vers Jaren, indiquant qu'elle allait tenter de tirer les vers du nez au jeune homme. Malgré tout, le visage de Naari resta crispé lorsqu'elle quitta l'infirmerie en compagnie de Tipp.

— Moi qui pensais que tu m'évitais.

Kiva se retourna vers Jaren, qui la regardait d'un air espiègle.

— Pardon ?

— Toi et moi, dit-il en agitant une main entre eux deux. Nous ne sommes presque jamais seuls. Je pensais que c'était délibéré de ta part.

Se maudissant intérieurement de cette erreur stratégique, Kiva rétorqua :

— Nous ne sommes pas seuls.

Elle posa les yeux sur Tilda, endormie de l'autre côté de la pièce, et Jaren suivit son regard.

— Son état s'améliore ?

Kiva savait qu'il ne posait pas la question parce qu'il se souciait de Tilda. Il avait clairement fait comprendre ce qu'il pensait de la Reine Rebelle et de sa cause. En revanche, il se souciait de Kiva et savait, si illogique que cela lui paraisse, qu'elle se souciait de ce qui arrivait à Tilda. À cette idée, la jeune fille dut s'efforcer d'ignorer la chaleur qui se répandit dans ses veines.

— C'est ta première question ? demanda Kiva.

Elle savait que ce n'était pas le cas, mais ne voulait pas reconnaître à quel point l'état de sa patiente l'inquiétait. Elle avait espéré que les choses s'arrangeraient avec le temps, mais la malade était à l'infirmerie depuis déjà trois semaines et demie, sans aucune amélioration.

Jaren l'examina un long moment d'un regard pénétrant qui voyait tout ce que Kiva aurait voulu cacher. Comme s'il savait exactement quoi dire, il lui lança un sourire en coin et répondit :

— Uniquement si c'est la tienne.

Kiva se détourna pour dissimuler un sourire et s'affaira à rassembler les fournitures médicales dont elle allait avoir besoin. Puis elle se tourna vers Jaren, perché sur la table, et lui attrapa le menton.

— Tu comptes me dire ce qui t'est arrivé ?

— *Tsss*, fit-il d'un ton désapprobateur. C'est moi qui commence.

— D'ordinaire, on laisse la priorité aux femmes, répliqua Kiva.

— Je te pensais plus progressiste que ça, le genre de femme qui se moquerait de moi si je faisais preuve de galanterie.

— Ha ! Bien essayé.

— Et de toute façon, continua Jaren d'un ton jovial, j'ai déjà posé ma première question.

Kiva plongea un linge dans de l'eau salée et le pressa contre la lèvre fendue de Jaren.

— Ça va piquer, annonça-t-elle.

Pendant qu'il grimaçait de douleur, elle lui raconta sa journée à la carrière, avouant même qu'elle avait apprécié la compagnie de Naari. Il ne montra aucune réaction, rien qui indiquât ce qu'il éprouvait pour la garde. Kiva continua alors à expliquer qu'elle avait commencé des tests sur les rats de Tipp à son retour.

— Combien de temps avant que les symptômes se manifestent ? demanda Jaren en observant l'enclos de fortune.

— Il n'y a aucune certitude qu'ils apparaissent, précisa Kiva – après tout, rien ne garantissait que la maladie provenait bien de la carrière. Mais j'espère que Mot pourra m'aider à accélérer le processus demain. Il en sait bien plus que moi sur les essais expérimentaux.

— Parce qu'il est plus âgé ?

Kiva plongea de nouveau son linge dans l'eau en secouant la tête.

— C'est toujours ainsi avec les apothicaires et les guérisseurs. Les apothicaires connaissent de nombreux remèdes différents, tandis que les guérisseurs connaissent les corps auxquels ces remèdes doivent être administrés.

Voyant Jaren froncer les sourcils, elle tenta de mieux s'expliquer :

— Lorsqu'un malade vient voir un guérisseur, ce dernier pose un diagnostic et lui donne des médicaments, mais il est rare qu'il les prépare lui-même. Soit ils viennent directement d'un apothicaire, soit il s'agit d'un assortiment d'ingrédients qu'il mélange selon la recette d'un apothicaire. Le rôle des apothicaires est de fabriquer des remèdes, le nôtre est de décider quel traitement administrer.

C'était vrai dans le monde extérieur, mais les choses étaient différentes à Zalindov. Kiva devait souvent faire avec les moyens du bord et créer ses propres remèdes en utilisant le petit jardin d'herbes médicinales derrière l'infirmerie.

— Donc les guérisseurs sont les mains et les apothicaires le cerveau, c'est ça ?

Kiva plissa le nez.

— En quelque sorte, répondit-elle en commençant à nettoyer la coupure sur le front du jeune homme, avant d'ajouter d'une voix pensive : C'est de notoriété publique. Je suis surprise que tu ne le saches pas déjà.

Jaren haussa les épaules.

— Je n'ai pas vraiment eu l'occasion d'apprendre ce genre de choses quand j'étais enfant. Mes remèdes venaient toujours directement d'un guérisseur et je supposais qu'il les fabriquait lui-même. Comme tu le fais ici.

Sa réponse n'avait rien de surprenant : un guérisseur digne de ce nom gardait toujours un stock conséquent. Le père de Kiva faisait régulièrement des inventaires pour ne pas risquer de se retrouver à court d'ingrédients. C'était quelque chose qu'il lui avait dit et répété lorsqu'elle avait commencé son apprentissage auprès de lui : *Mieux vaut être trop préparé que pas assez, petite souris. En cas d'afflux de patients, ça peut sauver des vies. Donc, fais du stock dès que possible.*

Ce qui était étonnant en revanche, c'était que Jaren semblait ignorer des choses que Kiva considérait comme de la culture générale. Elle hésita à l'interroger davantage, mais ne savait pas précisément quelles questions poser. Elle qui pensait depuis quelque temps que le jeune homme venait d'une famille aisée se demandait à présent si elle ne s'était pas trompée. Peut-être qu'à l'inverse ses parents n'avaient pu se permettre d'embaucher un précepteur pour lui enseigner ce genre de choses.

— Eh bien, maintenant tu sais, dit-elle d'une voix enjouée pour ne pas le mettre mal à l'aise.

Les gens – et les hommes en particulier – réagissaient souvent mal lorsqu'ils avaient l'impression que l'on critiquait leur intelligence.

Kiva reposa le linge, attrapa le petit pot de sève de ballico, y plongea le doigt et, sans réfléchir, se pencha en avant pour en appliquer sur la lèvre de Jaren. Celui-ci sursauta et les yeux de Kiva plongèrent dans les siens.

Ils étaient si proches qu'elle se figea.

Elle n'eut qu'une fraction de seconde pour décider de la conduite à tenir. Elle aurait voulu reculer d'un bond, mettre autant de distance que possible entre eux, mais elle savait comment il interpréterait une telle réaction. Ce serait révéler à quel point il lui faisait de l'effet. Alors, bien qu'elle eût douloureusement conscience de l'endroit où elle le touchait, elle continua d'appliquer le baume sur sa blessure, tranquillement, en priant pour avoir l'air plus détendue que ses joues rouges ne le suggéraient.

— Ce n'est pas grand-chose, ça devrait être guéri d'ici quelques jours, dit-elle d'une voix plus haut perchée qu'à l'accoutumée.

Elle se racla la gorge et s'autorisa enfin à passer à la blessure sur le front du jeune homme.

— Cette écorchure touche presque la cicatrice que tu as reçue le jour de ton arrivée, mais cette fois tu as eu plus de chance. La blessure est moins profonde et ne devrait pas laisser de marque.

Elle étala doucement de la sève sur la plaie et, se remémorant les deux morts qui étaient arrivés à Zalindov avec Jaren, ajouta :

— Tu ne m'as jamais raconté ce qui s'était passé. Ou ce qui t'amenait ici.

Jaren marqua une courte pause avant de répondre :

— Je croyais qu'il était malpoli de demander aux gens ce qu'ils avaient fait pour se retrouver ici ?

Malgré son ton désinvolte, son regard, lui, était sérieux, un avertissement dont Kiva, malgré sa curiosité, décida de tenir compte.

— En effet. Et aujourd'hui ? Tu es prêt à me dire ce qui t'est arrivé ?

Elle rinça ses doigts collants dans l'eau salée, puis retourna vers l'établi pour aller chercher du gel d'aloès. En vérité, elle avait surtout besoin de s'éloigner un instant de Jaren, mais elle se tourna de nouveau vers lui lorsqu'il prit la parole.

— Je me suis querellé avec une autre prisonnière au dîner, quelqu'un qui a affirmé te connaître depuis longtemps, déclara Jaren d'un ton un peu trop détaché. Je n'ai pas aimé la manière dont elle parlait de toi, et ses amis n'ont pas apprécié que je lui demande d'arrêter. Les choses se sont envenimées jusqu'à ce que la discussion se passe de mots.

À ces paroles, Kiva se figea.

— Par pitié, dis-moi que tu plaisantes, croassa-t-elle.

Jaren désigna d'un doigt son visage.

— J'ai l'air de plaisanter ?

— C'était Cresta, pas vrai ? dit Kiva, vide d'émotion.

— Rousse ? Avec un tatouage de serpent ?

Kiva hocha la tête.

— C'était elle. Elle aime fanfaronner, mais, dès qu'il s'agit de se battre, il n'y a plus personne.

Kiva le savait déjà. Cresta était connue pour semer la zizanie puis laisser les autres finir le sale boulot et en payer les conséquences. C'était un miracle que Jaren et son adversaire, qui que cela ait été, ne se soient pas retrouvés à l'Abysse en guise de punition. Ou à la potence.

— Espèce d'imbécile, cracha Kiva en s'approchant de Jaren d'un pas lourd.

Elle dut prendre sur elle pour appliquer doucement le gel d'aloès autour de son œil contusionné, prenant particulièrement garde aux endroits déjà gonflés.

— C'est comme ça que tu me remercies d'avoir défendu ton honneur ? protesta Jaren. Tu aurais dû entendre de quoi elle te traitait !

— La Chienne de Zalindov ? L'Écorcheuse sans cœur ? La Princesse de la Mort ? La traînée ? La sal…

— Oui, l'interrompit-il d'une voix crispée. Entre autres choses.

— Crois-moi, j'ai déjà tout entendu. Et ce n'est pas une raison pour se battre avec les autres détenus. Surtout pas avec les rebelles de la prison. Qu'est-ce qui t'a pris ?

— Les… (Jaren étouffa un juron.) Tu es sérieuse ?

— Mortellement. Et c'est ce qui t'attend s'ils décident de te prendre pour cible.

— Je ne savais pas qui ils étaient, répondit Jaren à voix basse.

— Cresta est leur cheffe, ajouta Kiva, arrachant un autre juron à Jaren, avant de se tourner vers Tilda. Tu as de la chance qu'ils aient des préoccupations plus pressantes, sinon tu serais déjà à la morgue.

Un silence tendu s'abattit, puis Jaren murmura :

— Ça ne te dérange pas, ce qu'ils disent ? Pas seulement Cresta mais tous les autres ? Ça ne te fait pas mal ?

— Ce ne sont que des mots, dit Kiva en ignorant son pincement au cœur.

Bien sûr que ça lui faisait mal. Personne ne voulait être traitée de traînée, de chienne ou de n'importe quel autre nom qu'elle avait entendu ces dix dernières années.

— Ce ne sont pas que des mots, protesta Jaren. Ce sont des injures malveillantes prononcées par des brutes insolentes, et tu ne mérites pas d'être ainsi insultée. Tu te mets en quatre pour essayer d'aider tous ces gens, y compris Cresta. Le moins qu'ils puissent faire serait de ne pas te manquer de respect publiquement.

Kiva termina d'appliquer le gel et recula d'un pas.

— Est-ce que ça ne devrait pas être à moi d'en décider ?

Jaren fronça les sourcils.

— Quoi ?

— C'est de *moi* qu'ils parlent. Est-ce que ça ne devrait pas être à moi de décider ou non de les punir ? Penses-tu vraiment que je voulais que tu les attaques pour leur donner une leçon ?

Le doré dans les pupilles de Jaren brillait furieusement contre le bleu.

— Tu n'étais pas là.

— Et tu n'étais pas là non plus ces dix dernières années, répliqua Kiva. Tu crois que je ne sais pas comment m'y prendre, depuis le temps ? Tu crois que je n'ai pas essayé de riposter et découvert que ça ne faisait qu'empirer les choses ?

Jaren eut la décence de paraître penaud, si bien que Kiva fit un effort pour adoucir son ton.

— Je suis touchée que tu aies été fâché par ce que tu as entendu, mais je n'ai pas besoin que tu te battes à ma place. Je suis ici depuis assez longtemps pour savoir que le mieux est encore d'ignorer les insultes et de feindre l'indifférence. Ils peuvent dire ce qu'ils veulent, et neuf fois sur dix ils finissent par s'excuser, généralement quand ils sont malades ou blessés et qu'ils se rendent compte que je suis la seule à pouvoir les aider. Non pas, ajouta Kiva avec emphase, que je refuserais de les soigner s'ils n'exprimaient aucun remords. Simplement, quand ils comprennent que je me soucie d'eux, ils cessent de passer leur colère sur moi. Car ce n'est rien de plus, Jaren. Ils sont en colère, frustrés, impuissants, comme le reste d'entre nous. Ils expriment juste leurs émotions de la mauvaise manière.

Jaren resta un long moment silencieux, puis il descendit de la table d'un bond et demanda :

— Je parie que Cresta ne fait pas partie des neuf sur dix ?

Kiva ne prit pas la peine de confirmer.

— Elle est dangereuse. Si tu attaches une quelconque importance à ce que je dis, ne t'approche pas d'elle.

— J'attache de l'importance à tout ce que tu dis, Kiva, répondit Jaren avec sérieux.

Kiva leva les yeux vers lui et croisa son regard assuré, solennel.

Le silence se fit tandis que chacun digérait ce qu'avait dit l'autre. Ce fut Jaren qui le rompit en premier, d'une voix contrite.

— Je suis désolé d'avoir agi sans réfléchir. Ça ne se reproduira pas, déclara-t-il en continuant de soutenir le regard de Kiva. Et sache que je ne te considère pas comme une demoiselle en détresse qui attend d'être sauvée. Je n'ai jamais rencontré personne d'aussi fort que toi. Tu as survécu pendant dix ans dans cet horrible endroit tout en sacrifiant tes propres besoins pour aider les autres, même ceux qui ne voulaient pas de ton aide. Tu as raison, tu n'as pas besoin que je me batte à ta place.

Il s'approcha d'un pas, et sa voix se fit plus rauque :

— Mais… si tu acceptes, j'aimerais me tenir à tes côtés.

Le cœur de Kiva tambourinait à ses oreilles. Des papillons envahirent son estomac et des décharges d'électricité lui picotèrent la peau. Elle ne savait pas comment répondre et parvenait à peine à réfléchir face à l'intensité de ses réactions physiques.

Danger. Danger. Danger.

Ces mots n'étaient pas ceux de son père, de sa mère ou de qui que ce soit d'autre. Ils ne provenaient pas d'un souvenir, mais de Kiva elle-même. Sa seule et unique règle à Zalindov était de ne pas se faire d'amis parce qu'elle les perdrait à coup sûr. Et Jaren… Elle ne savait pas s'il proposait de l'amitié ou plus que cela, mais, quoi qu'il en soit, c'était une ligne qu'elle refusait de franchir. Son cœur avait beau battre la chamade, elle ne ferait aucune exception. Pas même pour ce regard implorant qu'il lui lançait à présent.

— Je…

Je suis désolée, c'est impossible. Les mots se formaient déjà sur ses lèvres, mais, avant qu'elle ne puisse les prononcer, Tipp surgit dans l'infirmerie, suivi par Naari. Kiva s'écarta précipitamment de Jaren, passa des doigts tremblants dans ses cheveux et retourna d'un pas vacillant vers l'établi.

Elle n'osa pas se retourner lorsque Tipp demanda au jeune homme son aide pour reconstruire l'enclos des rats, ni même lorsque Jaren accepta et s'enquit des fournitures dont ils disposaient. L'esprit de Kiva tournoya, à la dérive, jusqu'à ce qu'elle sente quelque chose lui effleurer la main. Elle sursauta, fit volte-face et découvrit que Naari s'était approchée sans bruit.

— Tu vas bien ? murmura la garde d'une voix presque inaudible, comme si elle savait que Kiva ne voulait pas attirer l'attention sur elle.

Kiva s'apprêtait à acquiescer, mais elle se retint. Elle ne voulait pas mentir à Naari après avoir passé la journée avec elle. Elle secoua brièvement la tête et retint son souffle, attendant de voir ce que la garde allait faire. Celle-ci la dévisagea puis lança un regard à Jaren, avant de se retourner vers Kiva avec un petit sourire compatissant.

— Ça va s'arranger.

Et Kiva la crut, principalement parce qu'elle avait décidé, pour sa propre tranquillité d'esprit, de faire comme si cette conversation avec Jaren ne s'était jamais produite.

CHAPITRE 18

Kiva avait prévu de ressortir de la prison le lendemain matin, escortée par Naari, afin de collecter des échantillons dans les fermes. Mais la garde était absente et toute l'attention de Kiva fut mobilisée par un incident urgent.

Tilda cessa de respirer.

Par chance, Tipp passait à côté du lit de la malade lorsque celle-ci fut prise de convulsions. Kiva, elle, s'occupait des patients dans la salle de quarantaine, si bien qu'elle arriva en courant quand le garçon l'appela, paniqué, et réussit à ressusciter Tilda grâce à un massage cardiaque.

Une fois l'état de la malade stabilisé, Kiva se retrouva couverte de sueur de la tête aux pieds – conséquence de la peur qu'elle avait ressentie et des efforts qu'elle avait fournis pour garder Tilda en vie. Tipp, lui, tremblait comme une feuille et était presque aussi blanc que le lait de pavot que Kiva avait administré à la patiente dans l'espoir de la détendre et de prévenir d'autres convulsions.

— Qu-qu'est-ce qui s'est p-passé ? demanda Tipp d'une voix stridente.

— Ne t'inquiète pas, c'est normal pour quelqu'un qui est malade depuis si longtemps, le rassura Kiva en le forçant à s'asseoir sur un tabouret avant qu'il ne s'effondre. J'aurais dû la surveiller de plus près.

En vérité, Kiva n'avait aucune idée de ce qui avait bien pu provoquer un tel arrêt cardiaque, car elle ne savait toujours pas de quoi souffrait la Reine Rebelle. Peut-être était-ce pour les raisons qu'elle venait d'évoquer, ou peut-être que Tilda s'éteignait un peu plus chaque jour.

Ne la laisse pas mourir.

Il n'y avait absolument rien que Kiva puisse faire pour Tilda, hormis apaiser ses souffrances et la protéger d'une mort imminente lors des Supplices – dont le suivant aurait lieu le lendemain. Mais Kiva refusait d'y penser, incapable d'empêcher sa gorge de se nouer et son souffle de se couper à l'idée de ce qui l'attendait. Alors que les heures s'égrenaient, Kiva n'était certaine que d'une chose : il n'y avait toujours aucun signe de sa famille ou des rebelles, aucune preuve qu'ils avaient reçu son message et compris l'urgence de la situation. Il semblait de plus en plus évident qu'elle allait devoir s'en remettre à l'amulette de la princesse pour espérer rester en vie.

Durant le reste de la journée, Kiva n'osa pas s'éloigner de Tilda, par crainte d'une rechute. Elle envoya Tipp s'occuper des patients en quarantaine à sa place et, lorsque Naari arriva enfin, Kiva déclara qu'elle préférait tester les échantillons de la carrière sur les rats avec l'aide de Mot plutôt qu'aller en prélever d'autres. Ce n'était pas entièrement faux, mais c'était surtout une excuse pour rester à l'infirmerie et garder un œil sur la malade.

Mot se présenta en milieu de matinée, et Kiva lui expliqua la situation. L'ancien apothicaire rumina en silence pendant cinq bonnes minutes, sourcils froncés, mordillant un ongle sale. Enfin, il énuméra une liste d'ingrédients susceptibles d'accélérer le processus d'incubation, et Kiva l'envoya au jardin. Il en revint les bras chargés et s'installa devant l'établi pour expliquer à Kiva comment fabriquer ce qu'il appelait son « élixir d'augure ».

— Ça te dira ce que tu veux savoir en quelques heures, déclara Mot lorsqu'il eut terminé, avec un sourire suffisant qui dévoilait ses dents marronnasses.

— C'est incroyable, dit Kiva en inhalant l'odeur florale de la concoction verdâtre. Merci, Mot.

— Fais-moi signe si tu as besoin d'autre chose, mon petit, répondit-il.

Il s'étira. Kiva grimaça en entendant le dos du vieil homme craquer.

— Mes vieux os n'arrivent pas à suivre le rythme, avec tous ces morts que tu m'envoies. Vaudrait mieux que tu trouves le problème avant que cette fichue maladie nous emporte tous, hein ?

— C'est l'idée.

Au même moment, Tipp ressortit de la salle de quarantaine, fermant soigneusement la porte derrière lui. Kiva sut ce qu'il s'apprêtait à dire avant même qu'il n'ouvre la bouche.

— On en a p-p-p-perdu une autre.

Kiva poussa un soupir.

— Qui ?

— Une f-femme de l'atelier. Je crois qu'elle r-répare les uniformes des gardes. Enfin, qu'elle r-réparait.

Mot passa une main sur son crâne dégarni.

— Je vais envoyer quelqu'un la chercher, dit-il avec un profond soupir. Vu qu'ils tombent tous comme des mouches, je ferais peut-être mieux de laisser quelqu'un ici. Tu sais que Grendel a dû allumer le deuxième four ? Apparemment, c'est Rooke en personne qui le lui a demandé, il doit penser que l'épidémie est assez inquiétante pour le justifier.

Le Gardien avait raison, pensa Kiva. Il ne manquerait plus que les cadavres s'empilent à la morgue, surtout si la maladie se révélait contagieuse. Et même si ce n'était pas le cas, il ne fallait pas que les morts pourrissent en attendant leur tour d'être brûlés, le risque que d'autres maladies se répandent à cause de la masse de chair en putréfaction n'était pas négligeable.

— Tipp, peux-tu raccompagner Mot à la morgue, puis aller voir le nid de rats que Grendel a mentionné ? On va en avoir besoin d'autres pour tester mes prochains échantillons, donc attrapes-en le plus possible.

Le garçon avait bien besoin de prendre l'air après avoir passé des heures à respirer l'atmosphère fétide de l'infirmerie. Ses yeux bleus s'illuminèrent à l'idée de repartir à la chasse aux vermines – activité dont Kiva était incapable de comprendre l'attrait, peut-être parce qu'elle n'était pas un garçon de onze ans.

Kiva se tourna alors vers Mot.

— Donc je mélange simplement ça à leur nourriture ? demanda-t-elle en désignant l'élixir.

— Tu peux faire ça ou en mettre dans leur eau. Ou encore directement dans leur gueule à l'aide d'une pipette.

Kiva grimaça – il n'était pas question qu'elle manipule ces bestioles.

— Je préfère garder mes distances, merci bien.

Mot s'esclaffa, un rire chuintant qui aurait dû être repoussant mais parvenait presque à être réconfortant.

— Prends soin de toi, Kiva, mon petit, dit-il en se dirigeant clopin-clopant vers la porte, Tipp sur les talons. Et bonne chance pour demain. Si j'étais parieur, je miserais tout mon or sur toi.

Il s'arrêta et ajouta :

— Tu as un plan ? Pour survivre ?

Kiva sentit ses entrailles se nouer, une boule de stress peser comme une pierre sur son estomac. Elle attrapa par réflexe l'amulette cachée sous sa tunique et s'en trouva légèrement rassurée. Elle espérait toujours ne pas avoir à s'en servir. Sa famille avait encore le temps d'arriver. Mais, dans le cas contraire…

Elle regrettait de ne pas savoir ce qui l'attendait, regrettait de ne pas avoir demandé à la princesse si elle devait faire quelque chose pour activer la magie élémentaire contenue dans l'amulette, regrettait surtout de devoir affronter cette Épreuve. Mais elle était bien placée pour savoir que les regrets étaient vains.

La présence de Tipp empêcha Kiva de faire part à Mot de son incertitude. À la place, elle répondit d'une voix rauque :

— Bien sûr. Je ne suis pas inquiète le moins du monde.

Mot la dévisagea puis jeta un coup d'œil à Tipp, qui rayonnait de soulagement face à la confiance feinte de Kiva.

— Je vois, fit le vieil homme.

Sans ajouter un mot, il se dirigea vers le jardin, d'où il revint avec une nouvelle brassée de plantes qu'il déposa sur l'établi de Kiva. Celle-ci le regarda, perplexe, peser, émincer et broyer sa cueillette, puis dénicher un bocal d'huile de karonoix que Tipp avait passé des heures à méticuleusement collecter. Mot versa le bocal entier dans sa mixture, mélangea le tout et le tendit à Kiva.

— Laisse reposer toute la nuit, ordonna-t-il.

— Qu'est-ce que c'est ? demanda Kiva en humant la délicieuse odeur d'herbe fraîche.

Mot plaça une main ridée sur son épaule.

— C'est pour ton Épreuve, petite. Pour te protéger. La mixture sera devenue cireuse demain matin. Étale-la bien sur ta peau, compris ? Ça ne te sauvera pas si tu te retrouves sur le bûcher, mais ça t'aidera plus que n'importe quel autre baume. Ça te laissera peut-être le temps de te libérer ou autre. (Il marqua une pause.) Par contre, ne t'en mets pas dans les yeux. Ça fait un mal de chien.

Kiva ne savait pas si elle devait rire ou pleurer – ou vomir. Apparemment, Mot pensait lui aussi qu'un bûcher était de l'ordre du possible.

À leur surprise à tous les deux, elle se pencha et enlaça le vieil homme. Une marque d'affection sans précédent qui le prit tellement de court qu'il resta immobile.

— Merci, Mot, dit-elle. Vraiment.

— Tu me remercieras quand l'Épreuve sera terminée et que tu seras toujours en vie, répliqua le vieil homme, le rose aux joues.

Puis il se tourna vers Tipp, qui souriait jusqu'aux oreilles, comme si Mot venait de garantir la survie de Kiva.

— Allez, gamin. C'est pas tout ça, mais l'heure tourne.

Ils quittèrent tous les deux l'infirmerie, laissant Kiva seule avec ses pensées. Bientôt, la peur commença à la submerger de nouveau. Elle avait besoin d'une distraction pour ne pas céder à la panique. Elle avait l'amulette, et si cela ne suffisait pas, elle avait désormais le baume de Mot, même si ce dernier l'avait prévenue que la mixture avait ses limites. Elle ne pouvait rien faire de plus. Il fallait qu'elle arrête d'y penser, puisque cela ne faisait qu'empirer les choses.

Kiva jeta un coup d'œil à Tilda et prit une décision. À l'exception du garde à la porte, elle et la patiente étaient seules. Elle s'approcha alors de la Reine Rebelle et l'examina. La malade était encore plus pâle qu'à son arrivée, son hâle s'était lentement estompé au fil des semaines, comme si la vie la quittait peu à peu. Kiva se demanda de nouveau depuis combien de temps elle était dans cet état. Était-ce une maladie récente ou quelque chose dont elle souffrait depuis un moment ? Elle avait tant de questions, bien plus qu'elle ne pourrait jamais en poser même si Tilda guérissait miraculeusement.

— Que faites-vous ici ? murmura Kiva. Que puis-je faire pour vous aider ?

Bien sûr, Tilda ne répondit pas.

Pourtant, elles avaient échangé une conversation semi-lucide avant le premier Supplice. Mais peut-être cela n'avait-il été qu'un coup de chance que Tilda se soit réveillée cette nuit-là et que Kiva ait été là au bon moment. Elle aurait tant aimé que la Reine Rebelle ouvre de nouveau les yeux et dise quelque chose – n'importe quoi – afin de rappeler à Kiva pourquoi elle se donnait tant de mal pour la garder en vie. Non pas que Kiva ait vraiment besoin d'une piqûre de rappel, mais elle aurait voulu être réconfortée.

Réconfortée par une mourante, une femme que Kiva avait tout fait pour sauver. Pour laquelle elle avait tout risqué. En vain.

Reste en vie.

Ne la laisse pas mourir.

Nous arrivons.

Avec un profond soupir, Kiva s'assit au chevet de Tilda et, sans oublier le garde à portée de voix, prit la main de la malade dans la sienne.

— Si mon père était là, il dirait qu'il est possible que vous entendiez tout ce qui se passe autour de vous, commença Kiva à voix basse. Il dirait qu'il est important que vous sachiez que quelqu'un veille sur vous et veut que vous surviviez. Il vous raconterait probablement une histoire. C'est ce qu'il faisait chaque fois que j'étais malade. Lui et ma… ma mère.

Kiva étouffa un sanglot en prononçant ce dernier mot. Les souvenirs de sa mère la peinaient tout autant que ceux de son père, mais pour d'autres raisons. Kiva savait que rien n'était plus important pour elle que sa famille. Sa mère aurait fait n'importe quoi pour protéger les siens. Dix ans plus tôt, son fils cadet était mort, et sa fille cadette ainsi que son mari avaient été envoyés à Zalindov. Kiva ne pouvait même pas imaginer ce que sa mère avait dû ressentir après cela, ou en recevant le message de Kiva annonçant la mort de Faran. Un mari et un fils disparus à jamais. Une fille en prison. La moitié de leur famille décimée.

Ravalant ses larmes, Kiva reporta son attention sur Tilda, refusant de se laisser distraire.

— Je ne connais pas beaucoup d'histoires, mais… À notre arrivée ici, mon père m'en racontait une, encore et encore. L'histoire de sa rencontre avec ma mère.

Kiva n'était pas certaine d'être assez forte pour continuer ; ces souvenirs de famille étaient encore si frais, si douloureux. Mais elle avait besoin de se changer les idées. Alors, elle s'obligea à reprendre :

— Il me la murmurait la nuit quand je n'arrivais pas à dormir, pour chasser les bruits des autres prisonniers, des chiens et des gardes. Voulez-vous l'entendre ?

Tilda resta silencieuse. Kiva commençait déjà à trembler en pensant à ce qui l'attendait le lendemain, si bien qu'elle décida de raconter l'histoire malgré tout. Par le passé, ce rituel l'avait apaisée. Peut-être que la magie opérerait de nouveau.

Kiva ferma les yeux et, sans lâcher la main de Tilda, commença son récit :

— Mon père a grandi dans le Sud, à Fellarion, alors que ma mère est née à Lamont, tout au nord, près de la frontière de Mirraven. Ils étaient si éloignés l'un de l'autre qu'ils n'auraient jamais dû se rencontrer. Papa disait que c'était le destin qui les avait rapprochés ou, quand il se sentait l'âme d'un poète, l'alignement des étoiles.

Kiva sourit, malgré la larme qui s'échappa de son œil.

— Mais c'est surtout le hasard qui a fait qu'ils se sont tous deux retrouvés à Vallenia pour les noces du roi Stellan et de la reine Ariana. Papa était alors un apprenti guérisseur et il n'a pas pu résister à l'envie d'aller visiter en douce l'échoppe d'apothicaire la plus connue de la capitale. Ce qu'il ignorait, c'est que l'endroit grouillait de voleurs à la tire. Avant qu'il n'ait le temps de dire ouf, sa bourse a disparu, et il s'est élancé à la poursuite de la coupable à travers les rues de Vallenia. Il l'a acculée dans une ruelle et a exigé qu'elle lui rende son or.

Kiva continua à sourire en imaginant la scène.

— C'est alors que la voleuse s'est retournée, a baissé sa capuche, et que papa a vu son visage pour la première fois. Il disait que ça avait été le coup de foudre, du moins de son côté. Je n'ai jamais eu l'occasion de demander à maman ce qu'elle avait pensé.

La gorge de Kiva se noua et elle serra plus fort la main de Tilda, comme pour apaiser la douleur qui l'étreignait.

— Papa était tellement sous le charme qu'il est resté là, bouche bée, ce dont maman a bien évidemment profité. Elle vivait à Vallenia depuis quelques années déjà, car elle s'était enfuie de Lamont après que sa famille…

Kiva s'interrompit lorsqu'elle prit conscience qu'elle perdait le fil, et reprit :

— Elle vivait dans la capitale depuis assez longtemps pour connaître les rues, si bien qu'elle n'a eu aucun mal à esquiver mon idiot de père et à disparaître dans la foule. Papa était anéanti, non pas d'avoir perdu ses pièces mais d'avoir laissé échapper un trésor si précieux.

« Il l'a cherchée partout, a interrogé le plus de personnes possible, mais les gens de sa connaissance ne savaient pas comment retrouver une voleuse. Désespéré, papa s'est alors rendu en pleine nuit sur le dock, un lieu de rassemblement notoire pour les criminels en tous genres. Un jeune homme de bonne famille qui se balade dans ce genre de quartier ne peut que s'attirer des ennuis. Et, sans surprise, il s'est fait attaquer et a été laissé pour mort. Mais, heureusement pour lui, ma mère l'observait de loin depuis qu'elle lui avait volé son or, dans l'espoir de lui faire de nouveau les poches puisqu'il était une cible facile. À la place, elle lui a sauvé la vie.

Le sourire de Kiva disparut et elle ajouta :

— J'aimerais pouvoir dire qu'ils vécurent heureux et eurent beaucoup d'enfants. Ce fut le cas, pour un temps. Ils furent très heureux. (Sa gorge se noua de nouveau.) Mais la vie prend parfois des tournants imprévus, contre lesquels on est sans défense. Leur histoire ne s'est pas terminée comme elle l'aurait dû. Mais je sais que, s'ils devaient recommencer depuis le début, ils ne changeraient rien, même en connaissant la fin.

Mais, papa, la fin est le meilleur moment.

Pas toujours, ma puce. Parfois, c'est le début.

Kiva lâcha la main de Tilda pour s'essuyer les joues. Elle ne savait pas pourquoi elle entendait tant la voix de son père ces derniers temps, pourquoi tous ces souvenirs remontaient à la surface. C'était aussi douloureux que réconfortant, comme si une part de lui vivait encore en elle et lui rappelait qu'elle n'était pas seule.

— Voilà, déclara Kiva avec une jovialité feinte en baissant les yeux vers la malade. C'est ainsi que mes parents se sont rencontrés. J'espère que vous m'avez entendue. J'espère que vous rêvez de leur histoire et de l'amour qui les unissait. Et j'espère que vous vous rappellerez qu'il y a des gens qui vous aiment et qui attendent votre réveil. Des gens que vous aimez en retour. Alors battez-vous contre cette maladie. Si vous ne pouvez pas le faire pour vous, faites-le pour eux.

Kiva se pencha pour murmurer à l'oreille de sa patiente :

— Battez-vous, Tilda. Vous êtes plus forte que ça. Et ils arrivent bientôt, ils viennent vous chercher.

Puis elle se redressa et retourna vers l'établi pour ranger tout ce qu'elle et Mot avaient sorti, injecter l'élixir aux rats et commencer mentalement à se préparer pour le lendemain. L'histoire de son père avait apaisé son âme, comme prévu. Et les mots qu'elle venait de chuchoter à Tilda lui étaient tout autant destinés.

Même si les rebelles n'arrivaient pas à temps, Kiva se battrait pour survivre au Supplice et continuerait à se battre. Car il y avait des gens à Zalindov qui avaient besoin d'elle, et d'autres en dehors des murs de la prison qu'elle comptait bien revoir un jour.

Sa famille l'attendait. Sa famille allait venir la chercher. Elle n'avait aucun doute là-dessus. Un jour, ils seraient tous réunis.

Elle refusait de laisser son histoire se terminer avant cela.

CHAPITRE 19

Après avoir raconté à Tilda l'histoire de son père, Kiva sortit dans le petit jardin d'herbes médicinales, l'endroit où elle se sentait toujours particulièrement proche de lui. Olisha et Nergal étaient arrivés en avance pour la relayer et la préviendraient au moindre problème, mais l'état de Tilda semblait s'être stabilisé – du moins pour le moment.

Kiva avança le long de l'allée de gravier, glissant ses doigts dans les hautes herbes qui la dominaient et dissimulaient le reste du chemin. Ces plantes étaient techniquement des mauvaises herbes, mais leurs longues tiges vertes sécrétaient un liquide qui pouvait apaiser les maux d'oreilles. Elles donnaient également l'illusion d'un petit coin de paradis caché au milieu de la prison, juste pour Kiva.

Ça sera notre endroit à nous, petite souris, lui avait dit son père. *Quand on aura besoin de s'échapper, on viendra ici. Dans notre propre sanctuaire.*

Kiva ferma les yeux et se laissa bercer par cette voix. Elle les rouvrit en arrivant à l'endroit où le chemin tournait pour former une boucle. À sa droite s'étendaient les parterres de fleurs – soucis, calendulas, lavande, pavots, à côté de la barbarée et des fleurs de neige. En face se trouvaient les baies, puis les choux, les herbes, les orties… et ainsi de suite. Le jardin était organisé en sections, par type de plantes et en fonction de leurs propriétés médicinales, les spécimens les plus dangereux se trouvant en fin de boucle, dans un parterre séparé pour limiter le risque de propagation accidentelle.

Kiva balaya le jardinet du regard et se souvint de la première fois qu'elle y avait mis les pieds, agrippée à la main de son père, au soleil couchant.

C'est notre secret, avait-il déclaré avec un clin d'œil complice. *Tant que je serai le guérisseur de la prison, tu pourras venir ici quand tu voudras.*

Mais les gardes, papa ?

Ce sera un jeu de cache-cache. Comme quand tu jouais avec Zulee, Tor et…

Il s'était interrompu avant de mentionner le nom de Kerrin. Le prénom de son plus jeune fils ne franchissait jamais ses lèvres.

Kiva déglutit en revivant ce souvenir.

Son père, le guérisseur de la prison.

Dès le jour de son arrivée à Zalindov, il avait été envoyé droit à l'infirmerie, où il avait travaillé sous les ordres de Thessa, une femme pétrie d'amertume. Faran était bien plus qualifié qu'elle, mais Thessa occupait son poste depuis des années et avait refusé de l'écouter, de suivre le moindre de ses conseils ou de lui céder sa place.

Kiva n'avait pas repensé à Thessa depuis fort longtemps. Elle s'agenouilla pour arracher des chardons qui étouffaient le parterre d'orpin rose et se remémora cette époque remplie de peur et de tristesse mais ponctuée de quelques moments de joie, comme lorsque son père l'avait amenée dans ce jardin pour la première fois.

Promets-moi que, quoi qu'il arrive, tu ne perdras jamais espoir, lui avait murmuré son père à cet endroit même, agenouillé devant l'orpin. *Ton frère, ta sœur et ta mère* – sa voix s'était brisée –, *ils viendront te chercher un jour.*

Tu veux dire nous, *papa, pas vrai ? Nous chercher ?*

Faran lui avait effleuré la joue.

Bien sûr, ma puce. C'est ce que je voulais dire.

Quelques semaines plus tard, Thessa était morte d'une maladie intestinale et Faran avait pris sa place. Kiva s'était alors retrouvée seule la plupart du temps, pendant que son père…

Kiva se figea et ses doigts se crispèrent dans la terre.

Thessa était morte d'une maladie intestinale.

Son père était devenu le guérisseur de la prison.

Puis…

Puis…

Kiva se creusa les méninges pour tenter de se rappeler tout ce qui s'était passé cette première année. Elle n'avait alors que sept ans, trop jeune pour vraiment comprendre. Trop jeune pour se souvenir.

Et pourtant, certaines choses étaient gravées dans sa mémoire.

Même si elle les avait oubliées.

Jusqu'à présent.

Cette maladie intestinale, elle s'était déjà propagée auparavant.

Neuf ans plus tôt.

Il y avait eu une dizaine de morts.

Puis des centaines.

Dont son père.

Les larmes aux yeux, le regard perdu dans le vide et les doigts encore figés dans la terre, Kiva se remémora ces souvenirs.

Faran avait tout donné à ses patients ; Kiva l'avait à peine vu au cours de ces ultimes semaines durant lesquelles les prisonniers succombaient les uns après les autres à la maladie. Son père lui avait dit de ne pas s'inquiéter, qu'elle était jeune et en bonne santé et n'avait rien à craindre, mais elle avait vu la pâleur de sa peau, les cernes sous ses yeux, l'inquiétude qui plissait son front.

Il avait promis qu'elle ne risquait rien, et Kiva l'avait cru.

Mais il n'avait jamais promis qui lui ne risquait rien.

Et elle n'avait pas pensé à le lui demander.

Jusqu'à ce qu'un soir il ne revienne pas dans leur cellule.

Même lorsqu'il restait tard avec les patients en quarantaine, il revenait toujours auprès d'elle. Chaque soir, si épuisé soit-il, il trouvait l'énergie d'apprendre à Kiva tout ce qu'il savait sur le métier de guérisseur. Nuit après nuit, il lui enseignait les connaissances qu'il avait amassées des années durant, et la testait sur des patients imaginaires. Lorsqu'ils étaient tous deux trop fatigués pour continuer, il la bordait et lui racontait une histoire, généralement celle de la rencontre avec sa mère, pour la réconforter.

Cela faisait partie des pires souvenirs de Kiva.

Et des meilleurs.

Mais ce soir-là il ne revint pas, et elle sut.

Elle sut qu'il n'y aurait plus jamais de leçons, plus jamais d'histoires.

Kiva s'essuya les yeux du dos de la main et tenta de se remémorer si son père lui avait révélé quoi que ce soit à l'époque qui puisse lui indiquer si l'épidémie qui ravageait à présent la prison était la même que neuf ans plus tôt. Avait-il essayé d'en déterminer la source, comme elle aujourd'hui ? Avait-il trouvé un moyen d'en venir à bout ? Ou s'était-il contenté d'apaiser les souffrances de ses patients jusqu'à ce qu'ils succombent ? Jusqu'à ce que lui-même succombe à son tour ?

Kiva ne se souvenait pas combien de temps avait duré l'épidémie. Accablée de chagrin, elle en avait perdu la notion du temps. Mais… elle se rappelait son huitième anniversaire, car c'était la première fois qu'elle avait remis les pieds à l'infirmerie après la mort de son père. Il y avait un nouveau guérisseur, le prédécesseur de Kiva, sous les ordres duquel elle avait commencé à travailler deux ans plus tard, et dont elle avait pris la place encore deux ans après.

Plus personne n'était malade au moment de son anniversaire. Kiva le savait parce qu'elle avait trouvé le guérisseur dans la salle de quarantaine vide, en train de mélanger une dose illicite de poudre d'ange. Il avait sursauté en l'entendant arriver et avait exigé de savoir ce qu'elle faisait là. Elle lui avait répondu qu'une des prisonnières à l'atelier avait été passée à tabac par un garde et était à l'article de la mort.

Le guérisseur n'en avait eu que faire. Il s'était contenté de sortir un flacon de lait de pavot de sa tunique, qu'il avait tendu à Kiva en lui disant de le donner à la victime, puis avait ordonné à la fillette de le laisser tranquille.

Elle s'était alors rendue au jardin.

Les joues couvertes de larmes, elle avait fait ses adieux et pris sa décision : elle avait ramassé des algues d'aloès, puis chipé de la sève de ballico et des linges propres à l'infirmerie en ressortant.

Elle avait soigné elle-même la prisonnière, comme son père l'aurait fait.

À compter de ce jour, Kiva s'était efforcée de faire honneur à son héritage. Son père, bien que disparu, vivrait à jamais à travers elle.

De nouvelles larmes s'échappèrent des yeux de Kiva lorsqu'elle se releva et huma l'odeur terreuse du jardin.

Le sanctuaire de son père.

Son sanctuaire à elle.

Leur sanctuaire.

Faran Meridan était mort d'une maladie intestinale, peut-être la même qui terrassait à présent les prisonniers de Zalindov. Neuf ans avaient passé, mais Kiva ne laisserait pas son sacrifice vain. Il avait tout donné – y compris sa propre vie – pour tenter de sauver ses patients. Kiva était bien décidée à achever ce que son père avait commencé. Cette fois, elle trouverait un remède et stopperait l'épidémie. Elle ne savait pas comment les choses s'étaient terminées la fois précédente, si la maladie avait simplement fini par disparaître naturellement, mais elle refusait d'attendre plusieurs semaines, voire plusieurs mois sans rien faire.

Elle n'aurait pas ce luxe, de toute façon.

Une fois que sa deuxième Épreuve serait terminée, elle n'aurait plus que quatre semaines pour faire des tests – à supposer qu'elle survive aux derniers Supplices, et si sa famille et les rebelles ne l'aidaient pas à s'échapper entretemps. Ce n'était pas bien long pour trouver un remède, mais Kiva ferait son possible.

Avec un hochement de tête décidé, Kiva essuya ses mains couvertes de terre sur son pantalon et rebroussa chemin. Le jardin l'avait apaisée, comme toujours, mais il avait aussi allumé en elle une flamme, un désespoir qui la poussait à agir.

Son père aurait été fier. Elle comptait bien réussir là où lui avait échoué.

★

Ce soir-là, Kiva quitta l'infirmerie épuisée, après avoir passé des heures à consigner par écrit tout ce qu'elle savait sur l'épidémie. Ses doigts étaient crispés de douleur, mais elle était soulagée de savoir que, si elle venait à quitter subitement Zalindov – ou à mourir –, quelqu'un d'autre pourrait reprendre ses recherches. Elle regrettait que son père, ou Thessa avant lui, n'ait pas pensé à prendre des notes. Elle avait fouillé les moindres recoins de l'infirmerie, et le seul parchemin qu'elle avait trouvé était la recette secrète de son prédécesseur pour une version plus corsée de la poudre d'ange. La colère l'avait envahie face à cette découverte ; le travail du guérisseur aurait dû être d'aider les prisonniers, pas de les rendre dépendants à une drogue. Elle espérait qu'il brûlait dans l'éthermonde pour sa peine.

Grommelant tout bas sur l'effroyable nature humaine, Kiva entra dans le réfectoire, un grand bâtiment rempli de longues tables en bois. Elles étaient présentement presque toutes occupées par des détenus affamés et épuisés, servis par des prisonniers tout aussi affamés et épuisés.

Ces derniers temps, Tipp lui apportait ses rations directement à l'infirmerie, mais ce soir elle voulait manger avec les autres détenus, à la fois pour être parmi les vivants et s'imprégner de l'atmosphère de la prison et pour tenter de déterminer si une nouvelle émeute était à craindre. En règle générale, c'était Cresta et ses rebelles qui incitaient les autres à la violence, mais ce n'était pas systématique. Parfois, une simple altercation prenait des proportions démesurées. Il arrivait même qu'il n'y ait aucune raison. Kiva redoutait ce qui risquait de se produire au cours des jours à venir : les Épreuves du Supplice pouvaient aussi bien jeter de l'huile sur le feu que l'éteindre complètement.

La plupart des prisonniers se moquaient du sort de Tilda. Les rebelles ne représentaient qu'un petit pourcentage, et eux seuls se souciaient que Kiva survive au Supplice, pour le bien de leur reine. Quant au reste des détenus… Attendaient-ils le lendemain avec impatience ou étaient-ils furieux de ce changement de routine ? Ou bien jaloux de ne pas avoir eux-mêmes une chance de gagner leur liberté ? En voulaient-ils à Kiva d'avoir pris la place de Tilda ? Espéraient-ils qu'elle réussisse ou qu'elle échoue ? Et la situation risquait-elle de dégénérer ? Car, si une émeute se déclenchait, des gens mourraient, c'était inévitable.

Kiva n'avait pas de réponses, mais elle espérait se faire une idée de la situation au contact des autres détenus.

Elle commençait à peine à longer l'une des longues tables lorsqu'elle surprit des bribes de conversations étouffées et prit conscience que les choses étaient pires qu'elle ne le craignait – mais pas à cause des Épreuves du Supplice.

— ... de plus en plus d'amis tombent malades...

— ... paraît que la Reine Rebelle s'est maquée avec le Gardien...

— ... dizaines de morts par jour...

— ... garce de Corentine n'aura que ce qu'elle mérite...

— ... pas sorti de quarantaine...

— ... liquider cette prétendue reine dans son sommeil...

— ... picotement dans la gorge, tu crois que c'est...

— ... traînée de guérisseuse qui fait rien pour...

En entendant ce dernier commentaire, Kiva ralentit et tendit l'oreille. Bien que préoccupée par la colère à l'égard de Tilda, elle n'en était pas étonnée. Si le Gardien et Jaren disaient vrai, les rebelles avaient causé beaucoup de dégâts et blessé de nombreuses personnes dans leur quête pour reconquérir Evalon. C'était presque une aubaine que leur reine soit si malade : au moins, entre les murs de l'infirmerie et surveillée en permanence, elle était protégée de ses ennemis emprisonnés à Zalindov. Les anti-rebelles ne s'attaqueraient à elle qu'à leurs risques et périls.

Pour l'heure, Kiva s'inquiétait davantage des rumeurs qui couraient sur l'épidémie, et notamment de ce que les prisonniers disaient à son sujet.

— Pourquoi est-ce qu'elle ferait quèqu'chose ? répliqua un autre homme dont Kiva n'apercevait que l'arrière du crâne chauve. Elle est trop occupée à écarter les cuisses pour les gardes, hein ? Trop occupée à s'amuser pour nous garder en vie !

Son compagnon s'esclaffa, et les joues de Kiva s'enflammèrent. Elle accéléra le pas pour s'éloigner avant que les hommes ne s'aperçoivent de sa présence, mais eut le temps d'entendre le premier répondre :

— J'm'amuserais bien un peu avec elle moi aussi, si tu vois ce que j'veux dire. Où qu'est sa cellule, déjà ? Ou peut-être que j'lui rendrai visite à l'infirmerie, j'lui dirai que j'suis malade et que j'ai besoin de ses bons soins.

L'estomac de Kiva se souleva en entendant les deux hommes éclater de rire. Au lieu de continuer à avancer, elle tourna les talons. Elle en avait assez entendu. C'était exactement ce qu'elle craignait : les prisonniers étaient furieux, terrifiés, perdus. L'épidémie et la présence de Tilda étaient source d'agitation. Et ce que ces deux odieux personnages venaient de dire…

— … ils ont doublé le nombre de gardes du périmètre extérieur. Il paraît que les rebelles ont essayé de venir chercher leur reine…

Aussitôt, Kiva en oublia les deux hommes. Son cœur fit un bond et elle s'arrêta net, se tournant vers les trois prisonniers qui chuchotaient entre eux, deux femmes et un homme. C'était l'une des femmes qui venait de parler.

— Qu'est-ce que tu viens de dire ? souffla-t-elle, s'immisçant dans leur conversation.

La seconde femme et l'homme la regardèrent avec mépris, mais la première répondit d'un air prudent :

— Certains bûcherons ont dit qu'il y avait eu du remue-ménage dans la forêt, au niveau du premier rempart. Apparemment, ce serait un groupe de rebelles qui a essayé d'entrer. (Elle pencha la tête et ajouta :) Tu devrais surveiller tes arrières, guérisseuse. S'ils y parviennent et que tu te retrouves en travers de leur chemin, ils te trancheront la gorge pour récupérer leur reine.

La bouche de Kiva était si sèche qu'elle peinait à parler.

— Est-ce qu'ils… Est-ce qu'ils ont réussi à franchir le rempart ?

— Bien sûr que non, répondit la seconde femme d'un ton moqueur.

Craignant le pire, Kiva se sentit défaillir, jusqu'à ce que l'homme ajoute :

— Les gardes sont furieux de n'avoir réussi à attraper personne. C'est pour ça qu'ils ont doublé leurs effectifs, au cas où les rebelles retenteraient leur chance. Mais c'est peine perdue. Ils ne sont pas stupides.

Kiva était incapable d'en écouter davantage. D'un pas chancelant, elle ressortit du réfectoire. Elle avait perdu l'appétit.

Les rebelles étaient venus.

Ils étaient venus.

Et ils avaient échoué.

Ses proches s'étaient-ils trouvés parmi eux, à risquer leur vie ? Si les gardes les avaient attrapés… Le soulagement que Kiva avait éprouvé en apprenant que personne n'avait été capturé ou tué était intense. Et pourtant…

C'est pour ça qu'ils ont doublé leurs effectifs, au cas où les rebelles retenteraient leur chance. Mais c'est peine perdue. Ils ne sont pas stupides.

L'homme avait raison. Les rebelles n'étaient pas stupides. Mais… qu'est-ce que cela signifiait pour Kiva ?

Nous arrivons.

Ils avaient tenu parole. Et maintenant ? Avaient-ils un autre plan pour libérer Tilda et Kiva ?

Pour la toute première fois, Kiva envisagea de partir à la recherche de Cresta dans l'espoir de glaner des informations supplémentaires. Mais le jeu n'en valait pas la chandelle. Les rebelles de la prison étaient imprévisibles, en particulier leur cheffe. Si Cresta décidait de passer sa colère sur Kiva, ce serait Tipp qui en paierait le prix, Tipp qui mourrait si Cresta perdait le contrôle. Non, Kiva devait prendre son mal en patience.

Rongée par l'anxiété, elle se dirigea vers les blocs de cellules. Elle regrettait plus que jamais de ne pas avoir un moyen plus simple de communiquer avec l'extérieur. Les rebelles devaient forcément avoir un autre plan. Forcément. Peut-être cherchaient-ils en ce moment même un autre point d'accès, une faille dans le périmètre, un moyen d'entrer et de sortir sans être vus. Leur reine était emprisonnée, ils viendraient la chercher quoi qu'il arrive.

Tout comme la famille de Kiva viendrait la sauver.

Quoi qu'il arrive.

Légèrement rassérénée, Kiva s'approchait du premier bloc lorsque quelqu'un la héla :

— Toi là-bas, guérisseuse !

Kiva s'arrêta net, le cœur battant, et se tourna lentement. Elle avait déjà reconnu la voix et redoutait ce que celle-ci lui voulait.

Le Squelette s'approchait d'elle à grands pas, son arbalète sur l'épaule, ses yeux noirs telle une promesse de mort.

— On a besoin de toi à la caserne, ordonna-t-il.

Kiva déglutit, hocha la tête et le suivit sans attendre. Le Squelette était aussi imprévisible qu'un animal sauvage. Toutes les semaines, elle soignait des prisonniers qui avaient essuyé sa colère – doigts, poignets, côtes brisés. Tout ce qui se casse avec un claquement sonore. Kiva s'était depuis longtemps habituée à tolérer sa présence, mais parfois elle devait réprimer la bile qui lui montait à la gorge.

Et elle craignait que ce soir ne soit l'une de ces fois. Les avertissements récents de Naari tournaient en boucle dans sa tête. La garde était délibérément restée avec Kiva à l'infirmerie et lui avait clairement fait comprendre qu'elle ne devait pas rentrer seule. C'était l'hiver. Les gardes étaient agités. La même chose se produisait tous les ans, et tous les ans Kiva parvenait à y survivre.

Tout comme elle survivrait ce soir.

— Entre, aboya le Squelette en arrivant à l'entrée de la caserne.

Kiva pénétra dans le bâtiment en pierre, bien que son instinct la poussât à s'enfuir en courant dans la direction opposée. Elle ne pouvait pas prendre le risque de montrer sa réticence. Si le Squelette détectait le moindre signe de rébellion de sa part, il se ferait une joie de le lui faire payer. Preuve en était l'anticipation qui brillait dans ses yeux noirs, tels ceux d'un faucon épiant sa proie.

— Par ici, ajouta-t-il en passant devant elle, si près que leurs corps se touchèrent.

Kiva cessa de respirer, submergée de terreur, puis elle força les battements de son cœur à se calmer. Personne ne lui avait encore rien fait. Et elle n'avait aucune raison de croire qu'on allait lui faire quoi que ce soit. Les gardes avaient besoin de la garder en vie, non seulement pour les divertir lors des futurs Supplices, mais aussi parce qu'elle était la seule guérisseuse de la prison. Elle était leur meilleur espoir de ne pas succomber à l'épidémie qui gagnait du terrain. Ils ne prendraient pas le risque de la briser, physiquement ou mentalement.

Réconfortée, elle suivit le Squelette, passant devant des portes closes qui menaient aux quartiers privés, jusqu'à une grande pièce commune au bout du long couloir. On entendait de la musique, chose rare à Zalindov. Kiva ne put en déterminer la source mais elle reconnut la chanson, une vieille complainte que sa mère lui chantait quand elle était enfant. Une vague de nostalgie la submergea, mais, lorsqu'elle balaya la pièce du regard, ce souvenir réconfortant s'évanouit aussitôt.

Les gardes faisaient la fête – ou, du moins, ce qui passait pour tel à Zalindov.

Les tables en bois étaient couvertes de bouteilles d'alcool, presque toutes vides, et d'assiettes de nourriture encore intactes. Des gardes, tous des hommes, se prélassaient, avec sur leurs genoux des prisonnières plus ou moins dévêtues, aux yeux fiévreux et aux joues rosies.

Kiva avait une petite idée de la raison de sa présence. Elle ne savait pas si elle était ou non soulagée, ayant d'abord craint que les gardes ne tentent de l'abuser, mais…

— Celle-ci s'est un peu trop amusée, déclara le Squelette en désignant la prisonnière à demi nue drapée sur les jambes du Boucher, assis dans un coin.

Kiva ne la connaissait pas, mais elle vit que la femme avait perdu connaissance – ce qui ne semblait pas perturber le Boucher. Ou peut-être ne s'en était-il pas aperçu : son regard était perdu dans le vague, sa tête dodelinait, ses lèvres s'étiraient en un sourire oublieux contre les cheveux de la femme, et ses mains…

Cette fois, Kiva dut se retenir pour ne pas vomir.

Rassemblant tout son courage, elle s'approcha du couple, consciente de la présence du Squelette dans son dos. Les autres gardes ne lui prêtèrent aucune attention, trop accaparés par leurs propres jouets pour se soucier de ce qui se passait dans un coin.

En arrivant à hauteur du Boucher, Kiva analysa la situation. Contrairement à ce qu'elle pensait, l'alcool n'était pas seul responsable de l'état des gardes et des prisonnières. De près, elle vit la poudre dorée qui brillait sur les doigts de la femme, sous son nez et sur ses lèvres. Il en allait de même pour le Boucher, avec ses yeux mi-clos et ses mains baladeuses.

Et si la prisonnière qu'il tenait ne réagissait pas, c'était parce qu'elle en était incapable.

Kiva n'avait même pas besoin de prendre son pouls. C'était évident.

La femme était morte.

D'une overdose de poudre d'ange.

Une bouffée de colère enflamma Kiva. Ces gardes, ils se moquaient des prisonnières. Une fois leur propre plaisir assouvi, ils se débarrassaient d'elles. Elles ne signifiaient rien pour eux, pas même les favorites. Qu'elles vivent ou qu'elles meurent, cela ne faisait ni chaud ni froid à des gens comme le Boucher ou le Squelette.

— Alors, guérisseuse ? lança le Squelette. Réveille-la ! On n'en a pas encore terminé avec elle.

D'autres voix s'élevèrent pour renchérir. Le Squelette lâcha un petit rire, et Kiva craignit de ne plus être capable de rester de marbre. Elle serra les poings si fort que ses ongles transpercèrent sa peau, et la douleur l'aida à se contenir. Lorsqu'elle fut certaine de ne pas se trahir, elle ouvrit la bouche pour répondre :

— Je ne peux pas la réveiller. Elle est morte.

La musique continuait de jouer, et le refrain de la complainte fit écho à la déclaration de Kiva.

« Mon amour, mon amour, je t'attendrai et te retrouverai dans l'éthermonde. »

— Comment ça, morte ? répéta le Squelette.

— Morte, sans vie, répondit Kiva d'une voix plate.

— Je sais ce que morte signifie, espèce de petite…

— Qu'est-ce qui se passe ici ?

Kiva faillit s'évanouir de soulagement en entendant la voix de Naari. Elle se retourna et découvrit la femme sur le pas de la porte, balayant la pièce d'un regard froid.

— À ton avis ? bredouilla un garde en caressant le bras de la femme qui gloussait sur ses genoux. On fait la fête. Tu devrais te joindre à nous, Arell. Plus on est de fous, plus on rit.

Le garde gloussa, bien que la situation n'eût rien d'amusant.

— Guérisseuse, on te demande à l'infirmerie, déclara Naari.

Ses yeux brillaient de colère, mais Kiva savait que ce n'était pas dirigé contre elle.

— Attends un peu, protesta le Squelette en agrippant le poignet de Kiva, lui arrachant une grimace.

Une goutte de sueur lui glissa dans le cou, et elle se figea, osant à peine respirer, par peur que l'homme ne lui brise un os.

— On vient de perdre une de nos filles, continua l'homme en désignant du menton la victime. Il nous faut quelqu'un pour la remplacer.

Kiva sentit son cœur se décrocher dans sa poitrine.

— La guérisseuse est demandée à l'infirmerie, répéta Naari d'une voix ferme.

Elle ne bougea pas, mais l'atmosphère dans la pièce se chargea de menace. De promesses.

— Elle ira, répondit le Squelette en serrant le poignet de Kiva avec une force telle qu'elle sentit ses os protester et dut retenir un gémissement. Mais *après*.

— Alors je te laisserai expliquer au Gardien pourquoi il doit attendre.

Comme si ces mots étaient une formule magique, le Squelette relâcha Kiva si vite qu'elle en perdit l'équilibre.

— Pourquoi n'as-tu pas dit plus tôt que Rooke l'attendait ? grommela-t-il avant de se tourner vers Kiva. Du balai !

Soulagée, elle avança d'un pas, mais le garde attrapa de nouveau son poignet couvert de bleus et se pencha pour lui murmurer à l'oreille :

— Un seul mot au Gardien et, la prochaine fois qu'on fait la fête, tu seras là. Et pas en tant que guérisseuse. (Il serra plus fort.) C'est compris ?

Kiva hocha la tête, se concentrant de toutes ses forces pour ravaler des larmes de douleur et de peur.

— Brave petite, dit le Squelette avant de la relâcher enfin. Profite bien de ta soirée.

Kiva avança d'un pas tremblant jusqu'à Naari. Celle-ci fit mine de la prendre par le bras, mais laissa retomber sa main lorsque Kiva tressaillit. Le regard de la garde s'emplit d'inquiétude, et Kiva dut détourner les yeux pour ne pas laisser échapper tout ce qu'elle tentait désespérément de contenir.

Elle est trop occupée à écarter les cuisses pour les gardes, hein ? Trop occupée à s'amuser pour nous garder en vie !

La Chienne de Zalindov.

La Princesse de la Mort.

La traînée.

Kiva avait choisi cette vie. Elle avait choisi d'obéir au Gardien, de se plier aux ordres des gardes, tant que cela lui permettait de rester en vie. Mais cela ne voulait pas dire qu'elle n'était pas affectée par ce qu'elle venait de vivre, qu'elle n'était pas traumatisée à l'idée qu'elle aurait très bien pu terminer comme la malheureuse victime d'overdose.

Naari n'essaya pas d'engager la conversation et, au lieu de ramener Kiva à l'infirmerie, elle la conduisit tout droit à sa cellule.

Ce ne fut qu'une fois arrivée devant sa paillasse que Kiva demanda, d'une voix étranglée :

— Mais… le Gardien.

— J'ai menti. Rooke ne t'attend pas.

Kiva faillit éclater en sanglots.

— Merci, murmura-t-elle.

— Nous ne sommes pas tous comme ça, répondit Naari d'un ton peiné.

— Je sais.

Naari en était la preuve vivante. Mais ce que Kiva venait de vivre, ce à quoi elle avait échappé de justesse… Elle ne parvint pas à penser à autre chose, pas même après le départ de Naari et lorsque le dortoir se remplit pour la nuit.

Des heures durant, elle resta allongée sur sa paillasse, roulée en boule, tremblante. Autour d'elle, les bruits s'éteignirent à mesure que les prisonniers sombraient dans le sommeil. Kiva savait qu'elle aurait dû se joindre à eux car son deuxième Supplice approchait à grands pas. Elle aurait besoin de force pour faire face. À moins que les rebelles n'aient déjà échafaudé un autre plan d'action, elle allait devoir réussir l'Épreuve du Feu. Il fallait qu'elle se repose. Mais… chaque fois qu'elle fermait les yeux, elle voyait la morte, les mains baladeuses du Boucher, la poudre d'ange sur leur peau à tous les deux. Elle entendait en boucle la menace du Squelette, ainsi que les mots des deux hommes du réfectoire. *Elle est trop occupée à écarter les cuisses pour les gardes, hein ?*

La traînée.

C'était ce que tout le monde pensait d'elle.

Ils avaient tort. Elle n'en était pas une.

Pas plus qu'elle n'était une Écorcheuse sans cœur. Mais, en cet instant, elle aurait donné n'importe quoi pour l'être et ne plus rien ressentir.

Kiva n'aurait su dire combien de temps elle resta ainsi, à trembler sous sa fine couverture, serrant contre elle son poignet douloureux, avant d'entendre de légers bruits de pas, avant de sentir une main se poser tendrement sur son épaule puis quelqu'un s'agenouiller derrière elle.

Elle ne sursauta pas. Elle savait de qui il s'agissait. Une odeur de terre fraîche, de brise marine et d'autre chose d'unique à Jaren, comme un mélange de rosée du matin et de fumée, le précédait, apportant avec elle un réconfort insondable.

— Naari m'a dit ce qui s'était passé, murmura-t-il. Tu vas bien ?

Kiva secoua la tête. Il faisait trop sombre pour qu'il la voie, seul un fin rayon de lune perçait à travers les petites fenêtres carrées qui perçaient sporadiquement les longs murs, mais il la sentit bouger. Il glissa sa main de l'épaule de Kiva à son bras jusqu'à enrouler tendrement, si tendrement, les doigts autour de son poignet blessé. Elle ne lui demanda pas comment il avait deviné, trop occupée à réprimer ses sanglots.

— Je suis désolé, Kiva.

Elle sentit une larme lui échapper. Puis une autre.

— Je vais bien, s'obligea-t-elle à répondre d'une voix enrouée, douloureuse. Vraiment.

Il lui caressa doucement la peau de son pouce.

— Tu as le droit de te laisser aller.

Kiva déglutit. Une fois, puis deux. Mais le nœud dans sa gorge refusait de disparaître. Et les larmes continuaient de tomber.

Elle ne résista pas quand Jaren s'allongea derrière elle et l'attira dans ses bras. Elle savait qu'elle aurait dû l'éconduire, mais elle n'en avait pas la force. À la place, elle se pelotonna contre son torse, étouffant contre sa tunique les sanglots qui la secouaient.

Lorsqu'elle eut pleuré toutes les larmes de son corps, le sommeil l'emporta enfin. Blottie dans les bras de Jaren, elle se sentit en sécurité pour la première fois depuis des années.

CHAPITRE 20

— Comment te sens-tu ?

Le lendemain matin, Kiva leva les yeux et vit Jaren traverser l'infirmerie dans sa direction. À la lumière, elle s'aperçut que son visage était encore décoré d'un camaïeu de couleurs mais que son œil avait presque entièrement dégonflé.

— Qu'est-ce que tu fais là ? glapit-elle. Tu ne devrais pas être aux tunnels ?

Paniquée, elle désigna la porte qu'il venait de franchir, soulagée de découvrir qu'aucun garde n'y était posté aujourd'hui.

— Il faut que tu partes avant que quelqu'un ne t'attrape !

Jaren eut l'audace de lâcher un petit rire.

— Détends-toi, Kiva.

— *Détends-toi ?* Tu plaisantes ?

— Ce n'est peut-être pas un bon choix de mots, vu les circonstances, admit-il en s'approchant pour poser les mains sur les épaules de la jeune fille. Disons plutôt, *respire*.

Kiva essaya d'obéir et inspira le plus profondément possible. Le contact des mains de Jaren était plus réconfortant qu'elle ne voulait bien l'admettre.

Surtout après la nuit passée.

Ils n'en avaient pas reparlé, pas même lorsqu'ils s'étaient réveillés serrés l'un contre l'autre.

Kiva avait ressenti une brève bouffée d'inquiétude mêlée à une gêne immense, mais Jaren s'était contenté de se frotter les yeux en marmonnant « Bonjour » avant de lui demander comment elle allait. La réponse inintelligible de

Kiva avait arraché un gloussement au jeune homme, auquel elle avait adressé un regard noir.

— Si tu es capable de me lancer un tel regard, c'est que tu vas bien, avait-il alors répondu en souriant.

Puis il lui avait effleuré la joue du bout des doigts avant de partir se doucher.

Rien de plus. Ni gaucherie ni malaise. Il n'avait pas mentionné ce qui s'était passé la veille, avant qu'il la rejoigne dans son lit ou après.

À l'évidence, il avait décidé de la laisser digérer tout cela, ce dont elle lui était extrêmement reconnaissante.

Kiva avait passé la matinée à compartimenter les événements de la journée précédente – l'arrêt cardiaque de Tilda, sa révélation dans le jardin au sujet de son père et de l'épidémie, les conversations surprises dans le réfectoire, et enfin l'incident avec les gardes. Kiva en avait tiré une conclusion : elle avait survécu dix ans à Zalindov. Dix ans. La journée avait été dure, mais elle avait connu pire, y compris aux mains des gardes. Cette fois, au moins, elle n'avait d'autre blessure que des bleus au poignet.

Elle était en vie, c'était le plus important. Il ne servait à rien de s'appesantir sur ce qui s'était passé. C'était terminé, et elle n'avait qu'une envie, aller de l'avant.

Elle avait eu un instant de faiblesse avec Jaren durant la nuit – ou peut-être de force, selon la manière dont on choisissait de considérer les choses. Il lui avait apporté ce dont elle avait besoin, au moment où elle en avait besoin. Elle lui en était tellement reconnaissante. Et voilà qu'il venait de nouveau la réconforter, à cause non pas de ce qui lui était arrivé la veille mais de ce qui l'attendait aujourd'hui.

La deuxième Épreuve.

Une raison de plus de ne pas ressasser le passé.

Suivant les instructions de Jaren, elle inspira profondément une seconde fois.

— Ça va mieux ? demanda-t-il.

— Il faut que tu y ailles, répéta Kiva en guise de réponse.

— Je voulais te voir avant ton Épreuve. Tu es prête ?

— Bien sûr.

Jaren continua de la regarder dans les yeux, et Kiva soupira.

— Bon, d'accord, je suis morte de peur. Tu es content ?

Le jeune homme lui serra doucement les épaules et son regard s'adoucit.

— Tu vas y arriver, Kiva.

— Personne ne survit aux quatre Supplices, Jaren, murmura-t-elle, l'estomac noué.

Elle s'était enduit la peau de l'huile de karonoix de Mot, mais, maintenant que l'heure avait presque sonné, elle doutait grandement de son efficacité. Si les rebelles n'organisaient pas une tentative de sauvetage de dernière minute, l'amulette de la princesse serait sa meilleure chance de survie. Son unique chance de survie, probablement. Sa vie était désormais entre les mains d'une Vallentis, cruelle ironie du sort.

— Tu as déjà survécu au premier, répondit Jaren d'un ton apaisant. Tu peux recommencer.

— Mais…

— Je crois en toi, l'interrompit-il, sans l'ombre d'un doute dans la voix. Tipp croit en toi. Mot croit en toi. Même Naari croit en toi.

— La plupart des gardes se moquent que je survive ou non.

— Naari n'est pas comme la plupart des gardes. Il est évident qu'elle t'apprécie.

— C'est parce que je suis la seule personne susceptible de la sauver si cette épidémie continue, marmonna Kiva.

Elle savait toutefois que ce n'était pas la seule raison. La garde semblait effectivement l'apprécier, au point d'avoir menti la veille à ses collègues pour la protéger.

Jaren glissa une mèche de cheveux derrière l'oreille de Kiva, la prenant par surprise. Mais, avant qu'elle ne puisse réagir – se dégager, se pencher en avant ou rester figée sur place –, il recula d'un pas.

— Peut-être, dit-il avec un soupçon de sourire aux lèvres. Ou peut-être que tu l'as conquise grâce à ta bienveillance, ta douceur et ton amabilité.

Kiva croisa les bras.

— Très drôle.

Le rire de Jaren dénoua légèrement le nœud au creux de l'estomac de Kiva.

Avec un signe de tête en direction de l'enclos des rats, il demanda alors :

— Des progrès ?

Kiva sauta sur l'occasion de se changer les idées. Elle expliqua rapidement l'élixir de Mot, puis conclut :

— Je crois qu'on peut éliminer la carrière comme origine de l'épidémie. S'il devait se passer quelque chose, ce serait déjà arrivé.

— Donc, retour à la case départ ?

— Ou plutôt, on passe à la case suivante.

— Ce que tu feras après avoir réussi l'Épreuve du jour, déclara Jaren d'une voix confiante.

Kiva déglutit et soutint son regard.

— C'est ça.

— Il est presque l'heure, annonça alors Naari en entrant dans la pièce.

Kiva en eut le souffle coupé – premièrement parce qu'elle n'était pas prête et deuxièmement parce que Jaren n'était pas censé se trouver à l'infirmerie durant ses heures de travail.

L'espace d'une seconde, elle chercha frénétiquement où le cacher, puis elle reprit ses esprits et réalisa qu'il était trop tard – Naari le regardait déjà droit dans les yeux.

— Les autres prisonniers sont en train d'être rassemblés, annonça la garde. Dépêche-toi de rejoindre les autres creuseurs de tunnels avant que quelqu'un ne se rende compte que tu n'es pas parmi eux.

Jaren hocha la tête, puis se retourna vers Kiva.

— On se voit plus tard.

Il n'y eut ni « Bonne chance », ni vœux de courage, et encore moins d'adieux. Juste une promesse de se revoir, ce qui n'arriverait pas si elle échouait.

Parce qu'elle serait morte.

Kiva était perdue. Jaren n'avait pas caché sa désapprobation lorsqu'elle s'était portée volontaire pour prendre la place de Tilda, pourtant aujourd'hui il semblait convaincu de sa réussite. Ce revirement la surprenait presque autant que l'absence de réaction de Naari en le découvrant là où il n'était pas censé être. C'était tout bonnement incompréhensible.

Alors que Jaren s'apprêtait à franchir le seuil de l'infirmerie, Kiva l'appela, et le jeune homme s'arrêta pour la regarder par-dessus son épaule.

— J'ai envoyé Tipp aider Mot à la morgue aujourd'hui pour qu'il s'occupe et ne pense pas trop à… tout ça, dit Kiva. Pourras-tu… Si… (Elle s'interrompit et déglutit.) Juste… prends soin de lui, s'il te plaît ?

Le visage de Jaren s'adoucit.

— Je garderai un œil sur lui pendant l'Épreuve. Ensuite, tu seras là pour lui, comme tu le lui as promis.

Sur ces mots, il disparut ; sa voix flotta dans l'air entre eux, à la fois porteuse d'espoir et source d'angoisse. Si les rebelles n'arrivaient pas à temps… si elle ne survivait pas au Supplice…

— Tu as une idée de ce à quoi t'attendre ? demanda Naari, tirant Kiva de ses pensées angoissées.

— Vaguement, mais j'ai surtout essayé de ne pas y penser.

— Ça vaut probablement mieux.

Kiva avait évité de s'approcher de la potence ces derniers jours, au cas où la construction d'un bûcher aurait commencé. Elle espérait que le Supplice ne consisterait pas à être brûlée vive, mais ne pouvait se défaire du sentiment que l'Épreuve serait spectaculaire. Même si la famille royale n'était pas présente cette fois-ci, toute la population de Zalindov servirait de témoin, si bien que le Gardien et les autres responsables se devaient de ne pas faire les choses à moitié.

— As-tu une dernière chose à faire avant de partir ? reprit Naari. Il nous reste quelques minutes.

Kiva réfléchit un instant. Elle s'était déjà étalé l'intégralité de la mixture de Mot sur la peau, elle était allée voir les patients en quarantaine – et avait envoyé deux corps de plus à la morgue. Elle avait aussi vérifié l'état de Tilda, qui était assez stable et permettait d'espérer qu'elle ne soit pas prise de convulsions durant le Supplice.

— Rien qui me vienne à l'esprit, répondit-elle enfin.

Pour repousser au maximum le moment de partir, elle ajouta :

— Mais j'ai une question à vous poser.

Naari la regarda d'un air interrogateur.

Kiva se souvenait d'un temps où elle n'aurait pas osé demander quoi que ce soit à la garde. Et voilà qu'elle faisait délibérément la conversation, ne serait-ce que pour retarder sa propre mort imminente. Après tout, peut-être que sa famille et les rebelles n'avaient besoin que d'un peu plus de temps. S'ils avaient vraiment essayé d'infiltrer Zalindov, ils recommenceraient forcément. Peut-être qu'ils étaient de l'autre côté du mur d'enceinte en ce moment même, prêts à monter à l'assaut pour sauver Tilda et Kiva.

Mais, alors même qu'elle tentait de se convaincre, Kiva se sentit perdre espoir.

Promets-moi que, quoi qu'il arrive, tu ne perdras jamais espoir, lui avait murmuré son père dans le jardin. *Ton frère, ta sœur et ta mère, ils viendront te chercher un jour.*

Peut-être qu'ils viendraient. Peut-être qu'ils étaient venus.

Et peut-être que c'était fini.

Terminé.

S'introduire à Zalindov par effraction était du suicide. Si le nombre de gardes avait été doublé… Kiva n'était pas dupe, même si elle essayait de nier la vérité.

Les rebelles ne viendraient pas. Sa famille non plus.

Ils avaient essayé, sans succès.

Peut-être retenteraient-ils leur chance une fois que les choses se seraient calmées et que les gardes ne seraient plus aussi vigilants. Mais cela prendrait du temps – et Kiva n'en avait pas. Le Supplice était imminent.

L'espoir était une drogue dont Kiva devait se sevrer. Elle ne pouvait continuer à croire, à faire confiance, à espérer aveuglément.

Nous viendrons.

Dix ans. Sa famille avait attendu *dix ans.*

Nous arrivons.

Elle aurait dû arriver depuis longtemps. Bien avant tout cela, avant Tilda. Mais elle ne l'avait pas fait.

Une douleur aveuglante envahit la poitrine de Kiva, mais elle se força à l'ignorer, comme elle le faisait depuis des années.

Désormais, Kiva ne pouvait plus compter que sur elle-même pour survivre.

D'abord, l'Épreuve du Feu.

Puis tout ce qui se présenterait.

Quoi que lui ait dit son père, elle ne pouvait continuer à attendre qu'on la sauve. À la place, elle se sauverait elle-même.

Kiva était une survivante – et elle survivrait un jour de plus.

— Kiva ?

La voix de Naari la fit sursauter, et elle prit conscience qu'elle était restée trop longtemps silencieuse. Forte de sa détermination nouvelle, elle passa en revue les nombreuses questions qui tournoyaient dans son esprit et choisit la plus récente.

— Pourquoi n'avez-vous pas puni Jaren de ne pas être allé au travail ce matin ?

Naari pencha la tête.

— C'est la deuxième fois cette semaine que tu me demandes pourquoi je n'ai pas puni un autre prisonnier.

Ne sachant comment répondre, Kiva se gratta le nez.

— Euh…

Naari décroisa les bras et s'approcha d'un pas.

— Je considère qu'être emprisonné ici est déjà une punition suffisante. Vous n'avez pas besoin que des gardes assoiffés de pouvoir vous rendent la vie plus dure encore simplement pour prouver leur force. Est-ce que Jaren a eu raison de s'échapper des tunnels ? Bien sûr que non. A-t-il pris un risque stupide en venant te voir ? Absolument. Mais, si les gardes sur place ne l'ont pas attrapé, c'est leur problème, pas le mien. Pour ce que j'en sais, on l'a autorisé à venir parce qu'il est blessé ou malade. Et si quelqu'un pose la question, ce sera notre version des faits, compris ?

Kiva esquissa un sourire.

— Compris. Et merci.

— Pourquoi ?

Kiva regarda la femme droit dans les yeux en se souvenant de ce qu'elle lui avait dit la veille.

— De ne pas être comme les autres.

Le regard de Naari s'adoucit. Elle ouvrit la bouche pour répondre, mais fut interrompue par l'arrivée du Squelette sur le pas de la porte.

À sa vue, le cœur de Kiva bondit dans sa poitrine, mais elle se remémora sa décision d'aller de l'avant. Elle ne pouvait éviter de voir le Squelette dans la prison. S'il se mettait en tête qu'elle avait peur de lui, il en profiterait pour la faire souffrir. Elle refusait de se laisser intimider ainsi.

— Ils t'attendent, déclara-t-il d'une voix éraillée.

Le soleil éclatant qui baignait l'infirmerie lui arracha une grimace.

Kiva se serait réjouie de son évidente gueule de bois si ses mots ne résonnaient pas encore à ses oreilles. Elle avait beau avoir décidé un instant plus tôt de se sauver elle-même, maintenant que l'heure avait sonné, elle était presque paralysée de terreur. Et soudain, elle se souvint d'un million de choses qu'elle aurait pu faire : retourner voir les patients en quarantaine, donner un peu de bouillon à Tilda pour qu'elle ne se déshydrate pas, vérifier si les rats présentaient de nouveaux symptômes, aller…

— Du calme, murmura Naari. Tu peux le faire.

Kiva aurait désespérément voulu agripper l'amulette pour se rassurer, mais elle ne pouvait risquer d'attirer l'attention sur l'objet. Elle se contenta d'en sentir le poids contre sa poitrine, sous sa tunique. Elle n'affronterait pas l'Épreuve seule. Naari avait raison. Elle pouvait le faire.

— Suis-moi, guérisseuse, ordonna le Squelette.

Puis il tourna les talons et sortit de l'infirmerie.

Le cœur battant et les jambes lourdes comme du plomb, Kiva le suivit. La présence de Naari, soutien silencieux à ses côtés, lui apporta un léger réconfort.

Réconfort qui s'envola lorsque le Squelette prit la direction du nord plutôt que de l'est. Des prisonniers commencèrent à affluer, en rangs bien plus serrés que deux semaines plus tôt, car l'espace n'était pas prévu pour de larges rassemblements.

Lorsque le Squelette tourna de nouveau, Kiva comprit enfin quelle était leur destination.

Ils ne se rendaient pas à la potence.

Cette fois, ils se rendaient au crématorium.

CHAPITRE 21

Kiva en était certaine, elle allait vomir devant tout le monde. Ça, ou tourner de l'œil. Serait-elle obligée de faire face à l'Épreuve du Feu si elle perdait connaissance ? De toute façon, le résultat serait le même. Elle n'avait aucune chance de survivre à ce qui l'attendait, avec ou sans amulette.

Elle se souvint de ce que Mot lui avait dit la veille : *Tu sais que Grendel a dû allumer le deuxième four ? Apparemment, c'est Rooke en personne qui le lui a demandé…*

Kiva ne s'était même pas posé de questions, persuadée qu'il s'agissait simplement d'absorber le nombre croissant de décès. Mais, alors qu'elle approchait à présent du crématorium en tentant de réprimer ses tremblements, elle se demanda s'il ne valait pas mieux qu'elle ne se soit doutée de rien.

Car c'était pire qu'un bûcher.

Bien pire.

Et bien sûr, il n'y avait aucun signe de sa famille, aucun signe des rebelles.

Kiva était livrée à elle-même.

Les prisonniers s'écartèrent sur leur passage, et le Squelette, Naari et Kiva approchèrent de l'entrée du bâtiment où Rooke les attendait en compagnie de trois autres gardes et de Grendel. Cette dernière avait les yeux rivés au sol et serrait ses bras contre son torse. À l'évidence, elle aurait préféré être n'importe où ailleurs. Kiva se demanda à quoi elle pensait et si elle aussi redoutait ce qui était sur le point de se passer.

Âgée d'une petite trentaine d'années, Grendel avait été envoyée à Zalindov pour incendie volontaire. Les gardes avaient donc trouvé amusant de lui confier la gestion du crématorium – après s'être assurés de « l'accueillir » comme il se devait. La moitié du corps de Grendel était couvert de brûlures après ce qu'ils lui avaient fait, et Kiva avait dû œuvrer nuit et jour sans relâche pour la sauver. Comme beaucoup d'autres prisonniers, Grendel devait sa vie à Kiva. Et à présent, elle allait apparemment être obligée d'aider à la tuer.

Le Gardien se tenait bien droit à côté de Grendel, son uniforme en cuir noir impeccablement astiqué, comme toujours. Il contempla Kiva sans montrer la moindre émotion, et elle sut qu'il ne reviendrait pas sur ce qu'il lui avait dit après son premier Supplice : il ne l'aiderait pas. La protection qu'il lui avait prétendument accordée durant les dix dernières années n'avait plus cours.

— Kiva Meridan, annonça Rooke d'une voix sonore, aujourd'hui te voici face à ton deuxième Supplice, l'Épreuve du Feu. As-tu une dernière volonté à exprimer ?

Le prince Deverick lui avait posé la même question deux semaines plus tôt, mais Kiva choisit de nouveau de rester silencieuse – à la fois pour ne pas provoquer le Gardien et parce qu'elle craignait de vider l'intégralité de son estomac sur ses pieds. À la place, elle observa la foule pour jauger l'énergie qui en émanait. Certains des prisonniers les plus proches lui lancèrent des rictus de mépris ; leur ressentiment à l'égard de Kiva et des Épreuves était palpable. D'autres semblaient attendre ce Supplice avec impatience, quelle qu'en soit l'issue. Enfin, il y avait ceux qui la regardaient avec émerveillement. Si elle parvenait à survivre et à recouvrer sa liberté, peut-être qu'eux aussi y arriveraient un jour. Elle représentait l'espoir d'un futur meilleur.

Mais Kiva était loin d'être tirée d'affaire. Elle croisa alors le regard noisette de Cresta, qui se tenait bras croisés et lui ordonnait silencieusement de rester en vie.

— Très bien, déclara Rooke avant de s'adresser aux prisonniers. Au vu de la nature de cette tâche, vous n'en serez pas témoins aujourd'hui. Toutefois, vous resterez ici jusqu'à ce que le verdict soit prononcé, puis vous retournerez à vos postes.

Kiva sentit un frisson de mécontentement se propager à travers la foule, ce qui suffit à décupler ses craintes. Rassembler autant de détenus en un même endroit était l'idéal pour déclencher une émeute. Les gardes reprendraient le dessus, comme toujours, mais à quel prix… Kiva déglutit et s'obligea à se calmer. Il y avait plus d'impatience que de colère dans l'air, plus d'excitation que d'indignation. Pour l'heure, on ne risquait rien.

Ou, du moins, personne à part elle ne risquait rien.

— Suis-moi, ordonna Rooke avant de pénétrer à l'intérieur du bâtiment.

Naari attrapa Kiva par le bras et l'entraîna vers la porte. Les spectateurs n'y verraient qu'une démonstration d'autorité, mais Kiva sentit les doigts de la garde la serrer doucement en guise d'encouragement, comme pour lui assurer que tout se passerait bien.

Cet acte de bonté lui fit presque monter les larmes aux yeux, et elle se demanda si c'était là le dernier contact humain qu'elle aurait l'occasion de sentir. La mixture de Mot ne lui serait probablement d'aucune utilité pour ce qui l'attendait, ce qui signifiait que, si l'amulette de la princesse ne fonctionnait pas…

Arrête, s'ordonna Kiva. Elle ne pouvait pas se permettre de douter alors qu'elle avait tant à perdre.

Elle allait survivre.

Elle allait survivre.

Kiva passa devant les derniers prisonniers, yeux baissés pour ne pas risquer d'apercevoir Tipp ou Jaren parmi la foule. Elle voulait se souvenir de leur visage confiant et ne pas voir leur expression terrifiée. Elle cherchait également à éviter les regards apitoyés des prisonniers qu'elle avait soignés au fil des ans, comme s'ils savaient qu'ils la voyaient pour la dernière fois… comme s'ils savaient qu'elle ne s'en sortirait pas.

— Concentre-toi, Kiva, murmura Naari. Oublie tout le monde et tout le reste.

Kiva prit une profonde inspiration en approchant du seuil. Avant de le franchir, elle jeta un dernier regard vers le ciel ; seule une des deux cheminées crachait de la fumée. L'autre, celle du second four, attendait patiemment Kiva.

Le cœur battant, Kiva se laissa guider par la main de Naari lorsqu'elle pénétra à l'intérieur du bâtiment. Il fallut quelques secondes pour que ses yeux s'habituent au changement de lumière. Des balises de luminium étaient accrochées aux murs et, bientôt, Kiva distingua l'antichambre vide. Elle était entrée dans cette pièce à quelques reprises au fil des ans, mais n'avait jamais ressenti un tel effroi.

— Pour l'Épreuve du Feu, comme indiqué dans le Livre de la Loi, tu dois affronter une tâche élémentaire impliquant des flammes, annonça le Gardien, mains dans le dos.

Le Squelette était appuyé contre le mur à côté de lui et semblait s'ennuyer ferme, tandis que les trois autres gardes étaient plus alertes, comme s'ils s'attendaient à ce que Kiva craque et passe à l'attaque. Grendel et Naari se tenaient au garde-à-vous, la première semblant toujours terriblement mal à l'aise et la seconde continuant d'offrir son soutien silencieux.

— La responsable du crématorium a eu la gentillesse de nous aider à préparer cette tâche, continua Rooke en désignant Grendel d'un signe de tête. Peut-être vaut-il mieux qu'elle t'explique ce qui t'attend.

Grendel redressa brusquement la tête et posa des yeux terrifiés sur Rooke, puis sur Kiva. Elle humecta ses lèvres craquelées et d'une voix irrémédiablement éraillée déclara :

— J'ai vidé le second four pour toi. Il… il est prêt à être allumé une fois que tu seras… dedans.

Kiva vacilla, et seule la main de Naari sur son bras l'empêcha de tomber.

Voyant que Grendel n'était pas disposée à en dire davantage, Rooke soupira d'impatience et continua à sa place :

— Comme tu le sais, les fours de Zalindov sont destinés aux crémations de masse. Ils permettent de réduire les corps en cendres en l'espace de deux à trois heures. Mais il faut moins de cinq minutes pour que les flammes pénètrent la peau, puis les organes et les os. Nous avons tenu compte de toutes ces données et décidé de nous montrer généreux. Nous éteindrons le four au bout de dix minutes. Si tu es encore en vie, nous considérerons que tu as réussi cette Épreuve.

Il appelait ça *généreux* ?

Les ongles de Naari s'enfoncèrent douloureusement dans sa chair, et Kiva prit conscience qu'elle avait commencé à haleter de manière audible. La garde cherchait à lui dire de se reprendre, sans un mot. Ce qui n'était pas chose facile avec sa vision qui virait au noir et la panique qui comprimait sa poitrine. Son corps était passé en mode survie avant même que le Supplice n'ait commencé.

Mais la douleur aida Kiva à se concentrer et à s'extirper de sa spirale de pensées destructrices.

— As-tu compris ta tâche ? demanda Rooke, les yeux fixés sur elle.

Son visage n'exprimait toujours aucune émotion, comme s'il se moquait qu'elle vive ou qu'elle meure.

— Oui, parvint à croasser Kiva.

— Bien. Alors, suis-moi.

Kiva n'était pas certaine de pouvoir faire un pas de plus. Elle ne sentait plus ses jambes ni le reste de son corps. Ce qui valait peut-être mieux si l'amulette de Mirryn et la mixture de Mot ne fonctionnaient pas. Elle ne voulait pas sentir les flammes dévorer sa chair, sa peau fondre comme de la cire, puis se détacher de ses os et…

— *Kiva*, siffla Naari en enfonçant ses ongles assez violemment pour l'obliger à avancer.

Kiva lança un regard reconnaissant à Naari, qui devait la sentir trembler de la tête aux pieds. La garde semblait si confiante, si rassurante, que Kiva parvint à prendre une profonde inspiration. Naari ne chercherait pas à la réconforter si elle ne pensait pas que Kiva était capable de survivre.

Posant un pied devant l'autre sans penser à autre chose qu'à l'amulette autour de son cou et à la cire qui recouvrait sa peau, Kiva suivit le Gardien. Elle remarqua au passage que Grendel semblait aussi traumatisée qu'elle par la tournure des événements.

Ils passèrent devant une grande porte close qui dégageait une chaleur insoutenable. Une odeur âcre de fumée et de chair brûlée emplit les narines de Kiva et lui souleva le cœur. Elle retint son souffle en continuant le long du couloir, refusant de penser à ce qui s'était trouvé derrière cette porte.

— Nous y voilà, annonça Rooke en s'arrêtant devant une seconde porte à l'autre bout du corridor.

Celle-ci n'émettait aucune chaleur, mais Kiva savait que ça n'allait pas durer.

Le Gardien fit signe au Squelette, qui avança d'un pas et poussa l'épaisse porte en pierre avec effort. Celle-ci était aussi large que le couloir, soit juste assez pour laisser passer un chariot rempli de corps.

Les oreilles de Kiva se mirent à bourdonner lorsque le Gardien entra dans la pièce et lui ordonna d'un geste de le suivre. Si Naari n'avait pas été là pour l'entraîner à l'intérieur et sans la présence des trois gardes qui restèrent dans le couloir derrière elle, Kiva aurait probablement tenté de prendre ses jambes à son cou.

Je peux survivre, se répéta-t-elle. Sa petite voix intérieure manquait sérieusement d'assurance, mais elle était déterminée à se battre jusqu'au bout malgré tout. *Je vais survivre.*

Malgré les tremblements qui l'agitaient, Kiva s'obligea à balayer la grande pièce du regard. Comme la porte, les murs et le sol étaient en pierre, calcinés par des décennies d'utilisation. Trois des murs étaient entrecoupés de grilles métalliques que Kiva n'inspecta pas longtemps – elle ne savait que trop bien à quoi elles servaient. Le haut plafond voûté – en pierre lui aussi – se terminait en conduit de cheminée que l'on apercevait sur le toit du crématorium. Bientôt, il fumerait comme le premier.

— Dix minutes, Kiva Meridan, annonça Rooke en reculant vers la porte avec un signe de tête péremptoire en direction de Naari. Voyons si tu es capable de braver le destin une seconde fois.

Kiva se demanda si ces paroles se voulaient encourageantes – quoi qu'il en soit, elles lui laissèrent un goût de cendres en bouche, comme si son corps savait déjà ce qui l'attendait.

— On se voit dans dix minutes, déclara Naari d'un ton ferme en la lâchant.

Ses yeux ambrés plongèrent dans ceux de Kiva avec détermination, comme pour lui donner le plus de force et de confiance possible.

Dès que les doigts de Naari quittèrent son bras, Kiva les regretta. Il n'y avait plus rien pour la retenir, pour l'empêcher de tomber.

— Respire lentement, murmura Naari d'une voix trop basse pour que Rooke l'entende. Et baisse-toi.

La terreur de Kiva était telle qu'elle comprit à peine les dernières instructions de la garde.

L'amulette, se répéta-t-elle. *Fais confiance à l'amulette.*

Le bruit de la porte qui se refermait résonna dans toute la pièce, et Kiva s'y précipita, prise de panique.

— Non ! Revenez ! cria-t-elle, désespérée, en tambourinant contre le battant en pierre. Par pitié !

Mais la porte resta close.

De la fumée chatouilla le nez de Kiva et un grincement se fit entendre. Elle fit volte-face et fixa les trois grilles métalliques.

— Non, non, non, gémit-elle en se pressant le plus possible contre la porte, comme pour se protéger.

Tentative vaine, comme en témoignaient les traces de brûlure sur la pierre à côté de son visage.

Respire lentement, lui avait dit Naari. *Et baisse-toi.*

La première partie de ces instructions était impossible à suivre pour le moment, mais Kiva s'obligea à obéir à la seconde, se laissant glisser contre la porte jusqu'à se retrouver accroupie. Elle sortit l'amulette de sous sa tunique et l'agrippa si fort que le blason s'enfonça dans la paume de sa main. C'était ironique que la couronne dorée perce sa peau avant même que le feu soit allumé.

Puis elle vit une lueur orangée luire derrière les trois grilles ; une sensation de chaleur commença à se répandre sur sa peau et l'odeur de fumée se fit plus forte.

Peut-être que le four tomberait en panne. Peut-être que Grendel trouverait un moyen de donner l'illusion qu'il fonctionnait sans incinérer Kiva au passage. Peut-être…

Dans un cliquètement métallique, les grilles se soulevèrent.

Et le brasier s'enflamma.

CHAPITRE 22

Kiva hurla.

Le cri s'échappa instinctivement de sa bouche et ses mains lâchèrent l'amulette pour couvrir son visage lorsque le déluge de flammes déferla dans la pièce, emplissant le moindre centimètre du sol au plafond.

En quelques secondes à peine, elle se retrouva cernée. Le crépitement assourdissant et la chaleur incandescente la submergèrent telle une vague, envahirent tous ses sens.

Elle s'était attendue à souffrir le martyre, à ce que la douleur remplace la terreur dans sa voix, à voir sa vie défiler devant ses yeux tandis que le feu dévorerait sa peau et la consumerait entièrement.

Mais rien de tout cela ne se produisit.

Lentement, Kiva baissa les mains et découvrit avec stupéfaction le spectacle qui s'offrait à elle.

Les flammes l'enveloppaient tout entière… mais ne la touchaient pas. Son amulette étincelait d'une lumière vive qui recouvrait Kiva de la tête aux pieds comme une barrière protectrice.

Elle étira ses doigts tremblants et regarda bouche bée le brasier tourbillonner autour d'elle sans lui faire le moindre mal.

Kiva laissa échapper un gloussement hystérique qui se mua en sanglot avant qu'elle parvienne à ravaler le son et à l'enfouir au plus profond d'elle-même. Si elle revoyait un jour Mirryn, elle mettrait de côté toute son inimitié et inonderait la princesse de gratitude. Sans sa magie élémentaire, Kiva serait en train de se tordre de douleur sur le sol au lieu de regarder le feu faire rage dans la pièce.

Les secondes se transformèrent en minutes, et Kiva resta accroupie. Elle n'osait pas bouger, de peur de dérégler la magie contenue dans l'amulette. Si elle avait été plus courageuse, elle se serait levée et aurait déambulé dans la pièce, telle une déesse du feu dansant dans les flammes. Mais elle se contenta de rester collée contre la porte, à ravaler ses larmes, en attendant anxieusement que s'écoule le délai.

Une minute.

Deux.

Trois.

Kiva comptait dans sa tête pour se distraire de la chaleur grandissante, de la fumée qui commençait à l'étouffer, bien qu'elle tentât de s'accroupir le plus possible pour chercher de l'air frais.

Quatre minutes.

Cinq.

De la sueur dégoulinait de son visage, imbibait ses vêtements, se mêlait aux larmes qui s'étaient enfin mises à couler sous l'effet du choc. L'amulette avait beau la protéger des flammes, la terreur que ressentait Kiva était trop grande pour être contenue. Ici, personne ne pouvait la voir pleurer, et la chaleur était telle que les larmes s'évaporaient presque avant de pouvoir rouler sur son menton.

Six minutes.

Quelque chose clochait. Kiva s'en aperçut dès qu'elle se mit à tousser, la chaleur, jusqu'alors inconfortable, devenait presque insoutenable. Elle baissa les yeux et découvrit que la lumière qu'émettait l'amulette s'était mise à vaciller, comme si elle n'avait presque plus de pouvoir.

Non, pria silencieusement Kiva en la serrant de toutes ses forces, prenant garde à ne pas ouvrir la bouche. *Juste encore un peu.*

Sept minutes.

La manche de Kiva prit feu.

Elle glapit, se leva d'un bond, le visage enveloppé de flammes, et avala une bouffée de fumée qui lui déclencha une quinte de toux. Elle se jeta par terre et roula sur le sol en pierre pour tenter d'étouffer le feu qui se propageait au reste de ses vêtements – mais en vain.

Non, non, non ! hurla intérieurement Kiva.

Sa gorge la brûlait, incapable qu'elle était d'inspirer la moindre bouffée d'air frais.

Huit minutes.

Bientôt, sa tunique et son pantalon furent réduits en cendres, l'amulette peinant à protéger encore sa peau. La karonoix lui chatouilla les narines au milieu de l'odeur dévorante de fumée. La mixture de Mot était désormais obligée de suppléer la magie de la princesse.

Elle était si près du but, si près de la fin du Supplice. Mais le pouvoir de l'amulette s'épuisait et Kiva ne savait pas combien de temps il lui restait. Elle sentait déjà l'intérieur de sa gorge enfler, se couvrir de cloques. La magie élémentaire la protégeait encore des flammes, mais la pièce était désormais remplie de fumée toxique et presque tout l'oxygène s'était envolé. Kiva n'était pas certaine que son corps soit capable de supporter le manque d'air frais encore bien longtemps. Allait-elle périr asphyxiée, au lieu de brûler vive ? Ses organes allaient-ils cesser de fonctionner les uns après les autres ? Ou bien allait-elle faire une crise cardiaque ? Son cœur battait la chamade depuis qu'on l'avait enfermée dans cette pièce ; il n'allait probablement pas tenir le choc.

Neuf minutes.

Kiva gémit en sentant la sueur dégouliner le long de sa peau avant de s'évaporer en quelques secondes. La mixture de Mot se dissolvait déjà. Le souffle court, elle se recroquevilla contre la porte en pierre, enroulant ses bras autour de ses genoux, et ferma les yeux. C'était la fin. Elle n'avait plus la force de se battre. Elle…

Le crépitement assourdissant s'arrêta.

La chaleur commença à décliner.

La porte s'ouvrit.

Kiva bascula en arrière, roulée en boule.

Elle était incapable d'ouvrir les yeux ou d'esquisser le moindre mouvement, percluse de douleurs. Mais l'appel de l'air, frais et pur, était irrésistible. Elle prit une profonde inspiration avant de tousser, tousser, et tousser encore.

Elle avait l'impression de mourir, les poumons et la gorge en feu.

— Tout va bien, tu es en vie, respire, déclara Naari, dont la voix semblait venir de très loin.

— Na…

— N'essaye pas de parler.

Kiva sentit qu'on la couvrait d'un vêtement, et l'odeur familière de cuir et d'orange qu'elle associait désormais à Naari l'enveloppa, couvrant son corps nu.

— Qu'est-ce que c'est ? fit une autre voix – Rooke.

On lui retira ce qu'elle avait autour du cou. Kiva tenta de protester, d'ouvrir les yeux, de récupérer l'amulette, mais elle était toujours agitée de violentes quintes de toux.

— J'y crois pas, grommela Rooke. J'ai pourtant ordonné à ces foutus gamins de ne pas s'en mêler. C'est typique de la famille royale, ça. J'aurais dû m'y attendre.

— Vous leur avez demandé de ne pas assister au Supplice d'aujourd'hui, répondit Naari. Rien de plus.

— Rien de plus, c'est ça. Si ça avait été n'importe qui d'autre… Enfin, ce qui est fait est fait. Mettez-la debout. Il faut qu'elle sorte d'ici sur ses deux jambes.

— Elle n'est pas en état de…

— Mettez. La. Debout, répéta Rooke d'un ton sans appel.

Des mains attrapèrent doucement Kiva et le vêtement – la courte cape de Naari – fut soigneusement drapé sur ses épaules pour couvrir son torse et le haut de ses cuisses. Le tissu ne dissimulait pas suffisamment sa peau, pas plus que les traces de charbon. En temps normal, Kiva aurait été horrifiée d'affronter la foule qui attendait devant le crématorium si peu vêtue, mais en cet instant elle aurait été prête à danser nue devant les autres prisonniers s'il l'avait fallu, pour aller se réfugier à l'infirmerie et avaler de quoi apaiser sa gorge douloureuse.

— Lève-toi, dit Naari en glissant un bras autour des épaules de Kiva pour la soutenir. Je te tiens.

Kiva aurait voulu la remercier, mais former des mots lui semblait un effort insurmontable. Épuisée, elle balaya le couloir du regard et découvrit le visage renfrogné de Rooke et l'air estomaqué de Grendel. Le Squelette, lui, avait les yeux rivés sur les jambes nues de Kiva. Celle-ci réprima un frisson de dégoût et fut prise d'une envie irrépressible de prendre une douche. Elle déglutit, et aussitôt les cloques sur sa trachée protestèrent. La douche – et les vêtements – attendrait. Elle avait surtout besoin de médicaments.

— Finissons-en, grommela Rooke en remontant le couloir en direction de l'antichambre.

Une fois arrivé, il attendit que Kiva et Naari le rejoignent – celles-ci avançaient bien plus lentement car, malgré l'absence de brûlures, Kiva subissait le contrecoup de l'exposition à la fumée et à la chaleur intense. Outre sa douleur à la gorge, elle avait un mal de tête lancinant, des crampes, les yeux larmoyants et le cœur qui battait encore trop vite. Plus elle avançait, plus elle craignait de s'effondrer bien avant d'arriver à l'infirmerie – même avec l'aide de Naari. Elle n'avait qu'une envie, s'arrêter et se reposer, ne serait-ce que quelques minutes.

— Ouvre les yeux, ordonna Naari à voix basse en secouant légèrement Kiva pour l'empêcher de sombrer dans l'inconscience. Tiens bon jusqu'à ce que Rooke ait fait son annonce. Ensuite, tu pourras tomber dans les pommes.

Malgré l'ordre de la garde, Kiva sentit ses paupières se fermer. Haletante, elle s'obligea toutefois à rester éveillée et à suivre Rooke hors du crématorium, sous un soleil d'hiver éclatant.

Un souffle d'air glacé balaya son visage, ses jambes, le moindre centimètre de sa peau, et Kiva en gémit de soulagement. Elle fut tentée de retirer sa cape, mais le bon sens l'emporta, et elle se servit de sa main libre pour agripper les pans du vêtement et préserver un semblant de dignité.

— La Championne de Tilda Corentine a remporté l'Épreuve du Feu, annonça le Gardien d'une voix forte aux prisonniers rassemblés devant le crématorium.

Des murmures stupéfaits se propagèrent à travers la foule, puis des cris et des applaudissements s'élevèrent – d'abord timides, ils devinrent rapidement assourdissants. Elle n'avait pas la force d'essayer de voir qui se réjouissait sincèrement de son succès et qui regrettait qu'elle ait survécu.

Rooke leva les mains pour faire taire l'assistance et continua :

— Dans deux semaines, Kiva Meridan affrontera sa troisième tâche, l'Épreuve de l'Eau. Vous en serez témoins, comme le veut la loi. D'ici là, retournez au travail.

Les prisonniers commencèrent à se disperser, et Kiva chancela dans les bras de Naari.

— Vous avez terminé ? demanda la garde à Rooke.

— Allez-y, répondit celui-ci en les congédiant d'un geste.

Mais, une seconde plus tard, il se ravisa :

— Non, attendez.

Il brandit l'amulette devant le visage de Kiva. Celle-ci cligna des yeux, peinant à fixer son regard, sec et irrité par les flammes, et s'efforça de ne pas se laisser emporter par l'obscurité qui envahissait sa vision.

— Ça ne peut pas se reproduire, l'avertit le Gardien à voix basse. Quand je t'ai dit que je ne pouvais rien faire pour toi, je ne pensais pas avoir besoin de préciser que personne d'autre ne pouvait t'aider non plus. Je me moque que le prince Deverick soit l'héritier du trône d'Evalon. Si quiconque interfère lors de ta troisième tâche, famille royale ou non, il y aura des conséquences. C'est compris ?

Kiva secoua la tête, mais pas parce qu'elle ne comprenait pas.

— Ce n'était pas le prince, répondit-elle d'une voix aussi éraillée qu'un morceau de charbon crissant contre du bois.

Le visage de Rooke se crispa.

— Ne me mens pas.

Il tendit l'amulette à Kiva, qui tenta de l'attraper sans relâcher sa cape. Naari la prit à sa place et la glissa dans sa propre poche.

— Je ne mens pas, protesta Kiva d'une voix entrecoupée. Ce n'était pas le prince. C'était la princesse.

— Tout le monde sait que la princesse Mirryn ne possède pas assez de magie du feu pour réussir le petit tour que tu nous as fait aujourd'hui. C'est de notoriété publique. Elle peut créer quelques petites flammes, au mieux, mais son vrai talent réside dans l'air. Tu peux remercier le prince Deverick pour ton amulette. C'est lui qui maîtrise la magie du feu la plus puissante de la famille Vallentis.

Kiva essaya de repenser à sa discussion avec la princesse Mirryn. Cette dernière avait sous-entendu qu'elle avait insufflé au rubis sa propre magie, mais Kiva prit conscience qu'elle ne l'avait pas dit clairement. Était-ce vraiment le prince héritier qui était intervenu une seconde fois ? Mirryn avait mentionné l'attraction de Deverick pour Kiva et celui-ci avait flirté avec elle dans l'infirmerie, mais était-ce suffisant pour qu'il la sauve ? Deux fois ? Et pourquoi Mirryn aurait-elle fait croire à Kiva que l'amulette venait d'elle ?

Probablement, raisonna Kiva, parce que les héritiers Vallentis n'étaient pas censés l'aider. Tilda Corentine était leur ennemie et, si l'on omettait la mystérieuse maladie dont elle souffrait, Kiva était la seule chose qui se tenait entre la Reine Rebelle et une mort certaine. Le prince s'attirerait de graves ennuis à la cour si quelqu'un découvrait ce qu'il avait fait.

Mais… pourquoi avait-il pris ce risque ? Était-ce vraiment parce qu'il était attiré par Kiva ?

Mon frère est un idiot impulsif et irréfléchi, mais il reste l'une des meilleures personnes que je connaisse.

Peut-être que le prince héritier avait un sens de la justice plus développé que le reste de sa famille. Peut-être pensait-il que Tilda avait droit à une chance. Qu'elle valait la peine d'être sauvée – et Kiva aussi.

Mais le moment était mal choisi pour essayer d'élucider ce mystère. Kiva était à peine capable de garder les yeux ouverts.

— Ça ne se reproduira pas, assura Kiva à Rooke.

Elle n'avait plus aucun tour dans son sac, plus aucune amulette ni quoi que ce soit d'autre qui puisse l'aider pour la prochaine tâche. Et les héritiers Vallentis n'étaient plus là. Elle n'obtiendrait aucune aide – ni aucune réponse – de leur part.

— J'espère bien, grommela-t-il. (Puis son ton s'adoucit et il avança d'un pas pour la regarder dans les yeux.) Je suis… content que tu sois encore en vie.

Kiva peinait à suivre la conversation sous l'assaut de la douleur.

— Je le pense sincèrement, continua le Gardien. Je me dois de respecter la loi, mais je suis soulagé que tu aies survécu.

Kiva ravala l'émotion qui la submergeait et la douleur lui lacéra la gorge au passage. Peut-être que Rooke tenait à elle, à sa manière.

— Après tout, avec cette nouvelle épidémie…

Le Gardien secoua la tête, comme s'il pensait à ce qu'il adviendrait d'eux tous si Kiva venait à mourir.

Le cœur de Kiva se serra : ce n'était pas d'elle qu'il se souciait, mais de ce qu'elle pouvait faire pour lui. Elle était bien naïve de s'être imaginé quoi que ce soit d'autre. Rooke était bien trop pragmatique, trop calculateur pour s'inquiéter d'un autre que lui.

— J'ai entendu dire que tu avais fait des progrès ? continua-t-il.

— Oui, croassa Kiva, incapable de s'exprimer davantage.

C'était un mensonge, mais elle n'avait pas l'énergie de se lancer dans de plus amples explications.

— Il s'est passé une chose similaire il y a des années, peu après ma prise de poste, dit Rooke, une lueur nostalgique dans le regard. Tu étais probablement trop jeune pour t'en souvenir.

— Je m'en souviens.

Rooke soutint son regard et son expression s'éclaircit, comme s'il se remémorait soudain pourquoi ce souvenir était encore présent dans son esprit et qui elle avait perdu à cette occasion.

Il hocha la tête et déclara :

— Alors, bonne chance à toi. Il semblerait que beaucoup de gens comptent sur toi pour rester en vie.

Vous y compris, aurait aimer ajouter Kiva. Mais elle se retint, à la fois pour ne pas le provoquer et pour épargner sa gorge.

— Ramenez-la à l'infirmerie, garde Arell, ordonna Rooke à Naari, qui acquiesça.

Puis le Gardien s'éloigna, suivi par le Squelette et les trois autres gardes.

— Kiva, je suis désolée, souffla Grendel de sa voix éraillée après leur départ. Il ne m'avait pas dit que le four était pour toi avant ce matin et je n'ai pas eu le temps de te prévenir. Si j'avais su…

— Ce n'est pas ta faute, répondit Kiva.

Avec un bras autour de Naari et son autre main agrippée à la cape, elle dut se contenter d'adresser à l'autre femme un sourire qui ressemblait probablement plus à une grimace.

— Comment as-tu survécu ? murmura Grendel.

Si elle parlait si bas, ce n'était pas par peur que les prisonniers les entendent – ces derniers faisaient un raffut de tous les diables en formant des groupes pour quitter les lieux. Non, c'était parce qu'elle était encore sous le choc de voir Kiva en vie après ce qu'elle venait de vivre.

— C'est une longue histoire, grimaça Kiva d'une voix de plus en plus douloureuse. Je te la raconterai une autre fois.

C'était une promesse creuse, étant donné que Kiva n'était même pas certaine de se souvenir de cette conversation une fois qu'elle aurait avalé assez de médicaments pour sombrer dans l'inconscience.

Comme si elle sentait que Kiva était à bout de forces, Naari mit fin à la conversation et l'entraîna vers l'infirmerie. Heureusement, seule la morgue se trouvait entre elles et leur destination, et Kiva était certaine de pouvoir marcher jusque-là.

C'est alors que ses jambes se dérobèrent sous son poids.

Naari la rattrapa en grognant sous l'effort, et trois voix masculines crièrent son nom.

Tipp.

Mot.

Et Jaren.

Celui-ci fut le premier à les rattraper, et une seconde plus tard Kiva se retrouva dans ses bras, en chemin vers l'infirmerie.

Elle aurait voulu protester, mais elle n'avait même pas la force d'être gênée, encore moins d'exiger qu'il la relâche. Et même s'il avait obéi, elle aurait été incapable de faire un pas de plus sans aide.

— Désolée, souffla-t-elle contre son cou en s'agrippant fort à lui.

— Ne parle pas. On est presque arrivés.

— Qu'est-ce qui s'est p-p-passé pendant l'Épreuve ? demanda Tipp, qui trottinait pour ne pas se laisser distancer par Jaren. On a vu de la f-fumée sortir de…

— Chut, petit, l'interrompit Mot. Laisse Kiva se reposer. Et si tu venais m'aider cet après-midi ? Tu pourras retourner la voir ce soir.

— Mais…

— Ne t'inquiète pas, Tipp, dit Jaren. Je vais prendre soin d'elle.

Les paupières de Kiva se fermèrent d'elles-mêmes, mais elle eut le temps d'entendre Tipp demander :

— P-promis ?

— Promis.

Ensuite, tout devint flou. Kiva entendit vaguement Tipp et Mot prendre congé en arrivant devant la morgue, puis Naari et Jaren chuchoter sur le chemin de l'infirmerie. Du peu qu'elle parvint à comprendre dans son état de semi-lucidité, Naari parlait à Jaren de l'amulette, expliquant probablement au garçon que l'objet avait été imprégné de la magie de la princesse – non, du prince –, ce qui avait sauvé la vie de Kiva.

Lorsque Kiva reprit connaissance, elle était allongée dans le même lit que celui dans lequel elle s'était réveillée après le premier Supplice. Cette fois, ce n'était pas Mirryn qui était à son chevet, mais Jaren.

— Depuis combien de temps suis-je ici ? demanda-t-elle d'une voix toujours aussi rauque.

— Quelques minutes à peine, on vient d'arriver, répondit Jaren avant de désigner Naari, qui inspectait l'établi en fronçant les sourcils. On ne savait pas trop de quoi tu avais besoin. Du lait de pavot ?

Kiva fit oui puis non de la tête, et tenta de repousser la couverture drapée sur ses jambes nues.

— Non, non, reste au lit, protesta Jaren en l'arrêtant. Dis-nous ce qu'il te faut et on te l'apporte.

Kiva s'obligea à se concentrer et lista quelques remèdes, sans oublier leurs dosages respectifs. Si elle n'y prenait pas garde, elle risquait de se retrouver encore plus mal.

Après avoir avalé de grandes quantités de nectar d'arbre à suif pour ses poumons et sa gorge, d'ortie crénelée contre le mal de tête et le vertige, du brou de noix jaune pour un regain d'énergie et une petite dose de lait de pavot pour apaiser le reste de ses douleurs, Kiva but presque un seau entier d'eau fraîche avant de se rallonger enfin dans son lit, prête à dormir durant les treize prochaines années.

— Autre chose ? demanda Jaren.

— Je ne dirais pas non à un peu de gel d'aloès, murmura Kiva, soulagée de découvrir que sa voix n'était plus si enrouée – ni douloureuse.

Le nectar d'arbre à suif n'avait pas tardé à faire son œuvre.

Elle entendit Jaren s'éloigner, puis déplacer des choses sur l'établi avant de revenir à ses côtés. Ses yeux étaient encore clos lorsqu'elle le sentit lui prendre le bras et frotter délicatement le gel apaisant d'algues d'aloès sur sa peau.

Kiva rouvrit brusquement les paupières et se redressa.

— Je peux le faire.

— Rallonge-toi, Kiva, ordonna Jaren d'un ton ferme.

— Mais…

— Ferme les yeux et repose-toi.

Kiva se mordit la lèvre, mais la sensation du gel sur sa peau était trop agréable pour qu'elle proteste davantage. Bien qu'elle n'ait subi aucune brûlure, elle sentait encore les répercussions de l'intense chaleur, comme si le feu s'était infiltré jusque dans ses os et tentait à présent de s'échapper. Bientôt, presque contre sa volonté, Kiva sentit ses membres se détendre sous les caresses de Jaren.

Il se concentra sur ses bras et ses mains, prenant garde à ne pas laisser ses doigts s'aventurer ailleurs, et elle-même se garda bien de mentionner les autres parties de son corps qui auraient eu besoin d'être apaisées par le gel. Elle pourrait s'en charger lorsqu'il partirait – maintenant que la douleur était moins intense, elle se souvint qu'elle ne portait que la cape de Naari et une fine couverture. Elle n'avait jamais été aussi vulnérable en présence de Jaren. Hormis, peut-être, la nuit passée. Mais ils étaient alors tous deux entièrement vêtus.

— Ça va mieux ? demanda-t-il lorsqu'il eut terminé l'autre bras en se rasseyant à côté d'elle.

— Beaucoup. Merci.

Elle chercha Naari du regard pour la remercier à son tour, mais la garde avait dû s'éclipser pendant que Kiva avalait ses remèdes.

— J'ai une question pour toi, reprit Jaren d'une voix hésitante.

Kiva se tourna vers lui et le vit se triturer les mains. Il était nerveux, et elle était incapable d'imaginer pourquoi.

Il voulait probablement l'interroger sur le Supplice, même si Naari lui avait déjà parlé de l'amulette – la garde l'avait conservée, et Kiva doutait de la revoir un jour. L'objet avait tenu ses promesses, elle n'en avait désormais plus l'utilité.

Mais il s'était passé beaucoup de choses dans le crématorium que Naari ignorait, puisque Kiva s'était retrouvée seule en plein brasier. Elle refoula ce souvenir avec un frisson. Elle n'était pas prête à en parler, pas même avec Jaren. Elle s'apprêtait à le lui dire lorsqu'il reprit la parole.

— Je ne veux pas que tu croies que je te reluquais tout à l'heure, déclara-t-il avant de s'interrompre.

Surprise, Kiva haussa les sourcils. C'était bien la dernière chose à laquelle elle s'attendait. Elle se crispa légèrement, mais se détendit en se rappelant à qui elle avait affaire. D'autant qu'à son grand soulagement il ne semblait pas vouloir parler de l'Épreuve.

Cherchant à le rassurer, car, quoi qu'il s'apprête à lui confier, elle était certaine que ses intentions étaient pures, Kiva déclara sur le ton de la plaisanterie :

— Si tu ne termines pas ta phrase, je vais devoir partir du principe que c'est exactement ce que tu faisais.

Mais sa tentative d'humour n'eut pas l'effet escompté.

— C'est juste...

Il se trémoussa sur son siège, comme s'il ne savait pas quoi dire. Ou comment le dire.

— Quoi, Jaren ?

Il se frotta la nuque, tête baissée, puis poussa un soupir et finit par déclarer :

— Non, rien. Oublie ce que je viens de dire.

— Allez, dis-moi, insista Kiva, partagée entre curiosité et inquiétude.

Jaren resta un long moment silencieux. Enfin, il prit une profonde inspiration et la regarda droit dans les yeux.

— Tes cicatrices. Sur tes cuisses. Je les ai vues en te portant jusqu'ici. Elles ressemblent à…

Il s'interrompit de nouveau, mais cette fois Kiva ne l'encouragea pas à continuer. Ses entrailles s'étaient gelées, et son esprit figé était incapable de former une seule pensée cohérente.

— Ce n'est rien. Rien du tout, finit-elle par répondre en balayant sa remarque d'un signe de la main.

Mais sa voix était trop aiguë, sa désinvolture feinte trop peu crédible. Les yeux bleu doré de Jaren restèrent fixés sur elle, et Kiva détourna le regard, comme si elle craignait qu'il ne lise la réponse directement dans son âme.

Elle se racla la gorge avec une grimace de douleur, en regrettant de ne pas avoir réclamé une dose plus forte de lait de pavot – perdre connaissance lui aurait permis d'échapper à cette conversation.

— On ne dirait pas, dit Jaren d'un ton encourageant.

Kiva vit à sa posture prudente et à son air résigné que, si elle éludait de nouveau, il n'insisterait pas et n'aborderait probablement plus jamais la question. Déterminée à garder son secret, elle ouvrit la bouche pour lui mentir une seconde fois, mais les mots refusèrent de sortir.

Elle ne savait pas si c'était le mélange de remèdes qui lui montait à la tête, mais, lorsqu'elle se força à regarder Jaren dans les yeux, elle eut envie de lui dire la vérité. Elle avait vu les cicatrices qu'il avait sur le dos, savait les mauvais traitements qu'il avait subis. Peut-être que partager son histoire à elle ne serait pas si difficile.

Kiva leva les yeux vers le plafond, incapable de regarder Jaren tandis qu'elle racontait un pan si sensible de son passé.

— J'avais douze ans quand j'ai dû graver le symbole de Zalindov pour la première fois dans la chair d'un prisonnier, commença-t-elle d'une voix à peine audible, comme si elle n'avait pas encore décidé si elle voulait ou non être entendue. L'Écorcheuse sans cœur – tu as entendu comment ils me surnomment. Mais, en dépit de ce qu'ils croient tous, en dépit des apparences, je ressens chacune de ces marques, sur chacun des détenus. Et ce depuis cinq ans.

Jaren se pencha légèrement vers elle, mais Kiva refusa de le regarder.

— Je ne le fais plus à présent, murmura-t-elle en glissant inconsciemment une main sur sa cuisse par-dessus la couverture. Mais au début… je ressentais trop de choses dont je ne pouvais parler à personne. Chaque fois que j'entaillais quelqu'un, j'avais besoin d'expier mon geste. Alors, je… je m'entaillais, moi aussi. Plus tard. Quand j'étais seule. Personne n'en a jamais rien su.

Elle inspira profondément et trouva le courage d'écarter la couverture, juste assez pour dévoiler les cicatrices sur ses cuisses.

Elle glissa un doigt sur les lignes roses, désormais tachées de charbon, qui s'étaient estompées depuis qu'elle avait cessé de s'automutiler.

— En y repensant, je ne sais pas si je me punissais moi-même d'avoir fait mal à d'autres ou si je croyais qu'en partageant leur douleur je leur apportais mon soutien, même s'ils n'en savaient rien et n'en sauraient jamais rien. (Elle déglutit.) Mais, lorsque ce geste est devenu compulsif, j'ai su que je devais arrêter. J'ai reconnu les signes quand j'ai commencé à avoir besoin de la douleur, de la poussée d'endorphines qui transperçait la torpeur dévorante. Je savais que ce n'était pas sain, que je ne serais plus capable d'aider qui que ce soit si je n'arrêtais pas. Ça n'a pas été facile. Mais j'ai vécu au jour le jour, une nouvelle entaille à la fois, et la torpeur a fini par disparaître en même temps que le besoin de me blesser.

Elle caressa de nouveau les cicatrices et admit :

— Je me sens encore coupable. Chaque fois. Mais je sais aussi que je ne suis pas à blâmer, et je crois que c'est ce qui m'aide le plus. C'est ce qui m'empêche de retomber dans mes anciens travers. Ça, et me concentrer sur tous les patients qui ont besoin de mon aide. Je ne veux plus jamais prendre le risque de ne pas être là pour eux – surtout par ma propre faute.

Kiva se tut. Elle était surprise d'avoir révélé autant de choses à Jaren, d'avoir littéralement mis ses blessures à nu devant lui. Elle n'osait toujours pas le regarder, ne sachant pas ce qu'elle verrait sur son visage – pitié, dégoût, compassion… ou un mélange des trois.

C'est alors qu'il se leva de son siège. Elle ne put s'empêcher de lever les yeux lorsqu'il se pencha vers elle, de plus en plus près, jusqu'à ce que ses lèvres lui effleurent le front.

— Merci de m'avoir fait confiance, Kiva, murmura-t-il en reculant juste assez pour la regarder dans les yeux.

Il n'y avait ni pitié, ni dégoût, ni compassion sur son visage, mais une expression que Kiva n'y avait encore jamais vue. Une douce chaleur l'envahit et une nuée de papillons prirent leur envol au creux de son estomac alors qu'ils continuaient à se regarder, souffle contre souffle.

Kiva ne savait pas quoi répondre, n'osait même pas parler, de peur de ne pas dire ce qu'il fallait.

Mais elle n'eut pas besoin de dire quoi que ce soit car Jaren rompit leur contact visuel pour attraper la couverture et la border, comme dans un cocon. Puis il lui prit la main, entremêla leurs doigts avant de les poser sur la couverture, juste au-dessus de ses cicatrices, et déclara :

— Tu as besoin de repos.

Il lui serra doucement la main et ajouta :

— Je vais garder un œil sur Tilda et les patients en quarantaine jusqu'à ce que Tipp arrive. Il faut que tu dormes pour laisser les remèdes faire effet et oublier ce qui s'est passé aujourd'hui. D'accord ?

La gorge encore irritée de Kiva se noua face à la gentillesse et à la générosité du jeune homme, l'empêchant de répondre à voix haute. Mais elle hocha la tête et eut l'audace de lui serrer la main en retour.

Jaren lui sourit avec affection ; ce fut cette image qu'elle emporta avec elle lorsqu'elle ferma les paupières et laissa enfin son corps se détendre après les traumatismes de la journée. Elle craignait que son esprit, obnubilé par le Supplice, ne l'empêche de dormir, ne lui fasse revivre le brasier duquel elle avait failli ne pas réchapper, mais non. Le sourire de Jaren ne la quitta pas, et Jaren non plus. Elle l'entendit se déplacer discrètement dans l'infirmerie, se rendre au chevet de Tilda puis pénétrer dans la salle de quarantaine, fidèle à sa promesse.

Incapable de contenir son propre sourire, Kiva se blottit dans son cocon.

Quelques secondes plus tard, elle était endormie.

CHAPITRE 23

Kiva passa le restant du samedi ainsi que toute la journée du dimanche au lit, sur ordre de Mot, Tipp, Jaren et Naari. Lorsque le lundi arriva, elle ne tenait plus en place. Impatiente de continuer à étudier l'épidémie intestinale – la maladie qui avait tué son père –, elle s'était levée à l'aube et attendait anxieusement son escorte.

Naari prit son temps. Quand elle apparut enfin sur le seuil de l'infirmerie, Kiva sortit en courant.

— Allez, allez, on a beaucoup à faire, déclara-t-elle en se dirigeant d'un pas vif vers le portail.

Naari gloussa.

— Quelqu'une est restée enfermée trop longtemps, on dirait.

— C'était tout à fait inutile, répondit Kiva. J'allais parfaitement bien hier.

— Oui, tu respirais la santé quand tu es sortie du lit et que tu t'es étalée de tout ton long.

— J'allais très bien après ça.

— Avoue, tu voulais seulement que Jaren te reprenne dans ses bras.

Kiva tourna la tête si brusquement qu'elle en perdit l'équilibre, et foudroya Naari du regard.

— Ce n'est pas du tout ce qui s'est passé.

— J'étais là, répondit la garde avec un sourire jusqu'aux oreilles. Il a été très prompt à te rattraper… et a pris tout son temps pour te relâcher.

Kiva grinça des dents.

— Je crois qu'on devrait recommencer à marcher en silence.

Naari éclata de rire.

— Trop tard, guérisseuse. Tu n'as plus peur de moi. C'est terminé.

— Je n'ai jamais eu peur de toi, mentit Kiva, osant tutoyer la garde pour la première fois.

— Ha !

— Tu es une garde ! s'exclama Kiva. Tu es censée être intimidante. C'est le principe même de ton travail.

— Il faut croire que je ne suis pas faite pour travailler dans un endroit comme Zalindov.

Ces mots glacèrent Kiva. Naari avait déjà tenu bien plus longtemps que la plupart des autres employées au fil des ans. Il lui serait sans doute difficile de trouver un poste semblable à cause de sa différence physique, mais ce n'était pas impossible. Et l'idée de la voir partir…

— Ailleurs, tu n'aurais pas à t'inquiéter d'attraper la mort, répondit Kiva en se forçant à ignorer l'angoisse qui l'étreignit soudain. Je suis étonnée que tu n'aies pas sauté dans le premier chariot pour partir d'ici lorsque l'épidémie s'est déclarée.

— Hmm… Je n'ai jamais été du genre à partir quand les choses se compliquent. (Naari leva sa main prothétique et agita les doigts.) Qu'est-ce que ça ferait de moi, sinon ?

Kiva ne répondit pas, mais se sentit soulagée d'un poids. En même temps, l'ampleur de sa réaction l'inquiétait : cela signifiait qu'elle s'était attachée à la garde plus qu'il n'était raisonnable. Elle n'avait toutefois pas la moindre idée de comment revenir en arrière et mettre fin à l'amitié qui s'était développée entre elles. Pire encore, elle n'était pas certaine d'en avoir envie.

Là était le vrai danger.

Il n'était guère surprenant que, submergée par son inquiétude au sujet de sa famille, elle se soit rattachée à une autre source de réconfort, de familiarité. Sa famille n'était pas arrivée à temps pour lui épargner le deuxième Supplice. Cela ne voulait pas dire qu'ils n'étaient pas en train de mettre au point un autre plan pour libérer Kiva et Tilda, mais Kiva ne pouvait se défaire de cette amertume, de ce sentiment d'abandon qui couvait en elle depuis dix ans. Elle aimait toujours sa famille, bien sûr, mais elle ne pouvait pas nier la déception qu'elle ressentait. La relation qu'elle avait nouée avec Naari l'avait aidée à réprimer ces pensées.

De même que sa relation avec Jaren.

— Quel est le programme, aujourd'hui ? demanda Naari lorsqu'elles passèrent devant la caserne.

Ravie de ce changement de sujet, Kiva répondit :

— Toutes les fermes : les élevages d'animaux, l'exploitation laitière, la plantation de légumes, l'exploitation de blé. Et l'abattoir.

Naari siffla entre ses dents.

— C'est ambitieux.

— Il faut bien qu'on se rattrape puisque vous aviez tous décidé de jouer les mères poules avec moi hier, répliqua Kiva.

Elle savait que c'était parti d'une bonne intention, mais les gens continuaient à mourir. Comme neuf ans plus tôt. Comme son père. Elle refusait de perdre un autre proche à cause de cette maladie.

— Si je prélève suffisamment d'échantillons aujourd'hui, je passerai la journée de demain à les tester sur les rats. Je crois que c'est la meilleure stratégie.

— Un jour de prélèvement, suivi d'un jour de tests ?

Kiva hocha la tête.

— Comme ça, il y aura moins de risques de rater des symptômes ou de mélanger les cobayes. J'éliminerai les options l'une après l'autre jusqu'à ce qu'on ait déterminé l'origine de la maladie.

— Avec un peu de chance, tu n'auras pas besoin de continuer à prélever des échantillons si la maladie vient des fermes.

— C'est ce que j'espère. Plus vite on trouvera la source, plus vite je pourrai chercher comment stopper l'épidémie.

— Comment ?

Kiva hissa son sac rempli de fioles vides plus haut sur son épaule, et se demanda ce que son père aurait fait à sa place. Mais rien ne lui vint à l'esprit.

— Je ne sais pas encore. J'espère que l'origine de la maladie me donnera une idée de ce que je dois faire pour la guérir.

— Et si tu n'y arrives pas ?

Kiva haussa l'épaule et répondit d'un ton délibérément léger :

— Alors on mourra tous, j'imagine.

— Rappelle-moi de ne jamais venir te voir quand j'aurai besoin d'encouragements, marmonna Naari.

Kiva réprima un sourire.

— On peut soulager presque toutes les maladies. Les guérir, en revanche, est une autre paire de manches. Mais, vu les symptômes qui se sont présentés jusqu'à présent, je pense que c'est possible. Il me manque juste des informations.

Et son père avait juste manqué de temps. Elle en était certaine. Faran Meridan était le meilleur guérisseur que Kiva ait jamais connu. Il aurait fini par trouver comment guérir cette maladie. Peut-être y était-il même parvenu, ce qui expliquerait pourquoi l'épidémie avait disparu si rapidement après sa mort. Mais il n'avait laissé aucune note, aucune instruction. Kiva devait donc se débrouiller seule à présent.

— Et ta prochaine Épreuve ? demanda Naari en approchant du portail d'entrée. As-tu déjà commencé à y penser ?

Kiva avait bien du mal à *ne pas* y penser. Elle n'avait survécu que de justesse à l'Épreuve du Feu, alors même qu'elle détenait un artefact magique. Elle n'avait aucune idée de ce que le Supplice de l'Eau lui réservait, ni de ce qu'elle pourrait faire pour en sortir vivante.

— J'ai douze jours pour m'en inquiéter, répondit-elle. Ma priorité pour le moment est de m'assurer que nous serons tous encore en vie d'ici là.

Naari lui lança un regard en coin avant de faire signe aux gardes dans les tours de guet.

— Alors, allons chercher ce dont tu as besoin. Après toi, guérisseuse.

Pour la deuxième fois en quelques jours, Kiva franchit les murs de la prison, en priant pour trouver ce qu'elle cherchait.

★

Durant les jours qui suivirent, une nouvelle routine s'installa, à la plus grande frustration de Kiva. Après sa visite aux fermes et à l'abattoir, elle passa, comme prévu, une journée à effectuer des tests sur les rats.

Voyant qu'aucun symptôme ne se manifestait, Kiva demanda à Tipp d'attraper d'autres rongeurs et, le lendemain, Naari et elle ressortirent de l'enceinte de la prison. Cette fois, elles se dirigèrent au nord vers la forêt du Bois Noir, qui était encore plus éloignée que la carrière. Une fois sur place, Kiva préleva des échantillons à la scierie, dans la forêt elle-même et sur les chariots qui servaient à transporter le bois : copeaux, champignons, pollen, mousse, eau stagnante et boue ; tout milieu propice à une colonisation virale ou bactérienne y passa. Mais aucun rat ne tomba malade.

Kiva tourna alors son attention vers l'intérieur de la prison.

Le vendredi, presque une semaine après son deuxième Supplice, Kiva se dirigea vers l'entrepôt de luminium, un grand bâtiment rectangulaire qui longeait le mur sud et comprenait une zone de stockage ainsi qu'une usine de traitement. Elle n'avait plus besoin que Naari l'escorte, puisqu'elle ne quittait pas l'enceinte de Zalindov, mais la garde insista pour l'accompagner. Kiva ne savait pas si Naari s'intéressait à ses recherches ou si elle voulait simplement passer du temps avec elle. À une ou deux reprises, Kiva s'était même demandé si la garde n'était pas secrètement alliée aux rebelles et ne surveillait pas Kiva pour le bien de Tilda. Elle avait aussi envisagé que Rooke lui ait assigné Naari pour la protéger – ou l'espionner. Mais aucune de ces théories ne la satisfaisait et, en l'absence de preuves, Kiva décida de ne plus s'en soucier. Naari la poignarderait peut-être dans le dos, métaphoriquement ou littéralement.

Une question toutefois continuait de la tarauder : celle de la relation entre Naari et Jaren. Malgré les affirmations de la garde, Kiva continuait d'éprouver des doutes. Surtout quand elle découvrit que Naari était chargée de surveiller les creuseurs de tunnels lorsqu'elle ne gardait pas l'infirmerie – elle voyait donc le jeune homme bien plus souvent qu'elle ne l'avait laissé entendre. Rien n'y faisait, Kiva restait suspicieuse quant à leurs rapports. Bien que prêter attention à ce genre de chose ne lui ressemble pas, Kiva avait vu Jaren sans sa tunique. Elle avait senti ses bras autour d'elle, ses lèvres sur son front, sa main glissée dans la sienne. Elle avait même dormi serrée contre lui, protégée toute la nuit par la force et la chaleur de son corps.

Ces souvenirs lui firent monter le rouge aux joues, et Kiva s'en voulut de se montrer si ridicule. Si Naari avait menti et qu'elle et Jaren entretenaient une relation intime, cela ne regardait qu'eux. Kiva s'en moquait. Complètement.

Et elle ne se mentait pas du tout à elle-même.

*

Les échantillons de l'entrepôt de luminium furent mis hors de cause après avoir été testés sur les rats dès le lendemain. L'inquiétude de Kiva ne fit que grandir à mesure que la liste des possibilités diminuait.

— Ne t'inquiète pas, petite, lui dit Mot le samedi soir lorsqu'il vint chercher un nouveau lot de morts avec ses assistants, tu vas trouver. Tu trouves toujours. Comme ton Pa'.

Mot n'avait jamais rencontré le père de Kiva, mais il avait dû entendre parler de Faran Meridan par les prisonniers les plus âgés – probablement des affabulations. À ces mots, Kiva sentit des larmes lui piquer les yeux car il avait au moins raison sur un point : son père n'aurait jamais baissé les bras avant d'avoir résolu le problème, même s'il devait y laisser la vie. Ce qui avait été le cas. Mais Mot n'avait pas tort, Kiva était comme son père. Elle ne baisserait pas les bras, elle non plus.

— Oublie les malades pour le moment, continua Mot. Et ton prochain Supplice ? Des idées sur ce qui t'attend ? Tu as un plan ?

Kiva y avait pensé toute la semaine. Après mûre réflexion, elle avait conclu que la troisième Épreuve impliquerait certainement l'aquifère, l'énorme réservoir souterrain alimenté en eau par les tunnels. C'était le seul endroit suffisamment dramatique et dangereux. La plupart des détenus ne savaient pas nager, si bien que tout le monde s'attendrait à ce que Kiva se noie. Mais personne ne savait qu'elle avait grandi dans une chaumière au bord de la rivière Aldon, à l'entrée de Ruisseline. Ni qu'avec ses frères et sœur elle avait passé des heures à perfectionner ses talents de nageuse dans le cours d'eau. Bien sûr, elle n'en avait pas usé depuis fort longtemps, mais elle était suffisamment confiante pour être légèrement moins paniquée par ce troisième Supplice que par les deux précédents.

Ce qui ne voulait pas dire qu'elle n'était pas terrifiée.

Durant les deux premières Épreuves, elle avait eu le soutien des héritiers Vallentis, et la magie élémentaire du prince lui avait sauvé la vie à deux reprises. Kiva ne savait toujours pas quoi en penser, quoi penser d'eux ; à cause de leur famille, elle avait perdu dix ans de sa vie à Zalindov, elle avait été arrachée à sa mère, son père et son frère avaient perdu la vie.

Et pourtant… Kiva serait morte sans l'intervention du prince Deverick.

Elle ne parvenait ainsi ni à les haïr ni à leur pardonner. Pas même pour toute la magie élémentaire du monde.

Mais elle aurait bien aimé un peu de cette magie élémentaire pour l'aider à survivre aux deux dernières tâches. D'autant qu'elle avait cessé d'espérer que les rebelles tenteraient à nouveau d'infiltrer la prison. Cresta semblait trépigner de fureur chaque fois que Kiva l'apercevait, ce qui confirmait que les plans des rebelles ne s'étaient pas déroulés comme prévu. Ils auraient besoin de temps avant de réessayer, du temps que Kiva n'avait pas.

Cet espoir avait été vain depuis le début, mais il l'avait aidée à tenir. À présent, elle ne pouvait plus compter que sur elle-même, sur sa propre habileté, sa force et sa détermination.

Elle se contenta toutefois de répondre à Mot :

— J'y travaille.

Le vieil homme lui lança un regard pénétrant.

— J'ai discuté avec Grendel. On pense que ce sera…

— … à l'aquifère, termina Kiva. Je ne vois que ça.

— Bien sûr, ils pourraient te balancer au fond d'un puits, continua Mot en se grattant le menton, mais personne ne te verrait couler. Ils n'auraient plus qu'à ressortir ton corps bouffi et gorgé d'eau après coup. Ce ne serait pas très intéressant. Pareil pour les douches. On ne tiendrait pas tous dedans pour regarder, pas vrai ? Mais dans les tunnels il y aura plein de place, même si certains ne verront pas grand-chose.

Puis il se murmura à lui-même :

— Faudra se dépêcher de descendre pour avoir une bonne place.

Kiva savait qu'il ne cherchait qu'à l'aider, mais son estomac se souleva en détectant le soupçon d'excitation sur son visage, comme s'il avait hâte d'assister au spectacle. Lorsque Mot la vit pâlir, sa propre expression se teinta de honte et de remords.

— Ne t'inquiète pas, Kiva, mon petit. Je vais réfléchir à ce qui pourrait t'aider. Il y a plein de remèdes pour l'endurance, mais il va falloir se montrer créatif pour l'absorption d'oxygène, l'expansion pulmonaire, ce genre de choses. Laisse le vieux Mot s'en charger, tu peux compter sur moi.

— Merci, répondit Kiva avec un sourire tremblotant.

— Tu es une survivante, Kiva Meridan. Tu vas survivre une fois de plus.

Sur cet encouragement, il sortit de l'infirmerie d'un pas traînant, derrière un chariot rempli de cadavres.

⋆

Le jour suivant, Kiva et Naari s'attaquèrent aux zones de stockage et de préparation de nourriture. Entre la boucherie avec ses pièces pour l'écorchage, le fumage, le séchage et la salaison de la viande, les silos à céréales et leur usine de tri, les grandes caves où étaient entreposés les fruits, les légumes, le lait et le fromage, Kiva avait du pain sur la planche. Elle devait prélever des échantillons non seulement sur la nourriture mais sur les outils dont se servaient les prisonniers, aussi bien pour préparer les conserves de cornichons que pour baratter le beurre ou encore faire le pain. Si les rations des prisonniers étaient chiches, les gardes, eux, mangeaient des repas en trois services matin, midi et soir, si bien que les cuisines grouillaient d'activité.

Après un passage par le réfectoire vide, Kiva et Naari retournèrent enfin à l'infirmerie, où les attendait Tipp, qui jouait avec de nouveaux rats. Kiva ne savait pas comment il continuait à s'en procurer et était horrifiée par la taille du nid qui devait se trouver à côté du crématorium. Elle était toutefois secrètement soulagée de ne pas avoir à effectuer de prélèvement à l'intérieur des fours, puisque personne n'en ressortait jamais vivant.

Personne, sauf elle.

Repoussant aussitôt cette pensée, Kiva fit avaler les nouveaux échantillons aux rats. Mais, le lendemain, ceux-ci ne présentaient toujours aucun symptôme, et Kiva sentit ses espoirs s'amenuiser.

— C'est pour d-demain, affirma Tipp en la voyant si découragée ce soir-là. Je le s-sens. Il va se p-passer quelque chose. Tu vas v-voir.

Remotivée, Kiva ressortit avec Naari le lendemain matin, cette fois pour tester les derniers bâtiments à l'intérieur du mur d'enceinte : l'accueil, les ateliers, le bâtiment administratif, la caserne, le chenil et, enfin, les dix blocs de cellules où dormaient les prisonniers ainsi que les latrines et les douches attenantes. Après cela, il n'y aurait plus que l'aquifère, la station de pompage et les tunnels, auxquels elle avait prévu de s'attaquer au cours des quatre jours qui la séparaient de son prochain Supplice. Elle avait plus que jamais conscience du peu de temps – et d'options – qui lui restait.

★

Lorsque Kiva rentra avec Naari à l'infirmerie ce soir-là, son sac d'échantillons à la main, elle s'attendait à y trouver Tipp avec une nouvelle fournée de rongeurs. En vérité, elle n'avait pas besoin d'autres rats, mais l'absence du garçon était surprenante puisqu'il s'était porté volontaire pour veiller sur Tilda et les patients en quarantaine en l'absence de Kiva – Olisha et Nergal ne faisant que le strict nécessaire. Kiva s'était sentie immensément fière du jeune garçon, d'autant qu'elle savait qu'il aurait préféré venir avec elle pour effectuer les prélèvements.

— Tu as vu Tipp ? demanda Kiva à Nergal en déposant son sac sur l'établi.

Puis elle salua Naari lorsque celle-ci fit signe qu'elle partait. La garde retournait probablement aux tunnels. Voir Jaren.

Kiva se répéta qu'elle s'en moquait. Quoi qu'ils fassent lorsqu'ils étaient seuls… *elle s'en moquait.*

— Pas vu, répondit Nergal, assis sur un tabouret à côté de l'établi, occupé à peigner ses longs cheveux blonds avec ses doigts avant de les attacher avec un lacet en cuir.

— Est-ce qu'il est avec les patients en quarantaine ? insista Kiva, sachant que Nergal avait une capacité d'attention limitée.

— Pas sûr. Peut-être.

L'homme se leva et s'étira comme s'il venait de terminer une journée de dur labeur, alors que Kiva doutait fort qu'il ait bougé de son siège depuis des heures.

— Olisha ?

Kiva se tourna vers la femme au visage grêlé. Celle-ci s'essuya promptement la bouche après avoir avalé les rations de Tilda, comme si Kiva ignorait qu'elle volait régulièrement la nourriture de la malade – et celle des autres patients.

— Pas depuis ce matin, répondit Olisha, l'un de ses yeux marron posé sur Kiva tandis que l'autre glissait paresseusement sur le côté.

Avant Zalindov, elle portait des lunettes pour corriger son amblyopie, mais elles avaient été piétinées au cours d'une émeute peu après son arrivée. La prisonnière affirmait qu'elle voyait aussi bien que n'importe qui, mais Kiva l'entendait souvent jurer lorsqu'elle faisait tomber des choses.

— Il est sorti tailler le buisson de chardons peu après ton départ, mais il n'est pas revenu. Je le soupçonne d'être parti attraper d'autres rats.

Contrairement à Nergal, qui était partisan du moindre effort, Olisha essayait de se rendre utile à l'infirmerie. Sans sa peur chronique de la maladie et de la mort – et ses problèmes de vue –, Kiva aurait apprécié son aide. Dans les faits, ses deux assistants ne faisaient souvent qu'ajouter à sa charge de travail. Mais, au moins, ils étaient là pour la remplacer lorsqu'elle devait s'absenter et lui permettaient de se reposer la nuit.

— Est-ce qu'il a dit quelque chose ? demanda Kiva, tandis qu'Olisha essuyait discrètement sa tunique couverte de miettes.

Kiva se moquait bien de la nourriture volée – Tilda était à peine capable d'avaler du bouillon, et encore moins des morceaux de pain. Mais elle s'inquiétait pour Tipp.

— Pas que je me souvienne, mon chou.

Kiva fronça les sourcils.

— Et il n'est pas revenu de la journée ? Tu es sûre ?

— Je ne crois pas, répondit Olisha, l'air hésitant, avant de se tourner vers l'enclos des rats comme si les rongeurs avaient la réponse.

— Tu viens, Lish ? les interrompit Nergal. C'est presque l'heure du dîner.

Olisha se lécha les lèvres comme si elle n'avait pas mangé depuis des lustres, et lança un regard interrogateur à Kiva.

Se retenant avec peine de lever les yeux au ciel, celle-ci répondit :

— Allez-y. Je n'aurai pas besoin de vous en journée demain, mais jeudi, si.

— Alors à jeudi, dit Olisha.

Puis elle se hâta de suivre Nergal, qui ne prêtait jamais attention aux ordres de Kiva. En ce qui le concernait, elle était une prisonnière comme lui.

Au cours des semaines passées, ni Olisha ni Nergal n'avaient posé la moindre question au sujet de l'épidémie ou des recherches de Kiva. Ils n'avaient même pas bronché en découvrant l'enclos des rats, comme si elle menait régulièrement des expériences au milieu de l'infirmerie. Peut-être était-ce parce qu'ils n'entraient presque jamais dans la salle de quarantaine et qu'ils ne réalisaient pas à quel point la situation s'était détériorée. Ou peut-être qu'ils s'en moquaient. Quoi qu'il en soit, Kiva ne savait pas si elle était soulagée de ne pas avoir à répondre à leurs questions chaque soir ou agacée qu'ils ne prennent pas la peine de proposer leur aide.

Les mains sur les hanches, Kiva balaya l'infirmerie du regard et lança à voix haute :

— Tipp, où es-tu ?

Sans surprise, elle ne reçut aucune réponse et s'attela à trier ses échantillons avant de les administrer aux rats. Ce faisant, elle remarqua qu'elle n'avait presque plus d'élixir d'augure. Après avoir obligé Tilda à avaler un peu de bouillon et s'être occupée des autres patients, elle suivit les instructions de Mot pour préparer la potion. Elle avait déjà la plupart des ingrédients, mais les baies et les fleurs de neige devaient être fraîchement cueillies au jardin. Kiva s'apprêtait à sortir lorsque Jaren et Naari entrèrent dans la pièce.

— Vous tombez à pic, déclara Kiva. Est-ce que l'un de vous peut mélanger ça ?

Elle tendit la louche à Jaren lorsque celui-ci arriva à sa hauteur. Il était couvert de poussière, comme toujours après une journée passée dans les tunnels, mais les contusions sur son visage faisant suite à son altercation avec les comparses de Cresta avaient disparu. Ne restait que la cicatrice en forme de croissant au-dessus de son œil gauche qu'il avait reçue le jour de son arrivée.

— Je reviens tout de suite, ajouta-t-elle en désignant la porte menant au jardin.

— Quoi, même pas un « Bonsoir, comment vas-tu » ? répliqua-t-il avec un sourire fatigué mais taquin.

— Si ça m'intéressait, je poserais la question, lança Kiva par-dessus son épaule.

Mais Naari aperçut le sourire qu'elle tentait de cacher et, avec une étincelle dans ses yeux ambrés, prit la louche des mains de Jaren en déclarant :

— Va plutôt aider Kiva à… faire ce qu'elle a à faire.

Kiva soupira intérieurement face aux gros sabots de la garde. Quoi qu'il se passe entre elle et Jaren, cela ne l'empêchait clairement pas de jouer les entremetteuses. Peut-être n'avait-elle pas menti au sujet de leur relation, après tout.

— Merci, mais ça va aller, répondit Kiva.

— Je veux bien aider, insista Jaren en la suivant. En parlant d'aider, où est Tipp ?

Kiva lui ouvrit la porte.

— D'après Olisha, il est parti ce matin et n'est pas revenu. J'essaye de ne pas m'inquiéter, mais… Ça ne lui ressemble pas, tu sais ?

— Tu es allée voir à la morgue ? Il est peut-être retourné aider Mot. Ou lui jouer un nouveau tour.

— Bon sang, j'espère bien que non, grogna Kiva en sortant dans la nuit fraîche. Ils se sont enfin réconciliés après la dernière fois.

— Il faut avouer que le gamin a de l'imagination à revendre, dit Jaren avec un petit rire.

— C'est rien de le dire, reconnut Kiva. (Elle marqua une pause avant d'ajouter à voix basse :) Le monde a besoin de plus de personnes comme lui, de rayons de soleil qui repoussent les ténèbres. Il mérite bien plus qu'une vie à Zalindov.

— Il ne restera pas ici éternellement. Et toi non plus.

Kiva se tourna vers Jaren. Elle ne s'était jamais vraiment intéressée à l'art, mais, en voyant son visage baigné par le clair de lune, elle fut prise d'une envie furieuse de capturer la perfection de ses traits à la peinture ou au fusain. Elle se demanda s'il avait conscience de l'effet qu'il produisait sur autrui, si avant Zalindov il avait joué de son physique. C'était peut-être même ce qui l'avait envoyé ici, une liaison illicite avec la fille d'un courtisan, la sœur d'un garde ou la femme d'un noble. Mais Kiva n'y croyait pas. Malgré son charme espiègle, elle doutait que Jaren soit capable d'une quelconque duplicité.

— J'espère que tu as raison, répondit-elle enfin en baissant les yeux vers les jeunes pousses à ses pieds.

Des doigts lui attrapèrent doucement le menton pour lui relever la tête.

— Kiva Meridan, murmura Jaren, sache que j'ai *toujours* raison.

Sans prévenir, le cœur de Kiva se mit à galoper dans sa poitrine. Si fort qu'elle était certaine que Jaren devait l'entendre. Mais il n'en laissa rien paraître et continua de la regarder dans les yeux, les rayons de lune dansant entre eux et saupoudrant le décor d'un voile argenté.

Kiva resta figée sur place, incapable de décider si elle voulait repousser Jaren ou l'attirer contre elle. Son cerveau lui hurlait de garder ses distances, la poussière sur le visage du jeune homme était un rappel impitoyable de l'endroit où il travaillait et de ses maigres chances de survie. Comme tous les travailleurs de Zalindov, il avait déjà un pied dans la tombe, qu'il en ait conscience ou non.

Et pourtant… Cresta était encore en vie malgré des années à travailler à la carrière, et quelques autres prisonniers continuaient eux aussi à braver la mort. Peut-être que Jaren en ferait autant. Peut-être qu'il survivrait assez longtemps pour que cela en vaille la peine.

Kiva, elle, devait encore faire face à deux Supplices mortellement dangereux. Et si, par miracle, elle s'en sortait vivante, elle serait libre de quitter Zalindov et ne reverrait plus jamais Jaren.

Leur histoire était vouée à l'échec avant même d'avoir commencé.

Mais, en dépit de toutes les règles qu'elle avait soigneusement suivies pendant des années, en dépit de toute logique, lorsqu'il se pencha vers elle, Kiva ne l'arrêta pas. Les jambes flageolantes, elle leva la main pour agripper la tunique couverte de poussière du jeune homme, et la distance entre eux diminua encore davantage.

— Kiva, murmura-t-il.

Elle sentit son souffle contre ses lèvres et elle ferma les yeux lorsqu'il glissa l'une de ses mains dans ses cheveux pour agripper sa nuque.

— Kiva, répéta-t-il. J'ai quelque chose à te…

Il s'interrompit brusquement et se crispa.

— Tu as entendu ?

Hébétée, Kiva rouvrit les paupières.

— Entendu quoi ?

C'est alors qu'elle l'entendit, un gémissement sourd.

Jaren désigna le fond du jardin, caché par les herbes hautes.

— Ça vient de là.

— C'est peut-être Chaussette ?

Elle s'était efforcée de chasser la chatte de l'infirmerie à cause des rats, ce qui avait rendu l'animal encore plus grincheux que d'ordinaire. Malgré tout, Kiva ne l'avait encore jamais entendue émettre un tel son.

— Peut-être, répondit Jaren d'une voix peu convaincue.

Le gémissement s'éleva de nouveau. Cette fois, Kiva y perçut quelque chose de familier.

D'horriblement familier.

Son sang se figea dans ses veines et, sans réfléchir, elle s'élança en courant dans le noir, Jaren sur les talons.

Le jardin n'était pas grand, si bien qu'à peine quelques mètres plus loin le chemin s'incurva, et Kiva s'arrêta net en découvrant le petit corps pâle et tremblant recroquevillé à côté de l'énorme buisson de chardons.

C'était Tipp.

Et il était malade.

CHAPITRE 24

La nuit qui suivit fut l'une des pires que Kiva ait jamais vécues.

Jaren retourna en courant à l'infirmerie avec Tipp dans les bras. Au mépris des règles de quarantaine, Kiva installa le jeune garçon dans le lit en face de Tilda afin de le garder à proximité. Il était brûlant de fièvre et agrippait son estomac en gémissant, incapable de parler.

Kiva l'obligea à avaler remède après remède, dont il vomit ensuite la moitié. Désespérée, elle lui entailla l'avant-bras, glissa un petit tube creux dans sa veine pour lui transfuser directement le traitement. Elle avait déjà tenté cette technique sur d'autres patients, sans succès. Mais c'était Tipp. Il devait survivre. Aucune autre issue n'était envisageable.

Trois heures passèrent.

Puis six.

Douze.

Jaren et Naari restèrent avec Kiva, se chargeant d'aller chercher de l'eau fraîche ou des draps propres, de préparer les potions, de vider les seaux de vomi. Quand arriva pour Jaren l'heure de partir travailler aux tunnels, il ne bougea pas, et Naari ne le força pas à partir. Ils demeurèrent tous les trois au chevet de Tipp, guettant le moindre signe d'amélioration – ou de détérioration.

Kiva s'en voulait tant de s'être laissé distraire par les Supplices et par ses recherches, et d'avoir laissé le garçon livré à lui-même. S'il l'avait accompagnée la veille pour prélever les échantillons, alors peut-être…

Les regrets étaient vains, et elle le savait. Elle ne savait pas ce qui l'avait rendu malade, pas plus que les autres patients. Dire qu'elle osait se prétendre guérisseuse ! Mais elle n'avait jamais suivi de formation officielle, ni été l'apprentie d'un maître ou étudié dans une académie. Elle ne savait que ce que son père avait eu le temps de lui apprendre durant les quelques années qu'ils avaient passées ensemble, avec des ressources limitées. Rien ne l'avait préparée à une épidémie d'une telle ampleur, à un si grand nombre de victimes, à l'éventualité de perdre une autre personne qu'elle aimait.

Son père avait déjà succombé à cette maladie. Elle ne supportait pas l'idée que Tipp prenne le même chemin.

— K-Kiva ?

Kiva redressa brusquement la tête. L'espace d'un instant, elle fut incapable de comprendre où elle se trouvait, puis l'adrénaline lui éclaircit les idées et elle prit conscience qu'elle s'était assoupie, la joue contre le lit de Tipp, épuisée par ses longues heures de travail et sa nuit blanche.

— Tipp !

Elle attrapa ses mains, qui étaient à la fois glacées et moites de sueur. Elle fronça les sourcils – aucun autre patient n'avait présenté un tel symptôme – mais chassa cette pensée pour se concentrer sur le garçon qui la regardait, des larmes dans ses yeux bleus terrifiés.

— Je v-v-vais mourir ?

— Bien sûr que non, lui répondit Kiva d'un ton sévère, comme si l'idée était absurde, alors même qu'elle sentait ses entrailles se nouer.

Des bruits de pas s'élevèrent dans son dos – Jaren et Naari – puis des mains musclées se posèrent sur ses épaules, et une odeur de miel, de gingembre et de menthe lui monta aux narines – les ingrédients qu'elle avait demandé à Jaren d'infuser dans un thé, dans l'espoir que Tipp parvienne à en avaler un peu.

— Salut, gamin, tu as bonne mine, dis donc, lança Jaren par-dessus l'épaule de Kiva.

— J-Jaren, balbutia Tipp. Tu es là.

Ses lèvres exsangues s'étirèrent en un sourire qui faisait peine à voir, tellement l'effort semblait lui coûter.

— Bien sûr que je suis là, répondit Jaren en s'accroupissant à côté de lui. Je ne vais pas vous laisser vous amuser sans moi.

Tipp lâcha un petit rire presque douloureux à entendre. Kiva ne savait pas si elle devait chasser Jaren pour que le garçon puisse se reposer, ou s'il était plus important de remonter le moral de Tipp pour qu'il lutte de plus belle.

— Et N-Naari aussi, ajouta Tipp en apercevant la garde derrière Kiva.

— À ta place, je n'essayerais pas de lui parler, dit Jaren sur un ton de connivence. Elle n'a pas pris son petit-déjeuner, et tu sais ce que ça signifie.

Le sourire de Tipp s'élargit et une étincelle s'alluma dans ses yeux voilés.

— Affamée ?

Jaren hocha la tête d'un air solennel.

— Pire qu'un wooka sortant de l'hibernation.

Naari grommela, mais Tipp éclata de nouveau de rire. Kiva se mordit la joue pour retenir ses larmes. Le voir si animé, si plein de vie, et en même temps si petit et pâle dans ce lit d'infirmerie était presque plus qu'elle ne pouvait en supporter.

— Que dirais-tu d'un peu de thé ? demanda-t-elle d'une voix vacillante. C'est Jaren qui l'a préparé, donc il y a de fortes chances pour que tu te sentes encore plus mal…

— Hé !

— … mais ça devrait calmer ton estomac.

Tipp se recroquevilla sur lui-même, comme s'il redoutait d'ingérer quoi que ce soit après avoir tant vomi en si peu de temps.

— Je p-peux essayer, répondit-il malgré tout.

Kiva entendit dans sa voix la détresse qu'il tentait de dissimuler. Elle aurait aimé remettre cette épreuve à plus tard, mais il avait désespérément besoin de s'hydrater.

— Juste quelques gorgées, dit-elle, tandis que Jaren se levait pour aller chercher le breuvage.

Mais Tipp ne put rien avaler. Il s'étrangla et s'excusa encore et encore, les joues couvertes de larmes.

— Chhhuuut, ne t'inquiète pas, fit Kiva en s'asseyant sur le lit à côté de lui pour caresser ses cheveux trempés de sueur.

— Je suis d-d-désolé ! sanglota-t-il, les yeux baignés de peur. J'ai essayé ! Je ne veux p-p-pas mourir !

Kiva ravala son propre sanglot, le visage vide de toute émotion, dissimulant sa peur panique, et enfreignit toutes ses règles en s'allongeant à côté du garçon pour prendre son petit corps fiévreux dans ses bras. Il s'agrippa à elle avec l'énergie du désespoir.

— Je suis là, murmura Kiva, tandis que les larmes et la sueur du garçon imbibaient sa tunique. Je suis là, Tipp.

Elle lui répéta qu'il n'était pas seul, qu'elle ne le quitterait pas, jusqu'à ce qu'il sombre enfin dans le sommeil. Et elle continua de le tenir contre elle, pour sentir sa poitrine se soulever, son souffle régulier, la vie qui ne s'était pas encore échappée de son corps.

— Kiva ?

Elle leva les yeux vers Jaren, et l'inquiétude mêlée de tendresse qu'elle lut dans le regard du jeune homme lui fit aussitôt monter les larmes aux yeux. Elle se déroba, s'extirpa prudemment du lit de Tipp et borda le garçon, comme Jaren l'avait fait pour elle onze jours plus tôt.

— J'ai… Peux-tu… Je dois…

La gorge nouée, Kiva ne parvenait pas à finir une seule phrase. Incapable de soutenir le regard compatissant de Jaren, elle se tourna vers Naari.

— Il nous faut plus de racine de gingembre.

Lorsque la garde fit mine de se diriger vers la porte, Kiva l'arrêta d'un geste.

— Non, j'y vais. Est-ce que… Pouvez-vous le surveiller une minute ? Tous les deux ? Je… Je reviens.

Sans attendre de réponse, Kiva s'échappa par la porte menant au jardin.

— Kiva ! cria Jaren derrière elle. Kiva, attends !

Elle n'attendit pas, pas même en entendant ses pas derrière elle. Elle continua d'avancer jusqu'à atteindre le buisson de chardons, l'endroit où elle avait trouvé Tipp la nuit précédente, à présent baigné d'un rayon de soleil matinal.

— Kiva, arrête-toi.

Une main sur son épaule. Il ne lui en fallut pas plus pour s'effondrer.

Jaren la rattrapa avant que ses genoux ne touchent terre et l'enveloppa dans ses bras tandis que les larmes qu'elle avait eu tant de mal à retenir commençaient à couler en torrent le long de ses joues.

— Je ne peux pas le perdre ! sanglota-t-elle contre son torse.

Jaren la serra plus fort et lui frotta doucement le dos.

— Chhhhhut. Je suis là.

Sa peur et son chagrin s'écoulèrent larme après larme, jusqu'à ce que, enfin, ses pleurs laissent place à l'épuisement.

D'une voix pétrie d'angoisse, à peine plus forte qu'un murmure, Kiva répéta :

— Je ne peux pas le perdre, Jaren.

— Je sais, chuchota-t-il.

Elle se dégagea de son étreinte, juste assez pour croiser son regard bleu doré.

— Tu ne sais pas, protesta-t-elle d'une voix rauque. *Je ne peux pas le perdre.*

Jaren leva la main pour essuyer doucement ses larmes.

— Kiva, je sais.

— Il est comme un frère pour moi, ajouta-t-elle, incapable de taire plus longtemps l'amour qu'elle portait au jeune garçon. Je ne peux pas… (Elle réprima un autre sanglot.) Je ne peux pas perdre un autre frère.

Alors, toute l'histoire se déversa de sa bouche : comment Kerrin avait été tué en tentant d'empêcher l'arrestation de leur père, comment Kiva avait été emmenée à Zalindov avec Faran pour le perdre à son tour moins d'un an plus tard. Pendant tout son récit, Jaren continua de la serrer contre lui, contre son torse ferme et réconfortant.

Quand enfin elle s'arrêta, elle n'eut pas la force de se sentir gênée, pas avec toutes les autres émotions qui l'assaillaient déjà.

Mais elle recula d'un pas et murmura :

— Désolée.

Jaren secoua la tête.

— Ne t'excuse jamais d'aimer quelqu'un. Pas même si c'est douloureux. *Surtout* si c'est douloureux.

Kiva inspira profondément pour empêcher ses larmes de se remettre à couler. Elle avait assez pleuré comme ça. Tant que Tipp continuerait de respirer, elle ne perdrait pas espoir. Il était jeune, en bonne santé. Si quelqu'un devait survivre, c'était lui. Obligé.

— On devrait rentrer, dit-elle en se forçant à regarder Jaren dans les yeux. J'avais juste… besoin d'une minute. Merci. D'être là.

— Je ne vais nulle part, Kiva. Tu n'es pas toute seule.

Elle déglutit et hocha la tête, incapable de formuler une réponse, mais désireuse d'exprimer sa reconnaissance malgré tout.

— Viens, allons nous assurer que Naari n'a pas libéré les rats par accident, dit Jaren en prenant la main de Kiva pour rebrousser chemin. Il ne manquerait plus que Tipp se réveille et commence à les pourchasser à travers la pièce.

Kiva laissa échapper un petit rire mouillé. Elle se raccrocha à cette image pour oublier sa peine et raconta :

— Il a eu une infection pulmonaire il y a deux ans et, sans mentir, il a été le pire patient que j'aie jamais eu. Je n'arrivais pas à le garder au lit, il avait toujours quelque chose à faire ou quelqu'un à aller voir. J'ai failli devoir l'attacher pour l'obliger à dormir. Si on avait eu les rats à l'époque, ça aurait été un véritable cauchemar de l'empêcher de jouer avec. J'aurais été incapable de le contrôler.

— Alors tu vas voir, avec un esprit aussi combatif, je suis sûr qu'il sera sur pied en un rien de temps.

Ce n'était qu'une promesse en l'air, mais c'était exactement ce que Kiva avait besoin d'entendre pour affronter les prochaines heures.

— Tu es prête ? demanda Jaren juste avant qu'ils arrivent à l'infirmerie.

— Non, répondit Kiva avec sincérité. Mais je veux être là pour lui.

Ensemble, ils franchirent le seuil, et Kiva passa le reste de la journée à veiller sur Tipp, à lui insuffler la force de se battre, de vivre.

La lumière tourna à mesure que les heures passaient, et soudain Kiva s'aperçut que la nuit était tombée. Elle ne savait pas si elle devait être soulagée ou inquiète que Tipp ne se soit pas réveillé depuis le matin. Elle resta à son chevet, ne le quittant que brièvement pour aller voir Tilda et ses autres patients. Sept nouveaux prisonniers furent admis à l'infirmerie, et neuf autres passèrent dans l'éthermonde – des chiffres en constante hausse. Quand Mot vint chercher les dépouilles, il ne posa aucune question à Kiva, ayant déjà été informé de la situation par Naari et Jaren. Il se contenta de rester un long moment à ses côtés, en silence, à regarder le jeune garçon allongé dans le lit.

— Il est fort, déclara Mot en posant une main sur l'épaule de Kiva. Si quelqu'un peut s'en sortir, c'est notre Tipp.

Kiva hocha la tête, puis écouta les pas de Mot s'éloigner en compagnie de ses assistants. Elle refusa de se demander combien de temps s'écoulerait avant qu'ils ne reviennent chercher Tipp… ou comment elle y ferait face le moment venu.

⋆

Peu avant minuit, Tipp se réveilla enfin.

Kiva était en train de se préparer une infusion de brou de noix jaune pour tenter de garder les yeux ouverts, tandis que Naari et Jaren étaient affalés sur des tabourets, adossés contre l'établi. Ils semblaient aussi épuisés qu'elle. Mais ils étaient encore là, comme Jaren l'avait promis.

— C'est le m-matin ?

Kiva leva les yeux et découvrit Tipp qui tentait de se redresser. Elle reposa sa tasse et se précipita vers son lit, suivie par Naari et Jaren.

— Pas encore, répondit Kiva en pressant une main contre le front du garçon. (Il lui sembla un peu moins chaud, mais ce n'était probablement qu'une impression.) Comment te sens-tu ?

Le visage de Tipp se décomposa, comme s'il venait seulement de se rappeler où il était et pourquoi, et il se recroquevilla un peu plus sur lui-même.

— J'ai m-mal au ventre.

— Et ta tête ?

— Non, j-juste mon ventre.

Kiva fronça les sourcils.

— Tu es sûr ? Ça ne fait pas mal ici ? demanda-t-elle en appuyant légèrement à côté de sa tempe.

Tipp secoua la tête.

— J-juste mon ventre.

Kiva le regarda de plus près. Tous les autres patients souffraient d'horribles maux de tête en plus de leurs douleurs d'estomac, y compris ceux qui étaient arrivés dans la journée. C'était un des tout premiers symptômes à se manifester, avec la fièvre.

Kiva retira la couverture de Tipp et, ignorant son murmure de protestation, souleva sa tunique pour examiner son abdomen.

Pas de boutons.

Sa peau était lisse.

Kiva le borda de nouveau et lui tapota doucement le bras, l'esprit en ébullition. Elle passa en revue ce qu'elle savait de la maladie : la fièvre, les maux de tête et les vomissements arrivaient en premier, et les boutons faisaient généralement leur apparition dans les vingt-quatre heures qui suivaient.

Kiva ne savait pas exactement quand Tipp était tombé malade, mais elle était partie tôt le matin avec Naari, la veille. S'il était allé au jardin peu de temps après, comme l'affirmait Olisha, alors il avait déjà dépassé la barre des vingt-quatre heures, et même des trente-six heures. Il aurait dû être couvert de boutons sur l'estomac. Et souffrir de maux de tête depuis le début.

Peut-être que les symptômes mettaient plus de temps à se déclarer parce qu'il était jeune.

Pourtant, Kiva se souvenait de ce que lui avait dit son père lorsqu'il avait tenté de lui expliquer l'influence de l'âge sur une maladie.

Les enfants sont souvent plus durement touchés, avait-il déclaré en lui caressant la joue. *Mais vous vous remettez aussi en un rien de temps, beaucoup plus vite que nous autres, vieilles personnes, qui devons attendre que la maladie veuille bien quitter notre système. Alors profite bien de ta jeunesse tant qu'il est encore temps, petite souris.*

Si son père avait raison – et c'était toujours le cas quand il s'agissait de médecine –, alors Tipp aurait dû être bien plus mal qu'il ne l'était.

Kiva ne voulait pas se bercer de faux espoirs, mais… et si Tipp n'était pas vraiment malade ? Ou plutôt, et s'il n'avait pas attrapé la maladie qui sévissait parmi les autres prisonniers ? Ses symptômes étaient similaires, mais c'était le problème de Kiva depuis le début : des symptômes tellement génériques qu'ils pouvaient être causés par un grand nombre d'affections – virus, allergie ou simple intoxication alimentaire.

Elle n'avait aucun moyen de s'en assurer, ne pouvait rien faire d'autre qu'attendre de voir ce que les prochaines heures leur réserveraient.

Kiva se rassit donc au chevet de Tipp, lui prit la main et attendit.

*

Quatre heures plus tard, la fièvre de Tipp retomba.

Son mal de ventre disparut.

Il réclama un morceau de pain.

Il voulut jouer avec les rats.

Et Kiva éclata en sanglots.

CHAPITRE 25

— Si t-tu ne pars pas, je vais t-te mettre dehors moi-même.

Kiva fit une grimace à Tipp, qui la regardait d'un air grognon, planté à côté de l'enclos des rats, les mains sur les hanches.

Trois jours avaient passé depuis qu'elle l'avait trouvé évanoui dans le jardin. Le premier jour avait été un véritable cauchemar pour Kiva, persuadée qu'elle allait devoir l'envoyer à la morgue. Mais, après que sa fièvre fut retombée, son état s'était considérablement amélioré et Kiva avait alors eu toutes les peines du monde à l'obliger à se reposer en attendant que le microbe qu'il avait attrapé quitte son organisme. Elle avait été contrainte de lui promettre de tester les échantillons qu'elle avait collectés le jour où il était tombé malade.

Kiva avait terminé ses tests la veille sous le regard attentif de Tipp. Jaren était retourné travailler aux tunnels, et Naari l'avait accompagné pour lui éviter des ennuis à la suite de son absence. Kiva était trop reconnaissante envers cette alliée inattendue – envers tous ses nouveaux alliés – pour continuer à s'interroger sur les motivations de la garde.

Mais, les derniers tests n'ayant rien donné, Naari était arrivée tôt à l'infirmerie ce matin pour rappeler à Kiva qu'il lui restait des échantillons à prélever. Kiva avait protesté, ne voulant pas quitter Tipp par crainte d'une rechute, mais le jeune garçon refusait de se laisser dorloter une journée de plus.

— T-ton prochain Supplice est demain, Kiva, déclara-t-il. T-tu dois t-tester l'aquifère et les t-tunnels pour avoir terminé. Je vais bien. Arrête de t'inquiéter et vas-y.

Il pointa un doigt vers la porte, comme si ce geste pouvait suffire à la convaincre.

— Ne t'inquiète pas, mon chou, je vais garder un œil sur lui, dit Olisha, qui venait d'arriver en compagnie de Nergal pour relayer Kiva.

Sa proposition se voulait rassurante, mais, la dernière fois que Kiva avait laissé Olisha en charge du jeune garçon, il avait perdu connaissance et était resté seul dehors dans le froid pendant des heures. Kiva n'avait donc pas particulièrement confiance dans les capacités de la femme à s'occuper de lui.

Tipp soupira.

— Je ne quitterai p-p-pas l'infirmerie, promis. Pas même s'il y a le f-feu.

Kiva fronça les sourcils.

— S'il y a le feu, pars en courant.

— D'accord, mais à p-part ça, je ne bougerai pas. J'empêcherai Chaussette de s'ap-procher des rats et je d-donnerai à manger à Tilda. J'essayerai même de faire t-travailler Nergal.

L'homme en question lâcha un petit bruit indigné et se mit à se curer les ongles, tandis qu'Olisha ricanait à ses côtés.

— Et si tu faisais plutôt une sieste, suggéra Kiva. Un peu de repos te fera du bien.

— Ça fait d-des jours que je me repose, protesta Tipp. Je vais m-mieux, Kiva. En p-pleine forme.

C'était vrai que le rétablissement de Tipp avait été spectaculaire, au point qu'il était difficile de croire qu'il avait semblé être sur son lit de mort à peine quelques jours plus tôt. Mais Kiva n'en oubliait pas pour autant la terreur dévorante qu'elle avait ressentie à l'idée de le perdre.

— Si tu ressens la moindre douleur…

— J'enverrai quelqu'un t-te chercher, répondit Tipp en levant les yeux au ciel. Je sais, je sais.

Kiva avança d'un pas et serra le garçon dans ses bras. Celui-ci se figea de surprise avant de l'enlacer à son tour.

— C'est chouette, dit-il d'une voix étouffée. On d-devrait le f-faire plus souvent.

Kiva le repoussa avec un petit éclat de rire, puis désigna d'un doigt autoritaire le lit où Tipp dormait depuis sa maladie.

— Repose-toi. Je ne plaisante pas.

Il leva de nouveau les yeux au ciel, mais alla docilement s'asseoir. Kiva ne savait pas combien de temps il resterait tranquille, mais elle savait qu'il tiendrait parole et demeurerait à l'infirmerie en son absence.

— Je reviens le plus vite possible, annonça Kiva à Olisha et Nergal.

La première hocha la tête et le second se contenta d'un haussement d'épaules indifférent.

Puis Kiva se hâta de rejoindre Naari, qui l'attendait à la porte, et la suivit dans l'air frais du petit matin.

— Tu testes l'eau, aujourd'hui ? demanda la garde.

— C'est tout ce qui reste, répondit Kiva. Ça, et les tunnels.

— On s'y rend également ?

Kiva hocha la tête.

— Tout est sous terre, donc, après l'aquifère et la station de pompage, on vérifiera quelques-unes des galeries. Et on aura terminé.

— Terminé ? répéta Naari. Fini, fini ?

— À moins que tu n'aies un autre endroit à suggérer, oui.

Aucune des deux femmes ne dit ce que chacune pensait tout bas – que désormais tout reposait sur les échantillons du jour. Si les rats ne développaient toujours aucun symptôme, Kiva aurait échoué à trouver l'origine de la maladie.

— N'y pense pas, ordonna Naari, comme si elle lisait dans les pensées de Kiva. L'eau est porteuse de toutes sortes de bactéries. Je suis sûre que tu vas trouver quelque chose aujourd'hui.

Kiva appréciait cette confiance et s'apprêtait à remercier la garde lorsqu'une voix furieuse cria son prénom. Kiva et Naari se trouvaient à mi-chemin entre l'infirmerie et le bâtiment surmonté d'un dôme, au centre de la prison. Quelques touffes d'herbe roussie parsemaient le sol boueux. Il n'y avait pas grand-chose d'autre aux alentours, la construction la plus proche étant une tour de guet, si bien que Kiva fut surprise de voir Cresta se diriger dans leur direction, poings serrés.

— Qu'est-ce que tu fabriques ?

— Pardon ? fit Kiva en haussant les sourcils.

Cresta s'arrêta devant elle et brandit un doigt menaçant devant son visage. Naari s'approcha légèrement mais n'intervint pas.

— Mes amis sont mourants, et tu es là à… quoi ? Qu'est-ce que tu fais, guérisseuse ? Parce qu'une chose est sûre, tu ne fais rien pour les aider !

Kiva fut d'abord soulagée que Cresta ne soit pas venue lui répéter que Tilda devait rester en vie et que Tipp mourrait si Kiva échouait lors du Supplice du lendemain. Après tout, Kiva aussi jouait sa vie. Leurs destins étaient tous liés à présent, Cresta n'avait pas besoin de continuer à la menacer. Mais, lorsque Kiva enregistra ce que la jeune femme venait de dire, son estomac se noua. Il n'était plus question de protéger la Reine Rebelle. C'était un problème qui les dépassait tous, rebelles inclus.

— Cresta…

— Non, cracha la prisonnière, le visage si livide que son tatouage de serpent semblait prêt à prendre vie pour sauter sur Kiva. Tu veux savoir ce qui vient de se passer ? Tykon s'est effondré comme un bloc de luminium à mi-chemin de la carrière et n'a pas réussi à se relever. Il tremblait et vomissait ses tripes. Harlow m'a laissée le traîner jusqu'ici, mais uniquement pour pouvoir me reluquer les fesses pendant tout le trajet, ce sale vieux perv…

— Où est Tykon à présent ? l'interrompit Kiva.

Cresta désigna du doigt l'infirmerie.

— Là où tu devrais être, *toi*. Mais où tu n'es pas. Parce que tu es *ici*.

Son ton furieux exigeait une explication.

— Je… j'essaye d'arranger les choses, répondit Kiva d'un ton prudent.

— Quelles choses ? Ce virus intestinal ?

— Oui, dit Kiva sans plus d'explication, en se demandant quand Naari comptait intervenir.

Cresta plissa les yeux.

— Tu mens.

— Mais non ! Pourquoi crois-tu que je sois venue à la carrière l'autre jour ? J'ai prélevé des échantillons pour faire des tests, comme aujourd'hui.

Elle tapota le sac sur son épaule.

— C'était il y a plus de deux semaines ! s'exclama Cresta. De plus en plus de gens meurent chaque jour. Bon sang, tous ceux qui viennent te voir pour le moindre problème finissent par tomber malades. Comment tu expliques ça, guérisseuse ? Tu veux dire que tu n'as toujours pas trouvé pourquoi ?

Kiva ne répondit pas. Elle ne savait pas ce qu'elle était autorisée à révéler, surtout à quelqu'un d'aussi instable que Cresta. Et si la cheffe des rebelles se servait de cette information pour semer la discorde parmi les prisonniers, si elle essayait de créer un mouvement de panique… Les choses étaient déjà trop tendues, avec les rumeurs qui couraient au sujet de ce qui s'était passé neuf ans plus tôt, de la même épidémie, des mêmes innombrables victimes. Ces rumeurs s'amplifiaient de jour en jour, et la peur des prisonniers grandissait. Si rien ne venait bientôt les apaiser…

— Tu devrais retourner à la carrière à présent, déclara Naari, qui semblait avoir suivi le même raisonnement que Kiva. Où est Harlow ?

— À votre avis ? répliqua Cresta, une main sur la hanche. Il est aux cuisines, en train de voler nos rations. Comme si vous n'aviez pas déjà assez à manger. (Son visage s'assombrit.) Et il en profite probablement pour s'amuser avec les travailleuses, donc croyez-moi, il ne sera pas pressé de repartir.

L'expression de Naari se crispa et, lorsqu'elle se tourna vers Kiva, ses yeux lançaient des éclairs.

— Je te retrouve à l'entrée des tunnels. Ne descends pas sans moi. (Puis elle s'adressa à Cresta :) Suis-moi.

Sans attendre de voir si la prisonnière lui obéissait, elle s'éloigna à grands pas en direction des cuisines.

— Si elle n'était pas une garde, je crois qu'elle me plairait bien, déclara la jeune femme avant de se souvenir de la présence de Kiva. Débrouille-toi, traînée. Avant qu'on meure tous. Tu as notre sang sur les mains.

Sur ces mots, elle tourna les talons et commença à s'éloigner.

— Attends ! lança Kiva.

Cresta s'arrêta et tourna la tête par-dessus son épaule.

— Quoi ?

Consciente qu'elle n'avait que quelques secondes avant que Naari ne s'interroge sur l'absence de Cresta, Kiva se rapprocha et murmura :

— As-tu eu des nouvelles ? Au sujet de Tilda ? D'une nouvelle tentative d'évasion ?

L'expression de Cresta était aussi impénétrable qu'un bloc de granite.

— Non.

Kiva avait beau s'attendre à une telle réponse, elle ne put cacher sa déception.

— Alors, quoi ?

— Alors, on attend. Et tu fais ce que tu es censée faire : la garder en vie.

Avec un dernier regard cinglant, Cresta s'éloigna, laissant Kiva seule.

— Plus facile à dire qu'à faire, marmonna-t-elle.

Elle devait non seulement survivre au troisième Supplice, mais aussi s'assurer qu'elle et Tilda ne tomberaient pas malades – sans savoir comment les prisonniers avaient été contaminés. Et si par miracle elle y parvenait, elle devrait encore faire face à un quatrième Supplice dans quinze jours.

Kiva soupira et se frotta les tempes. Cette confrontation avec Cresta ne s'était pas si mal terminée, tout compte fait, mais Kiva ne pouvait s'empêcher de redouter ce que la cheffe des rebelles projetait de faire du peu qu'elle venait d'apprendre au sujet de l'épidémie. Si cela avait été n'importe qui d'autre, Kiva ne s'en serait pas inquiétée, mais Cresta était… imprévisible. Peut-être allait-elle faire profil bas et se concentrer sur les actions des rebelles, à l'intérieur et à l'extérieur de la prison. Ou peut-être se servirait-elle de ces nouvelles informations pour attiser la peur des prisonniers et créer une atmosphère de danger qui mettrait tout le monde, y compris les gardes, à cran.

Sachant qu'elle ne pouvait rien y faire, Kiva hissa son sac sur son épaule et continua en direction de l'entrée des tunnels, focalisée sur sa mission du jour. L'aquifère et la station de pompage étaient tous deux accessibles via le même conduit qui descendait aux tunnels. Une fois arrivée devant le bâtiment en pierre au toit incurvé, Kiva entra pour attendre Naari à l'intérieur. Il n'y avait rien d'autre à voir qu'une échelle qui plongeait dans un grand trou rectangulaire dans le sol.

La garde arriva quelques minutes plus tard, l'air menaçant.

— Dis-moi que les démangeaisons de Harlow sont aussi douloureuses qu'il le mérite.

— Vu la manière dont il grimace à chaque pas, je dirais que oui.

— Tant mieux, asséna Naari avant de désigner l'échelle du menton. Finissons-en.

★

Pour des raisons purement pratiques, elles commencèrent par la station de pompage, puisque celle-ci était située plus près de l'échelle – ou plutôt des échelles, car il y en avait toute une succession, reliées par des plates-formes suffisamment étroites pour que Kiva ait le cœur au bord des lèvres chaque fois qu'elle passait de l'une à l'autre.

Elle ne s'était aventurée qu'à deux reprises dans les sous-sols de Zalindov, pour tester l'eau de l'aquifère, à la recherche d'algues et autres contaminants naturels, et les deux descentes avaient été tout aussi éprouvantes que celle-ci. Ses jambes étaient en coton lorsqu'elle arriva enfin en bas, tandis que l'effort ainsi que l'humidité ambiante avaient couvert son front de sueur. Kiva avait découvert que, contrairement à ce qu'elle s'était imaginé, la température dans les tunnels était bien plus élevée qu'à l'extérieur, car l'air chaud s'y conservait. Ainsi, il y faisait bon en hiver et étouffant en été. De nombreux prisonniers qui travaillaient là souffraient de coups de chaleur et de déshydratation, surtout à la belle saison. Et, sans surprise, l'endroit empestait, avec tous ces corps pressés les uns contre les autres sans ventilation.

— Je déteste cet endroit, dit Naari en terminant à son tour de descendre l'échelle. Je ne sais pas comment on peut supporter d'y rester.

On ne peut pas, pensa Kiva. *C'est pour ça que tant de prisonniers meurent.* Les gardes, eux, changeaient régulièrement d'affectation. Même Naari passait beaucoup plus de temps à la surface que dans les tunnels. Kiva essayait de ne pas la juger pour cela, d'autant qu'elle-même était privilégiée de travailler à l'infirmerie, mais savoir que la garde n'était pas obligée de passer ses journées sous terre alors que des gens comme Jaren n'avaient pas le choix restait difficile à avaler.

— Avançons, dit Kiva en joignant le geste à la parole.

Elle jeta un coup d'œil vers la droite, où avait été creusée une longue galerie éclairée par des balises de luminium fixées aux parois. Plus tard, Kiva et Naari s'y engageraient et finiraient par entendre l'écho des prisonniers qui travaillaient inlassablement pour étendre le dédale de tunnels. Certains passages étaient secs et praticables à pied, mais d'autres, ceux dans lesquels travaillaient les détenus, étaient en partie submergés et nécessitaient l'utilisation de planches flottantes. C'était cette eau qui s'infiltrait dans l'aquifère et assurait la survie de tout Zalindov.

Personne ne l'admettait ouvertement, mais, sans les creuseurs de tunnels, toute la population de la prison mourrait en quelques jours. Voilà pourquoi il était si important d'avoir un flux régulier de travailleurs sous terre malgré les conditions difficiles et le taux élevé de mortalité. L'idée rendait Kiva malade, et pourtant elle comprenait ce qui se passerait si l'on arrêtait de chercher de l'eau. Il n'y avait pas de formule gagnante : soit quelques morts, soit une hécatombe.

Kiva entraîna Naari vers le passage à gauche de l'échelle, et elles entendirent le vacarme de la station de pompage bien avant d'atteindre leur destination. Les pompes étaient activées manuellement par deux prisonniers, en un va-et-vient constant qui permettait de diriger l'eau où il le fallait. Certaines pompes extrayaient l'eau des tunnels pour l'envoyer dans l'aquifère, mais la plupart la siphonnaient dans des puits de plus petite taille, accessibles depuis la surface – par exemple, pour l'eau potable. D'autres alimentaient directement les douches, où un système d'adduction gravitaire prenait alors le relais. Et tout cela n'était possible que grâce aux travailleurs qui pompaient nuit et jour.

Ces détenus terminaient souvent à l'infirmerie à cause de lésions nerveuses au niveau des mains, ou de muscles froissés dans le dos, la nuque et les épaules. Kiva ne pouvait pas faire grand-chose pour eux, hormis leur offrir des antidouleurs, qui ne faisaient effet qu'un temps. Raison pour laquelle autant de prisonniers se rabattaient sur des drogues plus dures, comme la poudre d'ange. Contrairement à son prédécesseur, Kiva refusait de leur en fournir. Mais, à en juger par leurs yeux vitreux, les détenus avaient trouvé une nouvelle source d'approvisionnement, bien que Kiva ne sache pas laquelle.

La désolation dans l'air était telle que Kiva ne s'attarda pas. Elle se hâta de prélever ses échantillons, tandis que Naari discutait avec les autres gardes. Ces derniers n'utilisaient pas leur fouet, mais ils n'en avaient pas besoin. Ces détenus étaient déjà brisés.

— J'ai demandé si les travailleurs affectés au pompage avaient droit à des rations supplémentaires, dit Naari lorsqu'elles empruntèrent le passage suivant, laissant derrière elles les gémissements et bruits de levier.

Kiva tenta de dissimuler sa surprise.

— Et ?

La garde secoua la tête et répéta :

— Je déteste cet endroit.

L'aquifère n'était qu'à une courte distance de la station de pompage. Lorsque l'étroit couloir s'élargit et que le réservoir apparut, Kiva sentit les battements de son cœur s'accélérer. Les balises de luminium n'offraient qu'une faible lumière, mais Kiva remarqua que la nappe d'eau s'étendait à perte de vue, et que sa couleur sombre suggérait une profondeur tout aussi terrifiante.

— Ça ne va pas ?

Kiva se tourna vers Naari qui la dévisageait et lâcha :

— C'est ici, pas vrai ?

Les ombres que les balises projetaient sur le visage de Naari ne suffisaient pas à cacher sa perplexité.

— Ici que quoi ? Que se trouve la source de la maladie ? N'est-ce pas ce qu'on essaye de déterminer ?

Kiva secoua la tête.

— Non. Le Supplice de demain. Est-ce qu'il aura lieu ici ?

C'était l'option la plus probable. Kiva sentit la nausée l'envahir en contemplant l'interminable lac souterrain.

Naari observa à son tour l'aquifère comme si elle le voyait d'un œil nouveau.

— Je ne sais pas.

Kiva ne savait pas ce qu'exprimait son visage, mais, lorsque Naari se tourna vers elle, la garde insista :

— Je te le jure, Kiva. J'ignorais également ce qu'allaient être les deux Épreuves précédentes. Si je savais ce qui t'attend demain, je te le dirais.

Sa voix était si sincère que Kiva la crut. Quelques semaines plus tôt, elle n'aurait jamais eu le courage de poser la question, mais, sans qu'elle sache comment, Naari était devenue l'une des personnes au monde en qui Kiva avait le plus confiance. Si la garde affirmait qu'elle ne savait pas, alors elle ne savait pas.

Ce qui n'arrangeait pas du tout Kiva.

— Combien de temps penses-tu qu'il faille pour traverser à la nage ? demanda Kiva en s'accroupissant prudemment au bord de l'eau pour remplir une fiole.

— Franchement, je ne veux même pas y penser, répondit Naari avec un frisson dans sa voix habituellement si posée.

Voyant l'expression de Kiva, elle se hâta d'ajouter :

— Mais je suis sûre que ça ne prendra pas très longtemps, si c'est ce que tu dois faire. Et c'est de l'eau douce, donc on n'y trouve aucun monstre marin, ni quoi que ce soit d'autre.

Cette idée ne lui avait même pas effleuré l'esprit. Kiva retira aussitôt sa main de l'eau et battit précipitamment en retraite, s'attendant à moitié à voir une gueule remplie de crocs acérés surgir à la surface.

— Au moins, l'eau est potable, continua Naari. Tu pourras te désaltérer si tu dois nager pendant plusieurs heures.

— Je sais que tu crois aider, mais ce n'est pas le cas, répliqua Kiva d'une voix vide d'émotion.

Heureusement, Naari n'ajouta rien d'autre pendant que Kiva prélevait le reste de ses échantillons. Après quoi, elles rebroussèrent chemin en silence, toutes deux perdues dans leurs pensées. Kiva ne cessait de songer à l'Épreuve qui l'attendait le lendemain, sans parvenir à se rassurer ou à trouver la moindre réponse à ses interrogations.

Les deux jeunes femmes avaient prévu d'emprunter ensuite la galerie plus large qui menait au dédale de tunnels afin que Kiva puisse effectuer ses derniers prélèvements, mais ce plan changea lorsqu'elles découvrirent Olisha qui les attendait au pied de l'échelle.

— Je ne savais pas de quel côté vous étiez parties, donc j'ai préféré attendre votre retour, expliqua la femme en se tordant les mains.

La panique qui submergea Kiva fit aussitôt disparaître le troisième Supplice de son esprit.

— C'est Tipp ? Il est malade ?

— Oh ! Non, ce n'est pas Tipp.

Mais Kiva n'écoutait déjà plus. Elle agrippa un barreau de l'échelle, prête à remonter en courant jusqu'à l'infirmerie.

— C'est son estomac ? Sa fièvre est revenue ?

Olisha posa une main sur son bras pour l'arrêter.

— Kiva, mon chou, ce n'est pas Tipp. C'est Tilda.

Une vague de soulagement envahit Kiva, aussitôt chassée par une bouffée d'angoisse.

— Est-ce qu'elle s'est remise à convulser ? Est-elle… est-elle…

— Elle va bien, l'interrompit Olisha d'une voix calme.

Perplexe, Kiva relâcha l'échelle et se tourna vers Naari, qui ne semblait pas plus avancée.

— Alors que fais-tu là ? finit par demander Kiva à Olisha.

— Parce qu'elle est réveillée. Tilda est réveillée.

Encore plus perdue, Kiva répondit :

— Elle se réveille plusieurs fois par jour. Essaye de lui faire avaler un peu de bouillon avant qu'elle se rendorme. Elle a besoin de liquides.

— Non, mon chou, tu n'as pas compris, déclara impatiemment Olisha. Tilda est réveillée. Et elle est lucide.

CHAPITRE 26

Kiva tenta de calmer sa respiration lorsqu'elle remonta l'échelle à la suite d'Olisha et de Naari, ayant décidé de revenir plus tard pour ses derniers échantillons.

Enfin, les trois femmes rejoignirent la surface, en sueur, le souffle court et les muscles en feu. Du moins, pour Kiva et Olisha. Naari, elle, semblait en pleine forme. Si Kiva n'avait pas été si pressée de retourner à l'infirmerie, elle lui aurait demandé plus d'explications sur sa prothèse ; la garde n'avait eu aucun mal à s'agripper aux barreaux, ni à faire quoi que ce soit d'autre.

Refusant d'accorder à son corps un instant de répit, Kiva sortit à grands pas du bâtiment, Naari à ses côtés. Olisha leur lança d'une voix haletante qu'elle les rattraperait.

Kiva ne savait pas ce qu'elle allait trouver, ni même ce qu'elle espérait. Doutes, questions et préoccupations tournoyaient dans son esprit lorsqu'elle pénétra enfin dans l'infirmerie.

— Kiva ! T-te revoilà ! s'exclama Tipp, qui était assis au chevet de Tilda et lui tenait la main.

Kiva sentit un pincement au cœur lorsque la femme tourna la tête dans sa direction – ou presque, du fait de sa cécité. Elle déglutit et s'approcha d'abord de l'établi pour y déposer ses échantillons. Elle trouva Nergal assis sur un tabouret, exactement là où elle l'avait laissé en partant.

— Tu peux y aller, lui annonça-t-elle. Olisha aussi, dis-le-lui. Elle est en train de revenir des tunnels.

L'homme ne se le fit pas dire deux fois. Il s'échappa de l'infirmerie comme s'il craignait qu'elle ne change d'avis. Mais Kiva ne voulait ni de lui ni d'Olisha pour cette conversation. Dans l'idéal, elle aurait aimé être seule avec sa patiente, mais Tipp était déjà en train de parler à Tilda, tandis que Naari s'approchait du lit avec méfiance. Apparemment, la garde n'avait pas oublié l'attaque surprise de la Reine Rebelle peu après son arrivée. Tilda était restée menottée depuis, mais nul doute que Naari était sur le qui-vive.

Le cœur battant et les jambes lourdes comme du plomb, Kiva s'avança vers Tilda. Elle ne savait pas pourquoi elle était si nerveuse. Non, c'était faux – elle avait un nombre incalculable de raisons : Tilda se souvenait-elle de ce qui avait précédé son arrivée à Zalindov ? Était-elle au courant du message que la sœur de Kiva lui avait fait parvenir ? Savait-elle que Zuleeka l'avait envoyé, que Kiva avait tout risqué et risquait encore tout pour la garder en vie ? Et ses partisans, à l'extérieur des murs de la prison, savait-elle qu'ils avaient tenté de la libérer ? Qu'ils avaient échoué ? Savait-elle s'ils avaient un plan de secours ? Ou bien Kiva se berçait-elle d'illusions ?

Tant de questions qu'elle ne pouvait poser en présence de Tipp et de Naari.

Avec une assurance feinte, Kiva passa devant Naari, qui regardait la femme allongée d'un air soupçonneux, et s'arrêta à côté de Tipp.

— Alors, il paraît que ça va mieux.

Kiva ne reconnut même pas sa propre voix.

— Elle n'a p-presque rien d-dit, expliqua Tipp. Juste d-demandé où elle était. Et d-de l'eau.

Kiva ressentit un frisson d'inquiétude. La dernière fois que Tilda avait été lucide, elle avait su qu'elle se trouvait à Zalindov… avant d'oublier quelques secondes plus tard. Mais c'était une bonne chose qu'elle ait demandé à boire. Kiva avait bien du mal à l'hydrater.

— Kiiivva, fit la femme. Kiiiiiva.

— C'est ça, dit Tipp d'un ton encourageant en lui tapotant la main. Voilà Kiva, la g-guérisseuse de la prison. Je vous ai p-parlé d'elle, vous vous souvenez ? Kiva M-Meridan. La m-meilleure guérisseuse de tout W-Wenderall. Elle s'est occupée de v-vous.

— Kiiiiiiva, répéta Tilda en tournant ses yeux vides vers la voix de Tipp.

Kiva enfonça ses ongles dans ses paumes en entendant son prénom sortir de la bouche de Tilda. Malgré les dires d'Olisha, la Reine Rebelle paraissait loin d'être lucide. Ou peut-être avait-elle du mal à parler, comme la fois précédente, des semaines plus tôt.

— Lui as-tu donné de l'herbe de gomme ? demanda Kiva à Tipp.

Le regard du garçon s'éclaira. Il se leva d'un bond et se précipita vers l'établi pour attraper le pot de pâte marronnasse. Puis il le tendit à Kiva, qui en étala un peu sur la langue de Tilda.

— Kiva, reprit la Reine Rebelle quelques instants plus tard.

Elle ne bredouillait plus mais semblait toujours incapable de dire quoi que ce soit d'autre.

— Elle est là, déclara Tipp. Avec N-Naari. Je vous ai aussi p-parlé d'elle. C'est une g-garde, mais elle est gentille. Elle vous p-plairait.

Tilda tournait la tête de-ci, de-là, comme si elle essayait de les voir. Kiva se demanda une nouvelle fois depuis combien de temps elle avait perdu la vue, si c'était une conséquence de sa maladie ou quelque chose de plus ancien.

Bien décidée à ne pas oublier qu'elle était guérisseuse et qu'elle avait un travail à faire, elle s'obligea à demander :

— Pouvez-vous me dire comment vous vous sentez ? Maux de tête, nausées, douleurs ? Vous êtes ici depuis près de six semaines, et je ne sais toujours pas ce que vous avez. Toute information pourrait être utile.

— Les… Épreuves, dit Tilda. Pourquoi n'est-on pas… venu… me chercher ?

Ni Kiva, ni Tipp, ni Naari ne répondirent.

— Pourquoi… suis-je… encore… en vie ?

Tipp se trémoussa sur son tabouret. Naari ne cessait de croiser et de décroiser les bras.

— Je… devrais… être morte.

À ces mots, Kiva sentit quelque chose se déchirer en elle. Elle se souvint de ce que Tilda avait dit lors de leur précédente conversation : *Pourquoi me garder en vie si je dois mourir ?*

Des larmes lui piquèrent les yeux lorsqu'une pensée la percuta violemment : Tilda semblait avoir *envie* de mourir. Comme beaucoup d'autres prisonniers avant elle, elle paraissait n'avoir plus aucune raison de vivre. Pourtant, Kiva savait que ce n'était pas le cas. En tant que Reine Rebelle, elle avait une cause à défendre, des gens qui comptaient sur elle. Un royaume à reconquérir. Elle aurait dû être la dernière personne au monde à vouloir mourir sans avoir tout donné pour reprendre sa couronne.

— Kiva… *pourquoi ?* demanda Tilda d'un ton implorant, son front se couvrant de sueur sous l'effort.

— Pourquoi quoi ? dit Naari, prenant la parole pour la première fois.

Kiva sursauta. Elle avait oublié que la garde les surveillait de si près.

— *Pourquoi ?* répéta Tilda d'une voix chargée d'émotion.

— Je crois qu'elle v-veut savoir pourquoi elle est encore là, encore en v-vie, murmura Tipp.

Mais Kiva se demandait si ce n'était pas plutôt une autre réponse que Tilda attendait, une réponse que Kiva ne pouvait pas lui donner.

— Je suis désolée, répondit Kiva, la gorge nouée. Je ne sais pas pourquoi vous êtes malade, mais je fais tout ce que je peux pour vous soigner.

Y compris prendre la place de Tilda lors des Épreuves du Supplice, ce que Kiva n'avait aucune intention de révéler. Elle lança un rapide regard à Tipp et à Naari pour les faire taire également.

— Voilà p-pourquoi vous êtes encore en v-vie, ajouta Tipp d'une voix enjouée. Grâce à K-Kiva. Elle va vous remettre sur p-pied en un rien de t-temps !

Un gémissement s'échappa des lèvres de Tilda et transperça Kiva en plein cœur.

— Kiva. *Kiiiiva.*

— Qu'est-ce qu'elle a ? murmura Naari.

— Elle est malade, rétorqua Kiva d'un ton sec.

Naari marqua une pause, puis ajouta prudemment :

— Je sais qu'elle est malade, Kiva. Je voulais plutôt dire, pourquoi ne cesse-t-elle de répéter ton nom ainsi ?

Kiva se contenta de secouer la tête, la gorge trop nouée pour répondre.

— Raconte-moi… l'histoire, dit Tilda en fermant les yeux et en reposant sa tête sur l'oreiller.

Naari et Tipp échangèrent un regard perplexe, mais Kiva dut prendre une profonde inspiration pour empêcher ses larmes de déborder. Cette femme, cette pauvre femme… Kiva ne savait pas combien de temps il lui restait. Ni ce qu'elle pouvait faire pour l'aider.

— Ton… père… Kiva, continua la malade en levant une main tremblante dans sa direction. Et… la voleuse. Raconte-moi… l'histoire.

Kiva déglutit, une fois puis une seconde. C'était aussi douloureux que si des débris de verre glissaient dans son œsophage. Sa propre main se mit à trembler lorsqu'elle attrapa doucement celle de Tilda, sachant que c'était ce que la femme voulait.

— De quoi parle-t-elle ? demanda Naari.

Cette fois, Kiva s'obligea à répondre :

— Je lui ai raconté une histoire, la veille de l'Épreuve du Feu. Elle ne cessait de s'agiter et de gémir dans son sommeil. Je voulais l'aider.

— J'aime l-les histoires, déclara Tipp. T-tu peux la raconter à nouveau ?

Kiva regarda le jeune garçon avec son expression ouverte, Naari qui semblait désormais plus curieuse que méfiante, puis Tilda qui paraissait sur le point de se rendormir et de basculer à nouveau dans le délire. C'était peut-être mieux ainsi. Incapable de communiquer et confinée à l'infirmerie, la reine était à l'abri des anti-rebelles et ne pouvait être envoyée à l'Abysse pour y subir un interrogatoire. Jusqu'à ce que Kiva termine les Épreuves, Tilda restait une prisonnière et sa vie était en danger. Il n'y avait aucun signe que ses partisans allaient revenir la chercher. Tout reposait désormais sur les épaules de Kiva : si elle échouait, la femme serait exécutée ; si elle réussissait, elle serait libérée. Peut-être était-ce pour cette raison que Tilda allait si mal : parce que, inconsciemment, elle savait ce qui se passerait si l'on essayait de lui arracher ses secrets. Et c'était peut-être également pour cela qu'elle voulait mourir, pour protéger ses plans de conquête et toutes les personnes auxquelles elle tenait.

Mais… Kiva avait elle aussi des gens à qui elle tenait. Et, pour le meilleur ou pour le pire, Tilda en faisait partie. Tant que Kiva serait en vie, elle ferait son possible pour sauver Tilda.

Ne la laisse pas mourir.

Ce rappel était inutile.

Kiva n'avait jamais eu l'intention de baisser les bras.

Elle tira un tabouret pour s'asseoir à côté de Tipp, serrant la main de Tilda dans la sienne, et commença à raconter l'histoire de la rencontre entre son père et sa mère. Et elle espérait que la malade avait aussi entendu le reste de son message, la première fois. Qu'elle se souvenait des gens qu'elle aimait et qui attendaient son réveil. Qu'elle se battrait pour rester en vie.

*

— Tu t-tiens vraiment à elle, pas vrai ? lui demanda Tipp ce soir-là, alors que Kiva administrait les derniers échantillons aux rats.

Le garçon lui avait proposé son aide, mais il était plus une gêne qu'autre chose, trop occupé à jouer avec les rongeurs.

— À qui ? demanda Kiva, distraite.

— Tilda. J'ai v-vu la manière dont t-tu la regardais en racontant ton histoire. Elle était s-super, d'ailleurs. Tu ne p-parles jamais de tes p-parents.

— Il n'y a pas grand-chose à raconter, répondit-elle avec une nonchalance feinte pour tenter d'apaiser la peine qu'elle ressentait en pensant à sa famille.

Tipp avait assez de jugeote pour ne pas insister, et en revint à sa question initiale.

— P-pourquoi T-Tilda ? Est-ce seulement ce qu'elle r-représente ? Parce que tu ne veux p-pas laisser m-mourir un autre prisonnier ? C'est ce que t-tu avais dit, p-pas vrai ?

— Oui, il y a de ça. Mais aussi… Elle me fait penser à quelqu'un que je connaissais, admit Kiva à voix basse.

Tipp se tourna vers elle, ses yeux bleus soudain bordés de larmes.

— Je ne s-savais pas si tu avais remarqué. Je n'ai r-rien voulu dire pour ne pas en f-faire t-toute une histoire.

Kiva lâcha la mousse de l'aquifère qu'elle était en train de mélanger à la nourriture des rats et s'avança vers le garçon.

— Tipp…

— Je n-ne m'en étais p-pas rendu compte à son arrivée, m-mais quand tu l'as nettoyée… (Il s'essuya les yeux.) Elle me r-rappelle tellement maman.

Kiva ouvrit grand les bras, et il sortit de l'enclos pour s'y réfugier. Il ne pleura pas, mais sa tristesse les enveloppa tous les deux.

— Ineke serait tellement fière de toi, chuchota Kiva. Tu le sais, pas vrai ? Tellement fière.

Kiva n'avait pas la moindre idée de la raison pour laquelle Tilda évoquait sa mère à Tipp – à part que les deux femmes avaient à peu près le même âge et des cheveux noirs. Peut-être cela avait-il suffi à faire remonter des souvenirs dans son esprit. Kiva avait vécu la même chose après la mort de son frère ; pendant des années, elle avait vu Kerrin dans le visage de chaque garçon qu'elle croisait.

— Je… Ça me fait vraiment p-plaisir que tu tiennes à elle. Même si je sais que ce n'est p-pas vraiment maman, je suis c-content que tu essayes de l'aider.

Il se dégagea de l'étreinte de Kiva et admit :

— Je sais que j'étais f-fâché au début, mais t-tu as bien fait de p-prendre sa place. Et tu te d-débrouilles tellement bien à chaque Épreuve, je suis sûr que d-demain ce sera pareil.

L'estomac de Kiva se noua lorsqu'elle pensa au Supplice qui l'attendait, et encore plus quand elle prit conscience que, si elle parvenait à survivre à celui-ci puis au suivant, elle serait libre de quitter Zalindov. Tilda, Tipp et elle, tous ensemble.

Mais ils devraient abandonner Jaren et Naari. Et Mot.

Mot qui lui avait apporté une petite fiole de liquide laiteux cet après-midi, après avoir passé la semaine à aller et venir dans le jardin médicinal de Kiva en marmonnant dans sa barbe. L'ex-apothicaire lui avait tendu la potion en déclarant : *Bois ça demain. Ne me demande pas ce qu'il y a dedans – crois-moi, mieux vaut que tu ne le saches pas. Pince-toi le nez pour être sûre d'arriver à l'avaler.*

Je vais avoir besoin de plus amples informations, avait rétorqué Kiva en examinant la fiole d'un air dubitatif.

La plupart des gens se noient à cause de la panique ou de la fatigue, j'imagine que c'est ce qui t'attend lors du Supplice. S'ils te balancent dans l'aquifère et t'obligent à nager – tu sais nager, pas vrai ? –, cette potion t'aidera à tenir le coup. Tu te fatigueras moins vite et tes muscles seront plus détendus pour éviter les crampes. J'ai essayé d'ajouter quelque chose pour t'aider à garder ton calme, mais, euh, ça n'a pas bien réagi. Donc, tu vas devoir gérer toi-même tes émotions.

Sur ce, il lui avait souhaité bonne chance et avait annoncé qu'il allait commencer à réfléchir à l'Épreuve de la Terre. Touchée par cette marque de confiance, Kiva avait senti l'émotion l'envahir lorsque le vieil homme avait quitté l'infirmerie.

Il ne serait pas facile d'abandonner Mot si Kiva survivait aux quatre Supplices. Mais elle ne pouvait rien faire pour lui, pas plus que pour Jaren. Tipp et Tilda, en revanche, comptaient sur elle, même s'ils ne le savaient pas.

— Bien sûr que je tiens à elle, répondit Kiva au jeune garçon, ignorant tout le reste. Et je suis contente que toi aussi.

Tipp hocha la tête.

— Tu p-peux compter sur moi quand tu n'es p-pas là. Je m'occupe presque aussi b-bien d'elle que toi.

— Mieux, je parie, dit Kiva en ébouriffant ses cheveux roux. Je suis sûre que tu es son préféré. De loin.

Un sourire espiègle se dessina sur les lèvres de Tipp.

— Je n'osais p-pas le dire, mais…

Kiva éclata de rire et retourna à ses échantillons. Elle était restée à l'infirmerie après que Tilda s'était rendormie, voulant être présente au cas où la malade aurait un nouveau sursaut de lucidité. Mais, sans surprise, celle-ci s'était remise à délirer. Kiva s'était donc occupée des rats afin de ne pas perdre davantage de temps.

Kiva avait prévu de redescendre en vitesse dans les tunnels avec Naari le lendemain matin pour prélever ses derniers échantillons avant l'Épreuve. Ce serait serré, mais encore jouable.

★

Mais, au matin, les plans de Kiva furent contrariés par l'arrivée d'un nouveau chariot de prisonniers. Kiva dut rester à l'infirmerie pour les examiner et leur entailler la main, ce qui prit du temps et l'empêcha d'aller faire ses prélèvements. Le seul point positif fut qu'elle eut à peine le temps de penser à la tâche qui l'attendait, hormis lorsqu'elle se força à avaler l'horrible potion de Mot.

Il y avait quatre nouveaux prisonniers, trois hommes et une femme, d'âges différents, venant des quatre coins de Wenderall. Ils étaient en assez bonne santé pour que Kiva en déduise que la dernière portion de leur voyage, en plein cœur de l'hiver, n'avait pas dû être très longue. Elle était d'ailleurs surprise par leur présence. À l'exception de Jaren, de ses deux compagnons morts, et plus tard de Tilda, personne n'était venu à Zalindov depuis que le froid s'était installé. La famille royale et son entourage ne comptaient pas, si l'on considérait les conditions dans lesquelles ils se déplaçaient.

Un par un, les détenus se hissèrent sur la table. Kiva les examina, puis leur grava la marque de Zalindov sur le dos de la main avant de les congédier, comme elle le faisait depuis des années. Tipp resta avec elle, se chargeant d'aller chercher de l'eau, de lui tendre la cendre de poivrine et d'aider les nouveaux à enfiler leur uniforme de prisonnier.

Seule la femme osa ouvrir la bouche, marmonnant qu'ils avaient été obligés de voyager dans le froid parce que tous les cachots sur leur chemin étaient pleins à craquer. Kiva la fit taire presque aussitôt car, cette fois, ce n'était pas Naari qui surveillait l'infirmerie. Le Squelette et le Boucher attendaient sur le pas de la porte, emplissant l'air d'une menace silencieuse qui poussa Kiva à se dépêcher.

Enfin, elle congédia le dernier arrivant, qui fut traîné jusqu'aux trois autres par les deux gardes hargneux. Après quoi, tous quittèrent enfin l'infirmerie, y compris les gardes. Au grand soulagement de Kiva, on ne lui demanda pas d'assurer la visite pour les nouveaux prisonniers.

Quoique… les choses n'avaient pas si mal tourné finalement, la fois précédente.

— C'était int-tense, déclara Tipp en empilant les anciens vêtements des quatre détenus. Je ne sais p-pas comment tu fais.

— Question d'entraînement, répondit Kiva en s'approchant pour l'aider.

Elle ramassa une chemise sale qui avait appartenu à l'un des hommes, la secoua en plissant le nez, puis la replia. Elle faillit ne pas remarquer ce qui en tomba, faillit ne pas réagir assez vite pour poser sa botte dessus avant que Tipp ne le voie.

Son cœur battait la chamade, mais elle s'obligea à continuer calmement de plier les habits.

— Peux-tu les apporter à l'accueil, pour le tri ? demanda Kiva à Tipp en priant pour qu'il n'entende pas le léger tremblement dans sa voix.

— Je me d-dépêche. Ils vont b-bientôt venir te chercher. Je v-veux être là.

Kiva s'accorda à peine une seconde pour penser au Supplice à venir. Elle retint son souffle jusqu'à ce que le garçon quitte la pièce, puis regarda autour d'elle pour s'assurer qu'elle était seule avec Tilda, et se pencha pour ramasser le bout de parchemin qui était tombé de la chemise de l'homme.

Enfin. Sa famille avait reçu le message que Raz lui avait transmis et répondait pour lui annoncer sa venue.

D'une main tremblante, elle déplia le parchemin. Il ne contenait qu'un seul mot, gribouillé cette fois par son frère :

Kiva fronça les sourcils et le relut en se demandant si elle s'était trompée dans la traduction.

C'était un nom. De ville.

Valboisé.

Si elle se souvenait bien de ses quelques leçons de géographie, c'était dans le Sud, non loin de Vallenia.

Mais pourquoi…

Kiva étouffa une exclamation lorsqu'elle comprit enfin.

Son frère lui disait où il se trouvait. Où sa famille se trouvait.

Où elle pourrait les rejoindre si elle survivait aux Épreuves du Supplice, si elle recouvrait sa liberté.

À l'idée qu'il la croie capable de triompher là où tant d'autres avaient échoué, elle sentit l'espoir la réchauffer.

Mais celui-ci s'envola presque aussitôt pour laisser place à l'accablement. Sa troisième tâche était imminente, et sa famille n'était toujours pas venue la sauver. Elle les avait suppliés de l'aider, et c'était leur seule réponse.

Nous arrivons.

Mensonge.

Tous les messages n'étaient que mensonges.

Car ils n'arriveraient pas.

Elle inspira profondément pour contrôler les larmes qui menaçaient de s'échapper.

Elle ne pouvait pas leur en vouloir. Personne n'avait jamais réussi à entrer par effraction à Zalindov. Ni à s'en échapper. Elle savait depuis le début qu'elle leur demandait l'impossible. Mais elle avait espéré… avec l'aide des rebelles…

Ça n'avait plus d'importance, à présent.

C'était à Kiva de jouer. Si elle voulait revoir sa famille, elle devrait se débrouiller seule. Le message de son frère lui apprenait deux choses :

Ils l'attendaient. Et ils voulaient qu'elle les rejoigne.

Encore deux semaines.

Deux Supplices.

Et elle serait libre.

— Oh, tu es encore là, mon chou.

Kiva froissa le parchemin et le jeta sous la table avant de faire volte-face pour découvrir Olisha qui entrait dans l'infirmerie.

— Qu'est-ce que tu fais là ? demanda Kiva d'une voix enrouée par l'émotion.

Olisha tapota le sac qu'elle tenait à la main, faisant cliqueter le verre à l'intérieur.

— Je viens juste refaire le stock.

— Le stock ?

Olisha s'approcha de l'établi et s'agenouilla pour ouvrir un panneau de bois sur le devant. Kiva la regarda faire, stupéfaite. Elle ne s'était jamais aperçue que le meuble comportait un placard.

— Le stock, répéta Olisha en sortant de son sac un flacon de liquide transparent. Tu sais, la potion d'immunité.

Une sensation de froid étreignit Kiva lorsqu'elle s'approcha de l'autre femme d'un pas chancelant.

— La potion d'immunité ?

La tête penchée dans le placard, Olisha repoussait d'autres flacons identiques pour dégager de l'espace.

— Dommage que je sois allergique à l'orpin rose. Nergal aussi. Sinon, on en avalerait des litres.

— Je peux… (Kiva se racla la gorge.) Je peux en voir un, s'il te plaît ?

Olisha tendit à Kiva le flacon qu'elle s'apprêtait à poser sur l'étagère, puis en attrapa un autre.

D'une main tremblante, Kiva retira le bouchon et porta le flacon à son nez. Aussitôt, la panique l'envahit, mais elle se força à n'en rien laisser paraître lorsqu'elle demanda :

— Qui te les a donnés, Olisha ?

— Hmm ? fit la femme, distraite par sa tâche.

— Ces flacons, d'où viennent-ils ?

— Nergal me les a donnés, mon chou. Il est parti avec les autres pour assister à ton Épreuve, mais je n'ai pas les nerfs assez solides pour ça. J'ai proposé de les déposer puisque je venais à l'infirmerie. Il faut bien que quelqu'un surveille les patients en ton absence.

— Nergal… t'a donné ces… potions d'immunité ?

Olisha entendit quelque chose dans la voix de Kiva qui la fit s'interrompre et lever la tête.

— Eh bien oui, mais il les a eues par quelqu'un d'autre. On a passé l'hiver à les distribuer. Chaque fois que quelqu'un vient nous voir à l'infirmerie, on lui en donne une. Comme toi.

— Comme… moi ?

Olisha fronça les sourcils.

— Tu les as bien distribuées ?

Kiva secoua lentement la tête, submergée peu à peu par l'horreur, et Olisha ajouta :

— C'est fâcheux. Avec cette épidémie, on n'est jamais trop prudent. Tout le monde n'est pas allergique à l'orpin rose, tu sais. Tu aurais dû en faire avaler à tous tes patients. Pas les malades – on a essayé et ça n'a fait qu'empirer les choses. Mais ceux qui viennent pour des plaies, ou un rhume, ou… ou… ceux qui vont bien. C'est à eux qu'on en a donné pour mettre toutes les chances de leur côté. C'est ce que tu aurais dû faire, toi aussi. (Olisha pinça les lèvres.) Tu me déçois, Kiva.

Mais Kiva ne l'écoutait déjà plus. À la place, elle entendait la voix accusatrice de Cresta, la veille : *Tous ceux qui viennent te voir pour le moindre problème finissent par tomber malades. Comment tu expliques ça, guérisseuse ?*

Par tout l'éthermonde.

Kiva savait enfin ce qui causait la maladie.

Olisha avait raison, il y avait bien dans la potion de l'orpin rose, connu pour stimuler les défenses immunitaires.

Mais elle avait également tort, car ce n'était pas tout ce que contenait le flacon.

L'odeur persistait encore dans ses narines, de l'amande amère avec un soupçon de fruit pourri. Le parfum épicé de l'orpin la masquait suffisamment pour que des néophytes comme Olisha et Nergal n'y voient que du feu.

Forte fièvre, pupilles dilatées, maux de tête, nausées, diarrhée, boutons sur l'abdomen… c'étaient les symptômes d'une maladie intestinale, mais aussi les effets secondaires classiques d'autre chose, une plante qui sentait l'amande amère et le fruit pourri.

Le perce-cœur.

Qu'on surnommait également l'étreinte de la mort.

La potion d'immunité n'était pas un remède.

C'était du poison.

Administré délibérément aux prisonniers.

— C'est l'heure.

Kiva se tourna vers la porte de l'infirmerie, tremblant de tout son corps sous le choc de ce qu'elle venait de découvrir.

— Où est Naari ? demanda Kiva en voyant le Gardien se diriger vers elle.

L'homme haussa un sourcil.

— Tu es devenue bien familière avec elle, on dirait. Sois prudente, guérisseuse.

Kiva ouvrit la bouche pour révéler à Rooke ses conclusions, mais elle vit alors qu'il n'était pas seul. Un garde se tenait à ses côtés, et deux autres attendaient sur le seuil, à portée de voix. Les mots d'Olisha résonnèrent de nouveau à son esprit : *Il les a eues par quelqu'un d'autre.*

Kiva ne pouvait pas prendre le risque de dire quoi que ce soit tant qu'elle n'était pas certaine de l'identité du responsable. Olisha et Nergal n'avaient été que des pions. Idiots, faciles à manipuler. Il était trop risqué d'annoncer la vérité au Gardien alors que d'autres personnes étaient présentes. Les prisonniers n'étaient pas les seuls à répandre des rumeurs à Zalindov. Et ce que les gardes savaient, les détenus ne tarderaient pas à l'apprendre.

Il allait falloir résoudre le problème, mais discrètement. Zalindov était déjà une poudrière sur le point d'exploser. Si les gens découvraient que la maladie n'en était pas une… que quelqu'un les empoisonnait de façon délibérée…

— Qu'est-ce que tu as là ? demanda Rooke en observant la fiole qu'agrippait dans la main de Kiva.

Feignant le calme, Kiva redonna la potion à Olisha et mentit comme une arracheuse de dents :

— Rien d'important.

Rooke fronça les sourcils et Kiva sentit un sursaut d'espoir, sachant à quel point celui-ci était doué pour sonder les gens. Il allait forcément reconnaître la panique sur son visage et demander à lui parler en privé. Elle pourrait alors lui révéler la vérité sans oreilles indiscrètes.

Mais il se contenta de tourner les talons et de lui faire signe de le suivre.

— Viens. On a un petit bout de chemin à faire.

— Attendez ! s'écria-t-elle avant de pouvoir s'en empêcher. Je peux vous parler ? Seul ?

Sans même ralentir le pas, Rooke lança par-dessus son épaule :

— On est en retard. Je suis certain que ça peut attendre la fin de ton Épreuve.

— Si tu es encore en vie, ricana le garde qui était entré dans la pièce avec lui avant de s'avancer vers Kiva et de la pousser violemment. Avance, guérisseuse.

— Mais…

— Avance ou je te porte. (Il la poussa une seconde fois.) À toi de choisir

Kiva grinça des dents, mais obéit, maudissant tout bas Rooke de ne pas avoir perçu son désespoir.

L'esprit en ébullition, elle sortit de l'infirmerie. Le garde, qui ricanait toujours, accéléra le pas pour rattraper le Gardien. Puis trois autres gardes les rejoignirent, mais Naari ne se trouvait pas parmi eux. Kiva brûlait de la voir, certaine que, contrairement au Gardien, celle-ci l'écouterait et agirait en conséquence. Des gens mouraient, empoisonnés.

Il fallait que quelqu'un sache, découvre l'identité du responsable et le traîne devant la justice.

Kiva pensa d'abord à Cresta. Si les détenus parvenaient à mettre la main sur de la poudre d'ange de contrebande, alors il était possible d'obtenir d'autres substances. Et qui de mieux placé pour cela que la cheffe des rebelles ? Mais… Cresta avait semblé folle de rage la veille lorsqu'elle avait accusé Kiva de laisser mourir ses amis. Si c'était elle qui avait obtenu le poison, elle se serait assurée que ses proches n'en prennent pas.

Non, cela devait être quelqu'un d'autre. Après tout, Cresta n'avait pas besoin de poison pour répandre la peur et l'animosité parmi les détenus. Mais qui… et pourquoi ?

Kiva perdit le fil de ses pensées lorsqu'une voix héla le Gardien, stoppant net le petit groupe. Kiva tourna la tête et vit Naari s'approcher. Son soulagement fut tel que ses jambes la lâchèrent presque.

— Arell, grommela Rooke, je me demandais où vous étiez passée. Saviez-vous que l'infirmerie avait été laissée sans surveillance ?

— Un chariot est arrivé ce matin, répondit Naari. On m'a affirmé que c'était bon.

Le Gardien pinça les lèvres, mais cette réponse dut le satisfaire car il recommença à marcher.

Kiva attendit que Naari la rejoigne et ralentit le pas pour mettre le plus de distance possible entre elle et le groupe d'hommes.

— Il faut que je te parle, murmura-t-elle à la garde du bout des lèvres.

— Il faut que tu te concentres, répondit Naari.

Kiva lança un regard en coin à la garde, et vit son teint pâle, ses traits tirés, sa posture anxieuse.

— C'est urgent, insista-t-elle. C'est au sujet de…

Mais Kiva s'interrompit lorsqu'elle prit conscience que quelque chose clochait. Ils ne se dirigeaient pas vers l'entrée des tunnels, vers l'aquifère.

Ils se dirigeaient vers le portail de Zalindov.

Soudain, la peur submergea Kiva. Elle s'était montrée confiante en pensant qu'elle allait devoir traverser l'aquifère à la nage, surtout avec la potion énergisante de Mot, mais à présent…

À présent, elle n'avait plus aucune idée de ce qui l'attendait.

— Où va-t-on ? demanda-t-elle tout bas.

Naari répondit d'une voix aussi sombre que son visage :

— Je ne sais pas, mais ça ne me dit rien qui vaille.

Kiva n'était pas plus optimiste. Mais, lorsqu'elles franchirent le portail derrière Rooke puis longèrent les rails qui passaient devant les fermes, elle commença à avoir une petite idée de leur destination.

Sa bouche s'emplit de salive et elle fut prise d'un besoin frénétique d'annoncer à quelqu'un ce qu'elle avait découvert. Elle attrapa alors la manche en cuir de Naari et se pencha pour murmurer :

— C'est du poison.

— Quoi ? fit la garde avant de la faire taire d'un geste brusque, juste avant que Rooke ne se retourne vers elles.

— Accélérez, ordonna le Gardien. Tout le monde nous attend.

Kiva savait qu'il faisait référence au reste des détenus de Zalindov. Elle se demanda si Tipp avait été entraîné par la foule en revenant de l'accueil. Elle espérait qu'il était avec Mot ou Jaren, et non perdu au milieu des bûcherons ou des carriers. Mais elle savait aussi que le garçon était débrouillard. Plutôt que de s'inquiéter pour lui, elle décida de s'assurer que Naari avait compris son message.

Rooke, toutefois, avait remarqué qu'elles s'étaient laissé distancer et ralentit le pas pour les obliger à rattraper le reste du groupe. Kiva observa Naari du coin de l'œil, mais celle-ci ne semblait pas inquiète, preuve qu'elle n'avait pas compris ce que Kiva avait tenté de lui dire. Il fallait que Kiva trouve un autre moyen, et vite.

C'est alors que Rooke tourna vers l'est, dans une direction que Kiva n'avait jamais empruntée. Elle prit alors conscience qu'elle avait vu juste sur leur destination, et son cœur se serra d'appréhension.

La carrière abandonnée.

Inondée et mortellement dangereuse.

L'endroit idéal pour son Épreuve de l'Eau.

CHAPITRE 27

Comme avant les deux premiers Supplices, Kiva entendait son cœur tambouriner frénétiquement à ses oreilles. La carrière abandonnée était beaucoup plus petite que celle qu'elle et Naari avaient visitée deux semaines plus tôt, mais avait la réputation d'être bien plus profonde, car les prisonniers avaient longtemps creusé avant que les ressources de luminium ne viennent à s'épuiser. Il était toutefois impossible d'en jauger la profondeur puisque, au fil des ans, les pluies et les sources souterraines avaient rempli la fosse d'eau.

Kiva avait oublié l'existence de cette carrière et s'en mordait à présent les doigts, tentant frénétiquement de deviner ce qu'impliquerait sa tâche et si la potion de Mot l'aiderait.

Alors qu'elle suivait le Gardien jusqu'au sommet de la falaise qui surplombait la fosse, Kiva ne put s'empêcher d'admirer le spectacle qui s'offrait à elle.

Sous l'effet du calcaire et des autres minéraux, l'eau avait viré au turquoise, et des restes de luminium scintillaient çà et là à la surface. En été, elle aurait été ravie d'y plonger, mais pour l'heure l'hiver était encore là. Et, si l'aquifère était réchauffé par la chaleur ambiante des tunnels, ici, de la glace s'était formée à l'endroit où l'eau rencontrait la roche.

Kiva ne savait pas ce qu'elle redoutait le plus : la température glaciale de l'eau ou ce qui se cachait dans ses profondeurs. Rochers submergés, outils abandonnés, toxines minérales… la liste des dangers était infinie.

— Avance, ordonna Rooke. C'est un peu plus loin.

Kiva tenta de ne pas regarder les prisonniers qui se pressaient tout autour de la carrière, les trois mille personnes qui fixaient la fosse remplie d'eau en se demandant ce qui allait se passer. L'anticipation était palpable, encore plus que durant l'Épreuve précédente. Excitation… Colère… Rancœur… Jalousie… Espoir… C'était un mélange d'émotions entêtant, ce dont les gardes devaient eux aussi avoir conscience car ceux que Kiva aperçut parmi les prisonniers agrippaient fermement leur arme.

Danger, l'alerta son cerveau. *Danger !*

Mais Kiva n'avait pas le temps de s'en inquiéter. La terreur envahissait peu à peu chaque centimètre de son corps, la faisant trembler. Tout ce qu'elle savait, c'était que Jaren, Tipp et Mot étaient quelque part parmi la foule, à l'encourager. Elle se demanda s'ils étaient encore plus anxieux qu'elle, obligés d'assister à son Supplice, impuissants.

Lorsque Rooke s'arrêta enfin, Kiva vit qu'ils avaient descendu la moitié de la carrière mais qu'il restait encore une distance vertigineuse entre elle et la surface de l'eau – entre quinze et trente mètres, peut-être, même s'il était difficile d'en juger à cause de la couleur trompeuse et réfléchissante.

— Kiva Meridan, lança Rooke d'une voix forte qui résonna sur les pierres jusqu'aux prisonniers et aux gardes qui attendaient plus haut, aujourd'hui, te voici face à ton troisième Supplice, l'Épreuve de l'Eau. As-tu une dernière volonté à exprimer ?

Kiva aurait voulu qu'il cesse de lui poser la même question avant chaque Épreuve. Qu'était-elle censée répondre ?

Mais elle se souvint qu'elle avait effectivement quelque chose à exprimer. Elle lança un regard appuyé à Naari, tentant de communiquer avec elle. En réponse, la garde haussa les épaules, l'air navré.

Consciente que le temps lui était compté, Kiva se tourna vers Rooke et secoua la tête, sans cesser de réfléchir à un moyen de parler seule avec Naari avant le début de l'Épreuve.

Sans paraître remarquer sa préoccupation, Rooke reprit :

— En moyenne, une personne est capable de retenir son souffle sous l'eau pendant environ deux minutes.

Kiva se figea, mais Rooke n'avait pas terminé.

— Le record est d'une demi-heure. Mais l'homme en question a subi des dommages irréversibles et des complications qui ont fini par entraîner sa mort.

Priver le cerveau d'oxygène pendant si longtemps… Kiva était surprise que l'homme ait d'abord survécu.

— Pour le Supplice du jour, continua Rooke, nous avons pris ces deux durées en considération, ainsi que la température de l'eau. Tu seras donc lestée puis plongée dans la carrière, où tu devras rester immergée pendant quinze minutes. (Il désigna la grosse pierre à ses pieds, à laquelle était accrochée une corde.) Passé ce délai, nous te ressortirons. Si tu es encore en vie, tu auras remporté l'Épreuve.

Kiva ne parvint à rester debout que parce que Naari lui agrippa le bras et lui enfonça ses ongles dans la peau. La douleur déchira le voile de panique noir qui menaçait de s'abattre devant ses yeux.

Quinze minutes.

Quinze minutes.

Kiva n'avait pas envisagé une seule seconde qu'elle aurait à retenir sa respiration sous l'eau, pas même lorsqu'elle s'était imaginé toutes sortes de scénarios dans l'aquifère. Elle s'attendait à nager, pas à couler. Bien sûr, elle savait que certains plongeurs étaient capables de retenir leur souffle aussi longtemps, notamment les pisciculteurs de la côte d'Albree et les travailleurs du bassin de Grizel, mais elle n'en faisait pas partie. Son unique expérience en la matière remontait à son enfance, lorsqu'elle jouait dans la rivière et nageait sous l'eau pendant quelques minutes – assez pour inquiéter ses parents, mais rien de plus.

Quinze minutes… C'était tout bonnement impossible.

Kiva n'en revenait pas de penser une chose pareille, mais elle regrettait que la princesse Mirryn ou le prince Deverick ne soient pas là pour l'aider, malgré l'avertissement de Rooke. Même si Mirryn ne possédait pas de magie de l'eau, elle aurait pu trouver un moyen d'intervenir. Et Deverick… Kiva supposait qu'il n'en possédait pas non plus puisqu'il maîtrisait déjà l'air et le feu, comme sa sœur. Mais enfin, n'importe quelle magie élémentaire serait toujours mieux que rien. Même la potion de Mot ne lui serait d'aucune utilité désormais : puisqu'elle ne nagerait pas, la fatigue et les crampes ne seraient pas un problème. Ce dont elle avait vraiment besoin, c'était d'un élixir lui permettant de respirer sous l'eau. Et Kiva savait pertinemment que ça n'existait pas.

Kiva était une survivante. Mais cette fois… elle craignait que cela ne suffise pas.

— As-tu compris ta tâche ? demanda le Gardien.

Incapable de parler, Kiva hocha la tête et contempla l'eau en contrebas. Étourdie, elle prit conscience qu'ils ne descendraient pas davantage et qu'elle devrait sauter d'aussi haut.

— Garde Arell, si vous voulez bien… ? fit Rooke.

Le cœur de Kiva fit un bond lorsque Naari la lâcha et s'accroupit pour attraper la corde et la lui attacher autour de la cheville. C'était sa dernière chance. Kiva attendit que Rooke soit occupé à donner un ordre à l'un des autres gardes et se pencha pour murmurer à l'oreille de Naari :

— C'est du poison, Naari. Ils ne sont pas malades, ils sont empoisonnés.

Elle n'eut pas le temps d'ajouter quoi que ce soit d'autre, de mentionner Olisha, Nergal et la « potion d'immunité », car Rooke se retourna vers elle avec un regard soupçonneux.

— Que se passe-t-il ?

— Je lui ai dit qu'elle me faisait mal, mentit Kiva. La corde est trop serrée.

— Il faut qu'elle soit serrée, répliqua Rooke. On ne veut pas que tu puisses la détacher quand tu seras sous l'eau. Et puis, comment te repêchera-t-on si elle glisse ?

Kiva ne répondit pas, mais elle regarda Naari, qui se releva lentement, une lueur dans son regard ambré. Une lueur horrifiée.

— Tu es sûre ? souffla-t-elle.

— Oui.

— Je vous ai dit qu'il fallait que ce soit serré, gronda Rooke, qui n'avait pas suivi le véritable échange entre les deux femmes.

Puis le Gardien agrippa l'épaule de Kiva et lui fit signe de soulever la pierre. Quand elle obéit, vacillant légèrement sous le poids, il attrapa l'autre extrémité de la corde et l'entraîna vers le bord de la falaise. Un murmure se propagea parmi la foule de spectateurs en amont.

— Je ne suis pas sûr de la profondeur, dit Rooke en grattant sa courte barbe. Tu vas devoir le découvrir par toi-même.

Puis il baissa le ton pour qu'elle seule puisse l'entendre, un soupçon d'empathie dans la voix. Mais Kiva savait que ce n'était pas pour elle : il avait simplement peur de perdre sa meilleure guérisseuse.

— C'est le moment de retenir ton souffle. Prête ?

Non, Kiva n'était pas prête. Elle ne le serait jamais. Mais elle n'avait pas le choix. Alors elle se remémora rapidement tout ce qu'elle savait sur la capacité pulmonaire et la respiration contrôlée, et commença lentement à hyperventiler.

Elle savait qu'elle risquait ainsi de faire baisser sa tension artérielle au point de provoquer une syncope hypoxique, mais, si elle ne parvenait pas à déployer ses poumons avant d'entrer dans l'eau, elle perdrait de toute façon rapidement connaissance. Elle devait mettre toutes les chances de son côté. Après tout, si les plongeurs en étaient capables, pourquoi pas elle ? Elle devait au moins espérer, ou bien autant abandonner tout de suite.

— À trois, déclara Rooke.

Kiva se focalisa sur sa respiration, vaguement consciente de la présence de Naari à ses côtés. La garde tremblait légèrement, mais Kiva ne savait pas si c'était à cause de ce qu'elle venait de lui révéler ou de ce qu'elle s'apprêtait à subir. Elle-même n'avait plus le luxe d'avoir peur, ne pouvant pas se permettre de gâcher de l'oxygène pour alimenter son anxiété. Elle ne pouvait que respirer.

— Un, dit Rooke.

Kiva inspira. Expira. Inspira. Expira.

— Deux.

Kiva emplit ses poumons, encore et encore, étirant son diaphragme jusqu'à en avoir mal et la tête qui tourne.

— Trois.

Le Gardien la poussa dans le dos.

Kiva s'efforça de garder la bouche close pour ne pas laisser échapper d'air, malgré son envie de hurler, tandis qu'elle dégringolait de la falaise jusqu'à…

Plouf !

Percuter l'eau.

Le choc lui fit lâcher la pierre, et elle plaqua ses mains sur son nez et sa bouche, coulant de plus en plus profondément. La violence de la chute, et la douleur qu'elle avait engendrée, avait failli lui couper le souffle, mais elle tint bon, ne relâchant que de minuscules bulles à mesure qu'elle s'enfonçait dans la carrière. L'eau turquoise devenait de plus en plus sombre, les rayons du soleil ne parvenant pas à percer jusque-là.

Sous la pression de la descente, Kiva avait l'impression que ses oreilles saignaient et qu'on lui poignardait le cerveau. Et que dire du froid…

Elle ne l'avait pas remarqué durant ces premières secondes, trop occupée à retenir son souffle, et encore sous le coup de la douleur et de l'adrénaline. Mais, lorsque le choc de l'atterrissage commença à s'estomper, un autre prit sa place.

L'eau était glaciale.

Quinze minutes – c'était bien trop long, trop profond, trop froid.

Un écho creux se propagea dans l'eau, et Kiva cessa de s'enfoncer. La pierre avait enfin touché le fond de la fosse – ou peut-être un affleurement stratégiquement placé.

Cela n'avait de toute façon aucune importance. L'eau était si sombre qu'elle ne distinguait que des formes floues autour d'elle. Personne ne serait capable de l'apercevoir, si loin sous la surface.

Et elle avait froid, si froid.

Kiva relâcha quelques bulles supplémentaires – ses poumons réclamaient déjà de l'air frais. Elle se recroquevilla sur elle-même, serrant ses bras autour de son torse, en une tentative vaine de conserver un peu de chaleur corporelle. Le froid s'infiltrait dans sa chair, jusque dans ses os. Ses extrémités commençaient déjà à s'engourdir, tout son sang s'efforçant de protéger ses organes vitaux, son cœur, son cerveau. Peut-être que la potion de Mot aidait, mais ce n'était pas suffisant.

Son corps tressauta, comme si elle toussait, mais elle refusa de laisser échapper plus de quelques bulles. Elle ne pouvait pas se le permettre.

Quinze minutes.

Elle ne savait pas combien de temps s'était déjà écoulé. Ni combien il lui en restait.

Ou comment elle parviendrait à tenir.

Elle ne sentait plus ses doigts. Ses orteils non plus. Le froid était si mordant qu'elle avait l'impression d'être en feu.

Respire ! lui hurlait son corps. *RESPIRE.*

Mais c'était impossible.

Il n'y avait pas d'air.

Pas d'air.

Kiva tressaillit de nouveau ; la suffocation commençait à prendre le pas sur son contrôle. Cette fois, elle ne put retenir le flux d'air qui s'échappa de ses poumons ni s'empêcher instinctivement d'inspirer.

Non.

Non.

Voilà qu'elle s'étouffait à présent, que sa trachée s'emplissait d'eau plutôt que d'oxygène.

Elle toussa, s'étrangla, toussa encore. L'eau remplit ses poumons, son estomac, lorsqu'elle l'avala accidentellement. Tout l'air qu'elle avait engrangé avait disparu.

Elle ne sentait désormais plus ni ses bras ni ses jambes.

Et les ténèbres gagnaient du terrain. Sa vision vira au noir, et elle fut prise de convulsions ; encore, et encore, et encore.

C'était un véritable supplice.

Puis, soudain, tout s'arrêta.

Elle cessa de lutter.

Et sombra dans le néant.

CHAPITRE 28

— *RESPIRE, BON SANG !*

Kiva se redressa en sursaut, prise d'une violente quinte de toux. De l'eau s'échappa de sa bouche, tandis qu'elle tentait simultanément d'emplir ses poumons d'air.

— C'est bien. Crache tout. Je te tiens.

La douleur et le froid l'empêchaient de réfléchir. Elle tremblait de tous ses membres, engourdie, ses poumons et sa gorge en feu, tout son corps endolori.

— Je te tiens.

Kiva reconnut enfin cette voix, ces bras qui la tenaient, ce corps pressé contre le sien.

— J-J-Jaren ? tenta-t-elle de demander, mais ses lèvres étaient à peine capables d'émettre un son.

Il la serra encore plus fort.

— Je suis là. Tu es en vie. Tu es en vie, répéta-t-il comme une prière, semblant à peine y croire.

À en juger par la douleur qui étreignait sa cage thoracique, Kiva n'avait survécu que de justesse, et elle se demanda si c'était Jaren qui l'avait sauvée.

Puis elle se demanda ce qu'elle faisait dans ses bras. Où étaient Rooke ? Naari ? Les autres gardes ?

Lentement, Kiva rouvrit les yeux, un effort presque insurmontable pour son corps épuisé. Mais, lorsqu'elle vit où elle était, où *ils* étaient, une poussée d'adrénaline la submergea et elle sursauta violemment.

— Qu'est-ce que…

Kiva ne put finir sa phrase, trop occupée à tenter de comprendre ce qu'elle voyait.

Ils étaient encore dans la carrière.

Sous l'eau.

La pierre était toujours accrochée à la cheville de Kiva.

Et pourtant… ils respiraient. Parlaient. Au lieu de se noyer.

Une poche d'air les enveloppait, juste assez grande pour eux deux, alimentée par un petit conduit qui semblait remonter jusqu'à la surface.

— Qu'est-ce que…

— Je peux t'expliquer, coupa Jaren. Mais d'abord, il faut que tu te réchauffes. Ton corps est en état de choc.

Il ne croyait pas si bien dire.

Et ce choc ne fit que s'intensifier lorsqu'un cercle de flammes s'alluma autour d'eux, sur le sol de la carrière.

Une délicieuse chaleur se répandit jusque dans les os de Kiva, la faisant fondre de l'intérieur.

Elle poussa un gémissement et s'agrippa à Jaren, qui continuait à la serrer contre lui ; la chaleur de son corps associée au feu sans fumée réveilla ses membres l'un après l'autre.

Mais, à mesure que sa détresse physique s'atténuait, son esprit semblait sombrer dans un cauchemar.

— J-je ne comprends pas, murmura-t-elle.

Elle tremblait encore, mais bien moins désormais. Elle relâcha la tunique trempée de Jaren et leva les yeux vers lui.

Son expression était indéchiffrable. Culpabilité, peur, résignation. Un mélange de ces trois émotions, et plus encore.

— Je ne comprends pas, répéta Kiva en regardant les flammes, la poche d'air et les eaux sombres au-delà.

— Mais si, répondit-il à voix basse.

Elle secoua la tête. Une fois, puis deux. Ses cheveux lui dégoulinaient sur le visage.

— Non, insista-t-elle. C'est impossible.

Ce n'était plus le froid qui la faisait trembler à présent.

— Je ne pouvais pas te laisser mourir, Kiva, murmura Jaren en la sentant frissonner. Tu es restée sous l'eau trop longtemps. Tu… (Il déglutit.) Quand je suis arrivé, tu ne respirais plus. J'ai dû te ranimer.

Kiva ne doutait pas que le jeune homme disait vrai. Elle le voyait non seulement à son regard hagard, mais aussi à la douleur qui lui perçait encore la poitrine, les poumons et le cœur.

Il l'avait ramenée à la vie.

Mais ce n'était pas ce qu'elle peinait à comprendre.

Ils étaient entourés de flammes. Et d'air. Au fond de l'eau.

Kiva s'humecta les lèvres et demanda :

— Est-ce que… Est-ce que la princesse t'a donné une amulette, à toi aussi ?

Jaren secoua lentement la tête.

— Le prince, alors ? chuchota Kiva d'une voix rauque.

Jaren ferma les yeux.

D'une voix également rauque, il répondit :

— Non.

Un mot, mais cela lui suffit pour comprendre.

Jaren n'avait pas d'amulette.

Jaren n'avait pas *besoin* d'amulette.

Parce que Jaren possédait de la magie élémentaire.

Un souvenir remontant à quelques semaines lui revint en mémoire, les propres mots de Jaren au sujet des mages : *J'ai entendu parler d'anomalies. De personnes nées avec de la magie en dehors de la lignée royale, comme dans l'ancien temps.*

Une anomalie.

Jaren était une anomalie.

Kiva n'en revenait pas.

— Comment… ?

Jaren poussa un juron et leva brusquement la tête vers l'eau au-dessus d'eux.

— On n'a plus le temps, l'interrompit-il.

Il se mit debout, obligeant Kiva à se lever à son tour, et la bulle d'air se dilata autour d'eux.

— J'aurais voulu tout t'expliquer, et je le ferai, c'est juré. Mais, pour l'instant, il faut que tu me promettes de ne raconter à personne ce qui vient de se passer. Ils m'ont tous vu plonger de la falaise, mais l'eau est trop profonde pour qu'ils aient vu quoi que ce soit d'autre. Personne ne doit savoir pour ma magie. Naari est la seule à être au courant.

— Naari est au courant ? répéta Kiva, stupéfaite.

Elle aurait voulu que son cerveau se remette plus vite de ce qu'elle venait de vivre afin de pouvoir plus facilement assimiler toutes ces nouvelles informations.

— Promets-moi, Kiva, insista Jaren. Tu ne peux dire à personne qui je suis. Tu comprends ?

Mais Kiva n'eut pas le temps de lui faire la moindre promesse, car la corde se tendit et tira sur sa cheville.

— Prends une inspiration, vite ! ordonna Jaren juste avant de relâcher la bulle de magie qui les protégeait.

Aussitôt, Kiva se trouva de nouveau submergée dans l'eau glacée, mais cette fois on la hissait vers le haut. Jaren la serra fort contre lui et, ensemble, ils remontèrent jusqu'à la surface puis furent tractés en l'air.

Le trajet dura suffisamment longtemps pour que Kiva arrive tremblante et suffocante en haut de la falaise. Elle n'eut pas à feindre son état, car ses poumons n'avaient pas apprécié de manquer à nouveau d'oxygène. À ses côtés, Jaren peinait lui aussi à reprendre sa respiration, sa peau aussi bleuie que celle de Kiva.

— Debout, ordonna une voix gutturale.

Une main agrippa le col de la tunique de Kiva et la força à se lever. Elle tenait à peine sur ses jambes, mais avait assez de bon sens pour craindre la suite des événements.

— Je t'avais prévenue, gronda le Gardien en apparaissant dans son champ de vision.

Il n'y avait aucune trace de soulagement dans son regard, plutôt une légère frustration, comme s'il avait cru être enfin débarrassé d'elle.

Un garde tenait encore Kiva par le col, l'étranglant à moitié, tandis que son corps glacé était agité de violents tremblements. Elle regarda Jaren du coin de l'œil et sa peur décupla en voyant qui le tenait : le Boucher.

— Je t'avais prévenue, répéta Rooke, le visage assombri par la colère. Ne t'ai-je pas clairement dit que je ne tolérerais aucune interférence durant cette Épreuve ?

Kiva tenta de hocher la tête, mais elle ne parvint qu'à recommencer à tousser.

— Ce n'est pas sa faute, déclara Jaren entre deux quintes de toux. C'est moi qui ai décidé de sauter pour la rejoindre.

Rooke avança vers lui et lui attrapa le poignet pour lire le matricule sur son bracelet en métal.

— D24L103. Tu es nouveau.

— Je suis là depuis presque deux mois, dit Jaren en soutenant le regard du Gardien. Assez longtemps pour savoir qui vaut la peine d'être sauvé.

Kiva sentit les mots du jeune homme s'insinuer chaudement en elle, tout en priant pour qu'il se taise car il ne ferait qu'empirer les choses. Le Gardien l'avait prévenue et avait clairement annoncé que toute interférence serait sévèrement punie.

Jaren lui avait sauvé la vie. Elle refusait qu'il perde la sienne en échange.

— C'est moi qui le lui ai demandé, déclara-t-elle tout à trac.

Jaren tourna brusquement la tête dans sa direction.

— Non, Kiva, ne…

— Je l'ai soigné quand il s'est blessé et il pensait m'être redevable.

Elle hésita brièvement en apercevant le visage blême de Naari, qui assistait à la scène, consternée. Mais elle se reprit et continua :

— Il m'a dit qu'il avait l'habitude de plonger dans le lac à côté de chez lui et qu'il pouvait retenir son souffle pendant un long moment. On a donc convenu qu'il sauterait après moi et qu'il soufflerait de l'air dans mes poumons pour m'aider à survivre plus longtemps. C'est ma faute, pas la sienne. Mon idée.

— Kiva…

— Ça suffit ! aboya le Gardien.

Il s'approcha de Kiva et d'une voix menaçante déclara :

— J'ai essayé de te protéger. Mais c'est fini. Je ne peux plus rien faire pour toi.

Sans lui laisser le temps de réagir, il fit un signe du menton au garde derrière elle. Celui-ci relâcha sa tunique et, l'espace d'un instant, Kiva se crut libre. Puis une douleur vive explosa à l'arrière de son crâne.

La dernière chose que Kiva entendit avant de s'effondrer fut Jaren qui criait son nom.

CHAPITRE 29

Lorsque Kiva reprit connaissance, une douleur perçante lui vrillait le haut de la nuque.

Elle ouvrit les yeux avec peine, prise de vertige. Autour d'elle, tout était sombre et flou. Elle essaya de s'asseoir, mais elle dut s'y reprendre à trois fois pour s'arracher au sol en pierre. Elle gémit, pressant une main contre sa tête.

Elle se força à inspirer calmement pour tenter de comprendre où elle se trouvait et pourquoi.

Une décharge d'adrénaline la transperça lorsque ses souvenirs remontèrent à la surface.

Le Supplice de l'Eau.

Sa noyade.

Jaren qui lui avait sauvé la vie.

Avec de la *magie.*

Rooke.

Puis plus rien.

Les battements frénétiques de son cœur aggravèrent sa migraine, mais ils l'aidèrent aussi à y voir plus clair. Kiva parvint à se mettre debout en tremblant et à regarder la pièce dans laquelle elle se trouvait. Ou plutôt la cellule. Car ce n'était rien de plus qu'un petit espace vide, entouré d'épais murs de pierre, fermé par une porte métallique, avec juste assez de balises lumineuses pour percer la pénombre.

Kiva ne s'était jamais retrouvée dans un tel endroit. L'effroi s'immisça en elle lorsqu'elle prit conscience de ce que cela signifiait. De tous les bâtiments de Zalindov, il n'y en avait qu'un dans lequel elle n'avait jamais mis les pieds.

Elle était dans le bâtiment disciplinaire.

Dans l'Abysse.

Un raclement métallique la fit se tourner vers la porte puis reculer le plus loin possible, le cœur battant. Si sa vessie avait été pleine, elle aurait souillé ses vêtements, si forte était sa terreur à l'idée de ce qui l'attendait, de qui allait franchir cette porte.

Ce ne fut ni le Boucher.

Ni même le Squelette.

Juste un autre garde que Kiva ne reconnaissait pas.

Mais il était trop tôt pour éprouver le moindre soulagement, surtout lorsque le garde aboya :

— Suis-moi, guérisseuse. Ta présence est requise.

Kiva suivit d'un pas vacillant l'homme hors de la cellule, puis le long d'un couloir sombre ponctué de nombreuses autres portes métalliques. Elle eut la certitude d'entendre des cris et des sanglots derrière plusieurs d'entre elles.

Jaren se trouvait-il dans l'une de ces cellules ? Était-il blessé ?

L'air sentait la peur – mais aussi le sang, la sueur, le vomi et les excréments. De la bile lui monta à la gorge, mais Kiva se força à la ravaler, à respirer par la bouche et à ignorer les cris.

— Là-dedans, annonça le garde en lui attrapant l'épaule comme pour l'empêcher de prendre ses jambes à son cou.

Il ouvrit une porte, en bois celle-ci, et l'entraîna à l'intérieur.

La pièce était plus grande que la cellule qu'elle venait de quitter, assez pour que plusieurs personnes puissent se déplacer sans se gêner. Les murs étaient également en pierre, et le sol légèrement incliné vers une grille d'évacuation, au centre de la pièce, à travers laquelle s'écoulait déjà du sang frais.

Du sang qui appartenait à Jaren, attaché à un poteau, tête baissée, le dos couvert de profondes entailles rouges.

— Non, s'exclama Kiva, sentant ses jambes se dérober sous elle.

Seule la main du garde agrippée à son épaule l'empêcha de tomber.

En entendant sa voix, Jaren tressaillit et tenta de lever la tête, mais il n'en eut pas la force.

— Bien, te voilà.

Kiva se tourna vers l'homme qui tenait le fouet. Les yeux pâles du Boucher brillaient d'un plaisir sadique et il faisait rouler l'instrument entre ses mains, un sourire sournois sur son visage rougeaud.

— Juste à temps pour la meilleure partie, ajouta-t-il en s'approchant lentement de Jaren.

— Pitié, non, supplia Kiva en s'élançant vers lui.

Elle ne fit qu'un pas avant que l'autre garde ne l'arrête, glissant le bras autour de sa taille.

— *Tsss tsss*, tu restes là, lui murmura-t-il à l'oreille de son haleine putride. Aux premières loges.

— Ne t'inquiète pas, guérisseuse, lança le Boucher. On va juste s'amuser un peu. Ça va te plaire, promis.

Sans autre forme d'avertissement, il leva le bras, fit siffler le fouet… et l'abattit sur le dos de Jaren.

Celui-ci tressaillit violemment. Un gémissement lui échappa, puis il s'effondra de nouveau contre le poteau, incapable de rester debout seul.

Des larmes montèrent aux yeux de Kiva et se mirent à couler lorsque le Boucher leva de nouveau le bras.

— Non ! cria-t-elle. Arrêtez !

Mais l'homme ne lui prêta aucune attention.

— ARRÊTEZ ! hurla Kiva lorsque le fouet fendit l'air une deuxième fois. ARRÊTEZ ! PAR PITIÉ ! ARRÊTEZ !

Elle cria à s'en écorcher la voix, mais le garde resta sourd à ses supplications et continua de fouetter Jaren.

Encore.

Et encore.

Et encore.

Au désespoir, Kiva se débattit contre l'homme qui la tenait, tentant d'échapper à son étreinte, de rejoindre Jaren. Mais en vain. Il était bien trop fort. Elle fut forcée de regarder le Boucher continuer de torturer Jaren et de réduire son dos en charpie.

Kiva pleurait à grosses larmes lorsqu'il s'arrêta enfin, et sa gorge était à vif d'avoir trop hurlé.

C'est alors qu'il tourna ses yeux pâles vers elle.

Elle n'eut même pas la force de s'inquiéter quand il s'avança vers elle, sa peau et ses habits couverts du sang de Jaren, son fouet dégoulinant sur le sol. Elle ne ressentait que de la colère. Et de la peur, mais pas pour elle-même. Pour Jaren, qui était toujours attaché au poteau et ne bougeait plus.

— Il va bien, il guérira, déclara le Boucher d'un ton désinvolte. Rooke nous a ordonné de ne pas faire de dégâts permanents.

Il semblait déçu. Kiva n'aurait pas cru pouvoir ressentir plus de dégoût envers cet homme, et pourtant.

Elle baissa les yeux vers le fouet, incapable de supporter la vue du visage maculé de rouge du Boucher. *Ploc, ploc, ploc.* Elle regarda le sang de Jaren s'écouler par terre, le cœur au bord des lèvres.

Avec un petit rire, le Boucher agrippa douloureusement le menton de Kiva pour l'obliger à relever la tête.

— Ne t'inquiète pas, guérisseuse. Rooke nous a interdit de te toucher. (Un sourire cruel éclaira son visage.) Il s'est dit qu'être obligée de regarder serait une punition bien plus douloureuse.

De son autre main, il essuya une larme sur la joue de Kiva, et sourit de plus belle lorsqu'elle tenta de se dégager.

— Apparemment, il avait raison.

Il gloussa de nouveau, puis se tourna vers le garde qui était derrière elle.

— Garde un œil sur son ami. S'il bouge…

Le Boucher lui tendit le fouet ensanglanté, et l'homme l'accepta avec empressement.

Kiva n'avait plus aucun mot, plus aucun cri. Le Boucher lui lâcha le menton et l'attrapa par l'épaule pour la forcer à se retourner. Savoir qu'elle ne serait pas fouettée à son tour ne lui procura aucun soulagement. Car Rooke avait vu juste : regarder était bien pire. La mission de Kiva, sa raison d'être, était de soigner les gens, pas de les blesser. Et voilà que Jaren souffrait non seulement à cause d'elle, mais aussi à sa place.

— Avance, guérisseuse, ordonna le Boucher en la poussant vers la porte.

Elle obtempéra, dans un état second, incapable de réfléchir ou de ressentir quoi que ce soit. Son esprit ne cessait de rejouer en boucle la flagellation que venait de subir Jaren.

Le Boucher enroula les doigts autour de son poignet pour l'obliger à accélérer le pas et la traîna dans le couloir. Sa main était poisseuse, et Kiva eut un haut-le-cœur en découvrant le sang de Jaren sur sa propre peau.

— Dépêche-toi, gronda le Boucher en la tirant sans ménagement.

— Où m'emmenez-vous ? finit par demander Kiva.

— Il y a différentes sortes de torture, tu le savais ? répondit-il sur le ton de la conversation. La torture physique, comme ce que je viens de faire à ton petit ami.

— Ce n'est pas mon petit ami, murmura Kiva d'une voix rauque tandis que le claquement du fouet contre la chair de Jaren continuait de résonner à ses oreilles.

— Et la torture psychologique, continua le Boucher, comme s'il n'avait pas remarqué ses tourments intérieurs

– à moins qu'il ne s'en délectât. Rooke m'a seulement interdit la première. Il n'a pas mentionné la seconde.

Il marqua une pause, mais Kiva était trop hébétée pour ressentir une quelconque appréhension. Elle ne pouvait que regarder le sang sur les bras, les jambes, le torse, le visage du Boucher.

Tellement de sang.

Et tout était sa faute.

— Allez-vous…

Elle osait à peine poser la question, mais elle avait besoin de savoir.

— Allez-vous le tuer ?

Un éclat de rire.

— Oh, non.

Kiva vacilla de soulagement.

— Mais, à son réveil, il regrettera de ne pas être mort.

Les yeux de Kiva s'emplirent de larmes et son imagination s'emballa alors qu'ils arrivaient en haut d'un escalier en pierre. Ils descendirent une volée de marches, puis encore une autre. Ici, l'air était glacial et l'odeur encore pire qu'en haut, comme si toutes les souffrances d'au-dessus s'étaient infiltrées sous la terre et subsistaient, tels des spectres.

— Sais-tu pourquoi on appelle cet endroit l'Abysse ? demanda le Boucher lorsqu'il s'arrêta enfin devant une porte en pierre, impénétrable.

Kiva se sentait vide, la peur qu'elle ressentait pour Jaren menaçait de la submerger. Tout comme, devant cette porte, une soudaine peur pour elle-même.

Avant qu'elle n'ait le temps de répondre, le Boucher ouvrit la porte, la poussa à l'intérieur et déclara :

— Tu es sur le point de le découvrir.

Puis, le noir complet.

CHAPITRE 30

La porte s'ouvrit.

Un rai de lumière apparut.

Aveuglée, Kiva tourna son visage vers cette source bénie et ne put retenir un petit cri de désespoir.

De la lumière.

N'importe laquelle.

Elle tendit la main comme pour la capturer entre ses doigts.

Puis la lueur disparut.

C'était la sixième fois que cela se produisait.

Six fois en ce qui semblait avoir duré des semaines.

Des mois.

Des années.

Kiva ne savait pas depuis combien de temps elle était enfermée dans cette cellule noir d'encre, la véritable Abysse de Zalindov. Le Boucher avait raison : la torture psychologique était bien pire que n'importe quelle douleur physique. Elle avait perdu toute notion de temps, toute notion d'espace… toute notion d'elle-même. En dehors de ces six brefs instants durant lesquels une ration de nourriture avait été déposée par terre, juste derrière la porte, l'obligeant à se précipiter pour la ramasser à l'aveuglette, Kiva était restée plongée dans l'obscurité la plus totale. Sans ces six lueurs d'espoir, elle se serait crue déjà morte, tant la privation sensorielle était intense.

La seule chose qui l'aidait à ne pas sombrer dans la folie était le clapotis dans un coin de la pièce, où de l'eau sale tombait goutte à goutte dans un seau. Au début, Kiva avait répugné à la boire, mais, lorsque sa première ration de nourriture était arrivée sans eau pour l'accompagner, elle avait compris qu'elle n'avait pas le choix si elle ne voulait pas mourir de déshydratation.

Privée de la vue, Kiva ne savait pas quel aspect avait cette eau. Elle entendait simplement le bruit qu'elle produisait en s'égouttant, et la récupérait dans le petit récipient non seulement pour la boire mais pour se nettoyer. L'eau sentait le chien mouillé et, lorsque Kiva eut enfin le courage de l'avaler, elle découvrit qu'elle en avait aussi le goût.

Mais elle ne la rendit pas malade et ne l'acheva pas.

Et, puanteur ou non, ce clapotis était la seule chose qui lui tenait compagnie, qui brisait la monotonie du néant.

Ça, et ses pensées.

Qui étaient peut-être la pire des tortures.

Durant les heures, les jours, les semaines, les mois que dura sa séquestration, elle ne cessa de se repasser en boucle tout ce qui l'avait menée à ce moment, toutes les choses qu'elle avait encore à faire, toutes les questions qui restaient sans réponse.

Jaren était-il sain et sauf ? Les gardes continuaient-ils à le torturer ? Était-il seulement encore en vie ?

Et d'où lui venait cette magie ? Était-il la seule anomalie ou existait-il d'autres personnes comme lui ? Pourquoi était-il à Zalindov alors qu'il aurait pu se servir de ses pouvoirs pour échapper à l'arrestation ? Quel crime avait-il commis ?

Et il y avait aussi Naari. Comment connaissait-elle le secret de Jaren ? Pourquoi l'avait-elle caché aux autres gardes, au Gardien ? Était-ce pour cette raison qu'elle surveillait Jaren de si près, parce qu'elle craignait qu'il n'essaye de s'échapper ?

Mais les questions ne s'arrêtaient pas là. Plus le temps passait, plus Kiva trouvait de raisons de se tourmenter.

Tipp allait-il bien sans elle ? Et Tilda ?

Naari avait-elle découvert qui empoisonnait les prisonniers ? Avait-elle compris qu'Olisha et Nergal n'étaient que des pions ? Avait-elle prévenu Rooke ? Un remède avait-il été trouvé ou bien les prisonniers continuaient-ils à mourir ?

Kiva allait-elle devoir affronter le dernier Supplice, l'Épreuve de la Terre ? Ou allait-elle restée enfermée ici à jamais ? Et dans ce cas, qu'adviendrait-il de Tilda, si elle survivait à sa maladie ? Resterait-elle prisonnière ou seraitelle tuée ? Avait-elle déjà été tuée ? La maladie et les gardes n'étaient pas la seule menace qui pesait sur elle, il y avait aussi les autres prisonniers. Kiva avait entendu les antirebelles conspirer :... *liquider cette prétendue reine dans son sommeil...*

Elle ne s'était pas appesantie sur ces menaces, sachant que Tilda était en sécurité à l'infirmerie, mais, maintenant que Kiva n'était plus là pour la protéger... Qui sait ce qui s'était passé en son absence.

Et la famille de Kiva ? Cresta avait-elle prévenu les rebelles que Kiva était dans l'Abysse ? Que la vie de Tilda serait en danger si Kiva n'en ressortait pas ? Sa famille savait-elle ce qu'elle endurait dans le noir ? S'en souciait-elle ?

Ne la laisse pas mourir.

Nous arrivons.

Ils n'avaient pas tenu leur promesse, et Kiva n'était plus certaine de pouvoir tenir la sienne – celle qu'elle avait faite à Tilda et à elle-même.

Les messages codés de sa famille et l'espoir de la rejoindre un jour lui avaient donné la force de rester en vie. Mais, à présent, Kiva craignait que cela ne se produise jamais, qu'elle reste à jamais entre les murs de Zalindov.

Dans cette cellule.

Dans ces ténèbres.

Un autre rai de lumière apparut dans l'entrebâillement de la porte. Quelques minutes à peine semblaient s'être écoulées depuis qu'on lui avait apporté son repas, et Kiva se demanda si elle commençait vraiment à perdre l'esprit. Avait-elle vraiment mangé ? Elle ne se souvenait même pas d'avoir tendu la main pour attraper sa ration. Plutôt que de s'en soucier, elle se tourna vers la lumière, savourant ce réconfort momentané qui ne durerait qu'une poignée de secondes.

Mais cette fois la lumière ne disparut pas.

— Loué soit l'éthermonde, tu es en vie.

Kiva se crut dans un rêve ou une hallucination. La balise de luminium qui flottait dans la cellule et la personne qui la tenait devaient être le fruit de son imagination.

— Naari ? croassa-t-elle – ou plutôt essaya.

Elle ne se souvenait pas de la dernière fois qu'elle avait parlé à voix haute, et le mot peina à s'échapper de ses lèvres.

La porte en pierre se referma presque entièrement, mais la lumière ne s'éteignit pas. Kiva cligna furieusement des paupières pour que ses yeux s'habituent après être restés si longtemps dans le noir.

— On n'a que quelques minutes, dit la garde en s'accroupissant. Je ne suis pas censée être là.

Kiva tendit la main pour la toucher, toujours incapable de croire à sa présence, mais, lorsque ses doigts effleurèrent la peau de Naari, elle poussa un gémissement soulagé.

— Tu es vraiment là, murmura-t-elle. Tu es vraiment là.

— Es-tu blessée ? demanda Naari. T'ont-ils touchée ?

L'esprit de Kiva était encore embrumé, mais elle s'efforça de se ressaisir. Naari était devant elle, en chair et en os, et allait pouvoir répondre à ses questions.

— Jaren… l'as-tu vu ? Comment va-t-il ? demanda-t-elle au lieu de répondre.

— Il… se remet.

Kiva sentit son cœur s'accélérer.

— Se remet ? Qu'est-ce qu'ils lui ont fait ?

La lueur de la balise lumineuse révéla le visage perplexe de Naari.

— Il a dit que tu étais là. Qu'ils t'avaient obligée à regarder.

— J'ai vu le Boucher le fouetter, mais c'était il y a des semaines. Ou plus. À notre arrivée ici, dit Kiva en réprimant les souvenirs qui resurgissaient. Est-ce qu'ils… est-ce qu'ils lui ont à nouveau fait mal ? Est-ce que quelqu'un a soigné ses blessures ?

Elle ne supportait pas l'idée que Jaren ait été puni encore et encore, tout cela parce qu'il lui avait sauvé la vie.

— Des semaines ? répéta Naari, décontenancée.

Puis elle balaya du regard la cellule étriquée et, quand elle vit que l'unique source de lumière était la balise qu'elle tenait à la main, la compréhension s'afficha sur son visage. Puis la pitié.

D'un ton prudent, inquiet même, elle annonça :

— Kiva, tu n'es ici que depuis six jours.

Kiva en eut le souffle coupé.

— Six…

Six jours.

Elle n'était enfermée que depuis six jours ?

Six jours qui lui avaient semblé durer une éternité.

Et même deux.

Comment était-ce possible ?

— Son état s'améliore de jour en jour, s'empressa d'ajouter Naari.

Et si elle vit les larmes de désespoir qui brillaient dans les yeux de Kiva, elle n'en montra rien.

— J'ai réussi à passer le voir deux fois en douce, continua la garde. Ils le surveillent presque d'aussi près que toi.

J'ai nettoyé et bandé ses blessures comme je t'ai vu faire. Il n'y a aucun signe d'infection, mais Tipp m'a donné des bourgeons d'aulne pour qu'il les mâche au cas où, en plus de la sève de ballico.

— Bien, répondit Kiva d'une voix étrangement nouée. C'est bien.

Six jours.

Elle n'arrivait pas à y croire.

Mais elle s'obligea à se reprendre et à revoir ses priorités. Naari l'avait prévenue qu'elles n'avaient que quelques minutes.

— Comment va Tipp ?

— Il va bien, assura Naari. Il s'inquiète pour toi, mais je m'occupe de lui.

— Et Tilda ?

Naari mit quelques secondes à répondre, comme si elle n'en revenait pas que Kiva perde du temps à s'inquiéter de la Reine Rebelle, mais elle finit par déclarer :

— Pas de changement. Tipp monte la garde à son chevet et a à peine quitté l'infirmerie. Il dit que c'est ce que tu ferais si tu étais là.

Oh, Tipp. Kiva ressentit une nouvelle bouffée d'affection pour le jeune garçon, qui lui manquait tant. S'il avait été là, il n'aurait pas eu besoin d'une balise de luminium : son effervescence seule aurait illuminé la cellule tout entière.

— Et le poison ? demanda Kiva, incapable d'attendre plus longtemps. Six jours… Je pensais que plus de temps avait passé, mais as-tu trouvé le coupable ? Je me suis d'abord demandé si ce n'était pas Cresta, mais je ne crois pas qu'elle…

— Ce n'est pas Cresta.

Il y avait quelque chose d'étrange dans la voix de Naari. Un trop-plein d'émotions. Colère, incrédulité… et désolation.

— Alors tu as trouvé ? demanda Kiva, soulagée en dépit du ton de la garde.

— Après la carrière, Olisha est venue me voir. Elle savait qu'on s'était rapprochées. Elle était fâchée contre toi, affirmait que tu avais négligé tes devoirs de guérisseuse. Quand elle m'a parlé de la potion qu'elle et Nergal distribuaient, il ne m'a pas fallu longtemps pour comprendre.

Naari secoua la tête.

— Je n'en reviens pas que tout se soit passé juste sous notre nez.

— Nous n'avions aucun moyen de le savoir, dit Kiva, bien qu'elle fût tout aussi furieuse contre elle-même.

— J'ai parlé à Rooke, continua Naari.

Elle changea de position, serrant ses genoux contre sa poitrine, l'air abattu. Kiva ne l'avait jamais vue dans cet état.

— Je lui ai tout raconté, les tests que tu avais effectués, l'absence de résultats, et ce que j'avais appris au sujet de la prétendue potion d'immunité.

Kiva attendit quelques secondes, mais Naari n'ajouta rien d'autre.

— Et ?

Naari prit une profonde inspiration.

— Et il était déjà au courant.

Kiva eut l'impression de perdre pied. Elle se réfugia aussitôt dans le déni.

— Non, protesta-t-elle en repensant à ce qui s'était passé au matin du Supplice de l'Eau.

Le Gardien l'avait trouvée une fiole à la main. Il l'avait regardée droit dans les yeux et lui avait demandé ce que c'était.

Mais… son regard s'était fait soupçonneux lorsqu'elle lui avait répondu que ce n'était rien d'important, et il avait refusé de lui parler en privé. Si effectivement il savait la vérité…

— Pourquoi n'a-t-il rien dit ?

Naari ne répondit pas et détourna les yeux.

— Quelle perte de temps ! fulmina Kiva. S'il était au courant pour la potion, pourquoi nous a-t-il laissées chercher l'origine de la maladie ? Tu aurais pu traquer le responsable et moi chercher un remède ! Les choses se seraient passées tellement différemment si on avait su ! Tellement de personnes seraient encore en vie !

Kiva bouillonnait de rancœur. Si elle avait eu la place de le faire, elle se serait levée pour faire les cent pas. Qu'est-ce qui avait pris au Gardien de lui cacher une telle information ? Depuis combien de temps était-il au courant ? Après l'Épreuve du Feu, il lui avait souhaité bonne chance. Il lui avait dit que les gens comptaient sur elle pour rester en vie ! Savait-il déjà ? S'était-il secrètement moqué de ses tentatives vaines de stopper l'épidémie ?

Il s'est passé une chose similaire il y a des années, peu après ma prise de poste. Tu étais probablement trop jeune pour t'en souvenir.

— Je ne comprends pas, gémit Kiva en se remémorant ces mots. Pourquoi a-t-il gardé le secret alors qu'il aurait pu aider ? Lui aussi était en danger. Tout le monde l'était.

Non, c'était faux.

Car aucun garde n'était tombé malade.

Un étrange picotement commença à la ronger de l'intérieur, un doute qui s'insinuait et menaçait de se transformer en certitude.

Il s'est passé une chose similaire il y a des années, peu après ma prise de poste.

Naari refusait de croiser son regard. Le picotement s'intensifia jusqu'à lui tordre les entrailles d'effroi.

— Naari ? dit Kiva, baissant inconsciemment la voix, comme si elle n'était pas certaine de vouloir vraiment savoir.

Enfin, la garde releva les yeux. Les mêmes émotions brûlaient toujours dans son regard – colère, incrédulité, désolation. Mais une nouvelle avait fait son apparition : l'impuissance.

— Je te jure que je ne savais pas, chuchota Naari. Sinon, j'aurais dit quelque chose, fait quelque chose. J'aurais fait en sorte que ça s'arrête.

— Que quoi s'arrête ? demanda Kiva, craignant de connaître déjà la réponse.

Il s'est passé une chose similaire il y a des années, peu après ma prise de poste.

Naari déglutit.

— Ils s'attendent à un nombre record de prisonniers au printemps. L'hiver a été dur sur tout le continent. Beaucoup plus de crimes que d'habitude, surtout avec l'insurrection qui se propage aux autres royaumes et les rumeurs de guerre à l'horizon.

Kiva avait l'impression d'avoir raté un épisode.

— Et alors ?

Naari la regarda droit dans les yeux, sans chercher à cacher l'horreur de ce qu'elle s'apprêtait à révéler.

— Zalindov est déjà trop remplie. Alors Rooke a décidé de prendre les choses en main pour… réguler la population.

Réguler la population.

Ces trois mots résonnèrent dans l'esprit de Kiva, confirmant ses peurs.

Les prisonniers n'avaient pas seulement été empoisonnés.

Ils avaient été exécutés.

Délibérément.

Et l'ordre venait d'en haut. Du Gardien en personne.

Il s'est passé une chose similaire il y a des années, peu après ma prise de poste.

Il assassinait les prisonniers, comme il l'avait déjà fait auparavant.

Neuf ans plus tôt.

Rooke avait tué le père de Kiva.

Kiva avait l'impression d'avoir été rouée de coups puis piétinée.

Était-ce pour cette raison qu'elle avait été enfermée dans l'Abysse ? Non seulement parce que Jaren avait interféré durant le Supplice, mais aussi parce que, à la suite des révélations de Naari, Rooke avait craint que Kiva ne trouve un remède au poison et ne fasse échouer ses plans ? Ou avait-il décidé de se débarrasser d'elle dès qu'il l'avait vue tenir la fiole à l'infirmerie, et l'intervention de Jaren n'avait alors été qu'une bonne excuse ?

Dans un éclair de lucidité, Kiva prit conscience de la vérité. Rooke n'avait jamais cherché à la protéger, il voulait simplement garder un œil sur elle pour s'assurer qu'elle reste sa marionnette. Et dès qu'elle avait fait mine de se rebeller…

Le Gardien rendait des comptes aux huit royaumes, mais ces derniers ne savaient pas ce qu'il faisait, aucune information ne franchissait les murs de Zalindov. Kiva aurait représenté sa seule menace. Il l'avait donc envoyée à l'Abysse.

Était-ce ce qu'il avait fait à son père, neuf ans plus tôt ? Faran Meridan avait-il découvert lui aussi la vérité ? Kiva avait toujours cru que la maladie l'avait emporté, mais à présent elle se demandait s'il n'avait pas percé le Gardien à jour et payé cette découverte de sa vie.

Son sang bouillonnait dans ses veines, et elle se mit à trembler.

— Il y a pire, annonça Naari.

Kiva ne voyait même pas comment c'était possible.

— On était dans l'infirmerie quand je lui ai parlé. Il était venu voir Tilda, il voulait un rapport sur son état de santé, comme s'il espérait lui soutirer des informations tant qu'il était encore temps.

La garde triturait la balise de luminium, mais s'obligea à arrêter et serra le poing.

— Tipp était dans la salle de quarantaine, Olisha et Nergal étaient absents. Je pensais que nous étions seuls. Je ne savais pas que Cresta était venue déposer un autre carrier malade et qu'elle s'était cachée pour espionner notre conversation.

Que l'éthermonde leur vienne en aide.

Si Cresta était au courant…

— Le temps que je m'en rende compte, il était déjà trop tard. La nouvelle avait commencé à circuler. Il n'y a plus rien à faire désormais. Les prisonniers savent qu'on les empoisonne, ils savent qui est responsable, et ils savent que ça continue puisque Rooke se moque que la vérité ait éclaté. Il n'a pas changé ses plans. Tant que personne en dehors de Zalindov n'est au courant, il ne risque rien.

Il était bien le seul.

— Les détenus sont terrifiés. Et furieux. Je ne les ai jamais vus ainsi, tous unis, rebelles et anti-rebelles. Les autres gardes tentent de les mater par la violence, mais ils sont quelques centaines contre trois mille. Je ne sais pas combien de temps il nous reste avant que la prison s'embrase.

Les tremblements de Kiva se firent de plus en plus violents. Elle imaginait déjà la scène. Il y avait eu un certain nombre d'émeutes au cours de sa décennie à Zalindov, chacune terrifiante à sa manière, mais deux en particulier avaient fait des dizaines, voire des centaines de morts. Kiva en avait fait des cauchemars durant des mois après coup, craignant que le moindre petit bruit ne déclenche une autre révolte et les exécutions de masse qui s'étaient ensuivies.

Les prisonniers ne gagnaient jamais. Ils avaient certes l'avantage du nombre, mais ils étaient faibles, mal nourris et épuisés, alors que les gardes étaient, eux, en parfaite santé, armés jusqu'aux dents, et pouvaient surveiller la situation du haut des tours de guet et du mur d'enceinte.

Les émeutes à Zalindov se terminaient toujours en bain de sang.

— Dès que j'ai appris ce qui se passait, je me suis rendue à Vaskin pour envoyer une missive au roi Stellan et à la reine Ariana, continua Naari d'une voix plus assurée, comme pour tenter de convaincre Kiva qu'elle avait la situation bien en main. Je leur ai parlé de Rooke et de son poison. Ils vont y mettre un terme. C'est inhumain, même pour Zalindov. Et une fois que les décès cesseront, les prisonniers se calmeront et tout reviendra à la normale.

— Pourquoi est-ce que le roi et la reine t'écouteraient ? demanda Kiva d'une voix qui lui semblait venir de très loin. Tu n'es qu'une garde. Une moins que rien. Ils se moquent bien de ce que tu as à dire.

Si Kiva n'avait pas été aussi rongée de désespoir, elle aurait fait preuve de plus de tact. Mais Naari n'en prit pas ombrage. Elle semblait plutôt désarçonnée.

— Une garde ? répéta-t-elle en fronçant les sourcils. (Puis elle poursuivit, plus lentement :) Je croyais que tu avais parlé à Jaren ? Sous l'eau, dans la carrière ?

Kiva était encore focalisée sur la perfidie du Gardien et l'émeute imminente. Elle était terrifiée, redoutant ce qui les guettait tous. Naari avait raison, le plan de Rooke était inhumain. Mais croire que la famille royale d'Evalon s'en soucierait assez pour intervenir, alors qu'elle était la raison pour laquelle nombre de prisonniers s'étaient retrouvés à Zalindov en premier lieu… Naari se berçait d'illusions.

Sans compter qu'il était fort peu probable que le roi et la reine lisent sa missive.

— Il ne t'a pas dit ?

La question de Naari tira Kiva de ses pensées, et elle reporta son attention sur la garde. Et sur l'expression incrédule qu'affichait son visage.

— Dit quoi ?

Naari semblait perdue.

— Tu as vu sa magie. Il s'en est servi pour te sauver.

Kiva peinait à suivre la conversation et à comprendre le désarroi de Naari.

— Je sais. C'est pour ça qu'on est... (Elle désigna d'un geste sa cellule.) Parce qu'il a interféré.

Non pas que Kiva s'en plaignait, puisque Jaren l'avait sauvée d'une mort certaine. Elle avait beau détester l'Abysse de toute son âme, au moins elle était encore en vie. Et Jaren aussi.

— Alors... tu sais qui il est.

Kiva fronça les sourcils.

— Qui il...

C'est alors que la lumière se fit dans son esprit.

Tu ne peux dire à personne qui je suis.

Jaren ne lui avait pas demandé de ne dire à personne ce qu'il pouvait faire, mais de ne pas révéler qui il était. Il croyait qu'elle avait compris.

Tu ne peux dire à personne qui je suis.

Persuadée qu'il était une anomalie, elle s'attendait à une explication sur sa capacité à manipuler la magie alors que c'était si rare en dehors de la lignée Corentine ou Vallentis – les Corentine avec leur magie de guérison, et les Vallentis avec... avec...

Leur magie élémentaire.

Kiva plaqua une main contre sa bouche pour étouffer un cri.

Quelle idiote elle avait été.

Idiote, naïve et aveugle.

Tu ne peux dire à personne qui je suis.

Jaren n'était pas un prisonnier, il était un Vallentis.

Et pas n'importe lequel.

Il s'est vraiment entiché de toi, tu sais.

Mirryn ne parlait pas du jeune homme masqué qui s'était fait passer pour un prince sur l'estrade. La canaille qui avait flirté avec Kiva dans l'infirmerie. Non, elle parlait de son frère, le vrai, qui portait une tunique sale et se tenait au milieu de la foule. Le même frère qui avait sauvé Kiva de sa chute, puis insufflé sa magie dans son blason familial avant de le confier à Mirryn, sa sœur.

Parce qu'il tenait à Kiva.

Parce qu'il ne voulait pas qu'elle meure.

Parce qu'il avait le pouvoir de la sauver.

Si bien qu'il l'avait fait.

Le vrai prince Deverick – c'était Jaren.

— Non ! s'exclama Kiva malgré elle.

— Je croyais qu'il te l'avait dit, murmura Naari. Je croyais que tu savais.

Kiva secoua la tête, encore et encore, comme pour effacer ce qu'elle venait d'apprendre.

Jaren était un Vallentis.

C'était à cause de sa famille que Kiva avait perdu son frère, qu'elle avait été arrachée à sa famille et enfermée pendant dix ans, que son père était mort aux mains d'un psychopathe dans cet enfer.

Vous allez être emprisonné pour suspicion de trahison contre la couronne.

La couronne des Vallentis.

La couronne de Jaren.

Il était l'héritier du trône.

Et il lui avait menti.

Pendant des semaines.

Des larmes brillèrent dans les yeux de Kiva. Lorsque Naari tendit la main vers elle, elle eut un mouvement de recul. La garde eut l'air peinée, mais Kiva était en proie à trop d'émotions contradictoires pour éprouver du remords.

— Mais qu'est-ce qu'il fait là ? demanda-t-elle enfin.

Pourquoi le prince d'Evalon se faisait-il passer pour un prisonnier de Zalindov ? Pourquoi risquait-il sa vie chaque jour dans les tunnels ? Et pourquoi Naari était-elle la seule à être au courant ?

— Je ne peux pas te le dire, répondit la garde.

Quand Kiva ouvrit la bouche pour protester, Naari la coupa :

— Je suis désolée, j'ai prêté serment. Mais il te le dira lui-même. Il t'expliquera tout, Kiva, dès qu'il le pourra.

— Tu as prêté serment ? répéta Kiva.

Sa vision se brouilla, les larmes menaçant de couler. Elle se souvint de ce qu'avait dit Naari au sujet de sa missive au roi et à la reine. Et de cet épisode, quelques semaines plus tôt, lorsqu'elle avait eu l'air surprise d'apprendre que la princesse Mirryn avait une petite amie, comme si elle aurait dû être au courant.

— Qui es-tu, vraiment ?

Naari la regarda calmement.

— Je suis le Bouclier d'Or de Jaren.

Le Bouclier d'Or, la position la plus honorifique qui soit pour un garde. Pour un membre de la Garde Royale.

En protégeant une personne chère à mon cœur, avait répondu Naari lorsque Kiva lui avait demandé comment elle avait perdu sa main. *Elle s'est assurée que je sois prise en charge, après coup.*

Il n'était pas surprenant que sa prothèse soit si perfectionnée. C'était un présent du prince héritier en personne. Le prince pour qui elle travaillait. Qu'elle protégeait.

Pourtant Naari était arrivée à Zalindov plusieurs semaines avant Jaren. Alors comment…

— Il n'était pas censé être là, déclara Naari en voyant l'expression interloquée de Kiva. Ça devait être un autre membre de la Garde Royale, Eidran, et je devais arriver avant lui pour ne pas éveiller les soupçons. Mais Eidran s'est cassé la jambe quelques heures avant d'être transféré à la prison, et Jaren… (Naari étouffa un juron.) Je ne peux rien te dire d'autre, Kiva. Tu vas devoir attendre. Mais rien de tout ça n'était censé arriver. Quand tu as nettoyé le sang sur le visage de Jaren le premier jour et que je l'ai reconnu… (Elle secoua la tête.) C'est la seule personne que je connaisse d'assez téméraire pour grimper dans un chariot avec deux voyous déterminés à s'entretuer et tenter de jouer le conciliateur. Pas étonnant qu'il se soit fait tabasser, l'imbécile.

Elle continua de grommeler tout bas au sujet des idiots de princes.

Kiva ne voulait pas en entendre davantage. Plus maintenant. Elle n'était plus curieuse de savoir pourquoi Jaren était arrivé à Zalindov couvert de sang, avec deux hommes morts dans le même chariot. Elle ne voulait même plus le voir, et encore moins lui parler. Au diable ses explications !

— Il ne savait pas pour le poison, ajouta Naari d'une voix plus douce. Je te le promets. Il était aussi horrifié que toi quand je lui ai appris pour la potion et le Gardien il y a quelques jours. Je t'ai dit la vérité tout à l'heure. Rooke a agi de son propre chef, sans la permission de la famille royale. Les Vallentis mettront un terme à ses agissements lorsqu'ils l'apprendront. C'est juré.

Le poison était le cadet des soucis de Kiva pour le moment. Elle se sentait trahie et peinait à respirer, le cœur à la fois brisé de tristesse et enflammé de fureur.

Un léger bruit s'éleva dans le couloir, et Naari poussa un nouveau juron.

— C'est mon signal. La relève arrive. Il faut que j'y aille.

Elle se remit debout et la balise lumineuse fit danser les ombres sur les murs de pierre.

Kiva se leva à la hâte. Malgré tout ce qu'elle venait d'apprendre, elle ne voulait pas que Naari s'en aille, elle ne voulait pas se trouver de nouveau seule dans le noir.

Elle aurait voulu haïr la garde, lui en vouloir d'avoir menti durant toutes ces semaines. Mais Naari n'avait fait qu'obéir aux ordres de Jaren, aux ordres *du prince Deverick*, tout en se montrant respectueuse, aimable et protectrice envers Kiva. Elle était même devenue son amie, restant à ses côtés pour la soutenir – parfois au sens propre du terme, lors des Supplices. Kiva était incapable de lui en vouloir. Tous ses sentiments d'amertume étaient réservés au prince héritier. Elle n'avait pas l'énergie d'être fâchée contre qui que ce soit d'autre.

— Je sais que ça fait beaucoup, reprit Naari d'un ton pressant en réduisant la lumière de sa balise au minimum, comme si elle craignait qu'on ne l'aperçoive par l'interstice de la porte. Je sais que tu dois avoir la tête qui tourne, mais écoute-moi bien. Tout va bien se passer. On va obliger Rooke à cesser d'empoisonner les prisonniers. Et Jaren t'expliquera tout le reste. Essaye juste de… garder l'esprit ouvert jusqu'à ce que tu lui aies parlé. Tu as le droit d'être en colère, mais que ça ne t'empêche pas de lui pardonner. Il avait de bonnes raisons d'agir comme il l'a fait.

Naari pouvait bien dire ce qu'elle voulait, elle ne connaissait pas l'histoire de Kiva et de sa famille. Kiva était incapable de garder l'esprit ouvert, sachant ce qu'elle savait. Et lui pardonner ? Impossible.

— Une dernière chose, annonça Naari.

Kiva se prépara au pire.

— Tu dois encore faire face à ton dernier Supplice. Mais…

— Mais quoi ? croassa Kiva.

— Mais tu resteras ici jusque-là.

Non.

Il restait encore huit jours avant la dernière Épreuve. Kiva avait à peine survécu aux six derniers, et l'idée de devoir passer plus d'une semaine supplémentaire dans l'Abysse…

— Je reviendrai si je peux. J'ai eu de la chance cette fois, quelqu'un me devait une faveur, mais je ne suis pas certaine de…

Naari ne termina pas sa phrase, mais serra l'épaule de Kiva pour la réconforter. Cette fois, celle-ci ne se déroba pas – elle avait besoin de contact humain.

— On se revoit bientôt, dit la garde d'un ton résolu avant de s'échapper par la porte, qui se referma derrière elle.

Lorsque toute trace de lumière eut disparu, Kiva se laissa tomber à genoux, à la dérive dans cet océan de ténèbres, avec pour seule compagnie un cœur meurtri et des questions plein la tête.

SAMEDI

DIMANCHE

LUNDI

MARDI

MERCREDI

JEUDI

VENDREDI

SAMED–

Une lumière aveuglante se déversa dans la pièce, chassant l'obscurité qui avait consumé Kiva durant ce qui lui avait semblé une éternité, et une voix aboya :

— Debout, on y va.

Elle sut que l'heure de son ultime Supplice avait enfin sonné.

CHAPITRE 31

Kiva ne vit presque rien lorsque le Boucher la traîna dans l'escalier puis le long du couloir. Ses yeux s'étaient tellement habitués à l'obscurité que même la faible lueur des balises de luminium suffisait à l'éblouir.

Durant huit jours, elle n'avait parlé à personne, seule dans sa cellule. Quand Naari était partie, elle avait eu peur de ne pas survivre une semaine de plus, mais savoir que quelqu'un finirait par venir la chercher pour sa dernière Épreuve l'avait aidée à tenir. Elle s'était forcée à boire l'eau croupie et à manger la nourriture qu'on lui apportait sporadiquement afin de conserver des forces pour affronter la suite.

L'Épreuve de la Terre était l'ultime test. La journée d'aujourd'hui déciderait du destin de Kiva – si elle allait vivre ou mourir, si elle serait libérée ou exécutée. Et de celui de Tilda.

Durant huit jours, elle avait réfléchi à ce qui pouvait l'attendre et à la façon dont tout risquait de se terminer, parfaitement consciente qu'elle passait ce qui serait peut-être ses dernières heures seule dans une cellule sombre et malodorante.

Mais elle avait également pensé à Rooke, au poison et à Jaren. Surtout à Jaren. Elle avait fini par prendre conscience qu'elle ne pouvait rien faire de plus au sujet du Gardien et de son plan infâme ; elle devait faire confiance à Naari et à la promesse que celle-ci lui avait faite. Kiva se devait aussi de croire que Rooke respecterait la loi et la laisserait partir si elle survivait à sa dernière tâche, en dépit de ce qu'elle avait appris à son sujet. Il avait tué son père, assassiné de sang-froid des centaines de personnes au cours des semaines passées et neuf ans plus tôt. Elle était déterminée à lui faire payer ses crimes, un jour ou l'autre.

Mais Jaren…

Kiva ne parvenait toujours pas à accepter sa véritable identité, à accepter qu'il lui ait menti ainsi. Malgré toutes ces heures passées dans sa cellule, malgré tout ce temps de réflexion, elle ne savait toujours pas ce qu'elle éprouvait, ni si elle se sentait capable de surmonter sa colère et sa peine. Pas plus qu'elle ne pouvait oublier le claquement du fouet contre sa chair, ses gémissements de douleur, la vue de son sang qui éclaboussait le Boucher et dégoulinait au sol.

Il avait fait tout ça pour elle. Le prince héritier – un Vallentis – avait risqué sa vie en sautant dans la fosse remplie d'eau pour la sauver. En récompense, il avait été fouetté jusqu'au sang. Elle ne pouvait pas l'ignorer, même si elle le voulait.

En découvrant sa duplicité, Kiva s'était d'abord juré de refuser de le voir ou d'écouter ses explications. Mais sa fureur initiale était retombée et, à présent, elle brûlait d'entendre ce qu'il avait à dire. Le problème étant que, avec l'imminence de son quatrième Supplice, elle n'était pas certaine de le revoir un jour.

— Kiva Meridan.

Le Boucher la fit brusquement s'arrêter. Lorsqu'elle leva les yeux, Kiva découvrit qu'ils se trouvaient dans une petite pièce qu'elle supposait être l'entrée du bâtiment disciplinaire. Une poignée de gardes s'y pressaient, dont le Gardien. C'était lui qui avait prononcé son nom. Il la dévisageait à présent, imperturbable, comme s'il n'était pas responsable de la mort prématurée d'innombrables prisonniers.

Y compris celle du père de Kiva.

Kiva sentait la haine la consumer de l'intérieur, mais elle savait que le moment d'agir n'était pas venu. Elle devait conserver ses forces pour l'Épreuve. Un jour, elle s'assurerait que justice soit rendue. Mais, pour cela, elle devait rester en vie.

Kiva balaya la pièce bondée du regard, en se demandant s'il était bon signe que tous les gardes semblent relativement détendus. Elle avait craint durant ces huit derniers jours une escalade de violence de la part des prisonniers, qui déclencherait une émeute sanglante. Mais, si cela s'était produit, c'était de toute évidence terminé. Et l'empoisonneur – Rooke – était encore en vie. Naari aussi. Kiva l'aperçut dans un coin, son corps rendu rigide par la tension, à l'inverse des autres gardes présents. La vue d'un visage ami après être restée seule si longtemps lui fit presque monter les larmes aux yeux.

— Aujourd'hui, tu vas faire face à ton dernier Supplice, l'Épreuve de la Terre, annonça Rooke.

Le Gardien plissa le nez en découvrant l'état de crasse dans lequel elle se trouvait. Kiva s'était nettoyée du mieux qu'elle avait pu avec l'eau croupie de la cellule, mais elle portait la même tenue depuis l'Épreuve dans la carrière. Elle se réjouit de l'incommoder, même si elle rêvait d'un bain et d'une tunique propre.

Soutenant son regard, Kiva attendit qu'il lui demande si elle avait une dernière volonté à exprimer, mais, pour la première fois, il ne posa pas la question. Elle se demanda s'il craignait qu'elle ne mentionne le poison ou s'il en avait simplement assez de suivre les règles.

— En raison de la nature de cette tâche, il n'y aura pas d'audience aujourd'hui, continua Rooke.

Kiva haussa les sourcils. Était-ce vraiment l'Épreuve qui ne le permettait pas, ou bien la situation s'était-elle à ce point dégradée que le Gardien ne voulait pas prendre le risque de rassembler les prisonniers en un seul endroit ? Probablement plutôt la seconde option, étant donné que les trois premiers Supplices avaient été délibérément mis en scène. Mais elle avait passé les deux dernières semaines à se creuser la tête pour tenter d'imaginer ce qui l'attendait – en vain. Les possibilités étaient trop nombreuses. Elle avait fini par baisser les bras. De toute façon, elle avait fait fausse route chaque fois. Son principal regret était de ne pas avoir eu la chance de demander à Mot s'il avait concocté un remède susceptible de l'aider. Pour ce Supplice-ci, elle ne pourrait vraiment compter que sur elle-même.

— Si tu réussis aujourd'hui, comme le prévoit la règle quatre du Livre de la Loi, tous tes crimes seront pardonnés et tu recouvreras la liberté, ajouta Rooke. (L'estomac de Kiva fit un saut périlleux.) De par ton statut de Championne de l'accusée, Tilda Corentine sera elle aussi graciée. Toutefois, si tu péris au cours de l'Épreuve, l'accusée sera mise à mort.

Kiva connaissait tous ces faits, mais les entendre énoncer avec une telle irrévocabilité lui arracha un frisson.

— Tout comme lors des précédents Supplices, cette dernière tâche sera limitée dans le temps. Une heure, ni plus ni moins. Si tu ne reviens pas, tu auras échoué et la Reine Rebelle sera exécutée. (Il marqua une pause, puis ajouta :) Si tu survis mais reviens une fois le délai écoulé, tu suivras Tilda dans la mort.

L'estomac de Kiva s'agita de plus belle. *Revenir, survivre.* Par tout l'éthermonde, qu'avait-il bien pu prévoir ?

— Une dernière chose, reprit Rooke comme s'il avait été une véritable mine d'informations, ce qui était loin d'être le cas. Étant donné ce qui s'est passé lors de l'Épreuve de l'Eau, nous avons pris une décision concernant la punition du prisonnier D24L103.

Kiva sursauta et, du coin de l'œil, elle vit Naari tressaillir à son tour avant de se reprendre.

— N'a-t-il pas été suffisamment puni ? lança Kiva d'une voix enrouée par les longues heures de mutisme.

Elle n'en revenait pas de prendre la défense du prince Deverick, mais elle ne pouvait pas non plus oublier qu'il s'était retrouvé dans cette galère par sa faute. Ni oublier les plaies sur son dos, le claquement du fouet et son sang qui s'écoulait par terre. Si ses blessures étaient aussi graves que Kiva l'imaginait, deux semaines n'auraient pas suffi à les guérir, même si le Boucher l'avait laissé tranquille depuis. Il ne méritait pas de souffrir davantage.

Mais, à l'évidence, Rooke n'était pas du même avis, car quelques secondes plus tard Jaren entra dans la pièce d'un pas chancelant, peinant à tenir debout bien que le Squelette le tienne fermement par le bras.

— Ah, juste à temps, fit Rooke.

Dans le dos de Kiva, le Boucher ricana – il avait prononcé presque les mêmes mots avant de faire claquer son fouet sur le dos du jeune homme. Elle enfouit ce souvenir le plus profondément possible et plongea ses yeux dans ceux de Jaren. Elle entendait presque sa voix lui demander si elle allait bien. La peur et l'inquiétude qu'il ressentait – pour *elle* – se lisaient clairement sur ses traits tirés par la douleur.

Elle se força à détourner le regard et se concentra sur le Gardien, le cœur battant.

— Puisque D24L103 s'est montré si empressé de se joindre à toi lors de la troisième Épreuve, nous avons décidé qu'il partagerait ton sort lors de la quatrième.

Malgré la tempête d'émotions contradictoires que Kiva ressentait à l'égard de Jaren, une lueur d'espoir s'alluma en elle. Elle n'affronterait pas ce Supplice seule. Il serait avec elle – lui et sa magie élémentaire.

Mais elle remarqua alors que le regard de Jaren s'était posé sur Naari. La garde semblait à deux doigts de dégainer ses épées et de réduire en charpie toutes les personnes présentes afin de protéger celui dont elle avait la charge.

Le carnage semblait imminent, mais Jaren fit un infime signe de tête et Naari desserra les poings.

Avec un soupir de soulagement – qu'elle ne s'expliquait pas vraiment puisque voir Naari attaquer Rooke aurait été particulièrement jubilatoire –, Kiva se tourna de nouveau vers le Gardien.

Un sourire de mauvais augure s'afficha alors sur le visage de l'homme. Distraite par l'interaction entre Jaren et Naari, elle n'avait pas eu le temps de se demander pourquoi il considérait comme une punition d'envoyer Jaren avec elle.

Le Gardien ne tarda pas à révéler le fond de sa pensée :

— Félicitations, vous allez mourir ensemble.

Puis, pour la seconde fois en deux semaines, quelque chose lui percuta violemment la tête, et Kiva sombra dans l'inconscience.

⋆

Lorsqu'elle reprit connaissance, sa première réaction fut de tâter l'œuf de pigeon à l'arrière de son crâne avec une grimace de douleur, tout en essayant de reprendre ses esprits. Heureusement, elle avait les idées claires. Elle avait eu de la chance, même si sa tête et son estomac n'étaient pas du même avis, car elle avait bien conscience des lésions cérébrales irréversibles qu'une commotion pouvait engendrer.

Tentant d'oublier sa nausée et sa migraine, Kiva se mit debout et chercha à se repérer. Il faisait un noir d'encre. Après avoir réprimé une bouffée de panique à l'idée que le coup sur la tête l'avait rendue aveugle, Kiva craignit un instant d'être revenue dans sa cellule. Mais elle réalisa rapidement que l'odeur n'était pas celle, immonde, de l'Abysse. Ici, l'air sentait… l'humidité. Le renfermé. La terre. Et bien qu'il ne fasse pas chaud, il ne faisait pas aussi froid que là où elle avait passé les deux dernières semaines.

Prise d'un affreux soupçon, Kiva sentit sa peau se couvrir de chair de poule. Elle tendit les bras pour explorer à tâtons les alentours. Au bout de deux pas, son pied se prit dans un obstacle et elle bascula en avant.

Elle ne tomba pas par terre, mais sur quelque chose de dur et de mou à la fois.

Quelque chose qui poussa un grognement sous son poids ; quelque chose de vivant.

Il ne pouvait s'agir que d'une seule chose.

Ou plutôt d'une seule personne.

Jaren.

Kiva se releva à la hâte, lui flanquant au passage un coup de coude involontaire qui lui arracha un gémissement de douleur.

— Désolée !

S'excuser auprès de lui était bien la dernière chose qu'elle avait l'intention de faire, mais le réflexe avait été plus fort qu'elle.

— Kiva ? fit Jaren d'une voix tout aussi enrouée que la sienne. C'est toi ?

Elle ravala la riposte acerbe qu'elle avait sur le bout de sa langue – « Qui d'autre ? » – et se contenta de répondre :

— Oui, c'est moi.

Un autre gémissement s'éleva, suivi par un bruissement lorsque Jaren se redressa.

— J'ai l'impression qu'on m'a fendu la tête en deux, dit-il.

Kiva ne lui dit pas qu'elle était dans le même état. Elle ne savait pas quoi lui dire du tout.

— Attends, continua-t-il. Laisse-moi…

Kiva recula brusquement et se couvrit le visage lorsqu'une boule de feu flottante s'embrasa, illuminant l'espace autour d'eux.

— On est dans les tunnels, nota Jaren d'un ton presque perplexe.

Kiva le regarda et le vit vraiment pour la première fois. Un prince déguisé en prisonnier, qui portait toujours les mêmes vêtements que deux semaines plus tôt mais à présent tachés de sang. Son sang. Si elle n'avait pas su qui il était vraiment, si elle n'en voyait pas la preuve qui flottait dans l'air devant elle, elle ne l'aurait jamais cru.

— Kiva, tu m'entends ?

Il se tourna vers elle, et se figea en voyant l'expression de son visage.

— Tu aurais dû me le dire.

Six mots qui venaient du plus profond d'elle-même. Six mots nourris par la peine et la colère des huit derniers jours. Par la douleur et la solitude des dix dernières années.

— Kiva…

— Tu aurais dû me le dire ! répéta-t-elle en se relevant.

Elle avait besoin d'être fermement plantée sur ses deux pieds pour ce qui allait suivre.

Le teint cadavérique et les traits tirés par la douleur, Jaren se mit à genoux puis se redressa avec difficulté. Kiva n'essaya pas de l'aider, contrôlant son instinct de guérisseuse pour se raccrocher à sa colère.

— J'ai essayé, haleta Jaren, une main pressée contre son abdomen.

Il s'appuya contre la paroi calcaire pour ne pas retomber.

— Dans le jardin, avant qu'on trouve Tipp. J'allais te le dire.

— Avant ou après m'avoir embrassée ? demanda Kiva d'une voix glaciale.

Elle se souvenait parfaitement de cet instant, du souffle de Jaren contre ses lèvres. Elle repoussa de toutes ses forces ce souvenir et tout ce qu'il représentait.

— Avant, répondit Jaren d'un ton calme, apaisant, comme s'il tentait d'apprivoiser un animal sauvage. Je voulais te dire la vérité depuis longtemps, mais je n'arrivais jamais à trouver le bon moment. Je n'aurais pas laissé les choses se développer entre nous sans te l'annoncer.

— Tu as eu neuf semaines, Jaren ! s'exclama Kiva, ignorant délibérément le fait qu'ils avaient été enfermés chacun dans une cellule durant les deux dernières. Même après cette nuit dans le jardin, il s'est passé plusieurs jours avant qu'on se retrouve dans la carrière ! Tu aurais pu me le dire à n'importe quel moment. Tu aurais dû me le dire à n'importe quel moment.

— Et qu'est-ce que j'aurais dit ? répliqua Jaren, son calme se transformant en exaspération. Devine quoi, je te mens depuis le début, je ne suis pas celui que tu crois. S'il te plaît, ne me déteste pas ? Je suis sûr que tu aurais été ravie !

— Bien sûr que je n'aurais pas été ravie ! cria Kiva assez fort pour que sa voix résonne contre les parois du tunnel.

Dans un coin de sa tête, une petite voix lui dit qu'ils feraient mieux de se concentrer sur l'Épreuve et d'essayer de revenir à la surface avant que le délai d'une heure soit écoulé. Mais trop d'émotions couvaient en elle pour qu'elle soit capable de penser à autre chose qu'à la personne qui lui faisait face.

Qu'au *prince* qui lui faisait face.

— Je ne sais pas ce que je peux dire pour arranger les choses, répondit Jaren en glissant sa main libre dans ses cheveux.

— Tu peux me dire pourquoi !

La voix de Kiva se brisa sur ce dernier mot, et le visage de Jaren s'adoucit. Elle ne voulait pas qu'il la regarde ainsi, qu'il réalise à quel point elle était affectée.

— Personne ne connaît toute l'histoire, dit-il à voix basse.

Il fit un pas vers elle, mais ses jambes se dérobèrent. Il s'adossa de nouveau contre le mur et pressa sa seconde main contre son ventre. Son geste n'échappa pas à Kiva, qui fronça les sourcils ; mais, avant que son instinct de guérisseuse ne puisse se réveiller, il reprit :

— À part Naari. J'imagine que tu sais… ?

— Qu'elle est ton Bouclier d'Or ? Oui. Vous êtes tous les deux pleins de surprises.

Jaren eut le bon goût de paraître contrit, mais Kiva ne se laissa pas attendrir. Il prit une profonde inspiration, grimaça et pâlit encore davantage, puis il révéla :

— Je suis venu à Zalindov pour obtenir des informations sur le mouvement rebelle.

Kiva se figea.

— Quoi ?

— On avait entendu dire que Tilda Corentine avait été arrêtée, mais elle avait été découverte de l'autre côté de la frontière, à Mirraven, en dehors de notre juridiction, expliqua Jaren. (Ce que Kiva savait déjà.) Les dirigeants de Mirraven ont refusé catégoriquement de nous la remettre, alors même qu'ils connaissaient l'histoire commune des lignées Vallentis et Corentine. Ils se sont fait un plaisir de nous empêcher de lui parler. La seule solution aurait été de déclencher une guerre contre eux.

— De lui parler, répéta Kiva d'une voix étranglée. Tu veux dire, de l'interroger.

Jaren la dévisagea et sembla chercher ses mots.

— Je sais que tu es favorable à sa cause, tu me l'as déjà dit.

Bon sang, il avait raison. Elle avait dit au prince héritier et à sa garde du corps qu'elle comprenait les motivations des rebelles. Elle aurait aussi bien pu admettre en être une elle-même. Si elle n'avait pas déjà été enfermée à Zalindov, c'est exactement là qu'elle se serait retrouvée après un tel aveu. Son père avait été arrêté pour moins que ça.

— Ta compassion à leur égard est admirable, continua Jaren. Et ton raisonnement se tient.

Kiva le regarda, bouche bée. Puis elle s'empressa de la refermer.

— Mais ça ne change rien aux faits. Ce que je t'ai dit ce soir-là reste vrai : le mouvement rebelle a causé bien trop de troubles ces dernières années, et encore plus ces derniers mois. Leur révolte bat son plein, et ils sont déterminés à mettre non seulement Evalon mais aussi les royaumes voisins à feu et à sang. Et Tilda Corentine est leur figure de proue. Elle recrutait de plus en plus de partisans, qu'elle dressait contre la couronne des Vallentis. Contre ma couronne.

Le sang de Kiva se figea dans ses veines. Pas étonnant que Jaren n'ait jamais apprécié Tilda. Ils étaient ennemis jurés.

— Je ne vais pas mentir. Ce n'était pas facile de t'entendre défendre sa cause.

La bouche de Kiva s'ouvrit sans sa permission.

— Je n'ai pas défendu sa cause. J'ai simplement dit que je comprenais leur raisonnement. (Elle secoua la tête pour se remettre les idées en place.) Tu ne m'as toujours pas expliqué ce que tu faisais ici. Quel genre d'informations espérais-tu trouver ?

— Je suis venu pour Tilda, répondit Jaren comme si c'était une évidence. Quand Mirraven a enfin accepté de l'envoyer à Zalindov, j'ai pris conscience qu'il existait un moyen de lui parler – bon, d'accord, de l'interroger – sans que quiconque le sache. On ne peut pas risquer une guerre ouverte pour le moment. Mais, si quelqu'un pouvait venir sous couverture, se rapprocher d'elle, l'encourager à révéler ses plans… L'idée paraissait sensée.

— Sensée ? répéta Kiva, incrédule.

— En y repensant, c'était un plan délirant.

— Non, tu crois ?

— On savait tous que c'était risqué, se défendit Jaren. Mais on ne pouvait pas laisser passer cette occasion en or, alors que les informations que possédait Tilda pouvaient se révéler vitales pour la sécurité du royaume.

— Attends un peu, l'arrêta Kiva. Qui est ce « on » ?

— Nous étions trois selon le plan d'origine. J'étais seulement censé superviser les choses de loin. Lorsqu'on a découvert que Tilda allait être envoyée à Zalindov, Naari et un autre garde royal se sont portés volontaires pour infiltrer la prison. Mais Eidran…

— S'est cassé la jambe, termina Kiva en se remémorant soudain ce que Naari lui avait révélé dans l'Abysse. Et tu es venu à sa place.

— Tu es déjà au courant ?

— C'est tout ce que je sais. Continue.

Jaren réfléchit quelques secondes, puis expliqua :

— Ma sœur et moi étions en route pour notre palais d'hiver, dans les montagnes de Tanestra, lorsque la nouvelle de la capture de Tilda nous est parvenue. J'ai aussitôt envoyé une missive à mes parents, qui ont commencé à négocier avec Mirraven pour que Tilda soit envoyée à Zalindov. Je savais que ces négociations prendraient des semaines, soit assez de temps pour que Naari, Eidran et moi échafaudions un plan. Assez de temps pour que Naari se rende sur place et se fasse passer pour une garde. Eidran devait arriver plus tard, puis se lier avec les autres détenus et trouver un moyen d'interroger la Reine Rebelle.

— Mais Eidran s'est blessé.

Jaren hocha la tête. Un voile de sueur commençait à briller sur son front et ses yeux se brouillaient peu à peu de douleur.

— Au pire moment possible, le jour de son transfert jusqu'à la prison. Alors, quand le chariot venant de Vallenia est passé par le palais d'hiver, j'ai décidé de prendre sa place. Je comptais venir ici, obtenir des réponses, puis m'échapper avec l'aide de Naari, comme Eidran devait le faire.

« Mais on ne savait pas que Tilda était malade. Ni qu'elle avait été condamnée aux Épreuves du Supplice. Mes parents avaient omis de nous l'annoncer avant mon arrivée à Zalindov. J'ai donc dû changer de tactique, ce qui signifiait rester plus longtemps que prévu. Je me suis concentré sur la faction rebelle au sein de la prison et j'ai tenté de gagner leur confiance afin de récolter des bribes d'informations. Mais j'ai commis une grossière erreur.

— Juste une ?

Jaren ignora son ton sarcastique et continua :

— Je n'avais pas réalisé que Cresta était leur cheffe. Et après t'avoir défendue... Disons qu'à compter de ce soir-là, il est devenu impossible de m'en faire des amis.

Kiva le revit débarquer à l'infirmerie après sa bagarre avec les rebelles, revit son expression crispée lorsqu'elle lui avait révélé qui était Cresta. Elle avait cru qu'il était inquiet à l'idée de s'être fait des ennemis et était loin de penser qu'il avait voulu se lier d'amitié avec eux – ou du moins se servir d'eux.

— On dirait que tu es allé de surprise en surprise en venant ici, déclara Kiva, incapable d'éprouver une once de compassion.

Jaren soupira, puis grimaça lorsque le mouvement agita son torse.

— J'admets que mon plan est tombé à l'eau incroyablement vite, mais ma stratégie se tenait.

— Tu veux dire la stratégie consistant à faire croire à tout le monde que tu étais un prisonnier et non un prince.

Jaren grimaça. C'était la première fois qu'elle utilisait son titre, et le mot flotta en l'air entre eux deux.

— Je pensais que rester sous couverture m'aiderait à gagner la confiance des rebelles, confessa Jaren en s'affaissant un peu plus contre le mur. Quand j'ai pris conscience que Tilda n'allait rien pouvoir me dire, j'ai voulu m'intégrer à la communauté en pensant que ses partisans me révéleraient peut-être… quelque chose… n'importe quoi qui puisse m'aider.

— T'aider à quoi ? lança Kiva, sentant sa colère s'échauffer de nouveau. À garder ton royaume ? Ta couronne ?

— Je me fous de la couronne ! répliqua Jaren avec fougue. Ce qui compte, c'est eux. (Il agita un bras, mais grimaça aussitôt et le pressa de nouveau contre son estomac.) Mon peuple. C'est tout ce qui importe. Ce sont eux qui souffrent et meurent à cause de ce soulèvement. Des maris, des femmes, des enfants. Des innocents. On est à deux doigts de la guerre civile.

Ses yeux, fixés sur Kiva, luisaient à la lueur du feu.

— Et, en dépit de ce que tu t'imagines peut-être, je me soucie aussi de ce qui arrive aux rebelles. Que ça leur plaise ou non, ils font partie de mon peuple. Tant qu'ils sont chez eux à Evalon, ils sont sous la protection de ma famille.

Les flammes dans son regard s'estompèrent, et sa voix se voila de tristesse.

— Mais je ne peux pas les protéger d'eux-mêmes.

Kiva avait la tête qui tournait à cause de toutes ces révélations. Elle aurait voulu continuer à le haïr, continuer à lui en vouloir d'avoir menti et d'être un Vallentis. Mais…

Tu as le droit d'être en colère, mais que ça ne t'empêche pas de lui pardonner. Il avait de bonnes raisons d'agir comme il l'a fait.

Les mots de Naari lui revinrent en mémoire, et elle observa Jaren fixement, l'esprit en ébullition. Ce dernier la laissa réfléchir en silence, attendant patiemment de voir ce qu'elle allait dire.

C'était à cause de lui que Kiva se trouvait à Zalindov, qu'elle avait perdu sa famille. Ou du moins à cause de sa lignée.

Vous allez être emprisonné pour suspicion de trahison contre la couronne.

Sauf que… Jaren n'était même pas au courant. Elle lui avait raconté que son frère était mort et qu'elle s'était retrouvée emprisonnée avec son père, mais elle ne lui avait jamais révélé que Faran Meridan avait été arrêté parce qu'il s'était retrouvé à côté d'un rebelle au marché. Elle n'avait même pas mentionné que Kerrin avait été tué par un membre de la Garde Royale.

Jaren ne se doutait pas le moins du monde que sa famille était responsable de toutes les souffrances de Kiva au cours de la décennie écoulée.

— Je ne sais pas quoi dire d'autre, Kiva, déclara enfin Jaren d'une voix de plus en plus faible à mesure que ses forces l'abandonnaient. Je comprends que tu sois furieuse contre moi, mais tu dois bien voir que j'essayais de sauver des vies. Je ne pouvais rien te révéler avant de te faire confiance. Je ne pouvais pas prendre le risque que d'autres découvrent mon identité, cela aurait compromis toutes mes chances de réussite. Non pas que ça ait une quelconque importance, désormais. Je n'ai rien appris d'utile depuis mon arrivée. J'ai échoué, de manière spectaculaire.

— Si tu n'obtenais aucune information et que tu n'étais même pas un vrai prisonnier, pourquoi n'es-tu pas simplement parti ? demanda Kiva d'une voix nouée.

Le regard bleu doré de Jaren plongea dans le sien.

— Parce que j'ai trouvé une raison de rester.

Les jambes de Kiva faillirent se dérober sous elle.

— Espèce d'imbécile, murmura-t-elle.

Elle s'attendait à voir son visage se fermer, mais à la place un petit sourire contrit se dessina sur ses lèvres.

— Ma sœur a dit la même chose quand elle m'est tombée dessus après le premier Supplice. Mais en des termes beaucoup plus crus.

Kiva se rappela qu'il lui avait dit que seuls Naari et Eidran avaient été au courant de son noble – mais stupide – plan.

— Tu ne t'es même pas confié à ta famille ?

— Mirryn et mon cousin Caldon savaient, dans les grandes lignes. Mon frère Oriel était censé nous retrouver, Mirri et moi, au palais d'hiver, mais il a décidé à la dernière minute de rester à Vallenia. Cal est venu à sa place, quelques jours avant qu'Eidran se casse la jambe, donc lui et Mirri étaient là quand j'ai changé le plan. Je leur ai révélé autant de détails que raisonnable, puis je leur ai fait jurer de garder le secret. Quand j'ai appris que ma famille devait assister à la première Épreuve, j'ai demandé à Naari d'envoyer un message à Cal le suppliant de se faire passer pour moi. Ce n'était pas la première fois qu'on le faisait – on a la même stature et les masques dissimulent nos visages. En plus, il me devait une faveur. (Jaren lâcha un petit rire.) Beaucoup de faveurs, même. Les gens me trouvent téméraire, mais Caldon est une vraie tête brûlée.

C'était donc le cousin de Jaren qui s'était trouvé sur l'estrade de la potence ce jour-là, puis qui avait flirté avec elle à l'infirmerie. Mais ce n'était pas Caldon, ça n'avait jamais été lui, qui l'avait sauvée.

— Tu m'as sauvé la vie, dit Kiva, hébétée. À chaque Supplice. Dès le début, dès l'Épreuve de l'Air.

Elle avait fini par comprendre la vérité, seule dans le tréfonds de l'Abysse, mais elle voulait entendre Jaren l'admettre.

Les joues du jeune homme s'assombrirent presque imperceptiblement à la lueur des flammes, juste assez pour le trahir.

— Je ne pouvais pas te regarder mourir, dit-il à voix basse. J'ai eu de la chance que Mirri et Cal prennent conscience de ce que j'avais fait et protègent mon identité.

Sa voix se teinta de remords lorsqu'il continua :

— J'étais furieux contre moi-même après coup. Pas de t'avoir rattrapée, mais d'avoir mis autant de temps à me décider. Tu as percuté le sol si brutalement…

Le prince aurait dû te rattraper plus tôt, avait déclaré Jaren après la première Épreuve, le visage assombri par la colère. Mais Kiva se souvenait à peine de la douleur qu'elle avait ressentie, si bien que ses regrets étaient inutiles.

— Et l'amulette ? demanda-t-elle bien qu'elle connaisse déjà la réponse. C'était toi aussi ? C'est pour ça que tu n'étais pas inquiet pour moi avant l'Épreuve du Feu ? Parce que tu savais que la magie, ta magie, me protégerait ?

Jaren semblait encore plus mal à l'aise, mais il hocha la tête.

— Et le Supplice de l'Eau… Mais pourquoi, Jaren ? Pourquoi m'as-tu sauvée ?

— Parce que tu es quelqu'un de bien, Kiva, répondit-il comme si c'était tout ce qui importait. Je t'ai vue avec les autres prisonniers, même les gens comme Cresta qui te martyrisent. Tu les traites tous de la même façon. Y compris la Reine Rebelle ! Et je sais que tu m'as déjà expliqué pourquoi, tout comme je sais que je ne comprendrai jamais vraiment, mais ce n'est pas grave. Parce que je lis dans ton cœur. Tu ne méritais pas de mourir et j'avais le pouvoir de te garder en vie. Donc je l'ai fait.

L'énormité de ce qu'elle entendait ne lui échappait pas. Il avait interféré dans les Épreuves du Supplice non pas une, non pas deux, mais trois fois. Il lui avait sauvé la vie, encore et encore.

— Je ne sais pas quoi dire, admit-elle.

— Tu n'as pas besoin de dire quoi que ce soit, répondit-il en glissant le long du mur, de plus en plus faible. Tu m'as dit un jour que le monde avait besoin de plus de gens comme Tipp, qu'il n'avait pas sa place ici. Il en va de même pour toi. Je ne m'attends à rien de ta part, Kiva. Je veux juste que tu vives. Que tu sois libre. Et, pour ça, tu dois survivre.

Kiva ferma les yeux – elle voulait tant que ces souhaits se réalisent. Et ils lui semblaient presque à portée de main. Il ne lui restait plus qu'à terminer cette Épreuve, et tout ce dont Jaren rêvait pour elle, tout ce dont elle-même rêvait, deviendrait réalité.

Lorsqu'elle rouvrit les paupières, elle était certaine que ce qu'elle ressentait pour Jaren se lisait dans ses yeux, si bien qu'elle détourna le regard.

— Alors on ferait mieux de trouver un moyen de sortir d'ici, déclara-t-elle d'une voix entrecoupée par l'émotion. Le temps file. Et Rooke semblait certain qu'on mourrait dans ces tunnels.

— On sera ressortis dans l'heure, facilement, répondit Jaren.

Voyant la surprise de Kiva, il ajouta :

— Rooke a fait une grave erreur en m'envoyant avec toi. Notre succès est garanti.

Kiva haussa un sourcil, et Jaren rougit.

— Je n'avais pas l'intention de paraître si arrogant. Je voulais juste dire…

Il haussa les épaules, mais le geste lui arracha un grognement de douleur, et il glissa de nouveau contre le mur jusqu'à se retrouver presque par terre.

— Qu'est-ce qui ne va pas ? demanda Kiva. C'est ton dos ?

Mais, à la manière dont il se tenait, elle savait que ce n'était pas ça.

— Je vais bien, haleta Jaren en tentant de se redresser. J'ai juste besoin d'une seconde.

Kiva s'approcha de lui.

— Laisse-moi voir.

— Je vais bien, Kiva. Vraiment, ce n'est ri…

— Laisse-moi voir, l'interrompit-elle de sa voix de guérisseuse la plus autoritaire.

Jaren ne protesta pas davantage. Il se laissa tomber par terre, une épaule appuyée contre la paroi, comme pour protéger aussi bien son dos que son abdomen.

— Que s'est-il passé ? demanda-t-elle en enfouissant son maelstrom d'émotions pour se concentrer sur lui.

— Le Boucher a décidé de me faire un petit cadeau de départ, avoua Jaren à contrecœur.

Kiva s'agenouilla devant lui, l'estomac noué. Lentement, prudemment, elle souleva sa tunique, son esprit en guerre contre son cœur. Centimètre par centimètre, elle exposa son torse, ses muscles ondulant à la lueur des flammes, et découvrit ce que le Boucher avait fait.

La vue des contusions violacées lui coupa le souffle, et elle leva les yeux vers Jaren, qui attendait patiemment le verdict.

Ne pense pas à son statut, s'ordonna-t-elle en son for intérieur, sachant que c'était ce que son père lui aurait dit.

Ce n'est pas un prince. Ce n'est pas même Jaren. Et surtout pas un Vallentis. C'est un patient.

— Voyons ce qu'on a là, dit-elle d'une voix délibérément légère avant de palper doucement sa peau.

Jaren poussa un petit cri étouffé, et Kiva retira précipitamment sa main en lui lançant un regard inquiet. Elle l'avait à peine touché.

— Désolé, tu as les mains froides, dit-il, l'air penaud.

Kiva eut envie de rire. Elle l'aurait peut-être fait si ses émotions n'étaient pas aussi à vif.

— On ne peut pas tous faire jaillir des flammes de nos doigts, répliqua Kiva.

Elle se frotta les mains avant de reprendre son examen. Aussi doucement que possible, elle palpa ses contusions pour tenter de déterminer l'ampleur des dégâts. Malgré tout, les muscles de Jaren se nouaient et sa respiration s'entrecoupait chaque fois qu'elle appuyait un peu trop fort. Kiva n'aurait su dire qui d'elle ou de lui fut le plus soulagé lorsqu'elle recula et déclara :

— Quelques côtes fêlées, mais je ne crois pas qu'il y ait d'hémorragie interne. Je vais garder un œil sur toi pour en être sûre.

— Tu veux dire que tu ne vas pas m'abandonner ici ? dit-il sur le ton de la plaisanterie, mais avec une étincelle d'inquiétude dans le regard.

Ce qu'il craignait, ce n'était pas vraiment qu'elle l'abandonne, mais qu'elle soit encore suffisamment en colère pour l'envisager.

Au lieu de le rassurer, Kiva ordonna :

— Penche-toi en avant. Je veux voir ton dos.

— Tout va…

— Si tu dis « bien », je t'abandonnerai effectivement ici.

Aussitôt, Jaren se pencha en avant, et Kiva souleva un peu plus sa tunique. Ce qu'elle vit la glaça et l'emplit d'une colère brûlante tout à la fois. Les profondes entailles commençaient à peine à cicatriser, même après quinze jours. Ce que le Boucher avait fait… les dégâts qu'il avait causés…

Elle glissa un doigt le long d'une des croûtes, et Jaren frissonna.

— C'est en bonne voie, se força-t-elle à dire, réprimant la colère – et la culpabilité – qui la submergeait. Mais ça a l'air douloureux.

— Ça en valait la peine, répondit-il dans un murmure.

Le cœur de Kiva fit un bond.

Jaren se racla la gorge et ajouta :

— Mais, effectivement, ce n'est pas très agréable. Pas facile de marcher.

Il ne dit pas ce qu'ils savaient tous les deux – que la nouvelle correction du Boucher n'avait fait qu'empirer les choses.

N'ayant rien sous la main pour l'aider, Kiva s'apprêtait à relâcher sa tunique lorsque ses yeux se posèrent sur ses anciennes cicatrices, cachées sous les nouvelles.

Cherchant une distraction, n'importe laquelle, elle en suivit une du doigt. Jaren frissonna de nouveau, mais se figea lorsqu'elle déclara :

— Tu as dit qu'un proche t'avait fait ça.

Jaren se dégagea et rabattit sa tunique.

— Oublie ce que je t'ai dit.

Qu'elle oublie ?

Jaren était l'héritier du trône, l'une des personnes les plus protégées du royaume. Et quelqu'un l'avait maltraité. Comment voulait-il qu'elle oublie ça ?

— Sérieusement, insista Jaren d'un ton ferme. Laisse tomber.

Kiva vit rouge.

— Laisse tomber ? Tu m'as confié ton identité, ton plan secret, ta magie, mais pas ça ?

Jaren resta silencieux.

Furieuse, Kiva le menaça du doigt.

— Après tout ce qu'on a traversé ensemble ! Après les Épreuves, et le poison – ce foutu poison contre lequel Naari m'a juré que ta famille ferait quelque chose –, après tout ça, tu veux que j'...

— C'était ma mère, d'accord !

Kiva recula brusquement, l'écho du cri de Jaren résonnant dans le tunnel.

La reine lui avait fait du mal ? La reine Ariana avait maltraité son propre fils ?

Le feu vacilla comme s'il réagissait à la détresse de Jaren.

— Elle... C'est...

Il s'interrompit, étouffa un juron et passa une main sur son visage, grimaçant lorsque le mouvement tirailla son abdomen. Il inspira profondément et reprit la parole :

— Ce n'est pas vraiment elle. C'est la poudre d'ange. Elle a un problème et en prend parfois trop. Trop souvent. Quand ça arrive, elle oublie qui elle est, perd le contrôle.

Une vague de compassion éteignit la fureur de Kiva. Elle peinait à en croire ses oreilles, mais il était évident que Jaren ne mentait pas. Cela expliquait aussi pourquoi il refusait de prendre du lait de pavot ou tout autre substance addictive. Il savait ce qui pouvait se produire. Les effets étaient gravés dans sa chair.

Elle ouvrit la bouche, mais il la coupa :

— Je t'en supplie, ne me regarde pas comme ça. Comme si j'étais brisé.

Kiva ne pensait pas qu'il était brisé. Après tout ce qu'elle avait appris à son sujet, elle pensait plutôt qu'il était l'une des personnes les plus fortes de sa connaissance.

Et l'idée la terrifiait.

Elle se mit debout et lui tendit la main pour l'aider à se relever.

— On devrait y aller.

Jaren regarda sa main tendue d'un air soupçonneux.

— Tu ne dis rien.

— Je viens de dire quelque chose, répliqua Kiva. J'ai dit qu'on devrait...

— Au sujet de ma mère. De mes cicatrices.

Kiva baissa les yeux vers lui.

— Tu veux que je dise quelque chose ? Tu veux que je te dise à quel point je suis désolée que tu aies été obligé de vivre une chose pareille ? Que je ne peux même pas imaginer comme ça a dû être difficile ? Que c'est incroyable que tu sois capable de te soucier suffisamment de ta mère pour vouloir la protéger ?

Jaren déglutit.

Kiva approcha un peu plus sa main et, cette fois, il la prit. Une fois debout, il vacilla. Kiva lui agrippa aussitôt les bras pour le retenir et ajouta :

— Je peux te dire tout ça, mais je crois que tu le sais déjà. Ou du moins je l'espère.

Elle s'interrompit, puis s'obligea à finir :

— Je peux aussi te dire que, si elle n'est pas prête à demander de l'aide, tu dois lui en trouver quand même.

Les mains de Jaren s'étaient posées sur sa taille pour trouver l'équilibre, et à ces mots, alors que Kiva avait commencé à se dégager, il l'attira contre lui et la serra fort dans ses bras.

— Merci, murmura-t-il à son oreille.

Elle ne savait pas vraiment pourquoi il la remerciait – était-ce de ne pas l'avoir pris en pitié ou de l'avoir encouragé à trouver de l'aide pour sa mère –, mais son cœur battait la chamade. Elle était si bien dans ses bras, malgré toutes les émotions conflictuelles qu'elle éprouvait à son égard.

Elle s'autorisa à savourer cet instant, se laissa aller contre lui et ferma les yeux, l'enlaçant à son tour.

Puis elle se souvint de ses nombreuses blessures.

Il n'avait pas émis le moindre son, mais elle savait que leur étreinte devait être douloureuse – non seulement à cause des entailles dans son dos, mais aussi de ses côtes fêlées. Elle se dégagea doucement et le regarda dans les yeux.

— Ça va mieux ?

Il lui offrit un sourire timide.

— Ça va mieux.

— Bien, dit-elle avec un brusque hochement de tête, comme si son cœur ne continuait pas de galoper dans sa poitrine. Qu'est-ce que tu disais, avant ? Au sujet de Rooke qui avait commis une erreur en t'envoyant ici ?

— Ah, ça.

Jaren se frotta le menton, mal à l'aise, mais Kiva savait que ce n'était pas à cause du moment qu'ils venaient de vivre. Contrairement à elle, il ne semblait éprouver aucun problème à exprimer son affection. En tant que prince, il avait probablement l'habitude d'avoir des femmes à ses pieds. À cette idée, elle plissa le nez, et il en oublia ce qu'il s'apprêtait à dire pour demander :

— Pourquoi fais-tu cette tête ?

Il n'était pas question que Kiva lui révèle ce à quoi elle pensait, si bien qu'elle réfléchit rapidement et dit :

— Je viens de me rendre compte que je ne sais pas comment t'appeler. Jaren ? Deverick ? Je ne connais pas le protocole.

Cette fois, ce fut au tour de Jaren de grimacer.

— J'ai toujours détesté le prénom Deverick. Jaren est mon deuxième prénom, celui que ma famille et mes amis utilisent. Celui que tu utilises, toi aussi.

— Pas prince Jaren ?

— Non, juste Jaren.

— Pourquoi pas Votre Altesse ?

— Hors de question.

— Votre Grâce ?

— Je ne suis pas un duc.

— Votre Excellence ?

— Ni un seigneur.

— Votre Majesté ?

— Par pitié, arrête.

Kiva n'en revenait pas de devoir ravaler un rire après tout ce qu'ils venaient de vivre. Mais l'expression sur son visage était impayable.

— D'accord, j'arrête. Mais seulement parce que je ne voudrais pas que tu me jettes en prison. Oh, mais…

— Tu es hilarante, répondit Jaren.

Son ton était impassible, mais il y avait une lueur espiègle dans ses yeux qui fit chaud au cœur de Kiva.

— Pour ta gouverne, je n'ai jamais envoyé personne en prison. Et après y avoir été moi-même… (Il frissonna.) Je n'ai aucune intention de le faire. Du moins pas avant que cet endroit n'ait été sérieusement restructuré. Les choses doivent changer.

Un ton plus bas, comme s'il se faisait une promesse à lui-même, il ajouta :

— Les choses vont changer.

Kiva voulait le croire. Vraiment. Mais il ne pouvait mettre à exécution aucune de ses bonnes intentions depuis ce dédale de tunnels.

— Et si tu attendais d'être sorti d'ici pour peaufiner tes plans ?

— Tu as raison. C'est ce que je m'apprêtais à t'expliquer, la raison pour laquelle Rooke a fait une erreur.

— Je t'écoute.

Voyant que Jaren n'était toujours pas stable sur ses jambes, Kiva glissa un bras autour de sa taille. Elle savait que ce serait douloureux, mais ils n'arriveraient jamais à quitter ces tunnels si elle ne l'aidait pas à marcher.

— J'espère que ça va sans dire, mais tout ce que je t'ai dit aujourd'hui doit rester secret.

— Je m'en doutais un peu, répondit Kiva en se retenant avec peine de lever les yeux au ciel.

Jaren réfléchit un long moment avant de reprendre la parole :

— J'espère que ce que j'ai à te dire te donnera une raison de me refaire confiance. C'est quelque chose que seule une poignée de personnes au monde sait.

Kiva dressa l'oreille et leva les yeux vers lui.

— Mirryn a un an de plus que moi. Elle aurait dû être l'héritière. Mais ensuite, je suis né.

— Le fils a tous les droits, grommela Kiva. Quelle surprise.

— À vrai dire, notre ancêtre, la reine Sarana, régnait seule. Enfin, après le départ du roi Torvin. Plus tard, elle a eu une fille qui est montée sur le trône à la mort de sa mère. Puis cette fille a eu une fille, qui a eu une fille, et ainsi de suite. Quelques princes ont été nommés rois s'ils se trouvaient être l'aîné, mais dans la plupart des cas les premiers-nés de la lignée Vallentis étaient des filles.

— Alors pourquoi…

— J'en arrive à ce que peu de gens en dehors de ma famille savent, dit Jaren d'un ton solennel.

Kiva soutint son regard, lui offrant une promesse silencieuse en échange. Alors, Jaren se détourna et lança sa boule de feu, qui s'arrêta quelques mètres plus loin, illuminant un embranchement d'où partaient deux autres galeries.

Le cœur de Kiva se serra lorsqu'elle prit conscience du sérieux de la situation. C'était l'Épreuve de la Terre. Ils se trouvaient sous la prison, dans un véritable labyrinthe de tunnels qui s'étendait à des kilomètres à la ronde. C'était un dédale que même les gardes n'osaient pas arpenter. Certains passages se terminaient en cul-de-sac, d'autres étaient immergés et menaient à l'aquifère. D'autres encore semblaient interminables. Et, sans le feu de Jaren, ils auraient été plongés dans le noir. C'était peut-être là-dessus que comptait Rooke : qu'incapables de voir, ils avancent à tâtons jusqu'à ce que la soif, la fatigue et la faim les achèvent.

Voilà pourquoi il avait eu l'air de jubiler en décochant sa dernière flèche. Quelle horrible façon de mourir.

Mais, même si les flammes de Jaren leur éclairaient le chemin, elles ne les aideraient pas à trouver la sortie. Ils n'en étaient pas moins perdus, sans aucun moyen de s'échapper.

La sueur commença à perler sur le front de Kiva lorsqu'une sensation d'intense claustrophobie l'envahit soudainement. Il n'était pas rare que des sections de tunnel s'affaissent, tuant des centaines de prisonniers en un instant. Un accident de ce genre pouvait très bien leur arriver, à Jaren et elle.

— Kiva ?

Jaren lui serra l'cpaule.

Elle cligna des yeux et leva la tête vers lui. Il semblait inquiet, ct Kiva prit conscience qu'il lui parlait depuis un bon moment.

— Pardon, tu disais ? demanda-t-elle sans parvenir à dissimuler la peur dans sa voix.

Le visage de Jaren s'adoucit et il lui serra de nouveau l'épaule pour la réconforter.

— Je disais juste qu'il faut aller par là.

De sa main libre, il désigna l'embranchement de gauche.

— Une vingtaine de minutes de marche et on sera dehors, largement dans les temps.

Kiva regarda le passage, puis Jaren.

— Comment le sais-tu ?

— Je le sens.

— Tu…

Kiva s'interrompit en voyant Jaren pointer sa main vers le sol. Sous ses yeux, la terre se souleva et une tige verte en sortit. Des feuilles et des épines apparurent, puis un bourgeon qui s'ouvrit pour révéler la plus belle fleur de neige que Kiva ait jamais vue.

Mais ce ne fut pas tout.

La terre s'enfonça tout autour de la plante, formant des douves qui se remplirent d'eau quelques secondes plus tard.

Kiva regarda fixement le spectacle qu'elle avait sous les yeux. Et la lumière se fit dans son esprit.

Jaren ne contrôlait pas simplement l'air et le feu.

Il contrôlait aussi l'eau et la terre.

Les quatre éléments.

Personne n'avait eu un tel pouvoir depuis la reine Sarana en personne.

— Maintenant, tu connais tous mes secrets. Voilà pourquoi le Conseil royal a choisi de me nommer héritier à la place de Mirryn.

Kiva ne savait pas comment digérer une révélation d'une telle ampleur. Mais, sentant Jaren se crisper, comme s'il craignait sa réaction, elle s'obligea à se détendre et dit :

— Alors, à gauche ?

Un rire soulagé, presque incrédule, s'échappa des lèvres de Jaren.

— Oui, à gauche.

Puis, comme s'il ne pouvait s'en empêcher, il se pencha et déposa un baiser sur la tempe de Kiva – un remerciement tacite pour avoir gardé son sang-froid malgré la situation.

— Vingt minutes, hein ? lança Kiva en essayant de paraître le plus calme possible, bien qu'intérieurement elle ne soit toujours pas remise du choc de cette révélation. J'ai hâte de voir la tête de Rooke quand il se rendra compte que nous sommes encore en vie.

— Et moi, j'ai hâte de voir sa tête quand il sera obligé de te libérer.

Ils commencèrent à suivre la boule de feu d'un pas lent.

— En effet, répondit Kiva d'une voix émerveillée.

De tous les Supplices, celui-ci était le plus facile, et de loin, mais c'était uniquement grâce à Jaren. Sans lui et sa magie élémentaire, Kiva aurait trouvé la mort dans ces tunnels. Elle en était certaine.

Jaren hésita un instant puis, lorsqu'ils tournèrent à gauche à l'embranchement, il ajouta d'un ton prudent :

— Et Tilda va être libérée en même temps que toi.

Kiva comprenait bien que c'était un problème pour lui. Honnêtement, elle était encore stupéfaite qu'il ait choisi de lui sauver la vie lors des Épreuves alors qu'il savait que, ce faisant, il sauvait aussi son ennemie jurée. Un étrange fourmillement s'épanouit au creux de son ventre, mais elle l'ignora. Ce n'était pas le moment. Elle avait encore trop de choses à décider.

— Elle est gravement malade, Jaren. Reine Rebelle ou non, elle n'a plus rien d'une menace.

— Pour l'instant. Mais si son état s'améliore…

— Un problème à la fois, répondit Kiva d'un ton ferme.

La tension de Jaren ne se dissipa pas, et Kiva ne pouvait pas lui en vouloir. Elle tenta de trouver un compromis, un moyen de faire sortir Tilda de Zalindov mais aussi de neutraliser le danger qu'elle représentait.

— Tu pourrais la ramener à Vallenia avec toi, déclara Kiva, bien que cette proposition lui coûte. Tes guérisseurs royaux pourraient l'aider bien plus que n'importe qui d'autre. Et si elle se remet, tu obtiendras peut-être les réponses que tu es venu chercher ici. Tu pourrais découvrir les plans des rebelles, et même lui demander ce qu'elle faisait à Mirraven.

Kiva n'était pas certaine de s'être déjà haïe davantage. Mais ainsi Tilda aurait une chance d'aller mieux, d'autant que les guérisseurs de la famille royale étaient réputés pour leurs talents. Le seul problème était que la Reine Rebelle se retrouverait aux mains de ses ennemis.

Mais, au moins, elle serait en vie.

C'était le plus important aux yeux de Kiva. Elle n'avait pas risqué sa vie à d'innombrables reprises pour que Tilda meure.

— Ce n'est pas une mauvaise idée, admit Jaren. Mais si ça ne marche pas…

Kiva se prépara au pire, certaine qu'il allait ordonner sans attendre la future exécution de Tilda.

— … le plus important, c'est que tu sois libre, même si ça veut dire qu'elle l'est aussi. (Le pouce de Jaren lui caressa l'épaule.) On s'inquiétera des conséquences plus tard.

Si Kiva n'avait pas soutenu la majeure partie du poids de Jaren, elle se serait effondrée. Il était prêt à laisser Tilda recouvrer sa liberté juste pour que Kiva soit libre, elle aussi ? C'était… c'était…

Scandaleux.

Incroyable.

Et Kiva se sentit inondée d'une douce chaleur, de la tête aux pieds.

Mais une autre pensée lui vint alors à l'esprit et, bien que réticente, elle ne put s'empêcher de demander :

— Tu sais que tu es un prince ?

— Je suis au courant, oui, répondit Jaren avec un petit rire.

— Eh bien…

Kiva se mordit la lèvre, ne sachant même pas comment formuler sa requête.

— La réponse est oui, Kiva.

Elle attendit qu'ils aient contourné un large bloc de calcaire en travers du chemin pour s'enquérir :

— Quelle réponse ?

— J'imagine que tu essayes de me parler de Tipp. Il est hors de question que je le laisse ici. Une fois que tu seras libre, je m'assurerai qu'il le soit aussi.

Les yeux de Kiva se remplirent de larmes qu'elle n'essaya pas de cacher quand Jaren se tourna pour la regarder.

— Merci.

Elle avait déjà annoncé au Gardien son intention de devenir la tutrice de Tipp si elle survivait aux Épreuves, mais, avec tout ce qu'elle avait appris au sujet de Rooke, elle craignait qu'il ne revienne sur sa parole par pure méchanceté. Seulement, maintenant, elle avait le soutien du prince héritier. Tipp pourrait enfin quitter Zalindov.

Jaren lui adressa un doux sourire en réponse, puis son expression se fit sérieuse.

— Je ne sais pas si Tipp et toi avez des gens qui vous attendent à l'extérieur, mais je pensais… enfin, j'espérais… Si tu en as envie, j'adorerais vous montrer Vallenia. À tous les deux.

Pour la seconde fois en quelques minutes, Kiva faillit s'écrouler sous le coup de l'émotion.

Reste en vie.

Ne la laisse pas mourir.

Nous arrivons.

— Tu veux qu'on vienne avec toi ? dit-elle d'une voix entrecoupée. À la capitale ?

— Il faudrait d'abord qu'on s'arrête au palais d'hiver. Pour une ou deux semaines, le temps que le printemps s'installe et que les routes soient plus praticables. Mais oui.

— Et on vivrait avec toi au château ?

Jaren hocha la tête.

— Je me disais que tu aimerais peut-être prendre des leçons à l'académie, pour continuer à te perfectionner.

L'académie des guérisseurs. Kiva n'en revenait pas de ce que Jaren lui offrait sur un plateau d'argent.

— Et Tipp a à peu près le même âge qu'Oriel, continua-t-il. Mon frère peut être une petite terreur, mais il a bon cœur. Je pense qu'ils s'entendraient vraiment bien. En plus, Ori pourrait aider Tipp dans ses études. J'imagine qu'il a un peu de retard à rattraper.

De nouvelles larmes montèrent aux yeux de Kiva face à ce rêve que Jaren lui dépeignait. À toutes ces possibilités qu'elle pouvait si clairement imaginer.

Mais… sa famille…

Nous arrivons.

Ils n'étaient pas venus la chercher, mais elle pouvait aller les rejoindre. Son frère lui avait écrit, lui avait dit où les retrouver. Le sous-entendu était clair : ils l'attendaient.

Elle avait passé dix longues années à rêver qu'ils soient enfin réunis. Et maintenant que cela semblait possible…

Kiva ne savait plus ce qu'elle voulait. Elle ne pouvait pas nier qu'ils l'avaient blessée, déçue, pendant une décennie. Ils lui avaient promis de venir mais n'avaient jamais tenu leur promesse, pas même après la mort de son père. Elle s'était retrouvée livrée à elle-même, obligée de survivre à plus d'horreurs qu'ils ne pourraient jamais en imaginer.

Et pourtant… elle les aimait.

Tout comme elle savait qu'ils l'aimaient.

— Ne réponds pas tout de suite, dit Jaren, la tirant de ses pensées. Juste… réfléchis-y, d'accord ?

Kiva ne put que hocher la tête. Puis, lorsque Jaren lui indiqua de prendre à droite, elle obéit et l'aida à remonter le long tunnel sombre. Elle ne savait pas où il s'arrêterait, mais elle était certaine que ce qui l'attendait au tournant changerait sa vie à jamais.

Kiva avait vu juste : le changement les guettait.

Mais pas comme elle aurait pu s'y attendre.

Ce fut Jaren qui s'en aperçut le premier ; Jaren qui prit conscience qu'il n'y avait aucun prisonnier dans les tunnels occupés à creuser pour chercher de l'eau.

Le dédale était désert.

Et, quand sa magie les guida enfin jusqu'à l'échelle et qu'ils se hissèrent péniblement à la surface, il devint évident que quelque chose clochait.

Personne ne les attendait.

Ni Rooke, ni Naari, ni aucun autre garde.

Rien d'autre que des cris.

CHAPITRE 32

Kiva ne mit que quelques secondes à comprendre ce qui s'était déclenché pendant qu'elle et Jaren traversaient le labyrinthe souterrain.

Ce n'était pas seulement les cris, mais aussi le fracas métallique, le sifflement des flèches et des carreaux, les hurlements des chiens… et le sang.

Le sol de Zalindov en était déjà couvert.

C'était bien pire que n'importe quelle autre émeute que Kiva avait connue. Même depuis l'intérieur du bâtiment qui couvrait l'entrée des tunnels, elle voyait des masses grouillantes de prisonniers se battre contre les gardes, marteaux, burins et pioches contre épées, boucliers et arcs. Partout où elle posait les yeux, elle voyait des gens se battre, des corps qui jonchaient le col, certains se tordant de douleur, d'autres immobiles et silencieux. Et aucun ne criait plus fort que ceux qui tentaient de repousser les chiens dont les crocs acérés déchiquetaient les chairs et brisaient les os.

L'espace d'un instant, Kiva sentit la panique la submerger, avant que l'adrénaline ne prenne le dessus. Elle se tourna vers Jaren.

— Tipp… Tilda… Je dois…

— Vas-y ! termina-t-il à sa place. Je te rejoins !

Elle s'élança en courant, et Jaren ajouta :

— Sois prudente !

Il la suivrait aussi vite que ses blessures le lui permettraient, mais il risquait de ne pas être assez rapide. Elle devait rejoindre l'infirmerie, rejoindre Tipp et Tilda pour s'assurer qu'ils étaient en sécurité. Elle barricaderait la porte et les enfermerait dans la salle de quarantaine s'il le fallait, pour les protéger. Olisha et Nergal se débrouilleraient seuls – ils étaient probablement déjà partis se cacher quelque part. Mais Tipp et Tilda… Kiva n'avait pas une seconde à perdre.

Un bruissement retentit derrière elle, et elle se décala juste à temps pour éviter une flèche qui se planta dans le sol, un peu trop près à son goût. Elle vacilla, terrifiée, mais repartit de plus belle, zigzaguant entre les prisonniers et les gardes qui s'affrontaient au pied de la tour de guet, à l'ouest, jusqu'à ce qu'elle atteigne la caserne, où elle s'abrita. Elle aurait aimé se couvrir les oreilles pour ne plus entendre les bruits d'agonie autour d'elle. Qu'est-ce qui leur avait pris ? Ça ne mènerait à rien. Au premier signe de violence, le Gardien se retranchait en haut du mur d'enceinte, conformément au protocole qu'il suivait scrupuleusement à chaque émeute. Il était impossible de l'attaquer, à moins que les prisonniers ne parviennent à vaincre tous les gardes jusqu'au dernier puis escaladent eux-mêmes le mur. Rooke était la personne la plus en sécurité à Zalindov et, du haut de son perchoir, il regarderait les prisonniers tomber les uns après les autres.

Peut-être était-ce ce qu'il espérait depuis le début. Une émeute était le moyen le plus rapide de réguler la population de la prison. Il n'aurait plus besoin de son poison après aujourd'hui, et n'aurait pas à répondre de ses crimes ; les innombrables décès seraient attribués à l'explosion de violence incontrôlée.

Une autre flèche siffla à l'oreille de Kiva, assez près pour qu'elle sente l'air vibrer. Elle poussa un cri de terreur, étouffé par les vociférations des gardes et détenus autour d'elle.

Kiva reprit sa course, à l'affût des flèches et des dagues que lançaient les gardes, mais aussi des armes improvisées des détenus. Par terre gisaient des gardes au crâne fracassé ou au visage lacéré ; certains avaient encore des outils enfoncés dans le corps, leurs yeux vides tournés vers le ciel.

Pour chaque garde mort, Kiva comptait une dizaine de prisonniers. Ou plus. Et elle savait qu'à tout moment elle risquait de les rejoindre. Mais elle continua à courir, guettant Naari, sans savoir si elle souhaitait que la garde soit à ses côtés ou aille plutôt protéger Jaren. Sans…

BOUM !

Un hurlement lui échappa lorsqu'elle fut projetée en l'air avant de retomber, percutant la terre froide et dure. L'espace d'un instant, elle resta allongée là, sonnée. Un bourdonnement à ses oreilles étouffait les bruits de bataille, et sa vision s'était troublée.

Affalée sur le ventre, Kiva tourna la tête juste à temps pour voir la tour de guet s'effondrer.

Une explosion. Quelqu'un avait provoqué une explosion, détruisant la base de la tour. La structure en pierre vacilla dangereusement avant que la gravité fasse son œuvre et qu'elle s'écroule.

La terre frémit sous l'impact. Les gardes qui tiraient des flèches, bien à l'abri en haut de leur plate-forme, gisaient à présent parmi les décombres. Morts.

— Prenez ça, bande de chiens !

Kiva reconnut la voix de Mot et le vit lever les bras en signe de triomphe.

— Ne vous en prenez à un apothicaire qu'à vos risques et périls ! fanfaronna-t-il avant de plonger clopin-clopant dans l'énorme nuage de poussière provoqué par l'explosion et de disparaître.

La poussière atteignit Kiva quelques secondes plus tard, au grand dam de ses poumons, qui protestèrent bruyamment.

Debout, s'ordonna-t-elle. *DEBOUT !*

Tipp et Tilda avaient besoin d'elle. Elle ne pouvait pas les abandonner.

Avec détermination, elle poussa sur ses bras tremblants pour se relever. La tête lui tournait tant qu'elle faillit rechuter, mais elle parvint à retrouver l'équilibre et continua à avancer. Lorsque la poussière commença à retomber, Kiva distingua des visages familiers qui luttaient pour leur vie.

D'abord Cresta, qui avait volé une dague et une épée dont elle se servait pour faucher tous ceux qui se dressaient sur son chemin. Kiva vit Harlow tomber sous ses coups, s'effondrant à genoux lorsque la lumière dans ses yeux s'éteignit.

Puis elle aperçut Grendel, qui lançait ce qui semblait être des cendres au visage des gardes pour les aveugler avant de se réfugier à l'abri et de recommencer son manège, encore et encore.

Le Boucher et le Squelette se battaient, dos à dos, en plein milieu de la cour. Les deux hommes étaient couverts de sang et pourfendaient tous les prisonniers qui osaient s'approcher. Kiva fut prise de nausée à la vue de leur expression réjouie, qui montrait à quel point ils se délectaient de toute cette violence.

Dépêche-toi, se répéta-t-elle en détournant les yeux. Elle avait déjà perdu bien trop de temps. Elle obligea ses jambes vacillantes à accélérer la cadence et se remit à courir, slalomant entre les gardes et les détenus, jusqu'à ce qu'enfin…

Là.

Kiva aperçut l'infirmerie. Un sanglot de soulagement lui échappa. Elle n'en revint pas de sa chance lorsqu'elle vit que personne ne se battait à proximité du bâtiment d'accueil. La majeure partie des combattants était concentrée au centre de la prison. Un deuxième sanglot lui échappa. Elle était si proche, si proche.

C'est alors qu'elle vit la porte.

Éventrée.

Kiva trébucha sur le sol inégal et moulina des bras pour garder l'équilibre… juste au moment où une flèche fusa au-dessus d'elle, là où aurait été sa tête si elle n'avait pas failli tomber.

Le choc et la terreur tentèrent de la submerger, mais elle refusa de se laisser distraire, refusa de penser à ce qui aurait pu se passer. Ses poumons brûlaient, ses muscles protestaient, tout son être était focalisé sur sa destination, pour voir si…

Elle franchit le seuil en courant et s'arrêta net, maintenant que le danger n'était plus immédiat. Le souffle court, elle regarda autour d'elle et son cœur s'arrêta lorsqu'elle vit l'état dans lequel se trouvait son sanctuaire de guérison.

Les flacons gisaient par terre, brisés, l'enclos des rats avait été réduit en miettes et les rongeurs avaient disparu, les draps avaient été déchirés et tous ses remèdes déversés sur les tables, les murs, le sol. L'infirmerie était détruite. Mais Kiva se moquait de la pièce, seuls comptaient les gens à l'intérieur.

Tremblante, Kiva s'approcha de Tilda. Elle n'avait plus besoin de se dépêcher. Elle le voyait depuis l'autre bout de la pièce.

Du sang.

Le sang de Tilda.

Ses draps en étaient entièrement imbibés.

Et ses yeux… les yeux aveugles de Tilda… regardaient fixement le plafond, sans ciller, aussi immobiles qu'elle.

Comme dans un rêve, ou plutôt un cauchemar, Kiva posa ses mains tremblantes sur le cœur de Tilda, par-dessus l'entaille béante qui ne pouvait signifier qu'une seule chose.

Rien.

Pas un seul battement.

Ne la laisse pas mourir.

Kiva ne pouvait plus rien pour elle désormais.

Ne la laisse pas mourir.

Elle s'était donné tant de mal, tant de mal, pour garder Tilda en vie.

Ne la laisse pas mourir.

Une larme s'échappa de l'œil de Kiva, puis une autre, et elle s'effondra sur le corps de la femme au mépris du sang dont elle était couverte, incapable de penser à autre chose qu'à tout ce qu'elle avait enduré pour la protéger. Elle avait accompli l'impossible, avait survécu aux quatre Épreuves du Supplice, tout cela pour Tilda, pour qu'elle puisse être libre. Et maintenant...

Maintenant, elle était morte.

— Je suis désolée, hoqueta Kiva. J'ai essayé. J'ai essayé.

C'était la troisième fois qu'elle ressentait une telle agonie. Une telle peine. Elle ne put que continuer à murmurer « Je suis désolée, je suis désolée », en boucle.

— K-K-Kiva ?

Kiva redressa brusquement la tête, sa vue brouillée par les larmes, et chercha frénétiquement d'où venait ce filet de voix.

— Tipp ?

L'émotion l'étranglait, l'empêchant presque de parler.

— Où es-tu ?

Comme le garçon ne répondait pas, Kiva s'essuya le visage et se releva.

— Tipp ?

C'est alors qu'elle le vit, de l'autre côté du lit de Tilda, enchevêtré dans le rideau déchiré... et gisant dans une mare de son propre sang.

— TIPP ! hurla-t-elle en se précipitant vers lui, se laissant tomber si vite à côté de lui qu'une douleur aiguë lui transperça les genoux.

Kiva repoussa le rideau et ses yeux s'emplirent de nouvelles larmes lorsqu'elle vit d'où s'écoulait le sang.

Agitée de violents tremblements, elle pressa ses mains contre l'abdomen du garçon pour tenter d'endiguer le flot, sachant déjà qu'il était trop tard. Il avait perdu trop de sang. Aucun remède ne pouvait le sauver à présent.

— J'ai es-s-s-sayé de la p-p-protéger, murmura Tipp, le visage si pâle qu'il était presque aussi bleu que ses yeux. Je s-suis d-d-désolé. J'ai ess-ssayé.

Il toussa et du sang dégoulina de ses lèvres sur son menton.

— Chhut, fit Kiva, le visage baigné de larmes. Garde tes forces.

— Je t-t-t'aime, K-Kiva.

La voix du garçon s'éteignit peu à peu, comme s'il n'avait tenu bon que pour la voir une dernière fois.

— M-M-Merci… p-pour t-tout.

Kiva ravala un sanglot et continua à presser contre la plaie béante de son abdomen. Le flot de sang s'était dangereusement ralenti.

— Je t'aime aussi, chuchota-t-elle en posant l'une de ses mains sur la joue du garçon, ses larmes coulant de plus belle. Donc reste avec moi, d'accord ? On va s'en sortir, comme chaque fois.

Tipp lui sourit et, malgré sa pâleur, malgré la sévérité de sa blessure, son sourire illumina la pièce.

— T-tu n'as… j-jamais… su m-m-mentir, murmura-t-il sans cesser de sourire. T-tu devrais… T-tu devrais…

Mais il ne termina pas, car il toussa, toussa, jusqu'à ce que ses yeux se révulsent… et que sa poitrine se fige.

— Non. *Non, non, non, non, non.*

Kiva posa ses mains ensanglantées sur son cœur.

— Tipp, je t'en supplie.

Son cœur battait encore, mais tout juste. Un simple frémissement qui ne durerait pas bien longtemps maintenant que le garçon ne respirait plus.

— Je ne peux pas te perdre toi aussi, sanglota Kiva. Je ne peux pas.

Soudain, l'infirmerie disparut et Kiva fut ramenée dix ans en arrière, un soir d'hiver glacial. Elle revit le moment où l'épée avait été arrachée de la poitrine de Kerrin et où il était tombé au ralenti par terre, elle revit son père presser ses mains contre la plaie et crier à l'aide, elle se revit tendre la main vers son frère… mais être tirée en arrière avant même d'avoir pu le toucher.

Aujourd'hui, personne n'était là pour l'arrêter.

Promets-moi, petite souris, avait murmuré son père le tout premier soir de leur arrivée à Zalindov. *Promets-moi que tu ne le referas jamais.*

Mais, papa, ta main saignait. Tu avais mal.

Peu importe, avait-il insisté. *Tu sais pourquoi je t'enseigne l'art de la guérison, tu sais pourquoi c'est si important, pourquoi tu dois continuer d'apprendre.*

Pour que personne ne devine jamais, avait récité sagement Kiva.

Très bien, ma puce, avait dit Faran en l'embrassant sur la joue. *Il faut que tu arrêtes. Tu ne peux pas prendre ce risque. Pas ici. Pas même pour moi.*

Mais…

Je suis sérieux, Kiva. Promets-moi. Promets-moi que tant que tu seras ici, quoi qu'il arrive, tu ne le referas jamais.

Alors Kiva avait promis.

Et même quand elle avait craint que son père ne soit tombé malade comme tant d'autres, même quand il était mort, elle avait tenu sa promesse.

Mais, à présent, elle ne pouvait plus.

Plus de dix ans s'étaient écoulés, mais son sang n'avait cessé de l'appeler, attendant patiemment pendant tout ce temps. Elle n'avait aucune formation, aucune expérience sur des blessures aussi graves que celle-ci, mais le désespoir la poussa à se focaliser sur les faibles battements de cœur de Tipp, sur sa plaie béante, sur la vie qui s'échappait de son corps.

— Pitié, murmura-t-elle en se concentrant de toutes ses forces, en priant pour parvenir à faire pour Tipp ce qu'elle avait voulu faire pour son frère au bord de l'eau, dix ans plus tôt.

Si seulement elle avait pu poser les mains sur Kerrin, il lui aurait suffi d'un instant, avant que son cœur ne s'arrête, pour tout changer.

— Pitié.

Ce fut aussi simple que ça.

Une lumière dorée se déversa des doigts de Kiva et s'insinua dans la poitrine de Tipp, inondant son torse, refermant douloureusement sa plaie, centimètre par centimètre.

Ça marchait. *Ça marchait !*

Son cœur se mit à battre de plus en plus fort.

Et soudain…

Il prit une profonde inspiration et sa poitrine se souleva.

Kiva pleurait à chaudes larmes, sans bouger ses mains pour que cette lumière dorée continue de le guérir. Elle y était presque, encore quelques centimètres et il serait complètement…

— KIVA !

CHAPITRE 33

Kiva leva précipitamment les mains et se jeta en arrière, tout en tournant la tête vers la porte. La lumière dorée disparut une fraction de seconde avant que Jaren entre dans l'infirmerie, Naari sur les talons. La garde était maculée de sang. Elle balaya frénétiquement du regard la pièce dévastée, jusqu'à ce que ses yeux hagards se posent sur Tilda, puis sur Kiva et Tipp par terre.

— Kiva ! s'écria de nouveau Jaren, les apercevant au même moment.

Sans se soucier de ses propres blessures, il se précipita vers eux, imité par Naari, et contempla, horrifié, la mare de sang qui s'étalait sous le jeune garçon.

— Il va bien, croassa Kiva. C'est le sang de Tilda. Il n'a qu'une petite coupure sur l'abdomen et une bosse sur la tête. Il va s'en sortir.

Elle n'avait aucune idée d'où lui venaient tous ces mensonges, mais les avertissements de son père et la promesse qu'elle lui avait faite ne cessaient de tournoyer dans son esprit. Elle avait déjà rompu sa promesse et ne pouvait laisser personne découvrir ce qu'elle avait fait – encore moins Jaren et Naari.

— Est-ce qu'on peut le déplacer ? demanda Naari.

Kiva glissa une main tremblante sur l'estomac de Tipp pour vérifier l'étendue des dégâts ; il ne restait qu'une petite coupure. Il n'aurait même pas besoin de points de suture.

Plutôt que d'éclater en sanglots, Kiva répondit :

— Oui. Il a juste besoin de repos.

Ce qui, pour le coup, n'était pas un mensonge. Tipp avait besoin d'une longue nuit de sommeil. Et, à son réveil, Kiva devrait le convaincre que sa blessure avait été moins grave qu'il n'y paraissait. Il la croirait. Il n'avait aucune raison de ne pas lui faire confiance.

— Bien, dit Naari en lançant un regard inquiet en direction de la porte. Cet endroit se transforme en charnier. Il faut qu'on parte. Tout de suite.

Jaren tendit une main à Kiva et elle la prit, trop abasourdie par ce qui venait de se produire pour se souvenir de ses blessures. Il lâcha un infime gémissement de douleur en l'aidant à se relever et la rattrapa lorsque ses jambes la lâchèrent presque. L'épuisement la guettait. L'effort qu'elle avait fourni dépassait tout ce qu'elle avait jamais connu. Malgré tout, lorsque Jaren se pencha pour soulever Tipp, Kiva l'arrêta d'un geste.

— Je vais le prendre, dit-elle, la voix enrouée d'avoir trop pleuré.

— Il est plus lourd qu'il n'en a l'air.

— Je vais le prendre, répéta Kiva d'un ton sans appel.

L'adrénaline aidait peut-être Jaren à rester debout, mais ses blessures ne lui permettraient pas de porter le garçon. Et puis Kiva avait besoin de le sentir dans ses bras, de sentir les battements de son cœur, la chaleur de sa peau, pour s'assurer qu'il était toujours en vie.

Contrairement à Tilda.

Kiva fut incapable de regarder la femme, pas même lorsqu'elle vit Naari et Jaren lui jeter un regard apitoyé. Ils savaient l'un et l'autre tout ce qu'elle avait donné pour protéger Tilda. Si seulement Kiva était arrivée plus tôt, elle aurait peut-être pu faire pour elle la même chose que pour Tipp. Mais même elle n'avait pas le pouvoir de ranimer les morts.

Il était trop tard pour Tilda. Mais pas pour Tipp, ni pour Jaren, Naari et Kiva elle-même.

Ils devaient s'enfuir de Zalindov avant que la situation ne dégénère davantage.

— Dépêchez-vous, les pressa Naari avec un nouveau coup d'œil vers la porte.

Kiva ne se le fit pas dire deux fois et hissa Tipp dans ses bras. Jaren avait vu juste – il était plus lourd qu'il n'en avait l'air. Elle vacilla légèrement sous son poids, puis se tourna vers la garde.

— Suivez-moi.

Naari se dirigea vers la porte d'un pas vif en brandissant ses deux épées ensanglantées devant elle. Le Bouclier d'Or du prince était prêt à donner sa vie pour le protéger. Pour les protéger.

— Ne t'inquiète pas, elle va nous sortir d'ici, dit Jaren à Kiva en la voyant hésiter.

— Je sais, répondit-elle en suivant la garde.

Elle n'avait pas hésité par peur de sortir de l'infirmerie, mais parce qu'elle tentait de trouver la force de regarder Tilda une dernière fois.

Mais elle s'obligea à le faire.

À murmurer un dernier message :

— Puisses-tu reposer en paix dans l'éthermonde.

Puis elle franchit la porte. Elle n'avait jamais été plus heureuse que l'infirmerie soit située si près du portail de la prison. Le gros des affrontements continuait de faire rage plus au centre – encore trop près pour que Jaren puisse prendre le risque de faire appel à sa magie pour les protéger, mais suffisamment loin pour que ce ne soit pas nécessaire.

En deux temps trois mouvements, ils se retrouvèrent devant l'énorme portail en fer qui était fermé à cause de l'émeute.

— Par ici, lança Naari en se dirigeant vers la tour de guet, où une porte de taille beaucoup plus modeste était découpée dans le mur.

Kiva ne l'avait jamais remarquée, ne s'étant jamais trouvée si près du portail lorsqu'il était fermé.

Naari sortit une grosse clé en cuivre de sous son armure et l'inséra dans la serrure.

— *Stop !*

La terreur envahit Kiva quand elle entendait cette voix impérieuse. Elle se retourna et vit le Gardien approcher à grands pas, suivi par un contingent de gardes.

Il était descendu de sa cachette pour elle. Il ne la laisserait pas partir. Il ne laisserait aucun d'entre eux partir. Pas tant qu'ils connaissaient son secret.

— Éloignez-vous du portail, Arell. C'est un ordre.

— Je n'obéis plus à vos ordres, répondit Naari en se plaçant devant Kiva et Jaren et en agrippant plus fermement ses armes.

Rooke haussa les sourcils et lança un regard appuyé vers les gardes qui l'accompagnaient.

— Et qu'est-ce que vous croyez, exactement ? Que je vais vous laisser partir ? (Il secoua la tête.) J'ai bien peur de ne pas pouvoir faire ça.

— Dommage que tu n'aies pas le choix, tête de nœud.

Mot surgit en boitillant, brandissant à la main un flacon comme une arme.

— Tut-tut-tut, fit l'apothicaire quand les gardes firent mine de s'approcher de lui. Vous avez vu ce qui est arrivé à la tour de guet ? À moins que vous ne vouliez que ça se reproduise… (Il agita le flacon d'un air menaçant.)… vous allez laisser Kiva et ses amis partir.

À ces mots, la gorge de Kiva se serra. Pas à cause de la menace, mais parce que le vieil homme n'avait pas parlé de venir avec eux.

— Mot…

— Va-t'en d'ici, Kiva, mon petit.

Le regard du vieil apothicaire s'adoucit en se posant sur elle, puis sur Tipp dans ses bras.

— Donne-lui une belle vie, d'accord ? Vous méritez tous les deux de trouver le bonheur.

— Viens avez nous, le supplia-t-elle, même si elle voyait à son regard qu'il avait déjà pris sa décision.

— Je ne ferais que vous ralentir. Et puis, j'ai encore du travail à faire ici, pas vrai ?

Il lui lança un clin d'œil et un sourire édenté.

— Mot…

Cette fois, le Gardien l'interrompit.

— Qu'est-ce que vous attendez ? cria-t-il à ses gardes. Faites quelque chose !

Les gardes avancèrent de nouveau vers Mot en brandissant leurs épées, et Rooke se rapprocha de Kiva.

— Tu ne vas nulle part, cracha-t-il.

— Non, c'est toi qui ne vas nulle part, répliqua Mot.

Et, avant que quiconque ne puisse répondre, il lança le flacon aux pieds du Gardien.

Des flammes jaillirent aussitôt. Naari poussa un juron, tandis qu'elle, Jaren et Kiva battaient en retraite jusqu'au mur d'enceinte pour échapper à la chaleur étouffante. Il n'y eut pas d'explosion, mais le brasier, aussi violent que soudain, forma une barricade entre eux et Rooke, qui dut reculer pour ne pas brûler vif.

— Vas-y, Kiva ! cria Mot de l'autre côté des flammes. Je les retiens !

Naari la tira par la manche.

Kiva savait qu'elle devait la suivre, qu'elle devait honorer le sacrifice de Mot, même si elle regrettait de tout son être de ne pouvoir le sauver.

— Je suis désolée, Kiva, mais il faut qu'on…

— Je sais. (La voix de Kiva se brisa.) Je te suis.

Lorsque Naari tourna la clé dans la serrure, Kiva serra Tipp dans ses bras et franchit la porte d'un pas chancelant derrière elle, suivie par Jaren.

— Par ici.

Dès qu'ils furent tous de l'autre côté du mur d'enceinte, Naari les entraîna rapidement vers l'écurie. Kiva ravala ses questions – et ses émotions – en entrant dans le large bâtiment et pria pour que Naari ait un plan.

Puis elle vit le fiacre.

Kiva aurait éclaté de rire si elle ne craignait pas de se mettre à pleurer.

Quel meilleur moyen de franchir le rempart extérieur que dans le véhicule privé du Gardien.

— Jaren, peux... commença Naari avant d'être interrompue par une autre voix masculine.

— Qu'est-ce que vous faites là ?

Kiva fit volte-face, faisant voltiger les jambes de Tipp, juste à temps pour voir Raz sortir d'un box vide, une fourche à la main.

Une demi-seconde plus tard, sa fourche avait disparu et le maître d'écurie se retrouva plaqué au sol, le genou de Naari dans le dos et une lame d'épée pressée contre sa gorge.

— Si tu bouges, je te tue, siffla la garde.

— Naari, arrête ! s'écria Kiva.

Raz émit un gargouillis inquiétant, mais Naari ne le relâcha pas.

— C'est un ami, ajouta Kiva en enjolivant légèrement la vérité pour le bien du maître d'écurie. S'il te plaît, il ne va pas nous causer de problèmes. Pas vrai, Raz ?

Pour toute réponse, il poussa un autre gargouillis, mais Naari sembla satisfaite puisqu'elle se redressa et rengaina son épée.

Lentement, Raz se releva à son tour en se frottant le cou, le visage blême.

— Une émeute a éclaté dans l'enceinte de la prison, lui expliqua Kiva, pendant que Naari et Jaren s'éloignaient pour préparer le fiacre. Une vraiment grosse.

— Je sais, répondit Raz d'une voix qui tremblait légèrement, mais pas à cause de ce que venait de lui annoncer Kiva. Ils ont verrouillé le portail. Personne n'entre ni ne sort.

Kiva ne perdit pas de temps à expliquer comment elle et ses compagnons avaient réussi à quitter l'enceinte de la prison. À la place, elle annonça :

— On s'en va. Tu devrais venir avec nous.

Raz mit quelques secondes à répondre, toujours sous le coup de l'attaque de Naari.

— Je ne risque pas grand-chose ici. Et je ne peux pas perdre ce travail, Kiva.

Elle s'en était doutée, mais elle se devait de le lui proposer.

— Je ne vous empêcherai pas de partir, ajouta Raz en baissant la voix comme s'il craignait que le Gardien ne l'entende. Tu mérites de retrouver ta liberté.

Une nouvelle vague d'émotion submergea Kiva, mais elle ne se laissa pas aller. Ce n'était pas le moment.

— Si tu le penses vraiment, est-ce que je peux te demander une dernière faveur ?

Raz soupira, ayant déjà deviné de quoi il retournait.

— Dépêche-toi.

Il fit un signe de tête en direction de Naari et Jaren, qui avaient commencé à harnacher deux chevaux. Jaren grimaçait de douleur, mais ne laissait pas ses blessures le ralentir.

Consciente que le temps lui était compté, Kiva déposa doucement Tipp sur une balle de foin, puis chercha un morceau de parchemin et de quoi écrire. Ne trouvant rien, elle se tourna vers Raz, qui haussa les épaules d'un air impuissant. Kiva arracha alors un bout de sa tunique crasseuse, trempa son doigt dans le sang frais dont elle était couverte et rédigea sa dernière lettre en tant que prisonnière de Zalindov :

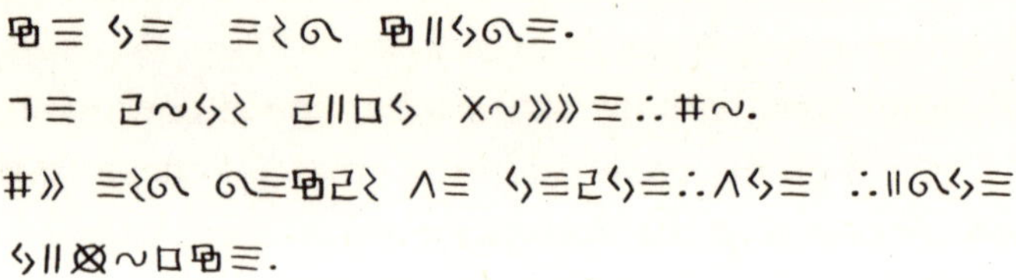

— On est prêts à… Qu'est-ce que tu fais ?

La voix de Jaren était si proche que Kiva sursauta. Elle étala par accident le dernier symbole de son message, mais celui-ci restait lisible.

— J'écris à ma famille, répondit-elle, ne voyant pas l'intérêt de mentir.

Elle s'apprêtait à lui expliquer le rôle de Raz au fil des ans, mais Naari les héla et leur ordonna d'accélérer la cadence. Kiva tendit alors le morceau de tissu ensanglanté à Raz.

— Fais-leur parvenir le plus vite possible.

Kiva se moquait qu'il l'envoie tel quel ou qu'il recopie le code sur un parchemin, tant que sa famille recevait le message.

— Ce sera fait, promit Raz, tandis qu'elle reprenait Tipp dans ses bras. Prends soin de toi, Kiva.

— Toi aussi, murmura-t-elle avant de suivre Jaren jusqu'au fiacre où Naari les attendait impatiemment.

— Vite, montez à l'intérieur, ordonna la garde en prenant la place du cocher. Il faut qu'on franchisse le périmètre extérieur avant que Rooke ne signale aux gardes notre évasion. Ensuite, on sera libres. Ils ne prendront pas le risque de quitter leur poste pour se lancer à notre poursuite.

Un sentiment d'urgence s'empara d'eux trois, et Jaren ouvrit la portière puis tendit une main pour aider Kiva à monter. Ensemble, ils hissèrent Tipp à l'intérieur et l'installèrent sur la banquette, hors d'haleine. Jaren cria par la fenêtre qu'ils étaient prêts à partir. Quelques secondes plus tard, le fiacre surgit de l'étable, laissant Raz sur place, et dévala le chemin de terre qui menait à la liberté.

L'espace d'un instant, Kiva eut envie de regarder derrière elle pour voir si le Gardien était de nouveau perché sur son mur, à contempler l'agitation en contrebas. Ou peut-être regardait-il le petit fiacre, qui franchit sans encombre le périmètre extérieur puis disparut au loin.

Mais elle ne se retourna pas.

Pas même pour l'homme qui avait tué son père.

Zalindov faisait partie du passé, désormais.

Elle était libre.

Des larmes lui piquèrent le nez lorsqu'elle prit enfin conscience de tout ce qui s'était passé. La mort de Tilda. Le sacrifice de Mot. Et ce qui était arrivé avant et après.

Elle baissa les yeux vers Tipp, qui dormait paisiblement après avoir reçu une blessure qui aurait dû lui être fatale. Il ne se doutait pas qu'il n'était plus prisonnier. Quand il se réveillerait, il aurait une toute nouvelle vie devant lui.

Tout comme Kiva.

— Qu'as-tu écrit à ta famille ? demanda Jaren.

Il était assis en face d'elle, ses mains pressées contre son abdomen, son visage d'une pâleur cadavérique. Mais il était en vie.

Contre toute attente, ils avaient survécu.

Tous les deux.

Et ils s'étaient échappés.

— Je leur ai dit que j'étais en sécurité. Et que j'étais libre.

Kiva déglutit en pensant à Tilda, dont le corps était resté à la prison.

— Je leur ai dit où ils pouvaient me trouver, s'ils le voulaient. Que je serais à Vallenia. Avec toi.

Le regard que lui lança Jaren perça la torpeur qui s'était emparée d'elle depuis qu'elle était entrée dans l'infirmerie et avait découvert le corps couvert de sang de Tilda.

Kiva ne se remettrait jamais de cet instant, aussi longtemps qu'elle vivrait. Mais, lorsque le froid commença à s'estomper, elle s'adossa contre la banquette et repensa au message qu'elle avait écrit. Elle avait fait en sorte de dire tout ce que son frère et sa sœur avaient besoin de savoir.

Mère est morte.

Je pars pour Vallenia.

Il est temps de reprendre notre royaume.

Kiva glissa les doigts dans les cheveux de Tipp, toujours endormi sur ses genoux, puis releva la tête pour croiser une nouvelle fois le regard bleu doré de Jaren, qui la contemplait avec une expression d'une infinie douceur. Elle lui adressa un sourire timide, ne révélant en rien qui il emmenait dans sa capitale… qui il s'apprêtait à accueillir chez lui.

Kiva Meridan.

Née Kiva Corentine.

La Reine Rebelle avait peut-être péri à Zalindov, mais sa fille était saine et sauve. Et libre après dix longues années d'emprisonnement.

La Princesse Rebelle était enfin prête pour son ascension.

REMERCIEMENTS

Je n'utilise pas souvent le mot « émerveiller », mais c'est pourtant ce que j'ai fait dès la naissance de *The Prison Healer.* Je me suis émerveillée de la manière dont ce livre a pris forme, tout comme je me suis émerveillée des gens qu'il m'a fait rencontrer.

À mon agente, Danielle Burby, merci d'avoir pris un risque après avoir lu quelques pages que j'avais griffonnées dans l'avion. Tu as foncé tête baissée et adopté une autrice avec tant de casseroles que je suis surprise que tu ne te sois pas enfuie en courant. Tu es une merveille et je ne te remercierai jamais assez pour ton travail acharné et ton empathie. Merci également à Kristin Nelson d'avoir lu ces premières pages et d'avoir su que Danielle et moi étions faites l'une pour l'autre. Merci d'avoir été avec nous depuis le tout début de cette aventure.

À mes incroyables éditrices, Emilia Rhodes et Zoe Walton – vous êtes géniales ! Merci pour vos conseils avisés et attentionnés qui ont fait de ce livre quelque chose que je n'aurais jamais pu imaginer seule. Je suis ravie de voir comment il a évolué grâce à vous deux, et je me réjouis de ce qui nous attend pour la suite.

Un grand merci à toutes les personnes incroyablement talentueuses qui ont travaillé sur ce manuscrit, en particulier ma préparatrice de copie, Ana Deboo, et ma correctrice, Ellen Fast. Merci aussi à Jim Tierney pour sa superbe couverture (et les messages codés !), ainsi qu'à Francesca Baerald pour les cartes dont je ne me suis toujours pas remise. ⋆Cœur avec les yeux⋆

Merci à toutes les équipes de HMH Teen (États-Unis) et Penguin Random House (Australie et Nouvelle-Zélande) de nous avoir adoptées, moi et ma série, depuis le début. Des câlins et des gâteaux virtuels à chaque personne qui a mis la main à la pâte !

Toute ma gratitude à mon agente de droits étrangers, Jenny Meyer, qui a vendu cette série à de nombreux pays autour du monde. Je suis persuadée que tu es un génie qui exauce les vœux, puisqu'en ce qui me concerne tu as fait des miracles. Je suis aussi extrêmement reconnaissante à mon agente artistique, Mary Pender, et je me réjouis de ce que l'avenir nous réserve !

À mes amies autrices pour leurs conseils, leur soutien et leur camaraderie dans ce terrifiant monde de la publication, merciiiiii ! Vous êtes trop nombreuses pour être citées, mais mention spéciale à Sarah J. Maas, qui a supporté mes messages à toute heure du jour et de la nuit (hé, ce n'est pas ma faute si tu habites à l'autre bout du monde !), et à Jessica Townsend pour nos petits-déjeuners « rapides car l'échéance approche » (qui finissaient toujours par durer des heures, oups).

Je dois absolument remercier les deux premières personnes à avoir lu *The Prison Healer*, Anabel Pandiella et Paige Belfield. Merci pour votre enthousiasme et vos demandes (virulentes) d'une suite. Vos réactions m'ont fait mourir de rire. Un grand merci également à tous les amis qui m'ont accompagnée, de près ou de loin, pendant la création de ce livre. J'ai hâte de souffler un peu et de célébrer avec vous (enfin, une fois qu'on pourra se revoir, merci le Covid).

Je suis bénie par un dieu aimant et je lui suis reconnaissante de m'avoir accompagnée à chaque étape de cette aventure.

Toute ma gratitude à ma merveilleuse famille, sans laquelle je ne serais pas qui je suis aujourd'hui. Merci pour tout ce que vous êtes et tout ce que vous avez fait. Ce livre est pour vous.

Enfin, et surtout, merci à mon incroyable lectorat, celui qui me suit depuis un temps et celui qui me découvre avec cette série. J'ai hâte de vous montrer le monde en dehors des murs de Zalindov. Tenez-vous prêts, car le voyage de Kiva ne fait que commencer !

hachette s'engage pour l'environnement en réduisant l'empreinte carbone de ses livres. Celle de cet exemplaire est de :
300 g éq. CO_2
Rendez-vous sur www.hachette-durable.fr

PAPIER À BASE DE FIBRES CERTIFIÉES

« Pour l'éditeur, le principe est d'utiliser des papiers composés de fibres naturelles, renouvelables, recyclables et fabriquées à partir de bois issus de forêts qui adoptent un système d'aménagement durable. En outre, l'éditeur attend de ses fournisseurs de papier qu'ils s'inscrivent dans une démarche de certification environnementale reconnue. »

Composition et mise en pages : Nord Compo

Achevé d'imprimer en Espagne par Rodesa
Dépôt légal 1re publication : août 2022
28.9233.5 - ISBN : 978-2-01-714045-0
Édition : 01 – Dépôt légal : août 2022